SOPHI CHASE

I DATE THE CEO

Es ist schwer, dich gehen zu lassen. So schwer, zu akzeptieren. Doch ich weiß, es wird sich lohnen zu warten.

Deutschsprachige Erstausgabe August 2020

Covergestaltung: Catrin Sommer www.rausch-gold.com
Autorenfoto: Melanie Eichenauer, www.studio-eichenauer.at
Lektorat: Dr. Antonia Barboric
J. Schumann, Bergst. 4, A-4282 Pierbach

ZUKUNFT

Evie

Ich werde von einem eingehenden Videoanruf meines Bruders geweckt. Das wäre jedoch nur halb so schlimm, würde da nicht ein Fenster mit meinen Eltern darin aufpoppen, was wiederum nur halb so schlimm wäre, würde ich nicht um halb eins – mittags – verschlafen in meinem Bett liegen.

Meine Familie bezeichne ich gern als liebenswürdigen Sauhaufen. Der einzige Haken: Meine Eltern pflegen eine strikte Abneigung gegen Faulheit. Deshalb behaupte ich jetzt mal, dass ihre Brust dank meines Schlafmützenlooks nicht gerade vor Stolz anschwillt.

Nachdem ich meine dunkelbraune Wuschelmähne rasch notdürftig glatt gestrichen und mir, um meinen Teint etwas frischer erscheinen zu lassen, kurz in beide Wangen gekniffen habe, nehme ich den Anruf auf meinem Handy entgegen. Drei kleine Kästchen tauchen auf meinem Display auf. In einem befindet sich mein Bruder vor dem unverkennbaren Hintergrund seines Klugscheißerbüros. Im zweiten quetschen sich Mum und Dad zusammen. Im dritten entdecke ich mich und stelle erschrocken fest, dass meine Haare immer noch fürchterlich zu Berge stehen.

„Hallo allerseits", flöte ich in die Runde. „Seit wann ist unsere Familie denn derartigen hypermodernen Interaktivitäten gegenüber aufgeschlossen?"

Meine Mum lächelt, doch ich spüre ihren Blick über mein verschlafenes Äußeres gleiten. Prompt erinnere ich mich an einige Weisheiten meiner Mum: *‚Schlafen kannst du, wenn du tot bist.'* Oder: *‚Raus aus den Federn, Evie, das Leben wartet vor der Tür. Hol es dir – es kommt nicht zu dir.'*

„Sag mal, du hast doch nicht etwa noch gepennt?" Mein Bruder ist schließlich der Verräter, der die Frage stellt, die wohl allen, die sich nicht gerade mit mir im Zimmer befinden, unter den Nägeln brennt.

„Nur ein kurzer Powernap", erwidere ich.

„Gab's gestern womöglich eine Party?" Tobys Nachforschung weckt die Neugierde meiner Eltern, die beide wie auf Kommando synchron die Stirn runzeln.

Mir brennt eine sarkastische Antwort auf der Zunge, die ich jedoch runterschlucke. Denn irgendetwas sagt mir, dass ich aktuell dem Jüngsten Gericht gegenübersitze. „Mir macht mein Jetlag zu schaffen. Keine Party also."

„Dagegen hilft permanentes Pennen aber auch nicht.“ Neunmalklug, wie er ist, lehnt sich Toby in seinem schwarzen Ledersessel zurück.

Du warst auch mal Student, du Affe! Und ich wette, du bist in den seltensten Fällen vor Mittag aufgestanden. Aber jetzt tust du, als seist du ein Heiliger, weil du dir jeden Tag eine Krawatte um den Hals bindest und in ein neumodernes Büro stapfen darfst.

Ich presse genervt die Lippen aufeinander, während ich meine Beine in die kuschelige Wärme meiner Decke schiebe. „Ich penne nicht permanent.“ Gestern war ich sogar mal einkaufen. Zugegeben, danach habe ich aber wieder geschlafen.

„Toby hat recht, Liebling“, mischt sich nun auch noch unsere Mutter ein. „Du musst gegen die Zeitverschiebung ankämpfen und zurück in deinen Tagesrhythmus finden.“

Mein Leben ist ein Scherbenhaufen, möchte ich am liebsten rufen und dieses telefonische Verhör beenden. Der verletzte Teil in mir sehnt sich nach Streicheleinheiten. Der ehrgeizige Teil weiß aber, dass ich einen Tritt in den Arsch dann und wann gut gebrauchen kann.

„Werde ich machen. Versprochen.“

Meine lahme Erklärung stößt bei meinem Bruder auf wenig Zustimmung. *„Wann* wirst du das machen? Was ist nur los mit dir, Evie?“

„Was ist nur los mit dir, Tobias?!“

„Sehr erwachsen“, nörgelt er und fährt sich durch sein braunes Haar.

Ich seufze, weil ich mich einerseits über mein Verhalten, andererseits aber auch über das Getue meines Bruders ärgere. Während ich zur weißen Decke hochsehe, frage ich mich, was die drei Inquisitoren wirklich von mir wollen.

Warum verschwendet Toby seine wertvolle Arbeitszeit damit, mich zusammenzufalten? Warum hat mein Dad noch kein Wort gesagt? Müsste meine Mum um diese Uhrzeit eigentlich nicht mit ihrem Walking-Rudel unterwegs sein?

„Wir haben dich gemeinsam angerufen, um dir zu helfen, Schatz“, meint da meine Mum wie aufs Stichwort und bringt langsam Licht ins Dunkel. „Deine überstürzte Abreise aus Michigan hat uns alle verwundert. Wir dachten, du wärst glücklich mit deinem Studium, aber plötzlich hast du uns mitgeteilt, dass du nicht weißt, ob du nach dem Sommer an die Uni zurückkehren wirst. Du wirst verstehen, dass wir uns daher Gedanken über deine Zukunft machen.“

Nicht nur meine Familie beschäftigt meine Zukunft. Auch ich werde anhaltend aus demselben Grund von Sorgen, Zweifeln und Ängsten geplagt. Das Sommersemester war die Hölle für mich. Ich begann meinen Traum infrage zu stellen und wurde obendrein von einem der wichtigsten Menschen in meinem Leben verraten. Als sich diese Verletzung auf meine akademische Leistung auswirkte, verfiel ich in eine Art Schockstarre.

Und plötzlich tat ich etwas, das so gar nicht zu mir passt: Ich lief weg.

Ich kehrte in die Arme meiner Eltern zurück, als wäre ich ein kleines Mädchen. Dabei hatte ich mich längst abnabeln und meinen eigenen Weg gehen wollen. Als Nesthäkchen der Familie war mir der Schritt in die Selbstständigkeit immer schwer gemacht worden. Meine Eltern klammerten; vor allem meine Mum. Meine Entscheidung, nach Amerika zu gehen, um dort zu studieren, brach ihr fast das Herz. Doch sie war zu selbstlos, um mich ihren Schmerz spüren zu lassen.

„Willst du womöglich dein Studium hinschmeißen?“, will Toby geradeheraus wissen.

Sofort brennen Tränen in meinen Augen, weil ich meinen Traum so leichtsinnig hinschmeiße. Ich komme mir wie eine Verliererin vor. Nichts kriege ich auf die Reihe. „Keine Ahnung“, flüstere ich.

„Wovon hängt deine Entscheidung ab?“ Toby lässt nicht locker. Seine Ehrlichkeit tut manchmal weh, aber gleichzeitig ist er der beste Bruder, den ich mir wünschen kann.

Und das wird mir klar, als ich die Sorge in seinem Blick erkenne. „Vielleicht brauche ich etwas Zeit für mich. Zu Hause.“

„Aber aufgeschoben ist nicht aufgehoben, Evie“, erfüllt die tiefe Stimme meines Vaters das Zimmer. Dad ist ein schweigsamer, gutmütiger Mann. Er hört immer erst einmal nur zu, bevor er sich zu Wort meldet.

„Ich weiß“, nuschele ich und ziehe meine nackten Beine an meine Brust.

„Du müsstest dich für eine neue Universität bewerben und deinen Umzug organisieren. Das alles kostet Zeit. Daher solltest du jetzt aus deiner Lethargie erwachen und Verantwortung für dein Leben übernehmen."

Dads Ansage sitzt. Trotzdem brennt mein von Liebeskummer geplagtes Herz bei der Vorstellung, die Wohnung meiner besten Freundin verlassen zu müssen.

„Hast du schon eine Idee, was du Anderes studieren möchtest?" Meine Mum versucht es zur Abwechslung mal mit etwas Zuspruch.

Doch ich habe nicht einmal einen Plan, wie ich den nächsten Tag überleben soll. Mein Glaube an mich selbst ist, zusammen mit meinem Herz, in tausend Teile zerbrochen.

Auf eine Eingebung hoffend, schaue ich aus dem kleinen Fenster zu meiner Rechten, das den Blick auf das neonpinke Schild eines fragwürdigen Asiageschäfts freigibt. Die verkaufen dort sogar lebendige Goldfische. Das fand ich zufällig mal heraus, als ich mir ein Mittagessen holen wollte. Verzweifelt aufgrund meiner Einsamkeit, wollte ich mir tatsächlich ein Haustier anschaffen. Ich habe die Fische minutenlang durch das schlierige Glas beobachtet. Einer von ihnen hat sich irgendwann von dem regen Treiben im Inneren abgesondert und ist an die Scheibe geschwommen. Ich kenne mich mit den Körperteilen eines Fisches nicht besonders gut aus, aber falls er eine Stirn besitzt, hatte diese eine spitze Beule drauf. Wie ein Einhorn. Sein schielender Blick traf meinen, und weil er gar so hässlich war, musste ich ihn mitnehmen und davor bewahren, von den anderen, viel hübscheren Goldfischen gehänselt zu werden. Ich kaufte kurzerhand das Grundequipment eines Goldfischbesitzers und nahm Pegasos, wie ich den kleinen Fisch taufte, mit nach Hause.

Seither rede ich sogar ab und zu mit ihm. Er ist der Grund, warum ich jeden Tag aufstehe – ohne mich wäre er verloren.

„Psychologie ... vielleicht. Oder Kunstgeschichte.“ Ersteres fällt mir wohl nur wegen meines Verhaltens ein, das ich neuerdings wegen Pegasos an mir entdeckt habe. Von Kunst verstehe ich eigentlich gar nichts, aber mit einem Abschluss in diesem Fach könnte ich sicher auch einen tollen Job ergattern. Irgendwie würde ich diese drei Jahre schon durchstehen, und danach könnte ich Pegasos ein besseres Leben ermöglichen – in einem größeren Glas und mit Spielzeug.

„Psychologie? Kunst?“, wiederholt Toby ungläubig. „Damit hast du ja überhaupt nichts am Hut.“

„Noch nicht. Aber das kann sich ja ändern, wenn ich mal angefangen habe.“

Toby schüttelt den Kopf, während sich meine Eltern merklich zurückhalten. Jede Familie hat ihr schwarzes Schaf, und in unserer scheine ich diese Rolle zu übernehmen.

Glückwunsch, Hauptpreis.

„Also ist Marketing vom Tisch?“ Tobys Stimme klingt nicht vorwurfsvoll. Er wirkt wie der böse Bulle, der mir auch mal die Pistole gegen die Brust drückt. Als Kind konnte ich auf seine bedingungslose Unterstützung zählen, doch er sagte es mir ebenso direkt ins Gesicht, wenn ich mich wie ein Trottel benommen hatte.

„Nein, ist es nicht.“

Ich wusste schon sehr früh, dass ich in die Marketingbranche wollte. Mich begeistern Werbungen oder große Kampagnen, die den Nerv der Käufer exakt treffen. Noch vor meinem zehnten Geburtstag befasste ich mich mit Brands und deren Entstehungsgeschichte. An meiner Faszination hat sich bis heute nichts geändert. Lediglich meine Eignung für diese Berufsrichtung stelle ich nun infrage.

Während die Zweifel an mir nagen, klickt Toby unablässig mit seinem Finger auf einen Kuli und beugt sich schließlich vor. „Okay, Evie. Ich habe mir dein Jammern jetzt einige Zeit angehört und beschlossen, dir bei der Lösungsfindung zu helfen. Die Idee mit Psychologie oder Kunstgeschichte ist totaler Müll. Entschuldige. Das stehst du kein halbes Jahr durch, und danach sitzen wir wieder hier. Darauf habe ich keinen Bock.“

Ich verziehe das Gesicht, verstehe ihn aber und knabbere an meinem Daumennagel.

„Ich habe überlegt, wie ich dir helfen kann, und glaube einfach nur, dass du die richtige Motivation benötigst. In einer Scheißsituation wie deiner braucht es manchmal bloß einen Anreiz, um seine Ziele weiterhin zu verfolgen. Glaub mir, ich war auch mal dort, wo du jetzt bist.“

Mein Bruder ist neun Jahre älter als ich, deshalb habe ich kaum mitbekommen, wie es ihm beim Erwachsenwerden ergangen ist. Mit einunddreißig

Jahren kann er jetzt aber einen tollen Job und ein Leben vorweisen, für das ich ihn beneide. Er scheint total gefestigt zu sein. Er ist ein Mensch, zu dem ich aufschaue. Darum kann es nicht schaden, einige seiner Ratschläge anzunehmen.

„Unsere Marketingabteilung in der Firma ist ein Witz. Die Leute sind völlig verstaubt und scheinen noch nichts vom wundersamen Medium namens Internet gehört zu haben. Aber ich kenne zufällig jemanden, dessen Team bahnbrechende Kampagnen auf die Beine stellt. Die würden es schaffen, dir mitten in der Wüste einen Becher Sand zu verkaufen." Toby grinst und scheint seinen Vergleich brillant zu finden. In mir wächst stattdessen der Argwohn. „Großzügig, wie ich bin, habe ich dir dort bereits mehr oder weniger eine Praktikumsstelle für die Dauer deiner Sommerferien verschafft. Trotzdem bitte ich dich jetzt, Jonah baldigst selbst anzurufen, denn dann sollte die Sache unter Dach und Fach sein."

„Jonah?", wiederhole ich, und sofort erwacht in mir ein ungutes Gefühl.

„Er hat nichts dagegen. Ich schicke dir seine Nummer."

Erinnerungen an den besten Freund meines Bruders, der beinahe bei uns gelebt hat, als beide noch Teenager waren, steigen in mir hoch. Während meine Freundinnen in Popstars verknallt waren, schwärmte ich für Jonah, der mich jedoch wie Luft behandelte. Für ihn war ich immer bloß die kleine, nervige Schwester. Unsichtbar für einen heranwachsenden jungen Mann, dem die Mädels nur so nachliefen.

Das letzte Mal habe ich ihn vor über fünf Jahren gesehen. Danach ging ich für meinen Au-Pair-Aufenthalt nach Amerika, um direkt im Anschluss mit meinem Studium zu beginnen. Ich habe nie wieder an ihn gedacht. Doch jetzt macht mich bereits die Vorstellung, mit ihm zu telefonieren, nervös.

„Ich weiß nicht, ob das eine so gute Idee ist“, sage ich deshalb.

„Wieso?“, erkundigt Toby sich.

Ja, wieso eigentlich?

Jonah hat eine Firma für Sportartikel gegründet, die wahnsinnig erfolgreich ist. Sie genießt einen Ruf als hippes, modernes Unternehmen, und ihre Marketingabteilung leistet verdammt gute Arbeit. Ein Praktikum dort könnte mich tatsächlich wieder auf Kurs bringen.

Bloß: Wäre da nicht Jonah. Irgendwie habe ich mich früher in seiner Gegenwart ständig wie ein Trottel benommen. Und für ihn zu arbeiten würde bedeuten, mich seiner Begutachtung aussetzen zu müssen. Ich weiß schon jetzt, dass ich versagen werde.

Sehr selbstbewusst, Evie.

„Andere würden eine Niere opfern, um für Jonah arbeiten zu dürfen, und du zögerst?“, zeigt sich Toby erbost.

All meine Müdigkeit ist schlagartig aus meinen Gliedern gewichen. Ich bin auf einmal total hibbelig. Am liebsten würde ich aufstehen und umherlaufen. Doch dann würde meine Familie womöglich meinen nicht ausgeräumten Koffer und den Saustall in meinem Schlafzimmer bemerken.

„Ich zögere nicht, ich äußere lediglich Bedenken. Jonah schien mich nie zu mögen.“ *Dabei wünschst du dir so sehr, er würde dich lieben, oder was?!*

„Seit wann bist du ein so riesengroßer Feigling?“, fordert Toby mich heraus.

„Das ist deine Chance, Liebling“, greift nun meine Mum ein und versucht die Wogen zu glätten. „Und ich finde Jonahs Geste sehr liebenswürdig. Auch er möchte dir helfen.“

Na toll, hat Toby ihm also von meinem Totalversagen erzählt. Großartige Voraussetzungen, um ein Praktikum zu beginnen.

„Und jetzt sag nicht, du brauchst keine Hilfe!“, wird Tobys Ton schärfer. „Ruf ihn schleunigst an, oder ich werde dir gewaltig in den Arsch treten.“

„Ja, ruf ihn an“, bekräftigt nun auch noch mein Dad den Entschluss, den meine Familie soeben für mich gefasst hat.

„Versprich mir, ihn zu kontaktieren.“ Meine Mum stupst zum Abschluss noch mein Verantwortungsgefühl an.

Mein Talent scheint mehr im Entwickeln von Ausreden zu liegen als im Marketing. So gelingt es mir einen gesamten Nachmittag lang, Gründe dafür zu finden, warum ich Jonah nicht anrufen kann:

Er ist sicher bei einem Meeting.

Er isst gerade zu Mittag.

Ich weiß gar nicht, was ich sagen soll.

Ich bin ohnehin zu blöd für ein Praktikum.

Jonah erinnert sich vermutlich nicht einmal mehr an mich.

Es ist zu spät, um ihn jetzt noch anzurufen.

Um mich mit allen Mitteln davon abzuhalten, Jonahs Nummer zu wählen, beschäftige ich mich anderweitig. Deshalb räume ich sogar meinen dunkelgrauen Hartschalenkoffer aus. Danach sauge ich Chloes Wohnung durch, da diese sich – im Gegensatz zu mir – gerade zu Tode rackert, um als Schauspielerin Fuß zu fassen. Da ich für wenig Geld bei ihr wohnen darf, fühle ich mich verpflichtet, ihr zumindest putztechnisch unter die Arme zu greifen.

Am Abend futtere ich ein fragwürdiges Fertignudelgericht, das nach Tod und Verdammnis schmeckt, anstatt nach Knoblauch und Tomaten, wie auf der Packung versprochen wird. Ich zappe auf der Couch sitzend durchs Fernsehprogramm, aber natürlich nagt das schlechte Gewissen an mir. Es scheint wie ein lebendiges Wesen neben mir zu sitzen. Und eine Nachricht, die wenig später auf meinem Handy eingeht, verleiht diesem nervtötenden Wesen auch noch eine Stimme.

Toby: Hast du ihn schon angerufen?

Hat mein Bruder an einem gewöhnlichen Mittwochabend nichts anderes zu tun, als mir auf den Senkel zu gehen?

Der Typ sollte sich ein Hobby suchen. *Du auch.*

Ich weiß, dass er mich nicht in Ruhe lassen wird, bis ich Jonah tatsächlich angerufen habe. Doch jetzt erscheint mir ein Anruf irgendwie unpassend.

Immerhin ist es schon halb acht Uhr abends. Jonah ist sicher schon zu Hause. Ich möchte ihn ungern in seiner Freizeit belästigen.

In Wahrheit möchte ich ihn gar nicht belästigen, auch wenn dieses Praktikum verdammt spannend und verdammt cool wäre.

Was soll ich nur machen?

Unsicher mustere ich Jonahs Kontaktdaten auf meinem Handy. Mein Blick gleitet von der Anzeige der Uhrzeit zu seiner Nummer. Meine Hände schwitzen, mein Magen rumort, und mein Herz hämmert wild gegen meinen Brustkorb.

Tu es einfach, verdammt!

Toby schreibt mir aus einem bestimmten Grund: Er weiß, dass ich kneifen werde. Ich mag eine große Klappe haben, mit Taten habe ich es aber weniger. Meine Familie fürchtet sich schon, dass ich wieder scheitere – wie bei fast jeder verdammten Sache in meinem Leben. Dauernd schaffen mein Dad, meine Mum oder eben Toby Probleme für mich aus dem Weg.

Da schwafele ich die ganze Zeit darüber, endlich erwachsen werden zu wollen, und fürchte mich dann vor einem simplen Telefonat.

Das muss ich ändern.

Schon allein, um Toby zu zeigen, dass ich reifer geworden bin, tippe ich mit fester Überzeugung auf das grüne Hörersymbol neben Jonahs Namen.

Es klingelt. Einmal. Zweimal.

Ich zittere am ganzen Körper, stehe auf und gehe beim dritten Klingeln zum Fenster. Während ich das braune Ende eines Pflanzenblattes abzupfe, klingelt es ein viertes Mal.

Geh ran!

Geh nicht ran!

Frustriert oder erleichtert stoße ich mich vom Fenster ab, als Jonah überraschend abhebt. „Warren“, donnert seine dunkle Stimme in mein Ohr.

Von dort bahnt sie sich einen direkten Weg zu allen Härchen, die meine Unterarme bedecken. Eine Gänsehaut überzieht meinen Körper. War Jonahs Gesicht bisher lediglich eine verschwommene Erinnerung aus der Vergangenheit, so klart diese nun, bedingt durch ein einziges Wort, auf.

„Ha ... hallo. Hier ist Evie ... Coleman. Evelyn Coleman. Tobys Schwester.“

„Ich hab's kapiert“, unterbricht er mich eiskalt, dieser ... Trottel.

Ich räuspere mich. „Tut mir wirklich leid, dass ich erst jetzt anrufe. Aber ich hatte heute Nachmittag noch einige Besorgungen zu machen.“

„Warte kurz“, weist er mich an.

Beschämt über mein dummes Geschwafel, schließe ich die Augen, während ich auf Jonahs Ende der Leitung ein Rascheln und Flüstern vernehme. Ich verstehe zwar nicht, was gesprochen wird, doch eindeutig ist es die Stimme einer Frau im Hintergrund.

Ist er verheiratet? Toby hat nie von einer Hochzeit gesprochen. Vielleicht störe ich ihn gerade bei einem Date.

Oh, Mann.

Wie groß sind meine Chancen, dass ich heil aus der Sache rauskomme, wenn ich jetzt einfach auflege und so tue, als wäre nichts gewesen?

Doch Jonah nimmt mir diese Entscheidung ab, da er nur eine Sekunde später wieder mit mir redet. „Evie, bist du noch da?“

„Ja, bin ich. Störe ich?“, frage ich vorsichtig und setze mich auf die Couch.

„Es mag durchaus bessere Momente für diese Art von Unterhaltung geben. Aber egal. Jetzt lass uns sprechen.“ Er klingt nicht sauer, aber auch nicht besonders freundlich. Ich hatte seine Stimme nicht mehr in Erinnerung. Doch bei ihrem rauen Klang wird mir heiß.

„Danke“, erwidere ich. Mein schlagartiger Hormonanstieg hat mich völlig verblöden lassen.

„Toby hat mir deine Situation erklärt, und ich habe gesagt, ich werde schauen, ob ich dir helfen kann. Normalerweise lasse ich mich auf solch spontane Ideen nicht ein. Kannst du mir versprechen, dass du mich mit jeglichen Zickereien verschonen wirst?“

Hält er mich für eine Zicke? Ich frage mich, ob ich Jonah je Anlass zu dieser Vermutung gegeben habe.

„Ich werde dir keine Schwierigkeiten machen. Versprochen. Die Idee mit dem Praktikum stammt von Toby ... tut mir leid, wenn er dich damit überrumpelt hat“, erwidere ich hastig.

Jonah stößt ein knappes Lachen aus. „Man könnte sagen, dass er eine alte Schuld eingefordert hat. Aber gut. Ich werde dir eine Chance geben. Von mir aus kannst du bei mir arbeiten.“

Seine Zustimmung löst in mir Vorfreude aus. Erstaunlicherweise beruhigt es mich, dass Jonah meinem Auftauchen in seinem Leben keine allzu große Bedeutung beimisst. Er sieht darin wohl bloß einen freundschaftlichen Dienst meinem Bruder gegenüber.

„Danke für deine Zusage. Ich freue mich wirklich sehr."

„Toby sagte, dass du in Michigan studierst. Ist das noch so?", will Jonah nun wissen.

„Richtig. Ich bin im zweiten Semester und über die Ferien nach London gekommen."

„Und was ist mit den Problemen, die Toby erwähnt hat?"

Toby hat sich wirklich Mühe gegeben, mich wie eine Versagerin dastehen zu lassen. „Sie sind privater Natur. Na ja, vielleicht nicht ganz. Ich befinde mich gerade mitten in einer schwierigen Situation, in der ich Entscheidungen treffen muss – was mir total schwerfällt."

„Du überlegst also, dein Studium abzubrechen?", schlussfolgert er sogleich, ich weiß aber nicht, ob aufgrund meiner Erklärung oder des Wissens, über das er dank meines Bruders verfügt.

Ein Abbruch würde sich immer noch wie eine Niederlage anfühlen. Ich bin zu ehrgeizig, um einfach aufzugeben. „Ich will nicht voreilig handeln, sondern wohlüberlegt. Das heißt, dass ich in den kommenden Wochen herausfinden muss, welche Alternativen ich habe."

Die Worte verklingen zwischen uns, Jonah schweigt. „Unter normalen Umständen würde ich zurzeit niemanden für ein Praktikum einstellen. Wir launchen gerade einige stationäre Fitnessstudios, und das ist auch für mich Neuland. Mein Marketingteam arbeitet auf Hochtouren, um ein passendes Konzept zu entwickeln. Das mag für dich spannend klingen. Ich habe aber keinen Nerv, dass du Unruhe in die Abläufe bringst. Das ist eine meiner Bedingungen."

Jonah hat also Angst, den Babysitter für mich spielen zu müssen. Er sieht in mir immer noch die nervige kleine Schwester seines besten Freundes. Meine anfängliche Befangenheit weicht immer mehr dem Vorsatz, Jonah zu zeigen, dass ich durchaus Verantwortung übernehmen kann.

„Ich kann hart arbeiten", erwidere ich deshalb etwas schnippischer, als ich beabsichtigte.

„Das hoffe ich. Denn du hast keinen Freifahrtschein, bloß weil du Tobys Schwester bist", betont Jonah noch einmal.

„Auch das ist mir klar."

„Ich nehme an, du bist zeitlich flexibel?"

„Richtig."

„Okay, dann starten wir kommenden Montag mit dem Experiment. Sei spätestens um acht im Büro. Ich werde bis dahin jemanden finden, der sich um dich kümmert. Ich schicke dir die Adresse."

Experiment – das Wort gefällt mir gar nicht.

Aber ich sollte dankbar sein, von Jonah diese Chance geboten zu bekommen, und deshalb die Klappe halten.

„In Ordnung", murmele ich.

„Hast du noch Fragen?"

Unmengen ... die ich dir nicht stellen kann. „Im Augenblick fällt mir nichts ein."

„Dann sehen wir uns am Montag."

„Bis dahin", erwidere ich.

Eine Sekunde später ist die Leitung tot. Ich atme tief durch.

Jonahs Meinung von mir scheint sich nicht geändert zu haben. Ich wirke wie eine Plage, die er nicht loswird. Ich hingegen spüre ein Flattern in meinem Bauch, wann immer ich an den tiefen Klang seiner Stimme denke.

Unsere Eindrücke voneinander könnten unterschiedlicher nicht sein. Doch nun entsteht etwas völlig Neues zwischen uns – eine berufliche Verbindung.

Ich will Jonah auf gar keinen Fall enttäuschen. Ich werde dieses Praktikum durchziehen – komme, was wolle.

HERZMUND

Jonah

Videokonferenzen sind die wohl mit Abstand bequemste Erfindung in der Businesswelt. Man bringt die Leute, mit denen man sprechen möchte, an einen Tisch, ohne dabei das Büro verlassen zu müssen. Ergo gibt es keinen Stau, kein gezwungenes Mittagessen und sehr viel weniger verlorene Arbeitszeit.

Mr Huang aus Hongkong erklärt mir gerade in holprigem Englisch, wie weit die Herstellung unserer neusten Produkte fortgeschritten ist. Huang ist ein Typ, der Tatsachen auch mal gerne ausschmückt. So kann es sein, dass er behauptet, mit der Lieferung sei alles tipptopp, wenngleich in Wahrheit tags zuvor die Lagerhalle abgefackelt ist. Er behauptet auch gerne einmal, die Zollpapiere wären einwandfrei, während ich vergeblich versuche, einen Container mit Trainingsjacken ausfindig zu machen, da dieser beschlagnahmt wurde.

Warum arbeite ich mit Huang, könnte man sich da – berechtigterweise – fragen. Er ist zwar nicht unbedingt verlässlich, aber er gewährte mir damals, nachdem ich die Firma gegründet und mich zig Produzenten abgewiesen hatten, einen großen Vertrauensvorschuss. Ich hatte kein Geld, keinen Investor, nur mein Überzeugungstalent, das bei Huang sichtlich Eindruck hinterließ.

Während ich einige Notizen in den Block, der neben mir liegt, kritzele, erreicht mich eine SMS von Max. Huang quatscht ohnehin gerade ohne Punkt und Komma, weshalb ich die Nachricht lese.

Max: Ich weiß, du hast mir gedroht, mich zu kastrieren, sollte ich dennoch fragen. Aber ich sitze hier in einem stinklangweiligen Meeting und habe deswegen genügend Zeit, mich zu fragen, ob du schon aktiver Babysitter bist. Ich komme immer noch nicht drüber hinweg, dass Toby dich zwingt, auf seine kleine Schwester aufzupassen.

Ich raffe auch nicht, wieso ich diesem Scheiß zugestimmt habe. Toby hat sich mit seiner Bitte zur Lachnummer in unserem Freundeskreis gemacht, und Max kriegt sich deswegen nicht mehr ein. Ich glaube, er würde Toby, sollte Toby vor Max abkratzen, eigenhändig das Wort „Weichei" auf seinen Grabstein meißeln. Ich halte mich da raus, immerhin kenne ich Toby lange genug, um geschnallt zu haben, dass bei diesem Kerl nichts über die Familie geht.

Würde Toby irgendeine Tussi anschleppen, in die er abgöttisch verknallt ist, diese aber bei seiner Familie durchfallen, würde er sie, fürchte ich, sofort und ohne lange nachzudenken abservieren. Ich frage mich wirklich, woher dieser Typ früher die

Engelsgeduld für seine kleine Schwester hatte. Ich fand sie einfach nur nervig. So ist sie mir in Erinnerung geblieben. Sie war eine permanent plappernde, aufdringliche, mich anstarrende Rotzgöre, deren dunkelbraune Locken ihr ständig zu Berge standen, als hätte sie einen Finger in die Steckdose gesteckt.

Vielleicht war sie auch nur mit Elektroschocks zu bändigen, und ihre Eltern mussten sie tasern, damit sie mal für eine Minute die Klappe hielt.

Und dieses Mädchen habe ich jetzt an der Backe, da sie sich mitten in einem postpubertären Aufstand befindet. Toby meinte, ich solle geduldig mit ihr sein, sie aber ordentlich zur Arbeit einteilen. Davon, sie nicht mit zugeklebtem Mund in den Wandschrank sperren zu dürfen, war aber nie die Rede.

Die Vorstellung lässt mich grinsen. Während Huang also zur Nebensache wird, tippe ich eine Antwort an Max.

Ich: Werde Toby ausrichten, dass du jetzt bei Meetings heimlich an seine kleine Schwester denkst.

Max: Wenn sie heiß ist, verwende ich sie gerne für eine meiner Fantasien.

Ich: Ich fürchte, bei allen Muschis auf diesem Planeten ist die von Tobys Schwester absolut tabu für dich – selbst als Fantasie. Du kennst ja Toby, er ist da etwas ... empfindlich.

Max: Also nein?

Ich: Was?

Max: Erstens: Ist die Puppe im Haus? Zweitens: Wie sieht sie aus?

Ich: Vermutlich ist sie da. Hoffe ich für sie. Genau kann ich mich nicht mehr an sie erinnern. Aber stell dir einfach Toby mit langen Haaren vor.

Max: Okay, damit sind sämtliche Grundlagen für Fantasien gestorben.

Ich: Tut mir leid. Ist aber wohl besser so.

Max: Erzähl später mal, wie sich der Wonneproppen so aufführt.

Ich: Mach ich.

Max erreicht mit seinen dämlichen Nachrichten sogar etwas: Er weckt meine Neugier auf Tobys Schwester. Nach dem Videomeeting vergeude ich einen Großteil meiner wichtigen Arbeitszeit damit, mit mir selbst zu ringen.

Soll ich runter in die Marketingabteilung gehen, um Evie zu begrüßen? Mein Revier dort womöglich ein bisschen markieren, um ihr zu zeigen, dass wir nicht bei ihr zu Hause, wo sie sich aufführen mag, wie sie will, sondern in meinem Betrieb sind, den ich mit eigenen Händen aufgebaut habe?

Toby hat mich nicht gebeten, nett zu ihr zu sein.

Vermutlich wurde sie als spätgeborenes Kind lediglich ständig mit Samthandschuhen angefasst. Daher kann es ihr gar nicht schaden, wenn sie den Wind der Realität mal zu spüren bekommt. Und das bedeutet: dass ich ihr den Arsch aufreißen werde, wenn sie sich nicht an die Regeln hält, die hier bei mir herrschen.

Ich schnappe mir mein Handy, das ich in die Innentasche meines dunkelblauen Sakkos stecke, und gehe ein Stockwerk tiefer. Die Büros meiner Firma haben ihren Sitz in der Leadhall Street und belegen dort zwei Etagen eines modernen Glasbaus. Das war nicht immer so. Am Anfang leitete ich mein Einmannunternehmen in meinem Wohnzimmer. Es gab Monate, da hatte ich kaum Einnahmen, dafür aber horrende Ausgaben, und konnte zusehen, wie der winzige Berg meiner Ersparnisse schmolz. Aufgeben stand selbst in diesen Scheißzeiten aber nie zur Debatte. Entweder würde ich ganz untergehen, oder es würde mir gelingen, mich wieder aufzurappeln, dachte ich immer. Letzteres trat ein, und mein Konzept ging auf. Im Monatstakt vervielfältigten sich die Bestellungen, bald musste ich Leute einstellen, ein Lager anmieten und mich besser strukturieren. Heute – sechs Jahre später – gehöre ich zu den Glücklichen, deren Headquarter sich mitten im Financial District befindet. Eine Ist-Situation, von der ich so lange geträumt habe.

Was ich in den sechs Jahren meiner Selbstständigkeit jedoch auch gelernt habe, ist, dass gute Produkte einem nichts bringen, wenn niemand von ihrer Existenz erfährt. Ich setzte daher schon früh auf professionelles, wenn auch teures Marketing. Ich wollte bei den Leuten ein Gefühl erzeugen, wann immer sie einen Laufschuh von mir zu Gesicht bekamen. Ich wollte, dass JW Sports als starker Partner an der Seite der Kunden auftrat, der ihnen das Leben vereinfacht und sie in allen Belangen ihres sportlichen Lebens unterstützt. Aus dem Grund gründete ich früh eine Marketingabteilung, die sich einzig und allein mit der Entwicklung meiner Marke beschäftigen konnte. Ich stellte Leute ein, von denen ich zu einhundert Prozent überzeugt war – Menschen mit Erfahrung, aber auch Neulinge frisch von der Uni, die vor Elan nur so sprühten.

Jeder, der hier arbeitet, muss sich erst beweisen. Ich lege Wert darauf, ein junges, hippes Unternehmen zu sein, biete meinen Mitarbeitern flexible Arbeitszeiten, Prämien und versuche, die gute Stimmung durch persönlichen Kontakt hochzuhalten. Ich bin kein Schreibtischhocker, der sich nie bei den Mitarbeitern sehen lässt, sondern beteilige mich aktiv am Tagesgeschehen. Ich bin aber auch fest davon überzeugt, dass es strenge Regeln braucht, die man unter keinen Umständen brechen sollte. So dulde ich zum Beispiel keine unentschuldigten Fehlstunden, Faulheit ist mir ein Graus, und ich segne jedes Projekt ab, bevor wir damit an die Öffentlichkeit gehen. Da gerade im Sektor Sport und Freizeit ein wahres Haifischbecken aus Konkurrenten lauert, ist absolute Diskretion unser Steckenpferd. Du kannst dir jeden Scheiß schützen lassen, nur gibt es da draußen immer jemanden, der eine Kleinigkeit verändert, die Preise nach unten schraubt und dich ausknockt.

Aus diesem Grund habe ich ein grundsätzliches Problem, eine unerfahrene Person in die Firma zu lassen. Evie, das einstige Plappermaul, scheint mir nicht unbedingt vor Professionalität zu sprühen. Früher oder später wird sie vermutlich irgendein dummes Selfie vor einem Dashbord knipsen und es online stellen. Und dann ... dann werde ich ihr den Kopf abreißen.

Wegen dieses blöden Gefallens, den ich Toby schulde, bin ich also gezwungen, einen meiner Mitarbeiter abzustellen, um auf Klein-Evie aufzupassen. Emilys Laune wird in weniger als drei Tagen im Keller sein.

Doch noch lächelt sie, als sie mir im Flur vor ihrem Büro begegnet. „Hallo, Emily, ist Ms Coleman heute Morgen pünktlich da gewesen?"

Emily, eine 28-jährige rothaarige Frau, die abseits von Biss und Intelligenz auch verdammt kreativ ist, nickt knapp. „War sie, ja. Ich habe sie jetzt in den Besprechungsraum verfrachtet, dort kann sie sich in Ruhe bisherige Projekte anschauen. Ich dachte, das wäre zum Einstieg ganz gut für sie."

„Eine hervorragende Idee", bestätige ich und mache mich auf den Weg ans andere Ende der Etage.

Üblicherweise herrscht hier reger Betrieb, und ich werde, wenn ich zu einem Meeting komme, mit Diagrammen und Tafeln überschüttet. Heute aber ist es hinter der halb offenen Tür vollkommen still. Ziemlich genau in der Mitte des rechteckigen Nussholztisches sitzt Evie mit dem Rücken zu mir. Noch immer hat sie Locken, doch irgendwie wirken diese gebändigter und ordentlicher als früher. Um sie nicht zu erschrecken, räuspere ich mich, als ich mich ihr nähere. Trotzdem zuckt Evie zusammen und blickt von ihrem Handy auf. So viel also zum Thema Projektvorführung.

Doch ich verzeihe ihr den Fauxpas schneller als normalerweise, was möglicherweise mit ihren Lippen und dem v-förmigen Ausschnitt ihres schwarzen Pullovers zusammenhängt. Evie ... also das Kind Evie ... wirkte immer etwas zerrupft und viel zu schlaksig. Die Evie hier und jetzt vor mir ist eine Frau. Eine ... verdammt attraktive Frau, deren Mund die Form eines Herzens hat. Und als hätte sie keine beschissene Ahnung, was ich mir augenblicklich wünsche, was sie mit diesem Mund machen könnte, sieht sie wie ein erstklassiges Unschuldslämmchen zu mir hoch.

Wie alt zur Hölle mag Evie sein? Sie studiert ... aber wie lange schon? Ist sie neunzehn? Zwanzig? Viel zu jung jedenfalls, um meine Reaktion auf ihr Aussehen zu rechtfertigen. Ich bin einunddreißig und hätte mich bis jetzt nicht für einen Kerl gehalten, der auf junge Püppchen steht.

Was für eine fatale Selbsteinschätzung.

„Hallo“, kommt es da aus ihrem Herzmund, während ich um Fassung ringe.

„Recherche?“, frage ich und deute mit dem Kinn auf ihr Handy.

„Was? Nein, tut mir leid. Ich habe nur gerade eine Nachricht bekommen.“

Prompt piept ihr Telefon erneut. Während ich mich gegen den Tisch lehne, werfe ich einen prüfenden Blick darauf. Vor einem Hintergrund, der

Evie und einen Kerl, an den sie sich schmiegt, zeigt, taucht eine Nachricht von *Cooper* auf. Da sich hinter dem Namen ein Herz befindet, gehe ich davon aus, dass das der Typ auf dem Bild ist.

Zum Glück ignoriert sie jetzt das Ding. Ansonsten hätte ich es wohl aus dem Fenster geschleudert.

Da setze ich sie hier rein, damit sie sich mit Hintergrundwissen versorgen kann, aber was macht sie? Textet ihrem Lover. Mein Unmut wächst von Sekunde zu Sekunde. Ich hätte Toby diesen Scheiß mit seiner Schwester nie erlauben sollen.

„Wie läuft es bis jetzt?“, frage ich und hebe die erstbeste Mappe hoch, nur um sie genervt auf den Tisch fallen zu lassen.

Evie runzelt die Stirn und streckt lange, schlanke Beine, die in einer dunkelgrauen Hose stecken, unter dem Tisch aus. „Es ist viel zu lesen und zu verstehen, aber praxisorientiert. Ich glaube, ich habe schon einen recht guten Eindruck von der Arbeitsweise deines Teams erhalten.“

Wie scheißgönnerhaft sie tut. Am liebsten würde ich sie zurechtweisen und zwingen, mich mit *Sie* anzusprechen. Doch ich atme durch und frage mich, warum ich plötzlich so wütend bin.

Wegen ihres Gesimses? Wegen ihres Äußeren? Wegen ihrer legeren Art mir gegenüber?

Ich weiß es nicht. Ich erkenne ein Problem, wenn ich es vor mir habe – und Evie wird definitiv Schwierigkeiten bedeuten; das weiß ich schon jetzt. Entweder wird sie Chaos in mein Team bringen, einen Streit zwischen Toby und mir entfachen, oder aber ich werde etwas sehr Dummes machen, indem ich zum Beispiel mit ihr vögele.

Moment – *was?!*

Auf gar keinen Fall werde ich mit dieser Frau vögeln. Sie ist ein Kind und Tobys Schwester noch dazu. Sie ist unreif und nervig. Gleichzeitig befindet sie sich aber auch in einem Alter, in dem Frauen richtig experimentierfreudig sind. Sie lernen ihren Körper und ihre sexuellen Bedürfnisse kennen. Evie ist eine Goldgrube mit ihren runden, handlichen Titten ... aber nicht für mich. Genau der Scheiß passiert, wenn man Privat- und Berufsleben miteinander vermischt: Man züchtet Schwierigkeiten. Bei meinen Mitarbeitern habe ich nie zuvor derart versaute Gedanken gehabt. Ich sollte Evie gleich rauswerfen. Das wäre sicherlich das Beste.

„Diese Daten sind geheim. Das weißt du hoffentlich“, sage ich stattdessen mit tiefer Stimme und versuche einschüchternd zu klingen.

„Ja, klar. Ich werde damit nicht hausieren gehen.“

„Außerdem möchte ich nicht, dass du hier während deiner Arbeitszeit permanent am Handy hängst. Ich gebe Leuten selten die Chance, die ich dir gewähre, und irgendwie habe ich das Gefühl, du weißt das Ganze hier nicht zu schätzen.“

Ihre Augen weiten sich, und möglicherweise bin ich der Arsch des Jahrtausends, aber ich genieße den erschrockenen Ausdruck in ihrem Gesicht. Früher hat sie Toby immer angebrüllt und dann geheult. Wenn sie jetzt losflennt, wird das ihr erster und zugleich letzter Tag bei *JW Sports* gewesen sein.

Doch Evie reckt das Kinn und lässt tatsächlich ihre bissige Seite raushängen. „Ich weiß deine Großzügigkeit wirklich zu schätzen, habe aber bloß eine Nachricht geschrieben. Und das, nachdem ich mich zwei Stunden ausgiebig mit diesen Berichten beschäftigt habe."

„Willst du dieses Praktikum wirklich, oder bist du nur auf Tobys Anweisung hier?"

„Ich bin gerne hier", antwortet sie, doch sie lügt. Das sehe ich ihr an. Evie ist eine lächerlich schlechte Lügnerin.

„Ist dieser Kerl, dem du schreibst, schuld daran, dass du deine Zukunft über den Haufen werfen willst?"

Meine indiskrete Frage irritiert sie. Ihre Wangen beginnen zu glühen, während ihr Blick hilfesuchend zu ihrem Handy gleitet. „Es ist nicht seine Schuld", sagt sie leise.

Innerlich stöhne ich auf. „Glaub mir, Evie, kein Kerl auf dieser Welt ist es wert, eigene Ziele aufzugeben."

„Wie kannst du so etwas sagen, wenn du selbst ein Mann bist?"

„Gerade deshalb. Wie alt ist dieser Typ?"

„Sein Name ist Cooper", verteidigt sie ihn jetzt auch noch. „Er ist genauso alt wie ich – einundzwanzig."

Zumindest ist sie also überall auf der Welt volljährig. „Einundzwanzig, scheiße. Weißt du, was ich in dem Alter im Kopf hatte? Ganz sicher keine feste Beziehung." Ich habe damals mehr Frauen gevögelt, als gut für mich – für irgendwen – war. Mein Ziel war, irgendwie das Studium durchzudrücken, ohne vom Alkohol abhängig zu werden, und in meiner spärlichen Freizeit reihenweise Mädels zu besteigen. Dem guten Cooper dürfte es nicht viel anders gehen, während Evie längst eine gemeinsame Zukunft geplant hat. Selbst heute bekomme ich noch klaustrophobische Zustände, wenn eine Frau zu viel von mir möchte.

„Cooper und ich kennen uns seit knapp drei Jahren. Und fast genauso lange sind wir ein Paar."

„Tja, und jetzt ist er draufgekommen, dass es da draußen noch sehr viel mehr zu entdecken gibt. Du wirst darüber hinwegkommen, Evie. Bald steht der Nächste vor deiner Tür. Kerle gibt es wie Sand am Meer. Eine solide berufliche Ausbildung lässt sich aber nicht so leicht nachholen." Jetzt klinge ich wie ein alter Klugscheißer, der am Ende seiner Tage steht. Aber irgendwie habe ich das Gefühl, Evie am liebsten in den Arsch treten zu wollen, damit sie aus ihrer rosaroten Seifenblase erwacht.

Anstatt Trübsal zu blasen, sollte sie sich in einen heißen Fummel schmeißen, in eine Bar spazieren und einen Kerl aufreißen, von dem sie sich das Gehirn aus dem Schädel bumsen lässt. Das wäre zumindest meine Herangehensweise.

„Ich weiß einfach, dass Cooper der Richtige ist, weil ich mich so stark mit ihm verbunden fühle. Jede Beziehung scheint ihre Prüfungen bestehen zu müssen, und das hier ist unsere."

Die Kleine ist ja so richtig auf dem falschen Dampfer unterwegs. „Männer stehen nicht darauf, dass man ihnen hinterherrennt, nachdem sie Schluss gemacht haben."

„Er hat nicht Schluss gemacht“, erwidert Evie. „Im Grunde habe auch ich unsere Beziehung nie mit Worten beendet. Vielmehr hat Cooper mein Vertrauen missbraucht und mich verletzt. Er hat einen der wichtigsten Grundpfeiler einer Beziehung zerstört, und jetzt überlege ich, ob sich eine Sanierung lohnt – und was es dafür braucht.“

Ich kratze mich am Kopf und frage mich, warum Evie mir diesen ganzen Scheiß erzählt. Ich komme bei Frauen ja gut an, würde mich selbst aber nicht unbedingt als Beziehungsexperten sehen. Dennoch versuche ich mich in ihre Lage zu versetzen. Vielleicht werde ich sie schneller wieder los, wenn sie herausfindet, wie sie die Probleme mit diesem Cooper lösen kann. Er scheint der Schlüssel zu einem zufriedenen Dasein zu sein. Bekommt sie ihn zurück, setzt sie ihr Studium fort. Und auch mein Business würde dann nicht länger durch Evie gestört. Schon morgen könnte sie wieder im Flieger in Richtung Amerika sitzen.

„Du solltest dir wahrscheinlich Gedanken darüber machen, was du von ihm erwartest – und umgekehrt. Ich weiß ja nicht, was der Bursche getan hat, aber auch Kerle brauchen Aufmerksamkeit. Ich rede nicht von irgendwelchen Geschenken, sondern von Gesten, Worten ... einem bestimmten Verhalten. Nur sprechen wir diese Wünsche selten aus, was vermutlich an der allgemeinen gesellschaftlich vorherrschenden Meinung liegt, dass Männer ziemlich einfach gestrickt sind. Doch auch wir setzen Grunderwartungen an eine Frau, mit der wir eine Beziehung eingehen wollen.“

Sie lässt den Blick über die Unterlagen vor sich schweifen, und ich kann sehen, wie die Räder in ihrem Kopf rattern. Wie sie sich auf das, was ich gesagt habe, einen Reim zu bilden versucht.

Ich habe ihr den Köder hingeworfen, und dank ihrer Neugier schluckt sie ihn auch. „Du glaubst also, dass ich mehr an mir arbeiten soll?“

„Keine Ahnung. Du musst dir selbst treu bleiben. Aber es scheint ja, als würdest du diesen Cooper außerordentlich mögen. Deshalb würde ich mich an deiner Stelle ins Zeug legen. Wenn ich ein Projekt beginne, überlege ich mir, was ich brauche, um mein Ziel zu erreichen. Wenn ich mir über die Methode im Klaren bin, klemme ich mich dahinter und befasse mich intensiv mit dem Problem. So habe ich bis jetzt alles erreicht, was ich erreichen wollte.“

Ihre Augen funkeln, und sie sieht mich an, als wäre ich der Messias höchstpersönlich. Ich fühle mich richtig schäbig, sie für einen Kerl zu sensibilisieren, der wahrscheinlich ein riesiges Arschloch ist – nur um sie loszuwerden. Doch Evie war mir von Anfang an ein Dorn im Auge. Sie sieht mit ihrer unschuldig-verführerischen Art viel zu gut aus. Gleichzeitig erscheint sie mir als Bürde, die ich im Augenblick nicht brauchen kann. Ich möchte aber auch Toby nicht enttäuschen, indem ich sie hochkant rauswerfe ... oder weil ich diesem schüchternen Lächeln irgendwann nicht wiederstehen kann.

Nein, Fakt ist: Evie muss weg. So elegant wie möglich.

„Das ... das klingt logisch“, meint sie.

Ich grinse. „Ist es auch. Wenn ihr so lange zusammen wart, muss ja eine solide Basis vorhanden sein. An den Feinheiten kann man immer arbeiten."

„Aber wie soll ich mir selbst Dinge beibringen, von denen ich keine Ahnung habe? Wie handhabst du das in deinem Job?"

Ich zucke kurz mit der Schulter. „Na ja, ich lese im Internet darüber oder unterhalte mich mit Experten."

„Verstehe", murmelt sie und wirkt geknickt.

„Es gibt immer einen Weg, der gar nicht so kompliziert ist." *Zum Beispiel indem du einfach von hier verschwindest. Wie wäre das, Evie? Du packst deinen Krempel, verziehst dich, und beide werden wir glücklich.*

„Das ergibt Sinn. Alles ... was du da sagst."

Klar, ich habe diese Frauengeschichten zur Genüge abgehandelt. „Du bekommst das hin", setze ich einen aufbauenden Spruch hinterher und erliege beinahe dem Verlangen, Evies Schulter zu tätscheln. Aber vermutlich könnte ich meine Hand dann nicht davon abhalten, zu ihrer Brust zu gleiten. Was richtig beknackt wäre.

„Danke noch einmal für deine Geduld und die Möglichkeit für dieses Praktikum."

Ich habe null Geduld mit dir, Baby. Das Einzige, was mich davon abhält, dich mit einem Arschtritt hier rauszubefördern, ist dein Bruder.

„Sehr gerne", lüge ich und richte mich wieder auf, bereit zu gehen und meine Zeit nicht mehr länger mit Evie zu verschwenden. „Wenn ich dir helfen kann, sag Bescheid." *Was ich natürlich nicht wirklich tun werde.*

Wieder schenkt sie mir das Lächeln, das diesem Cooper genügen sollte, um Evie ununterbrochen vögeln zu wollen. Vielleicht ist sie aber auch einfach verklemmt. Möglicherweise steht Cooper auf abartigen Mist, der Evies heiles Weltbild völlig aus den Angeln hebt.

Auf dem Weg zurück in mein Büro plagt mich das schlechte Gewissen aber dann doch. Denn was, wenn Cooper sie windelweich geprügelt hat und alles in Evie nach Flucht schreit, ich aber der Trottel war, der sie zurück in seine Arme getrieben hat? Aber sie wirkte nicht verstört. Wohl weil sie zu sehr in ihn verschossen ist.

Fuck, was für ein Scheiß. Und das alles wegen dieses Penners Toby.

BOSSMAN

Evie

Emily, die bei *JW Sports* für mich verantwortlich ist, quält mich weder damit, ihr Kaffee in rauen Mengen holen zu müssen, noch ist sie launisch. Sie ist witzig, klug, freundlich und bringt mir bereits innerhalb des ersten Tages mehr Praxiswissen bei, als ich mir erhofft habe.

Ich bin ihr Schatten, wovon sie überhaupt nicht genervt zu sein scheint. Wenn Emily beschäftigt ist, beauftragt sie mich, mir eigene Ideen zu unterschiedlichen Produkten zu überlegen. Das gefällt mir richtig gut. Da blühe ich auf und vergesse für kurze Zeit die Sorgen, die mich wegen meines Studiums und Cooper plagen. Vertraue ich auf das, was Jonah behauptet hat, gibt es eine Lösung für mein Problem.

Nur welche?

Als ich nach meinem zweiten Arbeitstag nach Hause komme, ist auch Chloe da. Sie hat Abendessen für uns beide gekocht, wofür ich unglaublich dankbar bin, weil ich todmüde bin. Es ist ungewohnt für mich, den ganzen Tag im Büro zu sitzen. Mein müdes Gehirn erwacht beim Duft nach Pasta jedoch schlagartig zum Leben. Ich entdecke Chloe in der Küche, die zugleich als Esszimmer dient. Dort hantiert sie mit einer Pfanne, aus der sie Tomatensauce über eine Handvoll Nudeln träufelt.

„Perfektes Timing. Ich wäre die geborene Hausfrau“, begrüßt sie mich.

„Und ich der ideale Kerl, oder wie?“

Sie kichert, bindet sich ihr langes blondes Haar zu einem Dutt hoch und stellt zwei Gläser Rotwein auf den Tisch. „Kommt wohl darauf an, was du in der Hose hast.“

„Könnte eine Enttäuschung für dich werden“, erwidere ich schmunzelnd und schäle mich aus meinen Wedges.

„Wie war’s heute bei dir?“

„Spannend. Jonah steht ja kurz vor der Eröffnung seiner eigenen Fitnessstudios, und dafür entwickelt die Marketingabteilung gerade ein Konzept. Emily lässt mich überall mitmachen. Das ist richtig cool.“

Chloe kaut ihre Nudeln und zieht anerkennend die Augenbrauen hoch. „Also sperren sie dich nicht im Keller ein, um millionenfache Kopien von irgendwelchen wichtigen Dokumente anzufertigen?“

„Nein, überhaupt nicht. Ich glaube zwar, dass Jonah nicht unbedingt Luftsprünge macht, weil ich bei ihm arbeiten darf. Aber ich bemühe mich, seinen Leuten nicht zur Last zu fallen.“

Bei unserem Treffen in diesem Besprechungsraum am Tag zuvor hatte ich den Eindruck, dass Jonah mir wirklich helfen möchte. Und das schätze ich. Er scheint aber immer noch genauso distanziert zu sein, wie er es auch schon früher war. Mal abgesehen von seiner Art, hätte ich wegen seines Äußeren fast auf den Tisch gesabbert. Unbewusst scheine ich eine Vorliebe für Männer in Anzug zu haben ... für Jonah in Anzug, um genau zu sein. Er sah auf eine wilde Weise gut aus. Wie jemand, der nicht zart zu dir ist, was du völlig okay findest.

Bin ich verrückt, weil ich Tagträumen nachhänge, die den besten Freund meines Bruders beinhalten? Vermutlich schon.

„Du wirst das Ding rocken, Mädchen“, bietet Chloe mir unterdessen verbale Streicheleinheiten. „Diese Praktikumsstelle wird deinem Selbstvertrauen guttun, und dann wirst du auch mit Cooper klarkommen.“

Darauf trinke ich einen großen Schluck Wein.

Mein Problem besteht nicht darin, Cooper von irgendetwas überzeugen zu müssen, sondern das Problem liegt in mir. Cooper schreibt mir täglich Nachrichten, er hat sich zig Male für sein Vergehen entschuldigt und sieht eine gemeinsame Zukunft für uns beide. Leider weiß ich nur nicht, ob ich bereit bin, ihm erneut mein Vertrauen zu schenken, nachdem er mir zu verstehen gab, dass ich ihm nicht genüge.

„Ich hätte ihn nicht erwähnen sollen. Tut mir leid“, meint Chloe, weil ich wie völlig eingefroren bin und ins Leere starre.

„Nein. Es ist nur ... die ganze Zeit habe ich mich als Opfer gesehen. Cooper wollte, dass wir mit Sex warten, bis wir das Studium abgeschlossen und geheiratet haben. Das war für mich okay. Oder eigentlich nahm ich es hin, weil ich Cooper liebe und verstehe, dass seine Einstellung bezüglich Sex etwas altmodisch ist, da er aus einem wirklich konservativen Elternhaus stammt. Ich bin auch weiterhin davon überzeugt, dass Liebe nicht zwingendermaßen mit Sex verbunden ist. Man kann sich nahe sein, ohne miteinander zu schlafen. Intimität bedeutet einfach mehr als die gegenseitige Penetration der Geschlechtsteile."

„Autsch. Du redest mir da gerade eins meiner Hobbys madig, das ist dir schon klar?!", unterbricht mich Chloe zerknirscht.

Ich wedele mit beiden Händen in der Luft. „Sorry, aber es ist so. Mir fällt keine andere Beschreibung des Geschlechtsaktes ein."

„Mir schon, aber die würde dir nicht gefallen."

„Vermutlich."

„Gut. Jedenfalls hat Cooper aber anscheinend plötzlich seine Meinung geändert und einfach eine andere besprungen. Damit sollte er als Thema doch vom Tisch sein, Evie."

Sollte man meinen, ja.

Cooper hat mich betrogen. Sein erstes Mal, das er mit mir hatte teilen wollen, erlebte er mit irgendeiner Kommilitonin auf einer Party, bei der er mich nicht dabeihaben wollte. Über mehrere Ecken erreichte mich schließlich die Nachricht, dass mein Freund mit einer anderen im Bett gewesen war. Cooper streitet den Vorfall zumindest nicht ab; was die Sache aber auch nicht weniger schlimm für mich macht. Ich habe mir durch sein Geständnis bloß Zeit erspart, die ich nutzen konnte, um mein Leben über den Haufen zu werfen, mein Studium abzubrechen und nach Hause zu fliegen.

Davor hatte ich ein klärendes Gespräch mit Cooper geführt, bei dem ich die Frage des Warum klären wollte.

Warum hat er mich betrogen? Warum setzt er unsere Beziehung für Sex, den er mit mir nicht haben wollte, aufs Spiel?

Coopers Theorie: Mit dieser Frau hatte er nur Sex, mit mir verbindet ihn jedoch Liebe. Er habe bloß herausfinden wollen, wie es sei, mit jemanden zu schlafen, dem man gefühlsmäßig nicht nahe ist. Er wollte etwas rein Körperliches erfahren. Ich hingegen sei eine Frau, die man heiratet, ehrt und nicht einfach nur benutzt. Ich wäre nicht sexy, verführerisch oder experimentierfreudig, sondern schüchtern und unerfahren. Meine Jungfräulichkeit wäre das Geschenk, das ich ihm als Ehefrau machen würde.

Doch seit der Unterhaltung mit Jonah frage ich mich, ob Cooper sich von mir gewünscht hätte, ich wäre aufreizender, erfahrener und verführerischer. Wenn ihn diese andere Frau so sehr reizen konnte, musste sie doch etwas gehabt haben, das er brauchte. Etwas, das ihm an mir fehlte.

Cooper zu verzeihen ist eine Sache. Ihn künftig an mich zu binden eine völlig andere. Wie Jonah richtig bemerkte, hatten wir eine solide Basis, die durch meine Unsicherheit und Unerfahrenheit mit Männern ins Wanken geraten ist. Will ich unsere Beziehung retten, muss ich selbstsicherer werden.

„Wie würdest du meinen Umgang mit Männern beschreiben?“, frage ich und lege erwartungsvoll mein Essbesteck zur Seite.

„Wie meinst du das?“

„Wenn du daran denkst, wie ich mich Männern gegenüber verhalte, welcher Begriff taucht da in deinem Kopf zuallererst auf?“

Chloe überlegt eine Sekunde, dann runzelt sie die Stirn. „Verlegen. Zumindest verhältst du dich so, wenn du weißt, dass der Kerl etwas von dir möchte. Bei anderen Menschen wirkst du viel stärker.“

Verlegen. Chloe hat absolut recht.

„Ich glaube auch, dass meine Unsicherheit mein allergrößtes Problem ist“, überlege ich laut. „Vielleicht bin ich wegen Cooper so vorsichtig geblieben, weil ich die ganze Zeit dachte, er wünscht sich eine sanfte Frau. Ich bin langweilig, Chloe.“

„Das bist du nicht!“, hält meine Freundin dagegen.

„Natürlich bin ich das! Ich bin ein Mauerblümchen. So werde ich Cooper erneut verlieren.“

Chloe beugt sich vor und stemmt ihre Unterarme fest gegen die Tischplatte. Ihr Blick unterstreicht ihre Worte, die ich bereits erahne. „Dann war er es nicht wert, Evie. Dieser Kerl hat kein Rückgrat, betrügt dich – und du ... du verzeihst ihm auch noch. Das kann ich echt nicht verstehen.“

Ich kann meine Entscheidung, Cooper seinen Fehler zu vergeben, ehrlicherweise auch nicht nachvollziehen. An manchen Tagen vermisse ich ihn so sehr, dass ich ihm einfach alles durchgehen lassen würde. Dann gibt es Momente, in denen ich stinksauer auf ihn bin und mir schwöre, ihn auf ewig zu vergessen. Doch meistens sehne ich mich nur einfach schrecklich nach ihm.

Ich will mein altes Leben zurück. Meine Zukunft mit diesem Mann, die so vielversprechend erschien. Nicht alles, was Cooper und mich verband, kann unecht gewesen sein.

„Du musst nicht all meine Entscheidungen verstehen. Aber vielleicht kannst du mir trotzdem helfen, an mir selbst zu arbeiten."

Chloe scheint wenig überzeugt. Für sie stellt Cooper den Ursprung allen Übels dar. „Ein Mann sollte dich so nehmen, wie du bist, Evie."

„Das sehe ich auch so. Ich meine, ich will einfach meine ... meine sexy Seite aufpeppen." Wie schwer mir dieses Geständnis über die Lippen geht, ist lächerlich. Wie will ich da je aufreizender werden?

„Deine sexy Seite? Du meinst, du möchtest lernen, wie man Kerle aufreißt?"

„Wie man flirtet, sich verführerisch anzieht oder wie man am besten den ersten Schritt auf einen Mann zumacht."

Chloe stößt einen Schwall Luft aus und schiebt sich ein kleines Stück Brot in den Mund. Eine Weile kaut sie bedächtig, dann sagt sie: „So etwas lernt man nicht von heute auf morgen, Evie. Ich kann ja schlecht neben dir stehen, während du mit einem Mann flirtest, und dir Tipps dabei geben. Das wäre richtig schräg. Und obendrein würde der Kerl denken, wir wären auf einen Dreier aus."

„Damit würde ich ungern starten", bestätige ich.

„Kann ich mir vorstellen. Ich glaube, du brauchst da jemand ... männlicheres als mich, dem du vertraust, und der dir die Sichtweise eines Mannes näherbringt. Du müsstest sicher sein können, dass er nicht versucht, dich flachzulegen, sondern dir bloß hilft. Jemand mit Erfahrung, der genau weiß, was er bei Frauen anziehend findet. Auch Kerle tauschen sich untereinander über ihre Erlebnisse mit Frauen aus. Der Wissensschatz eines Mannes wäre ein ideales Nachschlagewerk für dich."

Grandios. Warum zum Teufel ist mir so was nicht schon viel früher von selbst eingefallen?

Ich stoße ein freudiges Quieken aus und werfe beide Arme in die Luft. „Du bist brillant."

„Ich weiß", erwidert Chloe und grinst selbstgefällig. „Die Frage ist jetzt nur, wen du für diese Aufgabe in Betracht ziehen könntest."

„Toby kann ich ja schlecht fragen."

„Wäre etwas sonderbar, ja."

„Meine männlichen Freunde befinden sich alle auf der anderen Seite des Ozeans. Und das ist wohl kein Thema, das man übers Telefon klärt. Was ist mit einem Kollegen von dir?"

„Einen Schauspielkollegen?" Chloe lacht, schüttelt dann aber entschieden den Kopf. „Die würden alle versuchen, dich ins Bett zu kriegen. Schauspieler sind ein versexter Haufen."

Simultan überlegen wir in aller Stille. Ich gehe im Kopf die Namen einiger meiner männlichen Freunde von früher durch. Doch von den meisten habe ich weder eine Telefonnummer, noch kann ich sicher sein, dass sie auch wirklich nichts von mir wollen.

Die Idee war gut, leider hapert es nun an der Umsetzung. Ich brauche wohl einen neuen Plan, um mein Image aufzupolieren. Bestimmt gibt es im Internet genügend Tipps, die mir weiterhelfen können. Vor dem Spiegel quatschen und so Zeug ...

„Was ist mit diesem Jonah?“, unterbricht Chloe plötzlich meine Gedankengänge.

Ich betrachte ihren ausgestreckten Zeigefinger und schüttele vehement den Kopf. „Niemals. Vergiss das sofort.“

„Wieso? Er ist der beste Freund deines Bruders, was bedeutet, dass er definitiv die Finger von dir lassen wird. Du weißt schon: Bro before Ho, was wohl erst recht gilt, wenn die Ho auch noch die kleine Schwester des Bro ist.“

„Was zum Teufel redest du da?! Jonah scheidet aus. Ende.“

„Nein, nein, nein. Jonah ist verdammt gut.“ Aufgeregt setzt sie sich auf und knackt mit ihren Fingern. „Du hast mir erzählt, dass er ein Weiberheld ist, was bedeutet, dass er eine Menge Erfahrung mit Frauen aufweisen kann. Der Kerl weiß damit genau, welche Ansprüche er an uns hat. Was ihn anmacht, abturnt – er hat das sicher voll gut drauf.“

Ich werde ganz sicherlich in der Hölle der Abartigkeit landen, weil ich langsam beginne, Chloes Vorschlag gut zu finden. Mit einem Fuß stehe ich praktisch schon auf Satans Fußmatte – dann meldet sich meine Vernunft zu Wort. „Ich arbeite für ihn.“

„Das ist eine blöde Praktikumsstelle, die er dir nur angeboten hat, weil du Tobys Schwester bist. Er wird dich niemals auch nur wirklich anstellen.“

Für Chloe scheint die Sache klar. Ich hingegen werde von Gegenargumenten heimgesucht. „Wie denkst du, wie ein einunddreißigjähriger Mann, der beste Freund meines Bruders, mein derzeitiger Boss und obendrauf Frauenheld, auf meine Bitte reagieren wird, mir beizubringen, wie ich zum Vamp werde? Wenn er mich bloß auslacht und fragt, ob ich vergessen habe, meine Tabletten zu nehmen, bin ich wohl noch glimpflich davongekommen."

„Gott, Evie, du musst ihm die Ware eben gut verkaufen. Das sollte dir als angehendes Marketinggenie doch nicht schwerfallen. Du weißt schon: ‚Verkaufen Sie mir diesen Stift!'", zitiert sie Leo DiCaprio aus *The Wolf of Wall Street.*

„Das würde bedeuten, dass er denkt, mir zu helfen wäre unabdingbar für ihn", entgegne ich.

„Du musst einen Verkaufsgrund finden. Eine Möglichkeit, weshalb Jonah gar nicht anders kann, als dir mit Rat und Tat zur Seite zu stehen. Denn glaub mir: Einen besseren Lehrer wie ihn wirst du so schnell nicht finden."

Je länger ich über Chloes Vorschlag nachdenke, desto einleuchtender erscheint er mir.

Doch wie soll ich Jonah ernsthaft um Hilfe bitten? Ich kann schließlich nicht einfach in sein Büro spazieren und mein Anliegen vorbringen.

Meine Unentschlossenheit entwickelt sich im Laufe der Nacht zu einem ausgewachsenen Bauchschmerz. Zumindest hoffe ich, dass es nicht Chloes Nudeln sind, die meinen Magen in eine zuckende Hülle verwandeln. Käme sicher nicht so gut, wenn ich bereits in der ersten Arbeitswoche ins Büro kotze.

Da ich das Frühstück an diesem Morgen ausfallen lasse, erscheine ich frühzeitig in der Arbeit. Es sind zwar schon einige andere Mitarbeiter anwesend, aber Emilys Platz ist noch verwaist. Sie hat mir einen Stuhl neben ihren gestellt, damit ich ihr zusehen und zur Hand gehen kann. Genau dort lasse ich mich jetzt nieder und schlürfe meinen magenfreundlichen Grüntee. Emilys Schreibtisch gleicht einem wahren Schlachtfeld. Überall liegen Zettel, Haargummis, Ladekabel, Kugelschreiber, und dazwischen entdecke ich sogar einige bunte Schokolinsen.

Emily ist ein kreativer, chaotischer Mensch, aber sehr nett und sehr locker. Mal abgesehen von ihrer Unordnung, kann ich froh sein, wenn ich in einigen Jahren über nur ansatzweise so große Kompetenz verfüge wie sie.

Als Emily schließlich eine halbe Stunde später eintrudelt, habe ich ihren Schreibtisch aufgeräumt und meinen Tee ausgetrunken.

„Kater", gewährt sie mir eine Erklärung für ihren zerrupften Look. Stöhnend lässt sie sich auf ihren Stuhl fallen. Ihre roten Haare sehen tatsächlich unfrisiert aus, ihre Augen sind gerötet, und der Reißverschluss an ihrem Rücken ist nur halb geschlossen.

„Gab es eine kleine Feier?", frage ich.

„Irgendwie artet jeder Abend mit meinen Mädels aus. Hast du eine Kopfschmerztablette eingesteckt?"

„Leider nicht. Tut mir leid."

„Schon gut“, erwidert sie gepresst und lehnt sich mit geschlossenen Augen zurück. „Ich werde es überstehen. Du hast hier aufgeräumt?“

„Ja. Ich hoffe, das ist in Ordnung für dich?“

„Du bist ein Engel. Kannst du schnell meine Mails checken, während ich meinen Augen noch eine winzig kleine Pause gönne?“

„Gern.“ Ich starte ihren PC, öffne das E-Mail-Programm und lese einige eingegangene Nachrichten. Dazu mache ich Notizen und blicke immer mal wieder grinsend zu Emily, die wie tot in ihrem Stuhl hängt. Eine Mail stammt von Jonah, die seine Assistentin an Emily weitergeleitet hat. Der Inhalt ist eigentlich ziemlich lahm, dennoch beginnt mein Herz schneller zu schlagen, was wahrscheinlich mit dem hinterlistigen Plan zu tun hat, den ich in Bezug auf Jonah geschmiedet habe.

Er wird da niemals mitmachen.

Emily schlummert etwa eine Stunde lang, während ich nicht nur ihre Mails durchgehe, sondern auch einige Anhänge ausdrucke. Nicht mal das Rattern des Druckers weckt sie. Ich klammere gerade einen Ausdruck zusammen, als die Tür zu Emilys Büro aufgeht und ein Kurier im Raum steht. Auf dieses Geräusch scheint Emily besser getrimmt zu sein, denn sofort setzt sie sich auf und greift nach dem erstbesten Gegenstand, den sie finden kann, um Geschäftigkeit vorzutäuschen.

„Mike, verdammt. Du hast mich zu Tode erschreckt“, nuschelt sie.

Mike, ein junger, sportlicher Kerl in typischer Fahrradkurierkluft, legt grinsend einen Stoß Briefe auf Emilys Schreibtisch ab. Dann sieht er zu mir, lässt seinen Blick über mich gleiten und zwinkert mir zu. Ich merke, wie ich dunkelrot anlaufe und mir dabei versehentlich beinahe eine Klammer in die Fingerkuppe jage.

„Oh, du hast Besuch?“, erkundigt er sich wenig subtil bei Emily nach meiner Anwesenheit.

„Das ist Evie. Sie ist meine Praktikantin.“

„Sklavin würde es wohl besser treffen.“ Auf einmal fördert Mike aus seiner Tasche zwei Kaffeebecher zutage. Einen davon stellt er vor Emily hin, den anderen hält er mir entgegen. „Schwarz mit ein bisschen Zucker. Möchtest du meinen haben, Evie?“

Diese Doppeldeutigkeit ist ihm bewusst, und gerade deswegen bringt Mike mich nun erst recht aus der Fassung. Ich beginne zu stottern, anstatt etwas Cooles zu erwidern.

Was für ein Loser ich doch bin.

„Danke ... aber ich trinke keinen Kaffee. Nur Tee. Grüntee mit einem Schuss Zitrone“, führe ich auch noch aus.

„Äh ... widerlich“, jammert Emily.

„Ich werde das das nächste Mal berücksichtigen“, verspricht Mike. „Und welchen Tod stirbst du hier?“

„Den des Gins.“

„Heißt es nicht, von Gin bekommt man keinen Kater?“

Emily rollt mit ihrem Stuhl zurück, während Mike lässig auf der Kante ihres Schreibtisches hockt und an seinem Kaffee nippt. „Diese Theorie kann ich widerlegen.“

Ich beobachte die beiden aus sicherer Entfernung, komme mir aber wie ein Störenfried vor. Doch ich bin auch neugierig, in welcher Verbindung die beiden zueinander stehen. Sind sie Freunde? Oder sogar ein Paar? Mike ist ein durchschnittlicher Typ – groß, schlank, hübsch, aber keine Augenweide. Doch darauf kommt es ja auch nicht an. Er scheint gesellig und aufgeschlossen zu sein.

Für eine Sekunde überlege ich, ob ich Mike um Hilfe bitten soll. Doch sein Blick gleitet just in diesem Moment zu mir. Okay, er würde eindeutig probieren, mich flachzulegen.

„Vielleicht sollte ich dir meine Nummer geben, Evie, damit du mich anrufen kannst, wenn diese Diktatorin dich misshandelt", schlägt Mike vor. Als er mir dabei erneut zuzwinkert, weiß ich nicht, ob er ernsthaft mit mir flirtet oder bloß scherzt.

„Sie ist aber sehr nett zu mir", breche ich eine Lanze für Emily.

„Das ändert sich bei ihr schnell, sobald du sie besser kennst."

„Mike, du machst ihr ja Angst." Emily lacht, dennoch fühle ich mich wie ein unbedarftes Kind, das einem Gespräch zweier Erwachsener lauscht. „Außerdem brauchst du Evie nicht anzubaggern – sie wird bloß für ein paar Wochen in London sein."

„Du bist nicht von hier?"

Ich halte die Klammermaschine so fest, als wäre es eine Waffe, die ich jeden Augenblick gegen Mike einsetzen könnte. „Doch schon, aber ich studiere in Michigan. Dieser Job soll bloß verhindern, dass ich meine Sommerferien nicht in Pubs, Parks und auf dem Strand vergeude.“ Was ja so was von gelogen ist. Aber gut, Mike findet meine Erklärung lustig.

„Echt cool. Ich stehe auf kluge Mädchen. Das heißt also, du bist noch auf der Suche nach Unterhaltungsprogramm für die Zeit, die du jenseits dieser Mauern verbringst?“ Er würde doch nicht wirklich mit mir flirten, wenn Emily seine Freundin wäre.

Vermutlich sollte ich mich einfach auf Mikes Anmache einlassen, aber es gelingt mir nicht, auch nur einen lockeren Spruch abzulassen. „Ich ... ich denke, ich habe schon ein recht straffes Programm.“ Innerlich verdrehe ich die Augen über mein doofes Geplapper.

„Sie steht nicht auf dich. Hast du es jetzt endlich kapiert, Mike?“, springt Emily mir bei, um mich zu verteidigen.

Mike schnalzt mit der Zunge, leert dann seinen Kaffeebecher und wirft ihn zielsicher in den Mülleimer neben Emilys Schreibtisch. „Ich komme zweimal die Woche vorbei. Beim nächsten Mal bringe ich dir Tee mit. Vielleicht kann ich dich dann überzeugen, mir deine Nummer zu geben. Und du, Emily, trink weniger. Außerdem ist dein Kleid hinten offen. Sieht total bescheuert aus.“ Grinsend verlässt er Emilys Büro, worauf sie aufspringt und mit der Hand nach ihrem Reißverschluss tastet.

„Scheiße. Kannst du mir helfen?“

„Klar.“ Ich eile zu ihr und nestele an der schwarzen Metallöse. „Das mit dem Reißverschluss wollte ich dir vorhin schon sagen, dann aber bist du ... beschäftigt gewesen.“

Sie kichert. „Du bist viel zu gutmütig für diese Welt, Kleine. Lass dir gesagt sein: Leg dir spitze Reißzähne zu, ansonsten trampeln dich die Leute nieder."

„Leute wie Mike?"

„Mike ist manchmal ein Idiot, aber in Ordnung."

Vielleicht wächst mein Mut, weil ich Emily nicht in die Augen sehen muss, weshalb ich plötzlich kein Problem mit Offenheit habe. „Ist er dein Freund? Also ... dein fester Freund?"

„Ich treibe es nicht mit ihm, wenn du das meinst. Er ist bloß ein Kumpel. Wir haben uns hier kennengelernt. Du kennst mich ja, ich plappere gleich drauflos. Seither bringt er mir immer Kaffee mit, und ich verschone sein Leben, wenn mal wieder einer meiner Briefe woanders landet." Als ihr Kleid geschlossen ist, setzt sie sich und mustert mich nachdenklich. „Bist du denn Single?"

„Ja, bin ich", entschließe ich mich, meinem Bauchgefühl zu folgen.

Emily zuckt mit den Schultern. „Na ja, dann spricht ja nichts gegen ein Date mit Mike. Vorausgesetzt, du findest ihn erträglich."

„Er wirkt sehr nett."

„Dann ran an den Speck! Für eine unkomplizierte Nummer während deiner Ferien ist Mike der ideale Kandidat."

Das mag sein. Doch Mike wäre niemand, dem ich meine Jungfräulichkeit schenken würde. Ich bin immer noch davon überzeugt, dass dieser Moment besonders für mich sein soll, da ich mich wohl mein Leben lang daran erinnern werde. In meiner

Vorstellung ist Cooper weiterhin der Mann, der dieses wichtige Erlebnis mit mir teilen soll.

„Gib ihm deine Nummer, und wenn es nur dazu führt, dass er dich einmal zum Essen einlädt. Davon wird die Welt nicht untergehen." Emily kramt aus einem Schrank eine hellblaue Mappe, die sie sich unter den Arm klemmt. „Ich muss jetzt zu einem Termin. Wenn du magst, kannst du mich begleiten."

„Sehr gerne", erwidere ich erfreut.

„Auf geht's."

Für das Treffen mit der Journalistin eines Fitnessmagazins verlassen wir nicht nur das Gebäude, wir fahren durch die halbe Stadt. Der Termin ist aufschlussreich für mich. Emily beweist ihr Verhandlungsgeschick und ihre ernste Seite. Innerlich mache ich mir Unmengen an Notizen, während ich stumm wie ein Huhn danebensitze und lausche. Die beiden Frauen verhandeln über eine Platzierungsmöglichkeit der neuen Kollektion, die gemeinsam mit dem Studio, das in Kürze eröffnen soll, auf den Markt kommt.

Ich glaube, dass Emily am Ende das bekommen hat, was sie wollte, obwohl Ms Pearl knallhart wirkte.

Auf dem Rückweg holen wir uns ein Sandwich, das wir im Gehen essen. Emily scheint ihren Kater überwunden zu haben. Ich würde wahrscheinlich tagelang darniederliegen und vor mich hin vegetieren.

„Dein Bruder und der Bossman sind also Freunde?", fragt sie, als wir bei unserer Tube-Station aussteigen und nach oben gehen.

„Der *Bossman.*" Ich lache aufgrund der Bezeichnung und werfe meine Serviette in einen Mülleimer. „Die beiden kennen sich seit ihrer Geburt, da wir in der gleichen Nachbarschaft aufgewachsen sind."

„Und wie gut bist du mit ihm? Du bist ja viel jünger als die beiden."

„Neun Jahre. Ich war die nervige kleine Schwester, die bei Partys unangemeldet ins Zimmer platzte oder die auch mal gerne die Petze spielte. Mit Jonah hatte ich nie mehr zu tun, seit ich von daheim ausgezogen bin. Dieses Praktikum darf ich ja auch nur machen, weil ich Tobys Schwester bin."

Während wir unzähligen Businessmenschen ausweichen, habe ich das Gefühl, zum ersten Mal wäre ich diejenige mit den coolen Geschichten. Emily hängt an meinen Lippen. Offenbar interessiert sie sich für das Privatleben ihres Chefs.

„Und wie ist er so drauf? Ist er locker? Verklemmt?"

„Locker. Er widersteht keiner Versuchung." Warum sage ich das? So wirkte er früher vielleicht einmal. Aber vermutlich hat er sich verändert.

„War er schon immer so ... schön?"

„Gott, ja", antworte ich, schüttele dann aber entschieden den Kopf. „Also ... er ..."

„Er ist megaheiß", unterbricht mich Emily. „Weißt du, wie wir ihn heimlich nennen? Jorgasm Warren."

Jorgasm Warren? Das klingt nach einem Porno.

„Bitte verrate ihm das ja nicht, denn ich fürchte, dann rollen Köpfe. Meiner inklusive."

„Du kannst dich auf mich verlassen." Bei der roten Fußgängerampel zwei Straßen von unserem Bürogebäude entfernt halten wir an.

„Ich glaube, einer der Hauptgründe, warum einige bei JW Sports arbeiten, ist Jonah Warren. Ein Blick auf seinen Arsch, und dein Tag ist gerettet. Machst du ihn mit einem Projekt, einer Statistik oder was auch immer glücklich, kommt seine Anerkennung einem Orgasmus gleich."

Sie redet völlig unverblümt, und das, obwohl direkt neben uns wildfremde Leute stehen. „Ich weiß gar nicht, was ich sagen soll."

„Manchmal sieht er dich während eines Meetings an, und du wünschst dir, dass er dich später bittet zu bleiben, nur damit er dir den Arsch versohlt. Aber im Büro ist er die Korrektheit in Person. Immer distanziert, nüchtern, fast schon kalt. Er würde sich niemals auf die persönliche Ebene mit einem seiner Mitarbeiter begeben. Dennoch hat er Charme, und man spürt deutlich, dass in Wahrheit ein anderer Kerl in ihm schlummert."

Wir überqueren die Straßen, während ich Emilys Schwärmerei einzuordnen versuche. Ist sie tatsächlich in Jonah verknallt, oder gehen gerade die Pferde mit ihr durch?

„Er versucht wahrscheinlich, ein guter Boss zu sein. Aber weil es sein Betrieb ist, trägt er auch die volle Verantwortung."

Meine Erklärung lässt Emily nicken. Sie hält an, kramt in ihrer Handtasche nach einer Zigarette und zündet sie an. Als sie mir die Packung hinhält, verneine ich kopfschüttelnd. „Er ist ein toller Chef, fair, er mischt sich nicht bei jeder Kleinigkeit ein, und man kann mit ihm reden, wenn man ein Problem hat. Aber gleichzeitig ist er so unergründlich. Das weckt in mir oft den Wunsch, ihn aus der Reserve zu locken."

„Also magst du geheimnisvolle Männer?"

Emily inhaliert einen Schwall Rauch und pustet ihn durch die Nasenlöcher aus. „Ich stehe nicht auf weichgespülte Lappen, die dir ein Ständchen bringen und ständig in den Arsch kriechen. Gleichzeitig will ich mich begehrt fühlen. Ein Bastard in der Nacht, ein Gentleman am Tag – das trifft es gut."

Cooper hat mich – bis auf seinen Ausrutscher mit dieser Frau – immer gut behandelt. Er hat mich sprichwörtlich auf Händen getragen. Und auch in seiner Familie wurde ich gut aufgenommen. Ich kann mit Emilys Beschreibung ihres Idealtyps irgendwie nichts anfangen, und trotzdem reizt mich plötzlich die Vorstellung, von einem Mann nicht immer nur superhöflich behandelt zu werden.

„Denkst du, dass es den perfekten Mann für jede Frau gibt?"

„Keine Ahnung. Das kommt wohl auf die eigenen Ansprüche an", entgegnet Emily und tritt die Zigarette mit der Schuhspitze aus. „Jorgasm Warren mag im Bett eine Granate sein, aber vielleicht ist er eine menschliche Nullnummer. Ein anderer behandelt dich wie eine Königin, kann es dir aber nicht richtig besorgen. Auch dann bist du unzufrieden. Hm – als hätten wir vom Teufel gesprochen."

Ich folge Emilys Blick, der auf die andere Straßenseite gerichtet ist, und entdecke Jonah. Er kommt in Begleitung einer Frau in gelbem Sommerkleid und riesiger Sonnenbrille näher. Sie halten zwar nicht Händchen, doch wie nahe sie nebeneinander gehen, verrät, dass sie mehr als nur zwei Bekannte sind.

Schräg gegenüber von uns halten sie an. Die Frau nimmt ihre Sonnenbrille ab, und erst da erkenne ich sie – es ist Samantha.

Als wäre ich nicht schon perplex genug, schlingt Samantha nun auch noch ihre Arme um Jonah und haucht ihm einen Kuss auf die Lippen.

„Dieses Bild werde ich in einer riesigen Menge Alkohol ertränken müssen“, jammert Emily neben mir, während Jonah und Samantha ein paar Worte miteinander wechseln.

Dann trennen sich die Wege der beiden. Jonah überquert allein die Straße. Als er mich entdeckt, kneift er die Augen als eindeutige Warnung kurz zusammen. Sein Blick ruht auf mir, bis er im Inneren des Gebäudes verschwunden ist.

Ich hatte nie ein sonderlich gutes Verhältnis zu Samantha. Doch nun wird mir klar, dass sie der Bleistift aus Chloes Metapher sein könnte.

ENTHÜLLUNG

Jonah

Dass ich die Einschränkung, die Evie in mein Leben bringen wird, unterschätzt habe, wird mir spätestens dann klar, als ich sie auf der weinroten Ledercouch im Eingangsbereich vor meinem Büro sitzen sehe. Während Evie abwesend auf ihre Hände blickt, stelle ich fest, dass meine Assistentin bereits nach Hause gegangen ist.

Tobys Schwester ist eine verdammte Plage – wie seit jeher.

Ich halte kurz inne und überlege, ob ich sie ignorieren soll. Hat sie denn nichts Besseres zu tun, als mir hier aufzulauern? Völlig schräg, die Kleine.

Auf direktem Konfrontationskurs steuere ich Evie an und bleibe mit gerunzelter Stirn vor ihr stehen. „Brauchst du was?“

Sie steht auf und hängt sich entschlossen ihre Tasche über die Schulter. „Ich muss kurz mal mit dir reden.“

„Das ist gerade ziemlich schlecht. Ich habe noch was vor.“ Was gelogen ist. Dennoch schaue ich auf meine Armbanduhr, um pseudomäßig die Zeit zu prüfen.

„Kannst ... kannst du mich vielleicht ein Stück mitnehmen?"

Zum Teufel, nein.

Bin ich jetzt auch noch Klein-Evies verdammter Chauffeur?!

„Reden wir morgen darüber. Lass dir von meiner Assistentin einen Termin geben, dann können wir miteinander sprechen."

Dieser Vorschlag gefällt ihr nicht. Evie mag eine schüchterne Person sein. Zu ihren Stärken zählt aber ihre penetrante Art, wenn sie etwas will. Das mag daran liegen, dass sie um neun Jahre jünger ist als ihr Bruder und sich deswegen ständig gegen ihn durchsetzen musste.

„Mein Anliegen ist privater Natur. Ich glaube nicht, dass deine Assistentin darüber informiert werden soll", sagt sie und macht einen kaum merklichen Schritt in meine Richtung.

Ich betrachte ihr Outfit – ein leichtes Sommerkleid mit Blumenmuster. Bis jetzt hielt ich es eher für unwahrscheinlich, etwas so Mädchenhaftes derart anziehend zu finden. Aber ich habe mich geirrt.

„Okay. Ich nehme dich bis zur übernächsten Tube-Station mit. Ganz sicher werde ich jetzt nicht quer durch die Stadt fahren."

„Abgemacht." Sie strotzt nur so vor Selbstzufriedenheit, was mich wütend macht.

Brav trottet sie mir hinterher – zu den Aufzügen, in die Garage –, um schließlich wie selbstverständlich auf dem Beifahrersitz meines Mercedes Platz zu nehmen. Ich vermeide es, sie anzusehen, während ich aus der Tiefgarage fahre und nach meiner Sonnenbrille greife. Der Platz scheint zu gering für uns beide. Ich rieche ihr Parfum und nehme jede ihrer Bewegungen wahr. Ihr Kleid ist bis über ihre Knie hochgeschoben, und die nackte Haut lenkt mich fast vom Fahren ab.

Bei der ersten roten Ampel sehe ich ungeduldig zu ihr. Zum Glück versteht sie den Anstoß.

„Weiß Toby von dir und Samantha?“, platzt sie mit der denkbar ungünstigsten Frage heraus.

Ich kann mir ein Grinsen nicht verkneifen. „Nein, tut er nicht. Und daran wird sich auch nichts ändern. Verstanden?!“

„Oh, du hast also nicht vor, ihm von eurer Beziehung zu erzählen?“

„Exakt das habe ich mit ‚Daran wird sich nichts ändern‘ gemeint.“

Sie schnaubt und zieht aufgebracht an ihrem Gurt, um ihn zu lockern. „Ich dachte, Toby und du wärt Freunde. Wie kannst du ihn dann so hintergehen?“

„Die beiden sind seit über einem halben Jahr nicht mehr zusammen, und irgendwie hat das mit Samantha und mir dann begonnen“, erkläre ich.

„Unfassbar. Toby hat Samantha über alles geliebt. Das muss ich dir ja wohl nicht erklären.“

Ich klammere meine Hände fester ums Lenkrad und würde am liebsten, wäre die Straße nicht vollgestopft mit anderen Autos, so richtig aufs Gas treten. Stattdessen sitze ich mitten in der Rushhour mit Evie in meinem Wagen fest.

„Offenbar kennst du nur die halbe Wahrheit über Toby und Samantha. Als seine Schwester ist es vielleicht auch besser, wenn es dabei bleibt."

„Was meinst du damit?", fragt sie eindringlich.

„Kleine, es ist ganz sicher nicht meine Aufgabe, dich über das Liebesleben deines Bruders aufzuklären", blaffe ich sie an.

Zwei Meter gefahren, und schon stehen wir wieder. Prima.

„Du sagtest, dass das mit Samantha und dir aus dem Ruder gelaufen ist? Was kann ich mir darunter vorstellen?"

Vielleicht wäre ein Auffahrunfall in dieser Situation wirklich besser, als diese Unterhaltung weiterzuführen. Lieber opfere ich mein Auto, als noch eine Sekunde neben Evie zu sitzen. Doch als ich zu ihr rübersehe und ihren verbissenen Gesichtsausdruck entdecke, weiß ich, dass sie petzen gehen wird, wenn ich jetzt nicht weiterrede.

Verdammte Scheiße.

„Toby wollte schon länger mit Samantha Schluss machen, aber entweder hat er sich nicht getraut, oder die Beziehung war zu bequem für ihn. Vor mir jedenfalls redete er sich das Dilemma, in dem er steckte, immer klein. Bis zu dem Zeitpunkt, als er mit einer anderen etwas anfing, dachte ich, er kriegt sich wieder ein. Samantha erfuhr davon und ließ ihn stehen. Ich bin ihr dann einige Wochen später zufällig begegnet. Sie war total fertig, hat sich bei mir ausgeheult und ... na ja."

„‚Und na ja'? Soll das bedeuten, du hast sie getröstet, oder was?"

„Kann man so sagen."

Ich spüre ihren Blick auf mir, kann ihn aber nicht deuten. „Er hat sie also betrogen. Okay, das ist kein feiner Zug von ihm gewesen. Ich will ihn aber nicht verurteilen, solange ich seine Position nicht kenne. So oder so finde ich es unfassbar skrupellos von dir und Samantha, dass ihr etwas miteinander angefangen habt."

„Und du denkst, dein Urteil interessiert mich auch nur im Geringsten?", frage ich. Am liebsten würde ich sie aus dem Wagen werfen.

Was bildet sich diese Göre eigentlich ein? Verurteilt mich, obwohl sie mich weder richtig kennt, noch das Recht dazu hat.

„Das sollte es aber, wo ich euch gesehen habe." Ich habe mich getäuscht – in Evie steckt doch eine eiskalte Bitch.

„Du kannst mir nicht drohen, Mädchen. Toby wird von der Sache nie erfahren, und das ist gut so. Ich würde es auch nicht wissen wollen, wenn er meine Ex vögelt."

„Du würdest ihm diesen Verrat also verzeihen?", bohrt sie mit geröteten Wangen nach.

„Klar. Wieso nicht?"

In Wahrheit weiß ich, dass es falsch von mir war, mit Samantha zu vögeln. Würde Toby davon Wind kriegen, stünde wohl unsere Freundschaft auf dem Spiel. Das mag dürftig klingen, aber Samantha ist verdammt scharf. Als es anfing, waren wir beide betrunken, und na ja, manchmal denke ich einfach eben nur mit meinem Schwanz.

„Ich glaube dir nicht. Deine Reaktion und die Heimlichtuerei zeigen doch, dass dir sehr wohl bewusst ist, wie sehr das Toby verletzen würde."

Dann ist Evie also nicht nur Marketingrookie, sondern auch noch Psychologin. „Die Sache mit Samantha und mir wird nicht lange laufen. Das zwischen uns ist lediglich eine körperliche Sache, und die hat ein Ablaufdatum."

„Die Tat bleibt aber bestehen", kontert sie.

„Richtig. Aber ich bin nicht der einzige Mensch, der die Vergangenheit nicht ändern kann. Was also bezweckst du mit der Show, Evie? Du bettelst ja regelrecht darum, gefeuert zu werden."

Sie verändert ihre Position und dreht den Oberkörper zu mir. Irgendetwas sagt mir, dass es jetzt richtig zur Sache gehen wird. „Ich möchte mit dir einen Handel abschließen."

Okay, damit habe ich nicht gerechnet.

„Und der wäre?" Neugierig, was sie vorhat, frage ich doch.

„Ich gebe dir mein Versprechen, Toby nichts von dir und Samantha zu erzählen – und im Gegenzug hilfst du mir bei der Lösungsfindung für ein großes Problem in meinem Leben. Ich habe lange darüber nachgedacht, aber du bist die einzige und ideale Person dafür."

„Indem ich dir zum Beispiel eine Praktikumsstelle anbiete? Ich würde sagen, damit sind wir quitt."

Mein Argument lässt sie schnauben. „Nein. Ich brauche deinen ... Rat. Tipps von dir, ehrliche Verbesserungsvorschläge und Ansätze, mit denen ich arbeiten kann."

Wovon redet sie? Ich dachte, sie würde mich vielleicht für Geld erpressen. Aber vermutlich bekommt Evie davon ohnehin von ihren Eltern genug in den Arsch geschoben.

Was also könnte ich haben, das für Evie so wichtig ist, dass sie mich zu bedrohen versucht?

„Tut mir leid, aber ich habe keine Ahnung, was du mir mit deinem Gestammel sagen möchtest. Langsam wird mir das hier auch wirklich zu blöd“, schnauze ich sie an.

Ich könnte die Sache mit Samantha auch gleich beenden, doch irgendwie läuft das zwischen uns perfekt unkompliziert ab. Samantha mag mich ihrerseits benutzen, um an Toby heranzukommen. Mir ist das aber egal, da meine Beweggründe nicht viel ehrenhafter sind.

Von Evie nun wegen etwas unter Druck gesetzt zu werden, das mir nicht viel bedeutet, geht mir gewaltig gegen den Strich. Genau wie ihr plötzlicher Sinneswandel – auf einmal wirkt sie klein und schüchtern. Zuerst drängt sie mich in die Ecke, und dann schlottern ihr die Knie?

„Lass es mich dir erklären“, meint sie betont sanftmütig. „Du kennst die Geschichte von mir und Cooper. Er ... er hat mich betrogen. Zuerst war ich verletzt und wütend, dann aber habe ich begriffen, dass sein Treuebruch wahrscheinlich bloß ein Appell an mich sein sollte.“

„Mein Gott“, säusele ich und verdrehe die Augen.

Wie naiv kann ein Mensch eigentlich sein?

Der Kerl vögelt eine andere, und anstatt ihm die Eier auszureißen, denkt sie, sie wäre verantwortlich für sein Fremdgehen. Das alles ist schon dämlich genug. Nur frage ich mich jetzt ernsthaft, was diese verquirlte Kacke mit mir zu tun hat.

„Ich verlange gar nicht, dass du meine Entscheidung verstehst, Jonah. Alles, was ich erhoffe, ist deine Hilfe."

Kranke Bilder ziehen wie ein Film durch meinen Kopf. Ich bekomme Panik. Sie bittet mich doch jetzt nicht etwa ... niemals!

Bei der nächsten Kreuzung biege ich in eine Seitenstraße und steuere auf einen Parkplatz zu. „Was wird das für eine Scheiße, Evie?"

Seufzend rutscht sie tiefer in den Sitz und betrachtet mich mit ihren großen, runden Augen. „Ich möchte an mir arbeiten und meine Unbeholfenheit ablegen. Ich will Cooper beweisen, dass ich eine selbstsichere, aufregende und verführerische Frau sein kann. Er hat gesagt, dass er meine Schüchternheit mag, aber sein Verhältnis mit dieser anderen hat ja gezeigt, dass er sich in Wahrheit nach mehr Spannung sehnt. Ich liebe ihn und will meine Zukunft mit ihm teilen. Deshalb bin ich bereit, mich neu zu erfinden. Wenn ich in ein paar Wochen zurück nach Michigan gehe, soll er positiv von mir überrascht werden. Aber diese Veränderung schaffe ich nicht allein. Ich habe keine Ahnung, wo ich anfangen soll. Ich weiß nicht einmal, was ... was einem Mann gefällt."

Anstatt meinen Schädel gegen das Lenkrad zu dreschen – was ich in diesem Moment verdammt gerne tun würde –, atme ich tief durch und sehe nach draußen. Vor einem fragwürdigen Laden tummeln sich ein paar skurrile Gestalten. Hier kann ich Evie unmöglich aussteigen lassen.

„Wenn der Typ dich nicht so nimmt, wie du bist, dann ist er es auch nicht wert, dass du dich um ihn bemühst.“ Meine hingeschleuderte Aussage löst bei Evie nur wenig Begeisterung aus. Ihr Kiefer spannt sich an, und ihr unschuldiges Gesicht zeigt eine entschlossene Miene.

„Er ist es wert. Der Person, die man liebt, sollte man auch Fehler verzeihen, schließlich ist niemand perfekt.“

„Perfekt oder nicht – dieses Arschloch hat dich betrogen.“

„Wir lieben uns“, beharrt sie.

„Schon klar.“ Ich stelle den Motor ab und lehne mich zurück. „Mein erster und einziger Tipp an dich: Such dir einen anderen.“

„So funktioniert das nicht für mich.“

„Dann kann ich dir nicht weiterhelfen.“

Evie knurrt, bevor sie für einige Sekunden die Augen schließt. „Doch, das kannst du. Ich habe bereits Fragen vorbereitet und mich aktiv mit meinen Schwächen beschäftigt. Jetzt musst du mir zeigen, wie ich diese ablegen kann. Wir reden nur von ein paar Treffen. Mehr nicht.“

„Nein“, sage ich entschieden. „Für so etwas habe ich keine Zeit.“

Unsere Blicken treffen sich, und ich bin mir absolut sicher, dass sie mich an Toby verraten wird. Feuere ich dann auch noch seine kleine Schwester, würde unsere Freundschaft wohl endgültig zerbrechen.

Ich gebe es ungern zu, aber ich sitze gewissermaßen in der Falle.

Gleichzeitig scheint es aber undenkbar für mich, Evies Coach zu spielen. Das ist mir einfach zu blöd. Würde irgendetwas für mich dabei rausspringen, wie ein Fick zum Beispiel, dann okay. Aber ihre Bitte weckt weder mein Interesse noch mein Mitgefühl.

„Bitte, Jonah!“, fleht sie. „Du bist meine allerletzte Hoffnung.“

Irgendetwas regt sich in mir bei ihrem Betteln. Doch das darf mich nicht kümmern. Evie ist bloß ein vorübergehendes Übel, das bald wieder vorübergezogen sein wird. „Keine Chance. Ich bin zu alt für den Scheiß, außerdem habe ich dir mit dem Praktikum schon genug geholfen. Ich schulde dir nichts und kann dich nur warnen, dass dein Erpressungsversuch am Ende nach hinten losgeht.“

Mit einem Knopfdruck starte ich den Motor, der schnurrend zum Leben erwacht. Doch noch bevor ich losfahren kann, stößt Evie die Beifahrertür auf.

„Was zur Hölle tust du da?!“, brülle ich ihr hinterher, als sie bereits ausgestiegen ist.

Sie gibt sich nicht mal Mühe, ihre Enttäuschung zu verbergen, als sie zu mir reinsieht. „Ich lasse dich in Ruhe. Schließlich will ich nicht, dass ich dir noch mehr schulde.“

„Du kannst beleidigt sein, so viel du möchtest, Evie. Aber ich werde mich auf so etwas Dämliches nicht einlassen.“

„Hör einfach auf, dich rauszureden.“ Ihre Stimme bebt, als sie schließlich die Tür zuwirft und sich vom Wagen entfernt.

Obwohl ich einfach nur wegbrausen will, so wütend bin ich, sehe ich ihr regungslos hinterher. Sie weiß ja nicht mal, wo die nächste Tube-Station ist, geschweige denn, wo genau wir uns befinden. Und so verpeilt, wie Evie ist, läuft sie noch einem Serienkiller in die Arme. Dann bin ich schuld. Verdammt.

Aber ich werde nicht aussteigen. Es war Evies Idee, mit mir mitzufahren und diesen Schwachsinn vor mir auszubreiten. Ihr hätte von Anfang an klar sein sollen, wie bescheuert diese Idee war.

Nachdem sie um die Ecke gebogen und damit aus meinem Sichtfeld verschwunden ist, dresche ich mit der Hand auf das Lenkrad. Ich fluche lautstark, parke aus und brettere nach Hause.

ANGEBOT

Evie

Eine Stunde lang laufe ich heulend durch die Straßen, ehe ich bei Chloes Wohnung ankomme. Ohne mit der Wimper zu zucken, hat Jonah all meine Hoffnungen zunichtegemacht.

Wie ich bereits befürchtet habe, verfügt er über keinen Funken Menschlichkeit und Mitgefühl. Mein Problem war ihm egal. Nicht einmal die Tatsache, dass ich über ihn und Samantha Bescheid weiß, spielte für ihn eine Rolle.

Und jetzt? Ich stehe nicht am Anfang, sondern am Ende.

Ich muss mir eine andere Strategie einfallen lassen, um meine Beziehung zu retten. Der Spaziergang gab mir Zeit, mich mit anderen Varianten zu beschäftigen. Doch im Grunde weiß ich, dass ich, egal, was ich tue, immer an meiner Unsicherheit scheitern werde.

Alles, was ich von Jonah wollte, waren ein paar Ratschläge. Mehr nicht. Doch ich bin nichts weiter als ein Störfaktor für ihn, und das kränkt mich. Mein ganzes Leben lang habe ich schon das Gefühl, anderen zur Last zu fallen. Angefangen bei meinen Eltern, denen ich als ungeplantes Kind die Freiheit, die sie wieder hätten haben können, nahm. Auch für Toby war und bin ich eine nicht enden wollende Aufgabe. Er hat mir so geholfen, damit ich in Michigan studieren kann. Und auch Chloe sieht sich derzeit genötigt, ihrer Loser-Freundin Unterschlupf zu bieten. Mein Selbstwertgefühl ist dank des niederschmetternden Gesprächs völlig im Keller, da mir Jonah so unverblümt wie noch kein Mensch zuvor die Meinung gegeigt hat. Im Grunde hat er ja recht. Ich sollte aufhören, ständig Forderungen an andere zu stellen, und lieber anfangen, meine Probleme selbst zu lösen. Gleichzeitig ärgere ich mich über sein Verhalten. Würde es ihm einen Zinken aus der Krone schlagen, wenn er mich unterstützt?

Als ich Chloes Wohnung betrete, finde ich bloß einen Zettel mit dem Hinweis, dass sie noch bei einer Probe wäre. Gut, dann sind Pegasos und ich eben allein mit meinen Sorgen.

Ich genehmige mir ein Bad, stelle Pegasos' kugelförmiges Zuhause neben die Badewanne und suhle mich in den Klängen sentimentaler Songs. Auch mein Goldfisch weiß keinen Rat. Deshalb wälze ich mich die ganze Nacht schlaflos in meinem Bett hin und her.

Hat es mich bereits viel Mut gekostet, vor Jonahs Büro auf ihn zu warten, so muss ich am nächsten Morgen den letzten Rest Stärke zusammenkratzen, um ins Büro zu fahren. Im Laufe der Nacht ist mir klar geworden, dass diese doofe Bitte für die übrige

Dauer meines Praktikums wie eine Gewitterwolke über mir und Jonah schweben wird. Jedes Mal, wenn ich ihn sehe, werde ich mir blöd vorkommen.

Zumindest versorgt mich Emily mit einer Menge Arbeit. Nachdem ich sie zu einem Meeting begleitet habe, weist sie mich an, mir ein Konzept für die Studioeröffnung zu überlegen. Dabei kann ich meinen Ideen freien Lauf lassen. Erneut verfrachtet sie mich in den Besprechungsraum, diesmal jedoch ausgestattet mit Stiften, buntem Papier und einem monströsen Schinken-Bagel. Diese Beschäftigung lenkt mich ab. Meine Gedanken fliegen, während ich durch den stillen Meetingraum wandere.

Ich beschäftige mich mit dem Fundament der Firma. Wofür steht *JW Sports* grundsätzlich, und welche Ziele möchte das Unternehmen erreichen? Das sind die Basics, die uns auf der Uni von Anfang an eingetrichtert wurden. Vor der Erstellung einer Strategie ist es verdammt wichtig herauszufinden, wer du bist. *JW Sports* hat den Vorteil, bereits etabliert zu sein. Die Kunden verbinden etwas mit der Marke und den Produkten. Gleichzeitig möchte Jonah nun aber neue Wege beschreiten und von der Konsumgüterbranche in den klassischen Fitnessmarkt wechseln.

Ich sehe mir die Designpläne für das Studio an und studiere das Geschäftsmodell. Jonah will Training mit Entspannung kombinieren. Dabei folgt er dem Trend des luxuriösen Ambientes, das durch Eleganz und modernen Industriecharme erreicht werden soll. Dadurch entsteht ein Angebot, das nicht nur wohlhabende Kunden, sondern auch sportbegeisterte

Menschen jeglicher Schicht ansprechen soll, die bereit sind, für die Annehmlichkeiten eines Fitnessstudios mehr auszugeben.

So viel also zur Theorie, welche nun gekonnt in ein erfolgversprechendes Paket verschnürt werden soll. Dazu bedarf es Fingerspitzengefühl, einen Sinn für Zeitgeist und eine Botschaft, die so weit gesteckt wie möglich ist, um viele Kunden zu erreichen und doch jeden einzelnen davon persönlich anzusprechen. Die richtigen Worte und Bilder sind das Zaubermittel. Die richtige Dosis von beidem kann Wunder bewirken. Eine falsche Mischung jedoch kann sich als schädlich entpuppen.

Ich mache mir eine Mindmap mit meinen Gedanken rund um das Thema Fitness und seine Rolle, die es in der heutigen Zeit spielt. Manche sehen einen durchtrainierten Körper als Statussymbol und Zeugnis für Stärke an. Andere reagieren sich ab und suchen Bewegung als Ausgleich zu ihrem Alltag. Mein Stift saust über das Papier, und ich vergesse alles um mich herum. Selbst mein Bagel liegt noch unberührt neben mir auf dem Tisch, als Emily hereinkommt.

„Wie läuft es? Hattest du einen Geistesblitz, oder stößt du schon an deine Grenzen?“ Anstatt sich zu setzen, bleibt sie vor mir stehen.

Ich präsentiere ihr meine Notizen und nutze die Pause, um einen Schluck zu trinken. „Es läuft gut. Es macht mir Spaß, für das Projekt ein Konzept zu erstellen.“

„Das freut mich zu hören, denn Spaß soll es machen. Weswegen ich eigentlich hier bin: Die

Assistentin vom Boss hat mich gerade angerufen und mir mitgeteilt, dass du kurz vor zwölf bei ihm oben im Büro sein sollst."

All die kreative Energie, dich mich bisher umgeben hat, verpufft wie eine Seifenblase und weicht Entsetzen und Wut. „Hat sie gesagt, warum ich raufkommen soll?"

„Nein. War irgendetwas?"

Verdammt, ja. Es war etwas, und jetzt wird mich Jonah feuern.

Wahrscheinlich habe ich diese Behandlung dank meines unreifen Verhaltens auch verdient. Aber wie ich es hasse, dass ich meine Eltern und vor allem Toby erneut enttäuschen werde. Ein Rauswurf in der zweiten Woche ist ziemlich erniedrigend.

Als ich nichts antworte, tätschelt mir Emily bloß die Schulter, wünscht mir Glück und verschwindet. Ich bleibe regungslos sitzen und beschäftige mich gedanklich mit meiner nahen Zukunft. Wenn er mich rauswirft, wird das ernsthafte Konsequenzen für mich haben. Möglicherweise streichen mir meine Eltern dann jegliche finanzielle Unterstützung, und ich muss zu ihnen ziehen. Ich verliere meine Freiheit, und mein Ansehen ist ohnehin dahin.

Warum war ich nur so dumm?!

Gleichzeitig verachte ich Jonah für seine drastische Vorgehensweise. Hat er sich überhaupt überlegt, welche Folgen ein Rauschmiss für mich haben wird? Sein superperfektes Leben wird weitergehen, ich hingegen werde auf die Nase fallen. Wieder einmal.

Aus einem Bauchgefühl heraus greife ich nach meinem Handy und rufe Toby an. Während es klingelt, habe ich noch keine Entscheidung getroffen, ob ich mich an Jonah rächen und meinem Bruder von ihm und Samantha erzählen soll. Eigentlich bin ich kein hinterhältiger Mensch, nur treibt mich Jonah dazu, radikale Maßnahmen zu ergreifen.

Mein Herzschlag setzt aus, als Toby schließlich rangeht. „Hey, Evie. Was gibt's?"

Dein bester Arschlochfreund treibt es mit deiner Ex. Sag es, Evie! Sag es! Das ist deine Chance, es diesem Trottel heimzuzahlen. Gleichzeitig werde ich Toby unglaublich verletzen. Ist mir das das bisschen Genugtuung wert?

„Ich ... Toby ..." Ich atme durch. Tief und kräftig. Kurzfristig versuche ich mich in die Lage meines Bruders zu versetzen. Ich stelle mir vor, wie weh ihm Jonahs Verrat tun wird, und plötzlich ist mein Rachedurst verschwunden. „Tut mir leid, da kommt gerade jemand rein. Ich melde mich später."

„Ist alles in Ordnung bei dir?", will er wissen.

„Ja, ja, sicher. Bis dann."

Ich lege auf, presse das Handy gegen meine Brust und gehe wie ferngesteuert eine Etage höher. Erneut finde ich mich inmitten dieses respekteinflößenden Eingangsbereichs wieder, nur dass ich diesmal auf Jonahs Assistentin treffe. Sie ist freundlich und bittet mich kurz zu warten, während sie den Hörer abhebt und mich bei Jonah ankündigt. Meine Knie schlottern, mir ist übel. Ich drehe beinahe durch, so endlos lange erscheint mir die Wartezeit. Als sich die dunkelgraue Tür vor mir endlich öffnet, bin ich das reinste

Nervenbündel. Jonahs Gesichtsausdruck verrät nichts, was mir bevorsteht.

Er nickt bloß einmal und blickt kurz an mir hinab, ehe er die Tür schließt und näher kommt. „Hast du schon was gegessen?“

Gegessen? Ich kotze dir gleich auf deine teuren Schuhe. „Nein.“

„Perfekt. Komm.“ Er springt mit mir um, als wäre ich sein Hund. Und tatsächlich tapse ich hinter ihm her. Wir steigen in den Lift, fahren nach unten und verlassen das Gebäude.

Als ich ihn gerade fragen möchte, ob er gedenkt, mich in irgendeiner Seitenstraße umzulegen, führt er mich in das gleiche Restaurant, das er gestern gemeinsam mit Samantha verlassen hat. Das passt mir gar nicht.

Warum feuert er mich nicht einfach in seinem Büro? Warum dieses Theater? Wenn er vorhat, mir noch eine Moralpredigt über gutes Benehmen am Arbeitsplatz zu halten, werde ich aufstehen und gehen. Vielleicht kippe ich ihm auch noch schnell ein Glas Wasser ins Gesicht und sage so etwas wie: *‚Das ist für meinen Bruder, du Arschloch!‘*. Ja. Ja, das gefällt mir.

Ich grinse boshaft, als wir uns an einen Zweiertisch setzen. Das Restaurant ist hübsch, gemütlich und beinahe romantisch. Wäre da nicht dieser Idiot vor mir.

„Ich hoffe, du bist gestern noch gut nach Hause gekommen“, beginnt er mit der denkbar dümmsten Aussage unser Gespräch. Jonah wirkt, als würde er sich neben mir nicht wohlfühlen, und dafür mag ich ihn noch weniger.

„Klar. Es war aufregend, quer durch London zu latschen."

„Du bist zu Fuß gegangen? Warum hast du dir kein Taxi genommen oder bist mit der Tube gefahren?"

„Das ist doch so was von egal", murmele ich gerade, als eine blonde Kellnerin zu uns kommt.

Wir bestellen Getränke, und dann stecke ich meine Nase in die Speisekarte. Ich ertrage es einfach nicht, Jonah länger anzusehen. Diese Sache zwischen uns wird mir wohl für immer als oberpeinliches Erlebnis in Erinnerung bleiben.

„Ich habe gestern noch einmal über unser Gespräch nachgedacht. Die Bitte, die du an mich gestellt hast, und dazu deine unterschwellige Drohung kreisen ständig in meinem Kopf herum."

Eigentlich ist es doch egal, was ich bestelle, denn ich werde sowieso nicht aufessen, sondern abhauen, sobald er mich erneut kränkt. Deshalb klappe ich die Speisekarte abrupt zu und lege sie zur Seite. „Ich habe dir zu keiner Zeit gedroht."

Jonah grinst und legt seine rechte Hand flach auf die Tischplatte. „Darüber könnten wir jetzt streiten."

„Wir könnten über vieles streiten."

„Zum Beispiel?", fragt er mit hochgezogenen Augenbrauen.

Ich öffne den Mund und setze bereits zu einer Antwort an, als unsere Getränke gebracht werden. Die Essensbestellung hält mich abermals auf. Doch dann beschließe ich, mich dieser Konfrontation, die mir enorm zusetzt, mit einem Angriff zu stellen. „Du wirst mein Praktikum beenden. Stimmt's?“

Während er Kondenswasser mit dem Daumen von seinem Glas wischt, wirkt er etwas unentschlossen. Sein Zögern ist die reinste Folter. „Darüber habe ich nachgedacht. Aber ich wäre ungeeignet für meinen Job, wenn ich meine beruflichen Entscheidungen von meinen persönlichen Emotionen abhängig mache. Darum werde ich dich behalten. Vorausgesetzt, du möchtest das auch.“

„Ich ... ich denke schon.“

Er nickt. „Gut. Denn ich habe beschlossen, dir zu helfen.“

„Warum willst du mir jetzt auf einmal helfen?“

„So sieht deine Dankbarkeit aus?“, hält er verwundert dagegen.

„Du warst gestern nicht besonders feinfühlig, und auf einmal änderst du deine Meinung. Kein Wunder, dass ich da etwas skeptisch bin.“

Jonah reißt sich sichtlich zusammen. Er schnauzt mich nicht an, sondern tut, als sei er die Ruhe in Person. Doch ich kann anhand seiner Körperhaltung erkennen, wie gereizt er in Wahrheit ist. Die fest aneinandergepressten Finger und zusammengekniffenen Augen – innerlich erwürgt er mich gerade.

„Ich werde deine Fragen beantworten. Das ist ein einmaliges Angebot und erlischt, solltest du dich weiterhin so verdammt zickig benehmen. Ich hätte wirklich Besseres zu tun, als mich mit deinem Teenagerkram zu beschäftigen, zumal ich immer noch der Überzeugung bin, dass dieser Idiot deine

Bemühungen nicht verdient hat. Aber ich bin kein Unmensch und kann dich schon allein deiner Familie wegen nicht hängen lassen.“

Aber ich bin ihm im Grunde egal. Prima.

Ich stöhne. Was auch immer Jonah von mir erwartet hat – Jubel, Freudentränen? –, meine Reaktion ist verhalten. Zwar komme ich mit seiner Einwilligung der Lösung meines derzeit größten Problems näher, der ganzen Sache haftet aber ein fahler Beigeschmack an. Was sicherlich etwas mit Jonahs abfälliger Haltung mir gegenüber zu tun hat.

Kann ich von ihm überhaupt etwas lernen, wenn er so kalt ist?

„Ich war überzeugt davon, übers Ziel hinausgeschossen zu sein.“

Er lacht abfällig. „Das bist du auch.“

„Trotzdem wirst du mir helfen.“

„Verrückt, nicht wahr?“

„Mach dich nicht über mich lustig“, flüstere ich und senke den Blick. „Du führst mich doch bloß an der Nase herum.“

„Ein schiefer Blick, und schon kann man dich aus der Ruhe bringen. Wie passt das alles zusammen, Evie?“ Es gefällt mir nicht, wie er sich zurücklehnt und mich mustert. Er analysiert mich und bildet sich dabei ein Urteil.

„Ich weiß es auch nicht. Aber aus diesem Grund will ich mich ja verändern.“

„Weil du denkst, dein kleiner Freund wird Gefallen daran finden, oder weil du mit dir unzufrieden bist?“, hakt er nach.

Ich nehme mir Zeit, über seine Frage nachzudenken. Ich kenne meine Schwächen, und ganz sicher schadet es nicht, an diesen zu arbeiten. Aber ohne Coopers Betrug wäre ich gar nie auf die Idee gekommen, mich von jemandem wie Jonah coachen lassen zu wollen.

„Ich mache das, um stärker zu werden“, erwidere ich schließlich.

Jonah brummt kopfschüttelnd. „Ich glaube dir nicht. Man sieht es dir buchstäblich an der Nasenspitze an, wenn du lügst. Unehrlichkeit kann ich nicht ausstehen, Evie.“

„Ich lüge nicht.“

„Doch. Du tust es schon wieder.“ Er grinst teuflisch und scheint sich köstlich über mein Unwohlsein zu amüsieren. „Wie willst du selbstsicher werden, wenn du nicht mal zu dir selbst ehrlich bist?“

„Tja, ich dachte, du baust mich mit ein paar netten Worten auf, beantwortest drei Fragen, und schon bin ich bereit, die Männerwelt zu erobern.“

„Da wären wir auch gleich beim nächsten Punkt: Selbstverständlich wird Toby nichts von unserem Coaching erfahren. Er würde mich höchstwahrscheinlich kastrieren, wenn er herausfindet, dass ich seiner kleinen Schwester dabei helfe, einen Kerl, der sie scheiße behandelt hat, zurückzukriegen.“

Darüber habe ich noch gar nicht nachgedacht. Jonah natürlich schon. Er ist mir in vielerlei Hinsicht voraus.

Ich streiche mir eine Strähne hinters Ohr und nicke zustimmend. „Du kannst mir vertrauen. Aber ich möchte, dass du aufhörst, Cooper so schlecht dastehen zu lassen. Du kennst ihn ja nicht einmal."

„Dieser Wichser hört sich einfach nach einem Arschloch an", meint Jonah hart.

„Hast du denn noch nie einen Fehler gemacht, Jonah?" Meine Frage klingt bissig, weil ich mich dazu genötigt sehe, Cooper in Schutz zu nehmen. Anscheinend ist es mir unglaublich wichtig, dass Jonah meinen Freund mag. Genauso wie ich ständig darauf bedacht bin, bei allen Menschen gut anzukommen. Daher lasse ich mich von Reaktionen irrsinnig schnell beeinflussen oder sogar aus dem Konzept bringen.

Bei Cooper habe ich diese Unsicherheit nie gespürt. In Jonahs Nähe jedoch tobt ein Wirbelsturm in mir. Bereits das leichte Zucken seiner rechten Augenbraue bringt meinen Magen dazu, Purzelbäume zu schlagen.

„Natürlich, aber ich stehe dann dazu."

„Auch in Samanthas Fall?"

Er verdreht die Augen. „Würde ich meinen Fehler nicht einsehen, würden wir jetzt nicht hier sitzen und über Prince Charming philosophieren. Hat er ..." In dem Moment wird Jonah von der Kellnerin, die unser Mittagessen serviert, unterbrochen.

Sie stellt zwei Teller mit Pasta vor uns ab und verschwindet mit einem freundlichen Lächeln. Ich stochere lustlos in meinem Essen herum. Ich bin zu sehr mit meinen Gedanken beschäftigt, als dass ich auch nur einen Bissen runterbekommen würde. Jonah geht es da anders. Er haut unbekümmert rein, was mir Zeit gibt, ihn zu mustern. Auch heute sieht er in seinem schwarzen Anzug, dem weißen Hemd und der grauen Krawatte richtig attraktiv aus. Ich habe die Blicke der Kellnerin bemerkt und muss zugeben, mir gut vorzukommen, mit Jonah hier zu sitzen. Ihn umgibt eine mächtige Energie. Er zieht einen in seinen Bann, und ich habe das Gefühl, seine Gunst zu genießen.

Innerlich verpasse ich mir eine Ohrfeige, als ich auf einmal anfange, Cooper mit Jonah zu vergleichen. Sie unterscheiden sich äußerlich sehr. Jonah ist das Abbild des perfekten Mannes – dunkle Haare, Bartschatten, muskulöse Statur und Reibeisenstimme. Cooper hingegen wirkt mit seinen dunkelblonden Haaren, die er immer etwas zu lang trägt, jungenhafter.

Um mich von dem Mann mir gegenüber abzulenken, esse ich nun doch ein paar Bissen. Doch dabei kreisen meine Gedanken ununterbrochen um die Frage, warum Jonah seine Meinung geändert hat.

„Was machst du Freitagabend?“, durchbricht Jonah die Stille und wischt sich den Mund mit einer Serviette ab.

„Am Freitag?“

„Vielleicht ist es besser, wenn wir diese Sache in Ruhe besprechen. Freitagabend habe ich Zeit. Du kannst ja so gegen sieben bei mir vorbeikommen.“

Er meint es wirklich ernst. Halleluja. „Bei dir daheim?“

Jonah lacht kurz und scheint meine Verwirrung höchst unterhaltsam zu finden. „Ich gebe dir noch die Adresse. Vermutlich hast du die nicht.“

„Vollkommen richtig.“

„Überleg du dir, womit du anfangen möchtest. Wir brauchen einen Plan. Beschäftige dich mit deinen Stärken und Schwächen, setze dir Ziele. Sei gut vorbereitet.“ Akkurat faltet er seine Serviette und legt sie auf seinen leeren Teller.

Ich schenke seinen Händen mehr Beachtung, als ich sollte, und spüre, wie meine eigenen dabei klamm werden.

Was habe ich da bloß losgetreten? Ich werde ehrlich zu Jonah sein und ihm meine größten Zweifel verraten müssen. Einem Mann, der so beherrscht, erfolgsverwöhnt und anziehend wirkt. Wahrscheinlich werde ich mich nach Freitag nur noch schlechter und kleiner fühlen.

„Bist du noch bei der Sache?“, erkundigt Jonah sich auf einmal.

„Ja ... entschuldige.“

„Dann haben wir einen Deal?“ Sein Blick wird eindringlicher, während ich das Essbesteck zur Seite lege und tief durchatme.

Niemand muss mir erklären, welche Wetteinsätze auf dem Spiel stehen. Ich habe Jonahs Freundschaft zu meinem Bruder, er meine Beziehung zu Cooper in der Hand.

Ich nicke und verdränge das ungute Gefühl, das dieser Vereinbarung anhaftet.

„Haben wir.“

SELBSTSICHERHEI T

Jonah

Eine anstrengende Arbeitswoche mit einem Orgasmus zu beenden ist die wohl beste Art, um abzuschalten. Während Samantha neben mir liegt und mit ihren Fingerspitzen über meinen nackten Bauch streicht, halte ich die Augen geschlossen. Ich döse eine Zeit lang vor mich hin, bis ich von Samanthas Stimme geweckt werde.

„Würdest du mich denn begleiten?“

Ich strecke mich und ziehe meinen rechten Arm, der unter Samanthas Körper begraben ist und langsam einschläft, hervor. „Wohin begleiten?“

Kichernd stemmt sie sich hoch und sieht mich an. Ihre blauen Augen glänzen, ihre dunkelblonden Haare sind zerzaust. „Ich habe nicht bemerkt, dass du geschlafen hast. Dann habe ich gerade mit mir allein über die Jubiläumsfeier meiner Firma gesprochen.“

„Du willst, dass ich dorthin mitkomme?“

„Wir könnten uns den Bauch vollschlagen, Cocktails trinken und tanzen. Danach fahren wir zu mir – wer weiß, was dort für dich rausspringt."

Ein Angebot, das ich – mal abgesehen vom Tanzen – kaum ausschlagen kann. „Ich werde später in meinem Kalender nachschauen."

„Danke. Soll ich dir etwas sagen?"

„Schieß los."

Kichernd presst sie ihre Stirn gegen meine Brust, ehe sie zu sprechen beginnt. „Ich habe heute Nacht von dir geträumt. Und irgendwie lässt mich dieser Traum nicht mehr los. Er hat bestimmt etwas damit zu tun, dass Evie uns gesehen hat."

Mein Kiefer spannt sich an, als Evies Name fällt. Diese Rotzgöre verfolgt mich bis in mein Schlafzimmer. Ich kann ein genervtes Brummen nicht unterdrücken, was Samantha als Desinteresse versteht.

„Ja, schon klar. Ich habe dir versprochen, nicht dauernd über Toby zu sprechen, aber ... denkst du, sie wird ihm von uns erzählen?"

Einen Scheiß wird sie. „Lief das in deinem Traum so ab?"

„Darin verpetzte sie uns zwar nicht an Toby, sie machte sich aber an dich ran. Das war richtig seltsam. Sie kam auf der Straße auf uns zugelaufen, knöpfte ihr Kleid auf und küsste dich."

Samanthas Traum für sich allein wäre schon krank. Doch viel verrückter verhält sich mein Schwanz, der bei dieser Vorstellung hart wird. „Ganz schön abgefuckt", erwidere ich und reibe mir mit der Hand übers Gesicht.

„Im Grunde schon. Es wird aber noch schlimmer", verkündet sie. „Du hast sie geküsst, und als ich aufschrie, hast du mich mit einer klauenartigen Hand gepackt und mir die Haut vom Leib gerissen. Ich glaube, dass sich in diesem Traum einfach mein schlechtes Gewissen gezeigt hat."

Samantha und Toby verbindet ein paar gemeinsame Jahre, mich kennt er seit seiner Kindheit. Wessen Verrat wird ihm mehr wehtun?

Doch darum geht es nicht. Samantha und ich sind nachlässig geworden. Am Anfang haben wir uns nur hier bei mir getroffen, irgendwann dann auch mal auswärts. Wir wurden sicherer und kamen uns unverletzlich vor. Evies Drohung hat mir nun aber verdeutlicht, dass ich bis zum Hals in der Scheiße stecke.

„Sie hat mich tatsächlich auf diese Begegnung angesprochen." Warum zur verfickten Hölle glänze ich heute mit so viel Ehrlichkeit?

Samantha runzelt besorgt die Stirn und erbleicht ein wenig. „Oh, Gott."

„Sie wird dichthalten, dafür habe ich gesorgt."

„Und wie hast du das angestellt? Du weißt, dass ihm seine Familie heilig ist. Er würde durchdrehen, wenn er merkt, dass du Evie in die Mangel nimmst."

„Ich habe ein Abkommen mit ihr getroffen. Mach dir keine Sorgen, okay?"

Ich werfe einen Blick auf meinen Wecker, weil Evies Besuch unmittelbar bevorsteht. Mir bleibt noch etwas mehr als eine halbe Stunde. Zuvor muss Samantha abhauen.

„Was für ein Abkommen?"

Seufzend steige ich aus dem Bett und verschwinde in meinem begehbaren Kleiderschrank, um mir frisches Zeug zu holen. „Ich helfe ihr dabei, ihre Persönlichkeit aufzupolieren, und dafür hält sie die Klappe."

Samantha ist mir gefolgt, schlüpft in eines meiner Shirts und sieht mir zu, wie ich meine Boxershorts anziehe. „Um später bessere Jobs zu ergattern. Oder wie soll ich das verstehen?"

„Es geht um einen Kerl, mit dem sie studiert und seit Längerem zusammen ist. Offenbar gab es Krach zwischen ihnen, und jetzt denkt sie, ich hätte die Lösung für all ihre Probleme irgendwo in meine Hosentasche eingenäht. Aber wenn das alles ist, ihr einige Fragen zu beantworten und ein paar läppische Ratschläge mit auf den Weg zu geben, um sie am Tratschen zu hindern, bin ich gern bereit, ihr diesen Gefallen zu tun. Außerdem werde ich sie los, wenn sie zurück diesem Cooper und in die Staaten will. Sobald sie sich stark genug fühlt, wird sie London verlassen. Damit kann sie mir auch in der Firma nicht mehr auf den Senkel gehen."

Ich entscheide mich für ein dunkelgraues T-Shirt und Jeans. Vor meinem Spiegel streiche ich meine Haare glatt. Samantha lehnt mit verschränkten Armen im Türrahmen und mustert mich.

„Dann hat sie also bloß Liebeskummer?"

„Scheint so."

„Wenn es dir hilft: Du hast mein vollstes Mitgefühl." Sie streckt ihre Hand nach mir aus und legt sie auf meine Wange. „Toby ist da richtig egoistisch. Das hat er bei mir auch gemacht. Seine

Familie geht über alles. Für Evie würde er wohl mit einem Schlauchboot den Atlantik überqueren."

Für mich würde Toby wohl auch sein letztes Hemd geben. Er ist im Grunde der beste Kumpel, den ich mir vorstellen kann. Ich bin als Einzelkind aufgewachsen, weshalb er wie ein Bruder für mich ist. Daher ist es eigentlich ziemlich verwerflich, Sex mit der Frau zu haben, mit der Toby mal eine Beziehung geführt hat. Seine Schwester nun zu manipulieren, damit sie so schnell wie möglich aus meinem Leben verschwindet, ist auch nichts, das ich mir als ruhmreiches Ereignis auf meine Flagge schreiben kann.

Da frage ich mich unweigerlich, was aus mir geworden ist.

„Jedenfalls kommt sie gleich hierher. Es wäre wahrscheinlich besser, wenn sie dich nicht sieht", unterbreche ich ihre Nörgelei mehr oder weniger gekonnt.

„Du lässt sie in deine Wohnung?"

Das klingt, als wäre Evie ein räudiger Straßenköter. „Ich gehe mal davon aus, dass sie sich mir in privater Atmosphäre schneller öffnen wird als in einer Bar. Evie strotzt ja ohnehin nicht vor Selbstbewusstsein."

„Wie sollte sie das auch, wenn ihr ihre Eltern jedes Problem aus dem Weg geräumt haben." Nie zuvor habe ich Samantha derart abfällig sprechen gehört. Es läuft mir kalt den Rücken hinab bei der Vorstellung, wozu sie fähig sein könnte, sollte ich unsere kleine Affäre beenden.

„Fährst du mit dem Taxi nach Hause?“ Ich unterbreche erneut Samanthas gehässige Kommentare und gehe ins Bad, um mir etwas Parfum aufzusprühen. Immerhin möchte ich nicht, dass Evie schon bei der Begrüßung riecht, dass ich gerade gevögelt habe.

Samantha hingegen verschwindet im Schlafzimmer und antwortet von dort. „Ja, ich rufe mir eins.“

Zwischen uns hat sich eine angenehme Routine entwickelt, seit wir miteinander ins Bett gehen. Wir treffen uns hier bei mir, manchmal bringt Samantha etwas zu essen mit. Ab und zu sehen wir uns einen Film an. Aber immer endet unsere Begegnung mit einem Fick. Danach werfe ich sie höflich raus. Übernachten geht für mich gar nicht. Ich will nicht neben ihr aufwachen, um dann gemeinsam zu frühstücken – auf so etwas stehe ich nicht. Doch sie akzeptiert das, und darum meckert sie auch jetzt nicht, als ich sie nach unten begleite. Sie schnappt sich ihre Handtasche und beugt sich vor, um mir einen Kuss auf den Mund zu geben.

„Lass dich von diesem Girlie nicht veralbern. Halt die Ohren steif.“ Samantha lächelt, ich zwinkere ihr zu, dann verschwindet sie. Mir bleiben noch gut zehn Minuten, bevor die nächste Frau hier aufschlagen wird. Das nenn ich mal Luxusprobleme, Alter.

Ich sprinte in die Küche, wo ich die leeren Pappschachteln des asiatischen Essens, das Samantha mitgebracht hat, entsorge. Außerdem öffne ich mir eine Flasche Bier und stelle für Evie sicherheitshalber Wein bereit. Vielleicht braucht sie etwas Alkohol, um lockerer mit mir über ihre Probleme sprechen zu können. Je schneller die Sache erledigt ist, desto besser für mich.

Als es an der Tür klingelt, ringen in mir meine Abneigung gegen dieses ganze Theater und meine Sorge, einen riesigen Fehler zu machen, um die Vorherrschaft. Ich hasse diese Situation. Vielleicht verachte ich in diesem Moment sogar Evie und Toby und die ganze Familie Coleman. Doch meine Wut gerät ins Schlingern, als ich die Haustür öffne und Evie mit dunkelroten Wangen, zerzausten Haaren und hautengen schwarzen Jeans davorsteht. Sie sieht aus wie das unschuldige Mädchen von nebenan, das hergekommen ist, um verbotene Dinge mit mir anzustellen.

Heilige Scheiße, ich hätte sie vermutlich doch lieber in einem Restaurant treffen sollen.

„Wer hätte geahnt, dass du jemals in so einer idyllischen Gegend wohnen würdest."

Ihre Begrüßung entlockt mir ein Grinsen. „Komm rein, bevor du das Interesse meiner Nachbarn weckst."

„Sie sind von deinen ständig wechselnden Frauenbesuchen sicher schon völlig verwirrt. Oder hat sich daran im Vergleich zu früher etwas geändert?" Sie hat die Augen zusammengekniffen, lächelt nicht, sondern wirkt todernst. Will sie mich herausfordern, oder ärgert sie mich bloß?

„Schon mal was davon gehört, dass man die Nase nicht in fremde Angelegenheiten stecken soll? Was hast du da überhaupt?" Mit der Hand deute ich auf die hellblaue Papiertüte, die sie festhält.

Evie legt den Kopf leicht schräg und zaubert eine Packung bunter Gummischlangen und eine Flasche Whiskey hervor. „Dieses klebrige Zeug habt ihr früher immer verschlungen, und ihr habt mir alles Mögliche angedroht, wenn ich euch eure geliebten Schlangen wegesse. Und der Alkohol ist für dein erwachsenes Ich."

Versucht mich diese Frau zu bestechen?

Da sie eine Coleman ist, fürchte ich eher, dass die Hintergründe für ihre Geschenke tatsächlich freundlicher und nicht hinterhältiger Natur sind. Denn ein Foto ihrer Familie könnte in Wörterbüchern neben dem Begriff *Gastfreundlichkeit* abgedruckt werden.

„Die hab ich bestimmt schon seit fünfzehn Jahren nicht mehr gegessen", sage ich und greife zu meinem eigenen Erstaunen zuerst nach dem Süßkram statt nach dem Whiskey.

„Man bekommt sie auch nur noch in antiquierten Läden unter der Rubrik *alt und verstaubt*."

Auf mein Kopfnicken betritt sie mein Haus. Seit ich die Tür geöffnet habe, prangt ein Grinsen in meinem Gesicht, das ich endlich, als ich sie ins Wohnzimmer bringe, loszuwerden versuche.

„Wow. Echt hübsch hast du es hier." Bewundernd sieht sie sich in dem hellen Raum, dessen Herzstück die Glasfront mit Blick auf den Garten darstellt, um.

„Danke. Ich fühle mich auch ganz wohl. Was willst du trinken? Wein? Wasser?"

„Ähm ... hättest du für mich denn auch einen Schluck Bier?", fragt sie, während sie den Whiskey auf dem Couchtisch abstellt. Sie scheint meine Bierflasche entdeckt zu haben.

Verdammt, eine Frau, die Bier trinkt. So etwas kann man sich nicht ausdenken.

„Klar, gerne." Ich verziehe mich kurz in die Küche und kehre mit ihrem Getränk zurück. Evie hat sich währenddessen auf Erkundungstour durch mein Wohnzimmer begeben. Sie betrachtet die Bilder von verschiedenen Urlauben, die an der Wand hinter der hellgrauen Couch hängen.

„Du reist also gerne", stellt sie mit verwunderter Stimme fest.

Ich bleibe hinter ihr stehen und erliege dem Drang, ihren Hintern abzuchecken. Fuck, er ist richtig heiß. Fest, klein, und irgendwie erinnert er mich an das Pfirsich-Emoji, das Max immer benutzt, wenn er subtil andeuten möchte, dass er eine Frau scharf findet. Evie ist ein scharfer Pfirsich direkt vor mir, dem ich jedoch unter keinen Umständen näher kommen darf.

„Ich sehe gerne so viel wie möglich von der Welt."

„Toby auch. Ihr habt schon wirklich coole Sachen miteinander erlebt."

„Er ist ein räudiger Angsthase, lässt sich aber relativ schnell zu jedem Mist überreden", erkläre ich.

Evie schmunzelt und inspiziert eines meiner Lieblingsbilder, das jedoch jedes Mal, wenn ich es betrachte, allergrößte Wehmut in mir hervorruft. „Als ihr damals diesen Roadtrip quer durch Australien gemacht habt, hat meine Mum kaum ein Auge zugetan. Sie war der festen Überzeugung, dass ihr draufgehen würdet. Doch ich habe euch beneidet und wäre total gerne mitgekommen. So eine tolle Erfahrung werde ich wahrscheinlich niemals machen."

„Man muss nicht jeden Scheiß mitmachen." Meine Worte klingen hart, fast schon einschüchternd.

Evie dreht sich zu mir um und runzelt argwöhnisch die Stirn. „Ich weiß selbst nicht, was ich mir von meinem Leben erwarte. Ich möchte Freiheit und Sicherheit, Erfüllung und Herausforderungen. Es gibt so viel, aber manchmal fühlt es sich an, als würde ich für immer feststecken."

Als sie sich auf die Couch setzt, nehme ich auf einem der beiden Polsterhocker Platz. Ich stoße mit meiner Bierflasche gegen ihre, dann nehmen wir einen Schluck. „Ich klinge jetzt vermutlich wie ein Oberlehrer, aber du befindest dich in einer Phase deines Lebens, in der du damit beschäftigt bist, das Fundament für deine Zukunft zu bauen. Dein Hauptaugenmerk liegt jetzt nun einmal auf deinem Studium, danach wirst du frei sein. Du kannst überall auf der Welt leben, arbeiten und tun, was immer du möchtest. Alles, was du brauchst, ist Geduld."

Sie leckt sich kurz über die Lippen und zupft am Etikett der Flasche. „Coopers Dad ist Bürgermeister einer Kleinstadt, seine Mum unterstützt ihn dabei und präsentiert sich als Vorzeigeehefrau. Sie sind wohl so etwas wie kleine Kennedys, mit einer Menge Verantwortung, Ansehen und Traditionen. Cooper wird seinem Vater in die Politik folgen, und von mir wird man erwarten, mich am Leben seiner Mutter zu orientieren. Meine Zukunft wird nicht flexibel oder spannend sein, vielmehr wurde bereits alles in Stein gemeißelt. Ich werde hier alles aufgeben müssen, sollte ich meinem Herzen folgen wollen."

Das ist krass. Mir fehlen kurzzeitig sogar die Worte.

Ich bekomme schon ein beklemmendes Gefühl, wenn ich nur an diese Familie denke. Sie erinnert mich nicht an die Kennedys, sondern an eine Sekte. Wäre es da nicht meine Pflicht, Evie vor den Leuten zu retten? Stattdessen besteht mein Plan darin, sie so schnell wie möglich in deren Fänge zu treiben.

Ich nehme erneut einen kräftigen Schluck und verspreche mir davon etwas mehr Kühnheit. „Und du glaubst, dass der Typ diese Einschränkungen auch wert ist?"

Evie denkt einige Augenblicke über meine Frage nach, ringt sich dann aber ein kleines Lächeln ab. „Ich liebe ihn über alles. Wenn das nicht reicht, um sein Leben mit einem anderen Menschen verbringen zu wollen, was dann?"

„Na ja, besteht eine Beziehung nicht auch aus Vertrauen, Gleichberechtigung, Wertschätzung und gemeinsamen Interessen?"

„Das ist alles vorhanden. Glaub mir. Cooper ist mein Seelenverwandter. Er hat mir seine Zukunftspläne niemals vorenthalten. Ich hätte also genügend Zeit gehabt, um wegzulaufen, wenn ich gewollt hätte. Aber ich bin geblieben, weil ich an uns glaube. Selbst jetzt noch. Diese Pause, die wir machen, ist wichtig, damit wir wieder zueinanderfinden. Und ich möchte gestärkt zu ihm zurück."

An diesem Punkt wird mir klar, dass sich Evies Probleme, mit denen sie zu mir gekommen ist, wohl doch nicht so einfach aus der Welt schaffen lassen, wie ich gedacht habe. Was sie braucht, ist ein verdammter Beziehungsexperte – da ist sie bei mir aber an der falschen Adresse. Sie scheint mir ohnehin zu verblendet von diesem Cooper, um kluge Entscheidungen treffen zu können.

„Wenn du dir sicher bist, dass er der Richtige ist, wofür brauchst du dann meine Hilfe?"

„Nach außen mag ich die Frau sein, die Coopers Familie sich für ihn wünscht – brav, folgsam und introvertiert genug, um ihrem Mann nicht die Show zu stehlen. Tief in seinem Inneren scheint er sich aber nach einer anderen Art von Beziehung zu sehnen. Die Frau, mit der er mich betrogen hat, ist das komplette Gegenteil von mir. Sie steht gerne im Mittelpunkt, ist spontan, witzig, und vor allem weiß sie mit Männern umzugehen. Ich glaube, dass unsere Beziehung nur Bestand haben kann, wenn ich nach außen das brave Mädchen bleibe, Cooper in unserer Beziehung jedoch mehr Anreiz biete. Doch ich habe keine Ahnung, was sich ein Mann von einer Frau wünscht. Was findet er anziehend? Was abstoßend? Das ist es."

Sie hat eine Scheißangst, verlassen zu werden. Ich bin bei Gott kein Psychologe, aber alles an Evie schreit nur so nach der Sorge vor einer Zurückweisung. Dabei wurde sie von ihrer Familie immer abgöttisch geliebt. Alle haben Evie immer wie ein rohes Ei behandelt, selbst Toby verhält sich in ihrer Nähe heute noch ganz aufopfernd.

„Und du denkst, ich sei der Richtige, um mehr über die Wünsche und Vorstellungen eines Mannes zu erfahren?“, frage ich und lehne mich vor, indem ich meine Ellbogen auf meinen Oberschenkeln abstütze.

Sofort sieht sie verlegen zu Boden. Wenn sie eine einfache Frage schon so aus der Fassung bringt, wie will sie dann diesen Kerl verführen? „Da du bereits mit so vielen Frauen zusammen warst, hielt ich dich für einen geeigneten Auskunftgeber.“

„Klingt, als würdest du mich für eine männliche Schlampe halten.“

„Das tue ich nicht. Meine Güte. Ich ... ich wollte dich nicht beleidigen.“

Ich lasse sie bewusst zappeln und genieße ihre Verzweiflung. Ich fühle mich nicht nur von selbstbewussten Frauen angezogen; auch ihre Unsicherheit macht mich an. Viel mehr sogar, als es angemessen wäre.

„Schon gut“, beschwichtige ich sie mit erhobener Hand. „Deine Überlegung stimmt ja durchaus. Ich habe mit den unterschiedlichsten Frauen Bekanntschaft gemacht. Ich denke aber, dass es einen Unterschied macht, ob ich mit einer Frau bloß einmal vögle, oder ob ich sie heiraten möchte.“

Ihr Blick gleitet von meinem Gesicht zu meinem Schritt und wieder zurück. Evies Körper mag der einer erwachsenen Frau sein, in ihr scheint aber immer noch ein kleines Mädchen zu stecken, das bei unverblümten Ausdrücken nervös wird.

„Aber das weißt du ja beim Kennenlernen nicht. Irgendetwas muss dich doch ansprechen – und ich rede nicht vom Äußeren, sondern vom Verhalten. Ich würde, glaube ich, sofort zurückschrecken, sollte mich ein fremder Mann in einer Bar ansprechen."

„Wie ging das mit Cooper dann los, wenn du so extrem ängstlich bist?"

„Wir waren zuerst Freunde, daraus wurde irgendwann mehr. Aber immer hatte Cooper die Zügel in der Hand. Ich war der Meinung, dass er mich als Freundin treffen möchte, deshalb fühlte ich mich auch frei bei ihm."

Je mehr sie mir von diesem Typ erzählt, desto stärker wird der Wunsch in mir, ihm mal ordentlich die Fresse zu polieren. „Ist er denn nie auf deine Bedürfnisse eingegangen?"

„Wie meinst du das?"

„Na ja, er wird dich ja nicht gezwungen haben, eine Beziehung mit ihm einzugehen. Ist ihm nie aufgefallen, dass du kaum etwas selbst in die Wege leitest? Hat immer er die Entscheidung getroffen, den nächsten Schritt zu gehen, oder hat er dich mal nach deiner Meinung gefragt?"

„Na ja ... also ... Cooper ist in der Hinsicht sehr ... bestimmend und ohnehin erfahrener als ich. Ich habe mich ganz auf ihn verlassen."

Da hilft nur Bier. Ich hasse Kerle, die Frauen unterdrücken, und dieser Wichser ist ein Paradebeispiel dafür. Wahrscheinlich hat er auch diese Fähigkeit von seinem Daddy gelernt. „Wie alt warst du, als das mit euch losging?"

„Neunzehn", erwidert sie wie aus der Pistole geschossen.

„Und davor hatte es keinen anderen gegeben?"

Erneut errötet sie und zupft weiter am Etikett der Bierflasche. „Nicht direkt. Mal abgesehen von den üblichen Begegnungen, die jeder Teenager durchleben muss. Aber nichts war so intensiv wie mit Cooper.“

„Verstehe“, murmele ich, auch wenn ich im Grunde gar nichts kapiere. Alles, was sie für diesen Trottel empfindet, ist falsch. Er hat ihr eine Gehirnwäsche verpasst, sie benutzt und sie wie Scheiße behandelt.

Ich reibe mir übers Gesicht und versuche auf die Schnelle irgendeine Strategie zu entwickeln, um Evie zu erklären, dass dieser Cooper ein falsches Spiel mit ihr treibt. Sollte mir das nicht gelingen, muss ich zumindest versuchen, ihr zu mehr Selbstbewusstsein zu verhelfen, damit sie genau weiß, was sie will. Dann kann sie diesem Bastard gehörig in den Arsch treten.

„Wo lernst du die Frauen kennen, mit denen du ... dich triffst?“

„Das ist ganz unterschiedlich. Bei einer Party, im Supermarkt, in einem Restaurant.“

„Im Supermarkt?“, wiederholt sie mit großen Augen.

„Ja, dort, wo man Lebensmittel kaufen kann.“

Sie setzt sich auf, überschlägt ihre Beine und wirkt plötzlich ganz hibbelig. „Das glaube ich nicht. Wie soll das gehen? Du fängst vor dem Milchregal zu flirten an, und schließlich sackst du ein Date ein?“

Ich grinse. „So in etwa, ja. Ich merke ja gleich angesichts ihres Einkaufes, wie sie drauf ist. Kauft sie Windeln, fällt sie gleich mal durch.“

„Und du startest dann das Gespräch?“

„Eine Unterhaltung beginnt ja nicht erst mit Worten. Manchmal reicht ein einziger Blick, um sein Interesse zu bekunden."

„Ein Blick", wiederholt sie, als würde sie sich gedanklich Notizen machen. Dabei treffen sich unsere Augen kurz. Stumm findet ein Austausch statt, den ich als höchst beunruhigend einstufe. Sie sollte mich nicht so ansehen. Und vor allem sollte mich ihre Aufmerksamkeit nicht derart reizen.

„Klingt das für dich plausibel?", frage ich.

„Ja, schon. Aber ich glaube einfach nicht, dass ich selbstbewusst genug wäre, den Blickkontakt zu dir zu suchen, würde ich dir in einem Supermarkt begegnen."

Dabei hast du es schon längst drauf.

„Was könnte im schlimmsten Fall passieren?"

„Na ja, deine Freundin könnte im nächsten Moment auftauchen, oder du könntest mich nicht attraktiv finden."

„Selbst wenn, dann war es nur ein verstohlener Blick."

Sie schüttelt den Kopf und druckst herum. „Ich bin wohl einfach nicht der offensive Typ."

„Was du brauchst, ist mehr Selbstsicherheit. Du musst dir deiner Stärken bewusst werden, Evie. Deinen Marktwert prüfen. Dann wird dir relativ schnell klar sein, dass du durchaus in der Lage bist zu flirten."

„Ins Büro kommt zweimal die Woche ein Kurier. Und der hat mich eindeutig angebaggert; das ist sogar mir aufgefallen."

Ein Scheißkurier, der in meinem Unternehmen mit Evie flirtet. So ein Wichser.

Beruhig dich, Mann.

„Und war es dir unangenehm, wie er mit dir geredet hat?“ Denn sollte es so sein, werde ich dafür sorgen, dass der Wichser seinen Job verliert. Koste es, was es wolle.

„Ein bisschen komisch war es vermutlich deshalb, weil Emily anwesend und er ziemlich direkt war. Aber ich habe seine Komplimente auch genossen.“

Emily war dabei? Arbeiten für mich denn nur Idioten?!

„Siehst du, das hat deinem Selbstbewusstsein doch einen Push gegeben.“

Evie lächelt verlegen, und erneut spielt mein Schwanz völlig verrückt. „Dass er mich im Grunde bloß ins Bett kriegen möchte, schüchtert mich aber unglaublich ein. Ich fühle mich dem noch nicht gewachsen.“

„Darum machen wir das Ganze ja auch Schritt für Schritt. Ich glaube, dieser Kurierheini ist ein gutes Versuchsobjekt für dich. Wenn er das nächste Mal ins Büro kommt, probier diese Blick-Sache aus und schau, was passiert.“

„Und dann?“

„Dann gibst du ihm deine Nummer, gehst mit ihm auf einen Drink und servierst ihn ab.“ Sie muss ihm auf alle Fälle den Laufpass geben. Ich kenne diese Botenfahrer nur allzu gut. Für sie sind Büros bloß eine Art Viehmarkt, und sie bumsen jede, die ihren Weg kreuzt.

„Wenn das funktioniert, kann ich danach wieder mit dir darüber sprechen?“

„Klar“, erwidere ich. Eigentlich meine ich aber: Du wirst mir jedes verfickte Detail darüber berichten, was er zu dir gesagt hat.

Evies Miene hellt sich auf, und fast schon erleichtert nimmt sie einen weiteren Schluck Bier. Ich hingegen fühle mich, als hätte ich sie dem nächsten Hund zum Fraß vorgeworfen. Da draußen gibt es zu viele Arschlöcher, die ein gutgläubiges Mädchen wie Evie mit Haut und Haaren verschlingen wollen. Und ich bin einer davon.

BLICKE

Evie

Eine brechend volle Tube würde die wenigsten Leute in Freude versetzen. Für mich stellt das Knäuel wildfremder Menschen an diesem Morgen jedoch eine gute Trainingsmöglichkeit dar. Während ich mich an einer der Metallsäulen festhalte, blicke ich mich prüfend nach einem passenden Opfer um. Da wäre ein Kerl mit Kapuze und ziemlich grimmigem Blick. Der jagt mir Angst ein, also Finger weg. Einer ist zu alt, der andere zu jung. Außerdem scheint die Frauenquote in diesem Abteil verhältnismäßig hoch zu sein.

Ich seufze und lehne mich mit der Schulter gegen die Plexiglasscheibe, während der Zug hält. Mit dem Strom neuer Passagiere wird ein Mann angespült, der schlagartig mein Interesse weckt. Er trägt einen hellbraunen Anzug, hält eine Aktentasche in der einen und ein Handy in der anderen Hand. Er bezieht direkt neben der Tür Stellung, und dank seiner Größe überragt er die umstehenden Gäste. Sein blondes

Haar trägt er kurz, was ihn trotz seiner äußerlichen Korrektheit frech wirken lässt. Ich kann aber schwer einschätzen, wie alt er ist. Er könnte Ende zwanzig, aber auch weit über dreißig Jahre alt sein.

Eine Weile hat er für nichts anderes als sein Handy Interesse, dann aber steckt er das Teil in seine Tasche und sieht direkt zu mir rüber. Mein erster Instinkt, als sich unsere Blicke treffen, befiehlt mir, schnell wegzusehen. Doch ich zwinge mich, den Rücken durchzustrecken und die Aufmerksamkeit dieses Mannes zu halten. Sekunden verstreichen, die sich für mich wie Stunden anfühlen. Zuerst ist der Ausdruck auf seinem Gesicht neutral, dann aber umspielt ein winziges Lächeln seinen rechten Mundwinkel, und er formuliert etwas, das nach einem ‚Hi' aussieht. Ich imitiere seine Geste, was mir enorm viel Mut abverlangt.

Heiliges Kanonenrohr, ich tue das gerade wirklich.

Ich kann regelrecht spüren, wie sein Verlangen nach mir wächst und ich ihn völlig aus seinem alltäglichen Trott katapultiere. Alles und jeder um uns herum scheint vergessen.

Der Typ könnte verheiratet oder ein Mörder sein. Er könnte mich auch einfach nur verarschen. Langsam schwindet meine Selbstsicherheit. Würde mir von den anderen Fahrgästen jemand helfen, wenn der Kerl herkäme und mich bedrängte? Ich bin ein Loser und ein Feigling. Dass ich bei der nächsten Haltestelle, die nicht mal meine ist, aus der Tube haste, um vor dem Kerl zu flüchten, zeichnet mich erst recht als jene aus.

Das war bloß ein Blick, Evie. Und trotzdem rast mein Puls, als ich die Treppe, die nach oben zur Straße führt, hochlaufe. Ich versuche mich zu orientieren und herauszufinden, welche Richtung ich eigentlich einschlagen muss. Hier war ich noch nie, und auch der Straßenname sagt mir nichts. Ich ziehe mein Handy aus der Tasche und aktiviere *Google Maps*, die mir einen vierzehnminütigen Fußmarsch bis zu meinem Bürogebäude versprechen. Und das in High Heels – perfekt.

Doch der Abgang zurück zur Tube kommt mir wie der gruseligste, dunkelste Keller der Welt vor. Ich muss aber gar nicht erst wieder runtergehen, um mich meinen Dämonen zu stellen, denn der Grinse-Typ ist mir gefolgt. Oder musste er hier wirklich aussteigen? Erneut begegnen sich unsere Blicke. Diesmal zucke ich aber ängstlich zusammen und haste davon.

Lass mich einfach in Ruhe! Ich will nicht mit dir sprechen.

Was zum Teufel stimmt nicht mit mir?

Als ich im Büro ankomme, bin ich völlig verschwitzt und fühle mich noch immer verfolgt. Dabei ist der Kerl längst verschwunden. Offensichtlich hatte er erkannt, dass er es mit einer Geisteskranken zu tun hatte. Noch dazu bin ich zu spät dran. Emily sitzt bereits hinter ihrem Schreibtisch und scannt mich skeptisch, als ich hereinkomme.

„Entweder hattest du eine heiße Nummer im Fahrstuhl, oder du warst noch schnell im Businesslook joggen."

Ich lache irritiert und lege meine Handtasche auf einem Sideboard ab. „Ich bin das letzte Stück gelaufen, um den Kopf freizubekommen.“ Und um vor einem Mann zu flüchten, der mich wahrscheinlich bloß auf einen Kaffee einladen wollte.

„Verrückt. An deiner Stelle würde ich es das nächste Mal mit Sex probieren. Das Treppenhaus eignet sich da perfekt, das benutzt so gut wie niemand.“

„Okay ... danke.“

Ich setze mich auf meinen Platz und mache mich an die Arbeit. Emily hat mir die Aufgabe, ihre Mails zu beantworten, mittlerweile offiziell übertragen. Ihrer Aussage nach hasst sie das am meisten an ihrem Job. Ich hingegen habe Gefallen daran gefunden.

Während ich also in die Tasten haue und Emilys Leben in Ordnung halte, verputzt diese ein Schokocroissant, feilt im Anschluss ihre Nägel und tippt auf ihrem Handy herum.

Den ganzen Tag über begleite ich Emily und beschäftige mich, wenn Zeit bleibt, mit meinem Konzeptplan. Jonah begegne ich zum Glück nicht. Ich habe noch nicht endgültig entschieden, ob ich ihm von meinem desaströsen Flirtversuch erzählen soll.

Abends bin ich wieder mal allein daheim. Ich koche mir etwas, telefoniere kurz mit meinen Eltern, die sich nach meinem Praktikum erkundigen, und fläze mich danach vor den Fernseher. Ich schwebe gerade zwischen wachem und schlafenden Zustand, als ein Videoanruf von Cooper eingeht.

Schlagartig bin ich hellwach. Ich setze mich auf, nehme das Telefonat an und merke, wie mein Herz bei Coopers vertrautem Anblick einen Sprung macht. Seltsam, dass ich ihn schon mehr als Teil meines Lebens betrachte als meine alte Heimat. In London komme ich mir fremd vor, bei Cooper hingegen bin ich daheim. Sein Lächeln bedeutet mir nach diesem aufreibenden Tag alles.

„Hallo, Evelyn, habe ich dich geweckt?" Cooper nennt mich nicht bei meinem Spitznamen. Der sei seiner Meinung nach nicht so wohlklingend wie mein Taufname, wie er mir auf meine Nachfrage erklärt hat.

Ich lächele beschwichtigend. „Nein, alles gut. Ich muss mich erst noch an meinen Büroalltag gewöhnen."

„Gut siehst du jedenfalls aus."

„Danke. Du auch. Deine Haare sind länger geworden."

„Oh, ja. Ich muss unbedingt zum Friseur."

„Mir gefällt es."

Cooper grinst verschmitzt und zupft an einer Strähne, die ihm mittlerweile bis über sein Ohr reicht. „Na, dann sollte ich sie für deine Rückkehr vielleicht so lassen."

Damit spricht er ein heikles Thema an. Ob ich wieder zurück nach Michigan, aber vor allem zurück zu Cooper kehre, steht noch in den Sternen. Von meinem Vorsatz, während der Beziehungspause überhaupt nicht mit ihm zu sprechen, habe ich bereits wieder abgelassen. Nun telefonieren oder skypen wir ab und zu, um den Kontakt nicht völlig abzubrechen. Doch es ärgert mich, dass Cooper gerne so tut, als wäre das letzte Wort bezüglich unserer Versöhnung bereits gesprochen worden.

„Was hast du heute gemacht?“, frage ich, um das Thema zu wechseln.

„Wir waren am See, und später wollen wir noch zu Pat. Er heizt den Grill an. Alle vermissen dich, Evelyn. Die Mädels überlegen sogar schon, ihre Eltern um Geld anzuhauen, damit sie dich in Good Old England besuchen können.“

Auch ich vermisse unsere Runde, die aus Coopers und meinen Freunden besteht. Zweifelsohne wäre ich heute zusammen mit ihnen zum See gefahren, anstatt mir den Hintern in einem klimatisierten Londoner Bürogebäude platt zu sitzen.

Aber vermisse ich nicht eigentlich nur mein Leben in Michigan und nicht Cooper im Speziellen?

„Das wäre toll. Irgendwann werde ich gemeinsam mit ihnen herkommen.“

Cooper, der in seinem WG-Zimmer auf dem Bett hockt, lässt den Blick noch einmal träumerisch über mich gleiten. Ich spüre seine Sehnsucht, auch wenn er Tausende Kilometer weit weg ist. Automatisch muss ich an meine Begegnung in der Tube denken, worauf mich Gewissensbisse plagen. Wenn ich jetzt auf einmal mit anderen Männern flirte, bin ich doch nicht viel besser als Cooper. Und wird er den Aufwand, den ich betreibe, um für ihn spannender zu erscheinen, überhaupt zu schätzen wissen?

„Ich liebe dich, Darling. Wenn ich dich da sehe, werde ich fast verrückt.“ Er klingt aufrichtig, doch Cooper hat das Talent, Menschen zu manipulieren. Er weiß genau, welche Hebel er bewegen muss, um mir ein schlechtes Gewissen einzureden, weil ich nach London geflogen bin. „Vermisst du mich denn auch?“

„Natürlich.“

„Aber? Du wirkst etwas reserviert heute. Darling, ich bin mir deiner Enttäuschung und Verletztheit absolut bewusst, und es tut mir immens leid. Ich will mich ändern, weil du mir einfach alles bedeutest. Wir waren uns aber auch einig, dass unsere Beziehung mehr wiegt als dieser eine Fehler von mir.“

„Reden wir jetzt bitte nicht darüber. Ich möchte mich nicht mit dir über Videotelefonie streiten.“

Er stöhnt auf. „Du willst aber auch nicht mit deiner Entscheidung herausrücken, Evelyn. Das Spiel, das du da abziehst, ist echt unfair. Du hältst mich dauernd hin, und das macht mich fertig. Wenn du mich nicht mehr willst, kann ich nicht ewig auf dich warten.“

„Was soll das bedeuten?“ Mein Entsetzen ist mir wohl nicht nur anzuhören, sondern auch anzusehen. Am liebsten würde ich mein Telefon gegen die Wand schleudern und laut brüllen.

Anstatt mich zu beruhigen, zuckt Cooper bloß nachlässig mit der Schulter. „Meine Liebe ist nicht von bedingungslosem Wert. Ich verkrafte die Trennung einfach nicht.“

„Mir geht es aber auch nicht gut. Mein ganzes Leben ist ... zerstört – meine Zukunft, mein Vertrauen, meine Selbstachtung.“

„Und ich soll jetzt dran schuld sein, dass du den Mund nicht aufkriegst und nicht mit mir reden kannst? Ich bin der Stärkere von uns beiden, das solltest du vielleicht einfach mal akzeptieren. Du lässt dich viel zu sehr von anderen beeinflussen."

Ihm ist klar, wie weh er mir tut, doch womöglich spricht er bloß die Wahrheit aus. Und die ist in den seltensten Fällen angenehm zu ertragen. Aber was würde ich mir von meinem Partner an der Stelle wünschen? Dass er mich aufbaut? Mir schmeichelt? Immerhin war Coopers Verhältnis mit einer anderen Frau der Grund für unsere Trennung.

Doch Cooper gibt mir gar nicht erst die Chance, meine Bedürfnisse zu äußern, sondern drischt weiter mit Worten auf mich ein. „Du solltest dich vom Traum der märchenhaften Beziehung verabschieden und erwachsen werden. Ich liebe dich, du liebst mich. Wir sind gute Partner, und wir ergänzen einander perfekt. Auch du hast Fehler gemacht und wirst in Zukunft nicht vor weiteren gefeit sein, Evelyn. Eine endgültige Trennung ist nicht die Lösung."

„Aber du hast mit dieser Frau geschlafen, Cooper. Das ist mehr als nur ein kleiner Fehler für mich."

Er schnaubt verächtlich. „Es geht hier also nur um Sex?"

Sofort verunsichert er mich. Bin ich zu oberflächlich? Unsere Beziehung hat gut funktioniert, solange kein Sex im Spiel war. Und jetzt, da ich das Bedürfnis habe, experimentierfreudiger zu werden, beginne ich alles infrage zu stellen?

„Nein. Sex allein ist mir nicht wichtig. Aber du hast dieser Frau etwas gegeben, das eigentlich für mich reserviert war."

„Die Jungfräulichkeit eines Mannes bedeutet nicht so viel wie die einer Frau. Ich habe es getan, weil ich dich beeindrucken wollte, wenn es dann für uns so weit ist."

Das ist Blödsinn. Er hat nicht wegen mir mit dieser Frau geschlafen. Wieder mal wälzt er die Schuld auf mich ab.

Ich bin es satt, der Sündenbock, der Schwächling und der Feigling zu sein. Ich will nicht der mickrige Teil dieser Beziehung sein, sondern Cooper als ebenbürtige Partnerin zur Seite stehen. Der erste Schritt heute früh, mein Selbstvertrauen im Umgang mit Männern zu stärken, mag misslungen sein. Doch dieses Gespräch mit Cooper erzeugt eine ordentliche Wut in meinem Bauch, die mich erst recht anspornt, eigene, neue Erfahrungen zu sammeln.

„Meine Güte, Evelyn. Siehst du, jetzt streiten wir wieder", meint er vorwurfsvoll.

Obwohl in mir ein wahrer Sturm tobt, schweige ich. Ich hätte Cooper ordentlich die Meinung geigen sollen, doch mir fehlt der Mut. Deshalb sehe ich traurig zu Boden und warte, dass Cooper etwas sagt. Doch auch diesmal lässt er mich wie eine heiße Kartoffel fallen, und die Möglichkeit, sich von seiner gutmütigen Seite zu zeigen, verstreicht erneut.

„Du musst dich da auch ja immer so reinsteigern. Vertrau mir einfach. Okay?"

Ich sehe ihn an. Beim besten Willen – ich kann diesem aufdringlichen Blick nicht trauen. Alles in mir sträubt sich dagegen. Dennoch nicke ich und ringe mir ein versöhnliches Lächeln ab. „Tut mir leid."

„Ich springe jetzt unter die Dusche, und dann düse ich los."

„Grüß die anderen von mir."

„Mach ich“, erwidert Cooper grinsend. „Einen erfolgreichen Arbeitstag morgen.“

Ich tüftele gerade an meinem Konzept, als Mike mit einem Stoß Briefe in der Hand in Emilys Büro kommt. Sofort lege ich meinen Stift zur Seite und atme durch.

Gut, dann starten wir die Show!

„Evie, hast du den Drachen getötet und den Thron bestiegen?“

„Emily ist unglaublich nett.“

Mike kommt näher und hockt sich wie letztens auf die Schreibtischkante. „Wenn sie schläft. Und selbst dann sabbert sie einem die Hose voll.“

Jetzt ist der richtige Moment.

Nutz die Stille. Lächele. Flirte mit deinen Augen, Evie!

Ich strecke den Rücken durch und lasse meinen Blick hollywoodmäßig langsam von meinen Beinen zu Mikes Augen hochgleiten. Und auch er scannt mich. Ich befeuchte meine Lippen, wie es so häufig in Filmen zu sehen ist. Mein Herz schlägt, während sich mein Mund in eine staubtrockene Wüste verwandelt. Ich fürchte, ich falle jeden Augenblick in Ohnmacht.

Mike kneift die Augen zusammen und legt den Kopf leicht schräg. Und dann passiert es: Ich kommuniziere mit ihm. Wir tauschen unausgesprochen Botschaften aus. Ich eine Einladung, er ein Kompliment.

Ich lächele, Mike erwidert mein Lächeln und rutscht kaum merklich näher. Hitze breitet sich in mir aus. Ich rieche Mikes Parfum, nehme seinen Körper überaus deutlich wahr. Beinahe möchte ich, dass er den nächsten Schritt macht und zum Beispiel die Hand nach meiner Wange ausstreckt. Doch was dann?

Würde ich die körperliche Berührung verkraften oder wieder einknicken?

„Was muss ich tun, um deine Telefonnummer zu bekommen?“, flüstert Mike.

Ich muss auch in echt reden? So weit bin ich in meiner Ausbildung doch noch gar nicht. Hilfe!

Sofort werde ich unsicher und unterbinde meine offene Körperhaltung. Ich verkeile meine Hände zwischen meinen übereinandergeschlagenen Oberschenkel. „Also ... keine Ahnung.“

Mike scheint meine Unbeholfenheit niedlich zu finden – anders als Cooper. Er zieht sein Handy aus der Hosentasche und hält es mir hin. „Tipp sie einfach ein, wenn du möchtest.“

Es gleicht einer Befreiung, als meine Handynummer auf dem Display erscheint. Ich habe es getan. Von wegen der mickrige Teil – ich bin stark und mutig. „Erledigt.“

„Perfekt. Ich werde dich zu einem supercoolen Abendessen ausführen, Evie.“

Ich lache geschmeichelt. „Ich freue mich.“

„Wirklich?“

„Ja. Ich glaube, wir können sehr viel Spaß haben.“

Das ist es, was ich brauche – Vergnügen. Ich muss den Kopf freibekommen. Seit dem Videogespräch mit Cooper überfordern verschiedenste Gedanken mein System.

„Das klingt toll“, erwidere ich.

Mike lächelt, klatscht kurz in die Hände und steht auf. „So gerne ich mit dir plaudere, leider muss ich jetzt wieder an die Arbeit. Ich melde mich. Halt mir einen Termin frei.“ Er zwinkert mir zu, bevor er geht.

Ich sacke erschöpft in den Stuhl und versuche mir einzureden, die richtige Entscheidung getroffen zu haben. Mich mit Mike zu verabreden bedeutet nicht fremdzugehen. Ich tue das allein für mich und mein Selbstbewusstsein.

FRAUENFLÜSTERE R

Jonah

Die Marketingabteilung präsentiert mir die neuesten Zahlen aus unserer letzten Werbekampagne. Wir haben eine verdammt gute Reichweite, und auf den sozialen Netzwerken wurde das Paket, das meine Leute geschnürt haben, mit Begeisterung angenommen. Jeder andere Geschäftsführer würde einen Luftsprung machen, doch ich werde gerade zu sehr von einer Frau am Rande des rechteckigen Tisches im Konferenzraum abgelenkt.

Während des Meetings lauscht Evie interessiert und versucht dennoch nicht aufzufallen, als könnten die anderen sonst über sie herfallen. Mein Blick gleitet immer wieder zu ihr.

Okay, eigentlich sehe ich viel zu oft zu ihr rüber. Schuld daran ist wieder ihr Outfit – sie trägt einen knöchellangen Rock mit bunten Streifen und dazu ein weißes Top, unter dem sich ihr BH deutlich abzeichnet. Wenn sie atmet, hebt und senkt sich ihre Brust, als wäre diese ein eigenständiges Lebewesen, das mit mir zu kommunizieren versucht.

Bald drehe ich durch.

Aber mal ehrlich: Ist Evie einen Marathon gelaufen, oder warum muss sie dauernd so tief Luft holen? Viele solcher Atemzüge kann der Stoff ihres BHs nicht mehr aushalten. Ich hoffe, er platzt.

„... auch Ihre Meinung wichtig, Mr Warren."

Alle Augen sind auf mich gerichtet. Doch anstatt Emily zuzuhören, habe ich über die Brüste meiner Praktikantin sinniert. Wie verfickt erbärmlich von mir.

Ich räuspere mich, zupfe an meiner Krawatte und greife nach der Zusammenfassung, als wäre dort eine Antwort zu finden. „Ich bin sehr zufrieden. Gute Arbeit."

Ein kollektives Stirnrunzeln wird um mich herum sichtbar. Okay, falsche Antwort, vermute ich.

„Habe ich Ihre Frage missverstanden?"

„Nun ja, im Grunde habe ich nach dem Zeitplan für die Studio-Kette gefragt."

Sofort ärgere ich mich über meine Unkonzentriertheit. So etwas darf mir nicht passieren. Meine Leute sind von mir absolute Perfektion gewohnt. Schließlich will ich das beste Vorbild für sie sein.

„Tut mir leid. Ich halte Sie auf dem Laufenden, sollte ich neue Informationen bekommen. Sind wir dann fertig hier?"

Auf Emilys Nicken erhebe ich mich und löse somit das Meeting auf. Doch es gelingt mir nicht so schnell zu flüchten, wie ich es eigentlich geplant habe. Denn einige meiner Mitarbeiter schlängeln sich zu mir vor, um mich in ein Gespräch zu verwickeln. Ich gebe mich geduldig, auch wenn ich mir selbst mal ordentlich ins Gewissen reden muss. Was zum Teufel habe ich nur mit Evie? Warum gelingt es ihr, mich so sehr aus dem Konzept zu bringen?

Ständig lasse ich mich von ihr ablenken. Obwohl sie sich mit Emily unterhält, sucht auch sie Blickkontakt zu mir. Ich bekomme Gewissensbisse, und trotzdem starre ich sie an, als würde dieses Treffen einzig und allein dafür stattfinden, dass ich in Evies Nähe sein kann. Sie schenkt mir ein schüchternes Lächeln, das ich jedoch nicht erwidere. Doch ich merke, wie es mir die Kehle zuschnürt und wie meine Beine mich zu ihr tragen möchten. Ich will sie fragen, ob sie mit diesem Botenjungen schon gesprochen hat, kann meine eigene Reaktion jedoch noch nicht abschätzen. Werde ich überreagieren, wenn sie vorhaben sollte, sich mit ihm zu treffen?

Zuerst vögele ich die Ex meines besten Freundes, und dann stehe ich auf seine Schwester – will ich mir unbedingt einen Platz in der Hölle sichern?

Irgendwann gelingt es mir, die Unterhaltung mit meinen Mitarbeitern zu beenden. Doch nun nähert sich mir Evie. Sie wirkt dabei selbst noch nicht von ihrer Aktion überzeugt und sieht prüfend zu den anderen. Ich stemme eine Hand auf den Tisch, um zumindest etwas Standfestigkeit zu demonstrieren. Ihr schüchternes Lächeln zwingt mich aber beinahe in die Knie.

„Evie, was kann ich für dich tun?“, frage ich und merke meine Unsicherheit.

Sie kommt noch näher. So nahe, dass ich ihren Duft wahrnehme und den Arm nicht einmal ganz ausstrecken müsste, um sie zu berühren. „Ich wollte dir nur sagen, dass ich die erste Lektion hinter mich gebracht habe.“

„Sehr gut. Wie ist es gelaufen?“

Sie lacht und schüttelt dabei den Kopf. „Also, zuerst habe ich es bei einem Mann in der Tube versucht. Das hat sogar funktioniert, bis er darauf eingestiegen ist – dann bin ich geflüchtet.“

„Du hast gleich ...“ Ich sehe mich um, ob uns auch keiner hört. Das Letzte, was ich gebrauchen kann, ist, dass man mir eine Affäre mit einer Praktikantin andichtet. Doch die meisten haben den Konferenzraum ohnehin schon verlassen und der Rest steht bereits an der Tür – weit weg von uns entfernt. „Du hast gleich mit einem fremden Kerl losgelegt?“

„Ja, das erschien mir ungefährlich. Er folgte mir aber, als ich die Tube verließ. Wahrscheinlich wollte er nichts Böses, aber ich hatte wirklich Angst, mal wieder völlig zu versagen.“

Ich atme durch und reibe mir mit der Hand übers Kinn. „Evie.“

„Es ist alles gut. Ich bin noch ganz, habe also überlebt.“

Um ihre Aussage – und nur die – zu überprüfen, lasse ich meinen Blick über sie wandern. Ihre Taille wirkt so zerbrechlich, doch ihre vollen Brüste identifizieren sie eindeutig als erwachsene Frau. Ich erinnere mich daran, dass sie als Kind immer weite Blumenkleider anhatte. Ihre Knie waren ständig aufgeschlagen, die Haare standen ihr zu Berge, und sie war eine penetrante Nervensäge, die Toby und mich mit Fragen löcherte. Vieles an ihr hat sich nur wenig verändert. Sie hat grundsätzlich einen starken Willen, doch hat dieser erhebliche Einbußen erlitten. Oft wirkt sie gehemmt und zurückhaltend. Dennoch strahlt sie eine Wildheit aus, die ich ergründen möchte. So scheint es auch dem Kerl in der Tube ergangen zu sein.

„Die gute Nachricht ist, dass es mir tatsächlich gelungen ist, ein Date zu fixieren. Yeah.“ Sie reckt ihre linke Hand als Faust in die Luft und bringt mich mit dieser dämlichen Geste zum Lachen.

„Ich hoffe, nicht mit dem Tube-Kerl.“

„Nein. Mike, der Kurierfahrer, wird mich in ein Restaurant einladen.“

„Siehst du, alles läuft am Ende von selbst.“

„Ja, schon. Aber ich brauche trotzdem deine Hilfe, Jonah.“ Nun faltet sie ihre Hände und blickt betrübt aus dem Fenster. „Cooper macht ungeheuren Druck. Ich hatte ein Gespräch mit ihm, das nicht sonderlich gut verlaufen ist. Und es ist ... ich weiß nicht, mit wem ich sonst darüber reden kann.“

„Verstehe.“ Was? Nein! Ich verstehe gar nichts. Ich werde ganz sicher nicht meine Zeit damit verschwenden, mir Evies Beziehungsprobleme anzuhören. Doch im Grunde bin ich zu neugierig darauf, was sich dieser Scheißkerl schon wieder geleistet hat.

„Können wir uns vielleicht noch mal treffen?“

Mein erster Gedanke ist, dass ich sie nicht zu mir nach Hause einladen kann. Ich habe keine Ahnung, ob ich ein zweites Mal genauso stark bin und mich benehmen werde. „Wann bist du das letzte Mal aus gewesen?“

Sie runzelt die Stirn. Dabei kraust sie ihre Nase. „Wie meinst du das?“

„Man verlässt die Wohnung, geht in eine Bar und trinkt ein paar Gläser Bier. Weißt du, das macht Spaß, Evie, und man hat dabei nicht dauernd die Gelegenheit, über seine Probleme nachzudenken.“

„Klingt nicht schlecht. Tatsächlich war ich, seit ich zurück in London bin, erst einmal mit Chloe weg. Ich bin eine richtige Stubenhockerin geworden.“

„Dann treffen wir uns in meinem Lieblingspub; ich schicke dir die Adresse.“

Sie strahlt. Schon allein das ist mir die erneute Gefahr der Versuchung, die sie auslöst, wert.

„Danke. Wirklich. Ich spüre, dass sich da dank dir etwas in mir verändert.“

Oh, ich auch, Evie.

„Ich sehe deine neuen Visitenkarten schon vor mir: *Jonah J. Warren – Unternehmer und Frauenflüsterer.* Du musst mir nur versprechen, dass du mich einstellst, sollte sich diese Beratungssache zu einem florierenden Geschäft entwickeln. Ich stehe auf diese Lehrer-Schülerin-Nummer.“

Max ist außer sich vor Begeisterung wegen der Entwicklungen mit Evie, von denen ich ihm bei einem gemeinsamen Bier auf meiner Couch erzähle.

Während er sich über seine kurz geschorenen blonden Haare streicht, starrt er mich gebannt an.

„Bleibt der Schwanz in der Hose?", bohrt er weiter.

„Wessen Schwanz meinst du?"

„Deiner, du Trottel."

Ich kann nicht fassen, dass er diese Frage tatsächlich gestellt hat. „Darauf kannst du wetten. Sie ist Tobys kleine Schwester. Schon vergessen?"

Er grinst unbeeindruckt, während das Spiel, das wir uns eigentlich ansehen wollten, zur Nebensache wird. „Aber du hast auch gesagt, dass sie heiß ist. Ein scharfes, unerfahrenes und offensichtlich experimentierwilliges Mädchen. Das hört sich für mich nach einem verdammten Fick-Jackpot an."

Ich hätte ihm nicht sagen sollen, wie sehr Evie sich zum Guten gewandelt hat.

Stöhnend lehne ich mich zurück und strecke die Beine von mir. Wenn Max wüsste, wie sehr ich auf Evie stehe, wäre er nicht mehr zu halten. Er würde mich zu einer oberdämlichen Aktion überreden, die mich geradewegs ins Grab bringen würde. Aber so ist dieser Typ drauf. Gewissermaßen denkt Max 24/7 ans Vögeln, und jetzt will er mich mit auf diesen Trip nehmen.

„Keine Ahnung, wie es dir geht, aber ich hänge an meinem Leben. Ja, ich hatte sogar vor, noch gut sechzig Jahre zu leben und irgendwann friedlich in meinem Bett, umsorgt von verdammt scharfen Pflegerinnen und meiner neunundzwanzigjährigen Ehefrau, für immer einzuschlafen. Nach einem Tod, verursacht durch Toby, der mir ein Messer in die

Brust rammt, weil ich seine Schwester, die er wie seinen Augapfel behütet, gevögelt habe, stand mir nie der Sinn."

„Was allerdings bedeutet, dass du bereits den ein oder anderen schmutzigen Gedanken gehabt hast."

Ich erwidere darauf nichts, sondern nippe an meinem Bier, was vermutlich die allerbeste Entscheidung ist. Nur eine Sekunde später klingelt es an der Tür.

Wenn man vom Teufel spricht!

Ich lasse Toby rein, der die Bierflasche mit derselben Dankbarkeit annimmt, als hätte ich ihm eine Niere gespendet; was aufgrund meines Alkoholkonsums aktuell wohl eine miese Entscheidung wäre.

„Was für ein Horrortag", verkündet er abgehetzt und lässt sich auf die Couch plumpsen.

Meine Körpertemperatur steigt schlagartig an, als ich mich daran erinnere, wie Evie erst vor wenigen Tagen hier war, um mich um Rat zu bitten. Wahrscheinlich hält mich Toby für keinen guten Umgang für seine kleine Schwester. Weiß er denn, mit was für einem Arschloch sie es in Michigan treibt?

Während Toby sich über seinen stressigen Tag auskotzt, beobachte ich ihn und suche nach möglichen Gemeinsamkeiten zwischen ihm und Evie. Sie sind beide mit dunkler Wuschelmähne gesegnet, groß gewachsen, und auch an seinen Augen erkenne ich Evie irgendwie wieder. Doch Toby ist vom Wesen her ganz anders. Er ist ernster, und lernt man ihn erst kennen, könnte man ihn für einen verwöhnten

Schnösel halten. Dabei ist er ein netter Kerl – vorausgesetzt, man lässt die Finger von Evie.

„Das schreit nach einem Besäufnis“, lautet Max’ Resümee. „Was habt ihr am Samstag vor?“

„Noch nichts. Aber ich bin auf jeden Fall mit am Start.“

Ich zucke die Achseln, als müsste ich erst einmal gründlich in mich gehen. „Warum nicht?!“

Max klatscht entzückt in die Hände. „Ich liebe euch, Jungs. Zufällig ist heute eine Einladung zu einer Tapas-DJ-Garten-Party bei mir reingeflattert. Dort können wir zuerst wie gesittete Leute Häppchen verdrücken und das Ganze dann in einem Besäufnis enden lassen.“

„Ich weiß nicht, ob ich mich *besaufen werde*, da ich am Sonntag bei meinen Eltern zum Mittagessen eingeladen bin.“ Toby erntet für diese Aussage umgehend eine Menge Spott und Häme. Die hat er auch verdient, wie ich selbst dann noch finde, als sich sein Blick verfinstert.

„Oh, macht sich Klein-Tobias ins Höschen, dass er Tadel von seiner Mami bekommt?“, triezt Max ihn weiter.

„Halt die Fresse, Max. Das betrifft dich übrigens auch, Jonah.“

Ich hebe abwehrend beide Arme. „Ich habe gar nichts gesagt.“

„Ich meinte die Einladung zum Mittagessen. Meine Eltern möchten sich auf diesem Weg bei dir dafür bedanken, dass du meiner Schwester dieses Praktikum ermöglichst.“

Okay, jetzt stecke ich richtig in der Scheiße.

Es ist das eine, in Tobys Anwesenheit so zu tun, als wäre Evie nicht megaheiß. Mit ihr, ihren Eltern und Toby an einem Tisch zu sitzen, während sie mich mit ihren Blicken reizt, erscheint mir allerdings ein Ding der Unmöglichkeit.

„Das ist sehr nett, aber nicht nötig." *Bitte zwing mich nicht, zu diesem Essen zu gehen! Sei ein Freund, Toby!*

„Sie bestehen drauf. Du kennst sie ja."

Ich seufze. „Dann richte ihnen aus, dass ich ihre Einladung sehr gerne annehme."

Während Toby lächelt, erstickt Max beinahe an seiner Schadenfreude. „Gilt die Einladung denn auch für mich?"

„Dich Macho lasse ich keine zehn Meter in die Nähe meiner Schwester." Da kann nicht einmal Max widersprechen. „Wie läuft es eigentlich mit ihr im Büro?"

„Ja, *was* läuft denn dort so?" *Max, ich werde dich töten.*

Zum Glück ist Toby zu sehr auf meine Beurteilung gespannt, als dass er Max zugehört hätte. „Äh ... sie ist sehr engagiert und fleißig." Und sie hat Titten, von denen ich träume – bei Tag und bei Nacht.

„Kommt sie immer pünktlich?"

Max beugt sich höchst interessiert vor. „Jonah, kriegst du denn überhaupt mit, wenn sie kommt?"

„Nein, tue ich nicht. Ich meine ... mir ist nichts Gegenteiliges zugetragen worden."

Ich fühle mich wie auf der Anklagebank. Als hätte ich etwas verbrochen. Dabei habe ich mich höchst ehrenhaft verhalten. Und wie heißt es so schön:

Wegen bloßer Gedanken wird niemand gestraft. Dieser Grundsatz gilt hoffentlich auch für ältere Brüder.

„Da bin ich erleichtert. Evie brauchte diesen Anstoß, damit sie wieder auf die richtige Spur gerät", seufzt Toby immer noch völlig arglos.

„Ich glaube auch, dass diese Sparte die richtige für sie ist."

Können wir das Thema jetzt beenden?!

„Derselben Meinung bin ich auch. Daher muss irgendetwas passiert sein, weswegen sie bereit war, alles, was sie erreicht hat, aufzugeben. Doch sie redet nicht darüber und wehrt jegliche meiner Versuche, etwas aus ihr rauszubekommen, sofort ab."

„Frauen sind manchmal eben unergründlich", rettet mir Max mit dieser simplen Aussage den Arsch. „Können wir jetzt aufhören, die Sorgen deiner Schwester zu besprechen? In mir wächst nämlich langsam das Verlangen, mir die Zehennägel zu lackieren und dabei *Oprah Winfrey* anzuschauen."

„Sie wird ihren Weg gehen." Meine Beschwichtigung gilt nicht nur Toby, sondern auch mir.

Sogar wenn Evie zu diesem Arschloch zurückkehrt, wird sie früher oder später draufkommen, wie scheiße der Kerl ist. Wenn er Glück hat, wird Toby niemals von ihm erfahren.

So wie von vielen anderen Dingen, die sich unmittelbar und ohne sein Wissen in seinem näheren Umfeld gerade abspielen. Denn Evies Freund und meine Gedanken zu ihrer Person sind nicht meine einzigen Sorgen. Da wäre zum Beispiel auch noch die

Sache mit Samantha, über die ich mir seltsamerweise sehr viel weniger Gedanken mache. Dabei vögele ich Samantha tatsächlich.

Irgendetwas läuft da bei mir gerade so richtig aus dem Ruder.

GESTÄNDNIS

Evie

Jonahs Lieblingspub liegt in der Nähe seines Wohnhauses und verfügt über einen Innenhof, in dem man unter Bäumen sitzen kann. Ich fühle mich, als würde ich mir den Weg zu Jonahs Tisch durch einen Urwald bahnen.

„Das ist ja mal speziell. Aber auch irgendwie witzig“, sage ich statt einer Begrüßung.

Er steht auf und bietet mir den Platz auf der gepolsterten Bank an. Dann setzt er sich neben mich. „Speziell trifft es gut.“

„Und hierher kommst du öfter?“

„Wenn ich schnell mal etwas essen oder auswärts ein Bier trinken möchte, ja. Die Jungs und ich sehen uns hier außerdem Fußballspiele im Fernsehen an.“

Ich schnappe mir die Speisekarte, weil mir bei der Erwähnung von Nahrung wie auf Kommando der Magen knurrt. Nach dem Büro bin ich nur schnell nach Hause gefahren, um zu duschen und mich umzuziehen. Danach bin ich sofort hierhergekommen. Und obwohl das bereits mein zweites Treffen mit Jonah ist, hat sich an meiner Aufregung nichts geändert.

Noch dazu sieht Jonah in seinen ausgewaschenen Jeans und dem hellgrauen Shirt einfach wieder zum Anbeißen aus.

„Was trinkst du?“

Jonah hebt prüfend sein Bierglas. „Ein *Fullers*. Es ist gut, du solltest es probieren.“

„Werde ich. Ich muss aber auch etwas essen, sonst habe ich gleich einen sitzen.“

Ich bestelle mir einen Caesar Salad, Jonah einen Cheeseburger. Während des Essens quatschen wir über Belangloses. Jonah erzählt mir von der Einladung zum Mittagessen, die meine Eltern ausgesprochen haben. Davon wusste ich gar nichts. Danach ordere ich das zweite Bier.

„Es schmeckt gut, aber sehr alkoholhaltig.“

„Das ist es auch. Fünf davon können einen Büffel in die Knie zwingen.“

Ich lache. „Oh, Mann. Ich scheine aber etwas Mut in der Form zu brauchen, um mit dir über meine Probleme zu sprechen.“

Am Nachbartisch lässt sich eine Truppe Touristen nieder, die sich in einer Sprache unterhalten, die ich nicht mal zuordnen kann. Auf alle Fälle sind sie laut. Automatisch rutschen Jonah und ich näher zueinander, um reden zu können. Das Bier, das langsam seine Wirkung in mir entfaltet, gepaart mit Jonahs Nähe bedeuten eine völlige Reizüberflutung für mich.

„Deine Familie kennt die Wahrheit, warum du überlegst, dein Studium abzubrechen, nicht?“, fragt er.

„Nur die halbe. Sie wissen zwar von Cooper, nichts aber von dem, was er getan hat.“

„Warum erzählst du es nicht mal Toby? Hast du Angst, er könnte eine schlechte Meinung von deinem Lover haben?“

„Na ja, zuerst einmal denke ich nicht, dass mein Bruder derart gut über mein Liebesleben Bescheid wissen sollte.“

„Ich aber schon?“

Ich zögere und nehme einen weiteren Schluck Bier. „Bei dir … ist es etwas anderes. Toby übertreibt seit jeher mit seiner Fürsorge. Meine Eltern sind aber noch schlimmer. Nicht ohne Grund wollte ich weg aus London. So sehr ich sie liebe, manchmal ersticken sie mich.“

Jonah mustert mein Gesicht. Das hat er schon öfter getan – wohl um über meine Aussagen nachzudenken. „Weil du es gewohnt bist, dass andere über dich bestimmen, bist du wohl auch mit diesem Kerl zusammen.“

„Nein, das ist es nicht.“

„Wie du meinst“, meint er achselzuckend.

Etwas nervös zupfe ich an der Serviette, die unter meinem Bierglas liegt. „Warum fühle ich mich bei Cooper dann so frei wie bei keinem anderen Mann?“

„Es gibt Menschen, die brauchen ihre absolute Selbstständigkeit, während andere sich wohlfühlen, wenn sie jemanden an ihrer Seite haben, der ihnen buchstäblich zeigt, wo es langgeht. Du scheinst noch nicht zu wissen, welcher Typ du bist."

Jonah ist eindeutig ein selbstständiger Mensch. Er würde sich niemals dem Willen einer anderen Person beugen. Gleichzeitig glaube ich aber auch, dass er durchaus in der Lage ist, Kompromisse einzugehen – ein Fremdwort in meiner Beziehung mit Cooper.

„Mit mir scheinst du dich ja auch wohlzufühlen, sonst würden wir nicht hier sitzen. Und der Kurier hat auch dein Vertrauen gewonnen." Jonah geht ganz sachlich in der Beurteilung meines Lebens vor.

„Ich treffe mich übrigens nächsten Dienstag mit ihm. Weißt du, das wird mein erstes richtiges Date", gestehe ich ihm. „Was soll ich dabei beachten?"

Jonah denkt einen Moment nach, während ich mein Bier austrinke. Weil ich das Gefühl habe, endlich richtig locker zu werden, bestelle ich mir mit einem Fingerzeig in Richtung Kellnerin gleich noch eines.

„Das klingt abgedroschen, aber: Bleib einfach du selbst. Zieh dir etwas an, in dem du dich wohlfühlst, und versuche dich nicht zu verstellen. Typen merken so etwas schnell."

„Hast du denn oft Dates?"

Er schmunzelt, als fände er meine Frage abwegig. „Ab und zu."

„Und folgst du irgendeiner Dating-Regel, so nach dem Motto: Den ersten Kuss gibt es nicht gleich am ersten Abend?"

„Nein, davon halte ich nichts. Wenn ich mich mit einer Frau treffe, will ich, dass sich der Abend so entwickelt, wie es sich für beide gut anfühlt. Das solltest du auch beherzigen. Starr an selbst auferlegten Vorgaben festzuhalten wird dir nicht helfen, locker zu sein."

Sein Rat wirkt beruhigend auf mich. Ich fände es ja selbst anstrengend, mich an Vorsätze zu klammern, da ich ein impulsiver Mensch bin. Mir fehlt es zwar noch am richtigen Gespür für Männer, aber daran arbeite ich ja bereits.

„Keine Ahnung, aber dieses Date fühlt sich für mich wie ein Betrug an Cooper an. Das kann nicht die richtige Herangehensweise sein", gestehe ich plötzlich.

„Aber du willst ja deine Persönlichkeit stärken. Das war dein Ziel."

„Stimmt. Ja." Ich betrachte Jonah, der mich nun wahrscheinlich endgültig für sprunghaft und durchgeknallt hält. Ich fürchte, ich verschwende nur seine Zeit. Ich bin ein hoffnungsloser Fall.

Die Kellnerin serviert mein Bier und stellt es vor mir auf den Tisch. Mittlerweile schwirrt mir der Kopf, aber trotzdem greife ich gleich danach, um einen weiteren Schluck zu nehmen. Der Alkohol lässt mich auch offenherziger werden. Ich muss Jonah die ganze Wahrheit sagen, damit er versteht, warum ich wegen Cooper so ein Tamtam veranstalte.

„Wie alt warst du bei deinem ersten Mal?"

Jonah kraust die Stirn und zieht beide Augenbrauen überrascht nach oben. „Bei meinem ersten Date?"

Ich seufze. „Nein. Ich rede von einem weitaus bedeutenderen ersten Mal."

„Okay, jetzt kenne ich mich aus. Fällt es dir so schwer, das Wort *Sex* auszusprechen?"

„Ja", gestehe ich und spüre, wie mein Gesicht rot anläuft. „Ich habe zwar sonst immer die Klappe offen, aber es gibt Begriffe, vor denen ich Respekt habe. Schimpfwörter waren bei uns daheim verpönt. Wir wurden nicht mit Verboten, sondern dadurch bestraft, dass mir meine Eltern das Gefühl gaben, enttäuscht von mir zu sein. Das hat richtig wehgetan. Wie ... wie alt warst du also?"

Jonah reibt sich mit der Handfläche nachdenklich übers Kinn. „Ich war fünfzehn."

„Fünfzehn", wiederhole ich teils geschockt, teils ehrfürchtig. „Kannst du dich noch daran erinnern?"

„Klar. Sie war eine Schulkollegin von mir. In den Ferien traf sich unsere Clique, um abzuhängen. Toby war da auch immer mit von der Partie. Als es passierte, waren wir auf einer Geburtstagsparty eines Kumpels. Ich stand schon ziemlich lange auf Claire, dachte aber, sie könne mich nicht besonders gut leiden. Dann aber ergriff sie die Initiative und fragte mich mit einer Flasche Sangria in der Hand, ob ich mit ihr in den Garten gehen wolle. Wir suchten uns den entlegensten Winkel, tranken den Sangria direkt aus der Flasche, und plötzlich setzte sie sich auf meinen Schoß und küsste mich. Bei mir sind die Sicherungen durchgebrannt, weil ich schon so lange hinter ihr her gewesen war."

„Wie war das?"

Er lacht. „Kurz! Danach tat mein Rücken höllisch weh, und ich hatte Gras an den unmöglichsten Körperstellen."

„War es auch ihr erstes Mal?"

„Ja."

„Das bedeutet, ihr werdet euch immer aneinander erinnern, weil ihr diesen einmaligen Moment miteinander geteilt habt. Wart ihr danach ein Paar?“

„Nein. Claire wollte zwar mit mir zusammen sein. Für mich aber war die Erfahrung von Sex befreiend. Ich hätte mir niemals vorstellen können, mich danach an eine Person zu binden, ich wollte meine Erfahrung vertiefen. Daran hat sich bis heute nicht viel geändert.“

Seine Aussage versetzt mir einen Stich. Möglicherweise möchte auch Cooper lieber mit vielen anderen Frauen schlafen, statt sich an mich zu binden.

„Kannst du dich an die zweite Frau erinnern, mit der du geschlafen hast?“

Jonah überlegt kurz, schüttelt dann den Kopf. „Nicht wirklich. Ich glaube, es war ... keine Ahnung.“

Ich senke den Kopf und versuche gegen die in mir aufsteigende Verletzung anzukämpfen. „Cooper hat behauptet, dass die weibliche Jungfräulichkeit mehr wert wäre als die männliche. Rein anatomisch gesehen mag er recht haben, aber anhand deines Beispiels sieht man ja, dass der erste Partner zumindest gedanklich immer Bestandteil des Lebens bleibt.“

„Mir selbst war meine Jungfräulichkeit nicht viel wert“, erklärt er. „Was sollte sie mir Großes bedeuten? Mit wem es passieren würde, war mir egal. Cooper scheint eine verdammt altertümliche Sichtweise zu haben, oder es macht ihn an, wenn er sich vorstellt, dass du ihm deine Jungfräulichkeit geschenkt hast. Mit dem nächsten Kerl, mit dem du schläfst, wird es aber besser. Du wirst erst mit der Zeit herausfinden, worauf du stehst, und dazu braucht es eine Auswahl."

Mein Magen rumort, und meine Nerven flattern, so sehr wühlt es mich auf, Jonah ein Geständnis zu machen. „Ich habe mit Cooper noch gar nicht ... wir hatten noch keinen Sex. Er wollte damit warten, bis wir zumindest offiziell verlobt sind. Er will alles ganz traditionell haben."

Jonah steht buchstäblich der Mund offen. Sein Blick gleitet von meinen zu Fäusten geballten Händen an mir hinab. Ich fühle mich entblößt. Mit jeder Sekunde, die er länger schweigt, wird das Dröhnen in meinen Ohren lauter.

„Das rückt deine Bitte in ein völlig anders Licht." Nach dem ersten kurzen Moment der Überraschung, verhält er sich wieder gradlinig.

Ich nicke gequält. „Tut mir leid. Ich hätte von Anfang an ehrlich zu dir sein sollen, aber es ist mir so schwergefallen."

Jonah seufzt und greift nach seinem Bierglas, das er mit zwei kräftigen Schlucken leert. „Ist es wichtig für dich, dass Cooper der Erste sein wird, oder kannst du dir auch vorstellen, es mit diesem Kurierfahrer zu treiben?"

„Nach diesem blöden Telefonat mit Cooper würde ich es ihm am liebsten auf dieselbe Art heimzahlen, was er mir angetan hat. Doch irgendwie reicht meine Wut nicht aus, um so einen Schritt zu setzen."

„Also gibt es nur ihn für dich?"

„Ja ... nein ... keine Ahnung." Ich stöhne und hoffe auf Jonahs Unterstützung, mich aus meiner Hilflosigkeit zu retten.

„War da nie etwas Körperliches zwischen euch?"

„Doch. Wir haben uns geküsst und auch berührt. Ab und zu, wenn wir in Coopers Bett lagen, hat er meine Hand in seine Hose geschoben oder seine auf meine ... auf meine Brüste gelegt. Mehr nicht."

Jonahs Kiefer spannt sich merklich an, doch ich habe keine Ahnung, was ihn so wütend macht. „Kaum zu glauben, wie scheißegoistisch dieser Typ ist. Er hat deine Gutmütigkeit vollends ausgenützt, Evie."

„Beurteile ihn bitte nicht so hart!"

„Wäre ich du, würde ich mich aus Rache durch Londons Betten vögeln; das kannst du mir glauben."

„Mir steht der Sinn aber nicht nach Rache", halte ich dagegen.

„Du kapierst es nicht. Unglaublich. Wahrscheinlich ist es ohnehin zu spät, um dir die Augen zu öffnen, aber der Typ manipuliert, kontrolliert und unterdrückt dich. Er bestimmt über deinen Körper, Evie! Das hat nichts mit gegenseitigem Vertrauen zu tun, sondern ist eine reine Machtdemonstration seinerseits. Es geht mich wirklich nichts an, wie du dein Leben führen möchtest, aber da du mich um Rat gefragt hast und ehrlich zu mir warst, möchte ich auch zu dir ehrlich sein. Entscheidest du dich für Cooper, erwartet dich mit Sicherheit ein tristes, einsames Leben, vollgepackt mit Schmerzen. Typen wie er sind patriarchalische Arschlöcher, die auf die Würde einer Frau pfeifen. Weißt du, warum er deine Jungfräulichkeit verlangt? Weil du dich ihm dann seelisch verbunden fühlst und ihn nicht so leicht verlassen wirst."

Jonahs Aussage ruft Emotionen in mir wach, die ich tief in mir begraben glaubte. Ich habe bereits Ähnliches überlegt in Bezug auf meine Beziehung mit Cooper. Oft habe ich mich unterdrückt gefühlt, doch ich dachte dann immer, dass das normal wäre.

„Sagen wir mal, du gehst zu ihm zurück, heiratest ihn, und ihr bleibt für immer und ewig zusammen. Denkst du nicht, dass dir irgendwann die Erfahrungen, die andere Frauen in deinem Alter gesammelt haben, fehlen werden?"

„Das kann sein, ja. Ich möchte aber auch nicht mit dem Erstbesten ins Bett gehen, immerhin haben wir ja bereits geklärt, welchen Stellenwert diese Person in meinem Leben später einnehmen wird."

„Da gebe ich dir recht. Es wäre sicher nicht klug, jetzt einen Kerl im Pub aufzugabeln und ihn in der Damentoilette zu vögeln."

Ich grinse nervös, fühle mich aber auch verstanden und irgendwie erleichtert. „Vielleicht ist Mike dann ja genau der Richtige. Ich habe genug Zeit, um ihn einige Male zu treffen. Dann kann ich entscheiden, wann ich so weit bin."

„Das sehe ich genauso. Es ist dein Leben, und du allein triffst alle Entscheidungen, Evie."

Nachdem wir ausgetrunken haben, besteht Jonah darauf, mich nach Hause zu bringen. Mein Protest fällt zögerlich aus, da ich alkoholtechnisch tatsächlich gewaltig über die Stränge geschlagen habe und dankbar bin, nicht mit dem Taxi fahren zu müssen.

„Hältst du mich für einen Loser?“, frage ich wenig später im Wagen, als wir vor Chloes Wohngebäude parken.

„Ich finde, du hast dir bereits eine Menge Spaß entgehen lassen.“

„Ich werde alles nachholen.“

Als ich mich abschnalle, tut es mir Jonah überraschend gleich. Er steigt aus, schnappt sich sogar meine Tasche und wartet neben dem Wagen auf mich.

„Du hast nicht gelogen, als du gesagt hast, das Bier würde einen Bullen umhauen.“

Grinsend greift er nach meinem Ellenbogen und begleitet mich den Gehsteig entlang. „Fünf davon hauen ihn um, drei dich. Du bist ja auch ein Fliegengewicht.“

„Aber viel gewohnt. Ich bin bei Weitem keine so große Schlaftablette, wie du glaubst.“

„Ich würde nie abstreiten, dass du Feuer in dir hast. Du musst es aber erst entfachen.“

„Wie poetisch“, ziehe ich ihn auf und stupse ihn mit der Schulter an. „Früher hast du mich eine Nervensäge genannt, heute verpackst du deine Neckereien in hübsche Worte.“

„Du bist immer noch eine Nervensäge, die mich zwingt, sie in betrunkenem Zustand nach Hause zu bringen, und mich obendrein mit ihren Beziehungsproblemen quält.“

Wir erreichen die Treppe, auf die ich mich kurzerhand setze. Jonah bleibt vor mir stehen und blickt tadelnd zu mir hinab. „Du weißt schon, dass du morgen arbeiten musst?!“

„Du könntest mir auch freigeben.“

„Das kannst du vergessen, Girlie. Man darf die Zügel niemals zu locker lassen.“

„Darum fürchten dich auch alle im Büro. Weil du ein mieser-fieser Nörgler bist.“

Jonah runzelt und stemmt eine Hand gegen das Metallgeländer. „Im Geschäftsleben geht es nicht darum, sich viele Freunde zu machen.“

Ich stöhne und blicke hoch zum wolkenlosen Himmel. „Früher bin ich immer am Fenster gesessen und habe darauf gewartet, einen Stern leuchten zu sehen. Meist bin ich dabei eingeschlafen.“

„Du hattest schon immer seltsame Hobbys.“

„Kein Wunder also, dass ich eine alte Jungfer bin, oder wie?“

„Das hast du gesagt.“

„Setz dich zu mir“, bitte ich ihn und strecke ihm meine Hand entgegen. „Du musst diesen Himmel sehen. Er ist so friedlich und beruhigend.“

Nachdem er laut geseufzt hat, nimmt er doch neben mir Platz. Ich verringere den Abstand, den er zwischen uns gelassen hat, und lege kurzerhand meinen Kopf auf seine Schulter. Dabei kann ich spüren, wie er mich betrachtet. Er ist angespannt.

„Schau nach oben“, flüstere ich. Jonah gehorcht und legt den Kopf in den Nacken. „Ich kannte sogar mal einige Sternbilder, habe sie aber alle wieder vergessen.“

„Unwichtige Dinge weichen wichtigeren.“

Sein Duft ist magisch, und seine tiefe Stimme dringt bis zu den verborgensten Punkten in meiner liebeshungrigen Seele vor. Er weckt in mir eine Sehnsucht nach etwas, das ich nicht benennen kann. Wie eine Fata Morgana in der Wüste erscheint er mir – verlockend, verboten und nicht real.

„Ich erinnere mich aber noch, wie meine Mum mir erklärte, dass jeder Stern für einen Wunsch steht. Man setzt sich hin, blickt nach oben und flüstert sein Begehren. Sieht man einen Stern funkeln, geht der Wunsch bald in Erfüllung."

„Und wie viele Sterne da oben sind von dir?", fragt Jonah leise.

„Weniger als du denkst. Im Moment hoffe ich nur, dass ich die richtige Entscheidung wegen Cooper und meines Studiums treffen werde. Und du?"

„Keine Ahnung."

„Das gilt nicht. Du musst hier und jetzt einen Wunsch äußern."

Er knurrt und schweigt. Ich habe mich bereits damit abgefunden, nichts mehr von ihm zu erfahren, als er plötzlich Luft tief holt. „Ich hoffe, dass diese Studio-Sache ein Erfolg wird. Das Projekt hat nicht nur eine Menge Kohle verschlungen, es liegt mir auch am Herzen. Ich habe Angst zu scheitern."

„Dann ist dein Wunsch jetzt abgeschickt. Er wird bald in Erfüllung gehen."

Jonah dreht den Kopf und sieht mich von oben herab an. In diesem Moment wünschte ich, mutiger zu sein. Dann würde ich mich vielleicht überwinden und etwas völlig Verrücktes tun – wie Jonah zu küssen.

„Warum wünschst du dir nichts für dein Privatleben? Für dich und Samantha zum Beispiel. Liebst du sie?“ Ich flüstere meine Frage, als würde sie leiser weniger aufdringlich klingen.

Doch Jonah antwortet zu meiner Überraschung. „Ich denke nicht, dass unsere Beziehung etwas mit Liebe zu tun hat. Sie ist zweckorientiert.“

„Ich kann mir nicht vorstellen, dass das geht.“

„Oh, das funktioniert sogar sehr gut. Samantha und ich sind da ähnlicher Ansicht. Für uns beide ist Sex ein natürliches Bedürfnis, und wir schlafen gern miteinander.“

„Es verbindet aber miteinander. Das Intimste, was zwei Menschen miteinander teilen können. Ich könnte mir nicht vorstellen, dass ich die Person, mit der ich so was habe, dann weiterziehen lassen kann.“

Er runzelt die Stirn auf eine Art, die mich verunsichert, als hätte er ein Urteil über mich gefällt. „Wenn man sich auf menschlicher Ebene schätzt, steht nach dem Ende einer Beziehung einer reinen Freundschaft ja nichts im Weg.“

„Das klingt für mich zu einfach“, gestehe ich. „Wenn ... wenn ich dich also bitte, mit mir zu schlafen, damit ich diese weitreichende Erfahrung von Sex machen kann, hättest du kein Problem, wenn wir uns danach immer wieder sehen?“

„Evie, darüber will ich mir wirklich keine Gedanken machen“, erwidert er.

„Ah, dann ist Sex *doch* eine sehr persönliche Sache für dich.“

„Wohl eher für dich.“

„Das kannst du ja nicht wissen, da ich noch keine sexuelle Beziehung mit einem Mann hatte. Vielleicht bin ich auch ganz locker drauf."

Er mustert mich, schüttelt dann aber entschieden den Kopf. „Glaube ich nicht. Du bist ein anderer Typ."

„Ich würde zu gern wissen, wie es sich anfühlt", gestehe ich und seufze. „Cooper hat mir sogar vorgeworfen, viel zu häufig an Sex zu denken, und der körperlichen Komponente eine höhere Stellung in unserer Beziehung beizumessen als unserer emotionalen Bindung. Aber ist es nicht völlig natürlich ... Lust zu verspüren? Ich möchte am eigenen Leib erfahren, wie es ist, einen Orgasmus zu haben. Ich will erkunden, worauf ich stehe. Findest du das abnormal?"

„Deine Gedanken sind absolut nachvollziehbar für mich. Aber, scheiße, Evie, du solltest jetzt reingehen." Er greift nach meiner Schulter und schiebt mich von sich.

„Du lügst und denkst ja doch, dass ich verrückt bin."

„Überhaupt nicht. Es ... es ist spät, und wir müssen morgen beide früh raus."

Ich komme mir total blöd vor, als sich Jonah erhebt und mir die Hand reicht. Als ich mich von ihm hochziehen lasse, meide ich den Blickkontakt.

„Wo ist dein Schlüssel?", fragt er, zieht jedoch bereits den Reißverschluss meiner Handtasche auf. Ich erwidere nichts, starre lediglich auf seine Hände, die schließlich meinen Wohnungsschlüssel zutage fördern. „Warum schaust du mich an, als würdest du meine Ermordung planen, Evie? Ich habe dich aus

Höflichkeit heimgebracht und saß mit dir eine halbe Stunde auf einer schmutzigen Treppe, um in den Himmel zu gaffen."

„Ich verstehe nicht, weshalb du Menschen auf so grobe Weise von dir schiebst."

Jonah blickt mit gerunzelter Stirn zu mir und verbirgt meinen Schlüssel in seiner Hand. „Was soll das bedeuten?"

„Du kannst dich nicht in andere hineinversetzen. Das war früher auch schon so. Du hast nie bemerkt, dass ich überhaupt existiere."

„Gott, Evie, bitte." Er verdreht die Augen und macht einen Schritt in Richtung Tür.

Doch ich bleibe hartnäckig. Vielleicht bin ich auch bloß etwas streitsüchtig, nur will ich Jonah nicht so einfach davonkommen lassen. „Was denkst du über mich? Hast du wirklich Verständnis für meine Situation, oder verachtest du mich in Wahrheit?"

Er dreht mir den Rücken zu und steckt den Schlüssel ins Schloss. Während ich seine breiten Schultern fixiere, folge ich ihm durch die geöffnete Tür.

„Du magst es nicht, wenn man dir zu nahe kommt. Aber ich schäme mich kein bisschen für meine Ehrlichkeit. Es ist mir egal, dass du denkst, ich wäre besessen davon, meine Sexualität erkunden zu wollen. Für dich ist das alles vielleicht easy, ich aber stehe erst am Anfang."

Als er im Flur steht, sieht er mich mit zusammengekniffenen Augen an. „Stell mich nicht auf dieselbe Stufe wie dieses Arschloch, dem du nachläufst, Evie! Und ganz im Gegenteil: Ich finde es

Weltklasse, wie du plötzlich offen zu dir selbst bist. Aber meine persönlichen Gedanken zu der Sache haben hier nichts zu suchen. Du willst meinen Rat, und den bekommst du. Mehr nicht."

„Nicht Cooper ist das Arschloch, sondern du bist es!", blaffe ich.

„Ich? Ich bin ein Arschloch?"

„Ja, natürlich. Wie abwertend du mich dauernd ansiehst. Für dich bin ich bloß ein kleiner Wurm. Ich hasse das."

„Du bist völlig besoffen."

Lachend mache ich noch einen Schritt auf ihn zu, bis ich den Kopf in den Nacken legen muss, um Jonah ins Gesicht sehen zu können. „Na und? Ich weiß trotzdem, was du denkst."

„Einen Scheiß tust du. Würdest du auch nur im Geringsten ahnen, was mir durch den Kopf geht, wärst du verdammt noch einmal längst von hier verschwunden." Während er mich anfaucht, reckt er den Kopf. Zum Abschluss drückt er mir meine Handtasche gegen die Brust und funkelt mich aus dunklen Augen an.

Ich bin von seiner Reaktion völlig überfordert, und anstatt ihn anzubrüllen, betrachte ich wie ein stummer Fisch seine unglaublich langen Wimpern, die seine Augen umrahmen.

„Du hast keine Ahnung, wie du auf Männer wirkst ... wie du auf mich wirkst", brummt er und umfasst mein Kinn mit der rechten Hand. Jonah ist nicht grob, aber er zeigt mir deutlich seine Unzufriedenheit. „Du erzählst mir von deinen tiefsten inneren Sehnsüchten, und ja, Evie, ich würde manchmal nichts lieber tun, als dich einfach so zu vögeln, um dir zu zeigen, wie grandios Sex sein kann. Aber danach würde ich mich von dir abwenden, dich damit verletzen, und du würdest mich dann nur noch hassen."

Mein Herzschlag setzt aus, und alle Luft weicht aus meinen Lungen. Jonahs Blick durchbohrt mich buchstäblich, und dennoch schrecke ich nicht zurück, als er mich gegen die Hausmauer drückt.

„Ich kann keinen verschissenen klaren Gedanken fassen, wann immer du in meiner Nähe bist. Dich als Praktikantin anzustellen war eine miese Idee. Doch warum mache ich diesen Scheiß? Weil ich vielleicht doch kein so schlechter Mensch bin, wie du es von mir glaubst?"

„Verarsch mich nicht, Jonah!"

Er lacht. „Vielleicht manipuliere ich dich auch bloß, um dich ins Bett zu kriegen. Oder ist es dein Ziel, dich an mich ranzuschmeißen? So oder so – ich kann dir widerstehen, Evie."

Ich stoße einen leisen Schrei aus, als Jonahs Lippen von meiner Wange zu meinem Ohrläppchen gleiten. Er drückt einen Kuss auf die empfindliche Haut und folgt dem Weg seines Mundes zurück zu meinem Mundwinkel.

Wir atmen dieselbe Luft, und bei allem, was mir heilig ist, wünsche ich mir gerade nichts sehnlicher, als dass er mich küssen würde. Doch kaum auszudenken, zu welcher Katastrophe ein simpler Kuss in meinem Fall führen könnte.

„Warum bist du dann noch hier, wenn du mir so gut widerstehen kannst?", fordere ich ihn heraus.

Der Alkohol in meinem Blut hat mich in eine selbstbewusstere Version von mir verwandelt. Ich fühle mich als eine Frau, die sich ihrem Verlangen endlich stellt und es nicht länger unterdrücken will. Aber Alkohol kann nicht die endgültige Lösung meiner Probleme sein.

„Was tust du da, Evie? Willst du denn wirklich so etwas mit dem besten Freund deines Bruders anfangen? Nicht nur das – ich bin auch dein Boss, um neun Jahre älter als du und überhaupt nicht versessen darauf, dein kleines Herz zu brechen."

„Wem von uns versuchst du jetzt ins Gewissen zu reden? Mir oder dir?"

Ich schlucke. Bin ich zu weit gegangen? War ich zu frech?

Aber sind Jonah und ich nicht viel eher an einem Punkt angelangt, an dem auch ich das Ruder übernehmen kann? Er fordert mich mit seinem unentschlossenen Blick regelrecht dazu heraus, ihn von seinem hohen Ross zu holen und ihm zu zeigen, dass ich mein kleines Herz unter Kontrolle habe.

Entschlossen, mit Selbstbewusstsein zu glänzen, recke ich das Kinn und reibe meine Nasenspitze über die Bartstoppeln auf seiner Wange. „Ich kann sehr gut auf mich selbst aufpassen. Dafür brauche ich dich nicht." Jonah hält die Luft an und verharrt regungslos, als ich ihn küsse.

Mein Kuss ist eher eine stille, einseitige Berührung, doch selbst die haut mich fast um. Ich seufze und werde mutiger, indem ich meinen Mund öffne. Ein, zwei, drei Küsse hauche ich auf Jonahs

Lippen. Den letzten erwidert er sogar, bevor er mich bei den Schultern packt und von sich schiebt.

Sein Blick ist wild und gleitet ungestüm über mein Gesicht. „Hast du den Verstand verloren?"

Fast knicke ich ein und wäre beinahe wieder zur nüchternen Evie geworden, würde da in mir nicht eine neue, bestimmende Stimme lauern, die mich drängt, meinen Emotionen nachzugeben. „Das wollte ich schon die ganze Zeit tun. Das fühlt sich gut an."

„Ja?", fragt er und sieht mich herausfordernd an.

„Ja. Ich glaube, ich würde deine Lippen alles mit mir anstellen lassen."

Jonah atmet rasch, während wir uns gegenseitig anstarren. Dann aber packt er mich an der Taille und drängt seinen Mund auf meinen. Sein Kuss ist stürmischer und wilder als meiner. Er presst mich dabei mit seinem Körper gegen die Wand, und ich kann seine Wut, Verzweiflung und Resignation schmecken. Ich kralle meine Hände in seinen Rücken und sauge die Luft ein, als Jonah sein Knie zwischen meine Beine schiebt. Er übt sanft Druck aus, das ist alles ganz neu für mich. Instinktiv reibe ich meinen Körper an seinem, während Jonah meinen Po knetet und seine Hände hoch zu meinen Brüsten gleiten.

Mit einer schnellen Bewegung streift er den rechten Träger meines Tops über meine Schulter und entblößt meine Brust. Erstaunt löse ich meinen Mund von seinem und blicke an mir hinab. Mir zerreißt es beinahe den Brustkorb, so schnell schlägt mein Herz. Aber ich will es. Ich will von ihm berührt werden. Ich will diese Obszönität, mit der mein harter Nippel Jonahs Hand begrüßt. Er leckt sich über die Lippen, während er mit den Fingerspitzen Kreise um meine Brustwarze zeichnet. Das Bellen eines Hundes, der mit seinem Herrchen auf der gegenüberliegenden Straßenseite vorübergeht, schreckt uns beide kurz auf. Jonah dreht sich schnell um, dann schiebt er wieder hastig meinen Träger hinauf.

Als ich seinen verbissenen Gesichtsausdruck sehe, fühle ich mich nackter als gerade zuvor. Kurz öffnet er den Mund, schließt ihn aber wieder und bleibt stumm. Aber auch ich bringe kein Wort heraus.

Was sollte ich auch sagen?

Vermutlich haben wir einen riesigen Fehler gemacht, indem wir uns von unserer Lust leiten ließen. Aber mir war es das wert. Jonah scheint anderer Meinung zu sein.

Noch einmal gleitet sein Blick zu mir, ehe er sich umdreht und zu seinem Wagen sprintet. Ich bleibe auf der obersten Stufe stehen, bis er aus meinem Sichtfeld verschwunden ist. Erst dann schleppe ich mich hoch und falle in mein Bett, in dem ich mich die ganze Nacht unruhig hin und her wälze.

DINNER

Jonah

Beim Anblick der Etagenknöpfe im Aufzug tauchen unweigerlich Bilder von Evies perfektem Nippel vor meinem inneren Auge auf. Wie weich ihre Brüste waren, und wie kurz davor ich war, ihren harten Nippel in den Mund zu nehmen.

Hätte uns dieser Scheißköter nicht alles vermasselt!

Doch ich sollte froh sein über die Störung, schließlich hat mich der Hund davor bewahrt, mich noch tiefer in die Scheiße zu reiten.

Wie schlimm soll es noch werden, wenn ich schon bei Plastikknöpfen geil werde?!

Ich steuere schnurstracks auf mein Büro zu und meide jeglichen Kontakt mit meinen Mitarbeitern aus Angst, Evie über den Weg zu laufen.

So jämmerlich benehme ich mich.

Ich laufe vor einem kleinen Mädchen davon. Meine Assistentin versorgt mich mit Kaffee, doch stelle ich den nur auf meinem Schreibtisch ab, bevor ich mich auf meinem Sessel Richtung Fensterfront drehe.

Die ganze Nacht und auch am Morgen kam mir keine rettende Idee, wie ich den Vorfall gestern verbuchen soll. Soll ich Evie kündigen, um mich vor weiteren Versuchungen zu schützen? Doch welche Begründung könnte ich Toby nennen? Der würde sicher von mir wissen wollen, weshalb ich seine Schwester feuere.

Mit Evie sprechen? Im Augenblick unmöglich. Zu groß ist meine Scham ... und meine Lust auf sie.

Ich knurre und presse Daumen und Zeigefinger auf meine Nasenwurzel. Das wirklich Schlimme ist, dass ich nur daran denken kann, wie gerne ich Evies Jungfräulichkeit nehmen würde.

Wie sauer wäre Toby auf mich, würde ich seine Schwester nicht nur beschäftigen, sondern auch vögeln? Nicht auszudenken. In der Hinsicht würde Toby nicht lange fackeln. Doch eine langjährige Freundschaft kann man mit einem kurzen Fick nicht aufwiegen. Ich sollte mich bedingungslos für Toby und gegen Evies unberührte Muschi entscheiden. In der Theorie klingt der Plan einfach, die Umsetzung wird wohl schwierig bis unmöglich werden.

Das gestern war aber ein Ausrutscher, das wird mir nicht mehr passieren. Die Last meines schlechten Gewissens lässt nach, als ich mir den genauen Ablauf noch einmal in Erinnerung rufe. Objektiv betrachtet war das ja nur ein Kuss. Nicht mehr. Ein Kuss ist nichts Verwerfliches, damit kann ich leben. Auch Evie wird diese Entgleisung irgendwie verarbeiten, schließlich war sie betrunken. Vielleicht können wir darüber sogar irgendwann einmal lachen.

In Gedanken versunken, zucke ich zusammen, als mein Telefon klingelt. Als ich abnehme, ist Emily dran. „Hey, Boss. Schlechte Nachrichten."

Sofort setze ich mich auf und schiebe mein privates Debakel zur Seite. „Was ist los?"

„Ich wurde gestern von einem Hühnertransporter angefahren." Sie lacht. Mein Gott. „Das hört sich jedes Mal wieder schräg an. Als wäre ich eine Figur in ‚Mr Bean'. Jedenfalls ist mein Bein Schrott, genau wie meine rechte Schulter und eine Rippe."

„Das ... meine Güte. Das klingt schrecklich", stammele ich.

„Es war das reinste Chaos. Ich wollte mir einen Snack holen, habe dabei aufs Handy geschaut, weil ich den Laden nicht finden konnte, und bin scheinbar bei Rot über die Straße gelaufen. Eine total hirnrissige Aktion. Der Typ, der den Laster gefahren hat, meinte auch, ich hätte es verdient, jetzt tot zu sein, um eine Lehre aus meinem Verhalten zu ziehen. Was ich ja schlecht könnte, wäre ich jetzt hinüber. Na ja, jedenfalls liege ich jetzt im Krankenhaus. Ich darf zwar bald wieder heim, aber in die Arbeit komme ich so schnell nicht wieder. Mein Büro scheint nicht breit genug zu sein für das Bett, an das ich die nächsten sechs Wochen gefesselt sein werde."

Der Unfall tut mir leid für Emily, trotzdem kacke ich nun so richtig ab, als mir einfällt, dass sie für die Studio-Kampagne verantwortlich ist. Sie ist der Brain dieses Auftrags. Ich brauche sie hier bei mir in der Firma und nicht zu Hause.

„Das Wichtigste ist, dass Sie wieder gesund werden", sage ich, wie es wohl jeder gute Boss tun würde.

Aber – kann man ihr denn nichts spritzen, damit die Knochen schneller heilen?

„Mich bringt so schnell nichts um, hat man ja gesehen. Meinem Team werde ich natürlich dennoch zur Verfügung stehen, damit die Kampagne reibungslos präsentiert werden kann. Da ist es ja direkt von Vorteil, dass Sie Evie eingestellt haben. Sie könnte doch meinen Posten übernehmen, so gut es geht. Als Mittelsfrau sozusagen. In die meisten Projekte hat sie sich schon sehr gut eingearbeitet, und auch das Studio-Projekt hat sie mit eigenen Ideen unterstützt."

Wirklich? Die haben Evie da unten in der Marketingabteilung ernsthafte Arbeit übertragen? Ich dachte, sie würde die Belegschaft bloß mit Kaffee und Mittagessen versorgen und nebenbei ein paar Akten sortieren.

Du bist ein echt guter Boss, Jonah. Deine Augen sind ja auch wirklich überall.

„Denken Sie, dass man ihr dafür die Verantwortung übertragen kann?", frage ich, Arschloch wie ich bin.

„Absolut. Evie ist total gewissenhaft. Sie wird ihre Aufgabe mit Bravour meistern."

Dann wird wohl nichts aus der Idee, Evie zu feuern. „Okay, so machen wir es. Halten Sie mich aber genau auf dem Laufenden, damit ich weiß, ob Evie mit dem Job nicht völlig überfordert ist. Haben auch Sie ein Auge drauf, Emily."

„Klaro, ich werde die Kleine nichts Wichtiges allein machen lassen. Außerdem sind meine Kollegen ja auch vor Ort. An die kann sie sich notfalls wenden."

„Richtig", murmele ich.

„Ich habe heute zwar schon mit Evie telefoniert, um ihr mitzuteilen, dass ich nicht kommen werde. Aber ich habe ihr noch nichts über den Unfall erzählt. Wollen Sie ihr die Anweisungen persönlich geben?"

„Nein", beeile ich mich zu sagen. „Ich habe jetzt keine Zeit dafür. Erledigen Sie das. Wenn es Ihr Zustand erlaubt, natürlich."

In Wahrheit will ich Evie unter allen Umständen aus dem Weg gehen. Selbst ein Telefonat würde mich aktuell überfordern. Wegen meiner Feigheit wälze ich die Aufgabe also auf eine Frau ab, die im Krankenhaus liegt. Eine wahre Sternstunde meiner Person.

Doch Emily wirkt nicht so, als würde sie meine Bitte belasten. Vielleicht freut sie sich auch über etwas Ablenkung. „Ich klingele bei Evie durch, kein Problem."

Nachdem ich Emily gute Besserung gewünscht habe, lege ich auf und tigere unruhig durch mein Büro, ehe ich zu meinem letzten Termin für diese Woche aufbrechen muss.

Am Samstag löse ich das Versprechen, das ich Max und Toby gegeben habe, ein, indem ich sie zu dieser Gartenparty begleite. Während meine beiden Kumpels ordentlich abfeiern und Toby sogar eine Frau abschleppt, glänze ich zur Abwechslung mal mit gutem Benehmen.

Gegen halb zwei schließe ich die Eingangstür auf, als mein Handy in der Hosentasche vibriert. Ich habe eine Nachricht von Samantha erhalten. Während ich meinen Schlüsselbund in den Korb mit allerlei Krimskrams schleudere, lese ich ihre SMS.

Samantha: Noch unterwegs?

Ich: Bin gerade nach Hause gekommen. Und du?

Samantha: Sitze im Taxi. Mache einen Umweg zu dir. Okay?

Ihr Umweg zu mir bedeutet Sex. Wenn Samantha betrunken ist – was, da sie mit ihren Freundinnen unterwegs war, höchstwahrscheinlich der Fall ist –, gibt sie sich besonders sentimental und anhänglich. Meist schwadroniert sie über Toby und jammert über das Scheitern ihrer Beziehung. Sie fickt dann aber auch immer besonders wild, was ein Vorteil ist, gerade in dem Moment, als ich Sex dringender brauche als sonst. Seit diesem Kuss mit Evie renne ich sozusagen mit einer Dauerlatte durch die Gegend. Und besonders für dieses dämliche Mittagessen mit den netten Colemans sollte ich wieder bei Sinnen sein.

Ich: Geht okay. Der Schlüssel liegt unter der Matte.

Samantha: Perfekt. Bis gleich.

Nachdem ich den Schlüssel positioniert habe, springe ich unter die Dusche. Doch mit jeder Sekunde, die vergeht, schrumpft die Vorfreude auf Samantha. Ich muss mir eingestehen, dass es nicht sie ist, die ich gerade hier bei mir haben will, und das ist sowohl frustrierend als auch angsteinflößend. Immerhin verkörpert Samantha das, was ich mir unter einer idealen Fickfreundin vorstelle – bis ich scharf auf Evie geworden bin.

Als ich mit nichts weiter als einem Badetuch um die Hüften mein Schlafzimmer betrete, erwartet mich dort bereits Samantha. Ich bleibe abrupt stehen. Vor nicht einmal einem Monat wäre ich bei dem Anblick, den sie bietet, wohl augenblicklich gekommen. Samantha ist die leibhaftige schmutzige Fantasie jeden Mannes, wie sie dort auf meinem Bett liegt, mit nichts weiter am Leib als ihren schwarzen High Heels und halterlosen Strümpfen.

Mit einem teuflischen Lächeln zieht sie ihren Zeigefinger aus ihrem Mund, öffnet ihre Schenkel und reibt ihren Kitzler. „Ich habe schon einmal ohne dich angefangen“, flüstert sie mir herausfordernd zu.

„Das sehe ich.“ Langsam nähere ich mich ihr und setze mich neben sie. Ich streiche mit einer Hand über ihre Beine, bis ich auf ihren Finger treffe und zusätzlichen Druck ausübe. Sie stöhnt und reckt mir ihr Becken entgegen.

Das mag sich furchtbar jämmerlich anhören, aber obwohl Samantha derart scharf ist, will ich sie nicht ficken. Doch ich will den Moment nicht ruinieren, und schließlich besteht immer noch die Möglichkeit, dass ich Evie dank Samantha aus meinen Gedanken vertreiben kann. Diese Aufgabe erkläre ich zu meinem obersten Ziel, und dafür kann mir Sex mit einer anderen Frau nur nützlich sein. Vielleicht bin ich auch lediglich ein schwanzgesteuerter Idiot.

Aber wer kann einer nackten Frau in seinem Bett schon widerstehen?

Ich halte vor einem gutbürgerlichen Haus mit Kirschlorbeerhecke in einem verschlafenen Vorort von London. Toby und ich sind in der gleichen Straße aufgewachsen und hier bereits als Kinder mit unseren Fahrrädern entlanggebrettert. Das Haus meiner Eltern befindet sich gleich am Ende der Sackgasse, direkt neben einem kleinen Wäldchen, das von einer richtig fiesen Version einer Dornenhecke durchwachsen ist. Unzählige meiner Shirts und Hosen sind beim Spielen dort draufgegangen.

Das Fachwerkhaus der Familie Coleman mit seiner roten Backsteinoptik, den dunklen Fensterrahmen und dem Erdgeschoss ist mir unglaublich vertraut. Jedes Mal, wenn ich aus der Stadt nach Brentwood fahre, erfassen mich eine gewisse Ruhe und Gelassenheit. Wahrscheinlich werde ich selbst einmal, wenn ich in Rente bin, hier draußen wohnen, meine verdammte Hecke schneiden und mit den Nachbarn über das Wetter quatschen. Das kann ich mir sogar ganz gut vorstellen.

Normalerweise kann ich es kaum erwarten, mir Carrys selbst gebackenen Apfelkuchen reinzudrücken. Doch heute habe ich echt Schiss davor, auszusteigen und das Haus zu betreten. Zum ersten Mal, seitdem wir uns geküsst und ich ihre Brust entblößt habe, werde ich Evie wieder gegenübersitzen. Was, wenn jemand bemerkt, dass da zwischen uns etwas läuft?

Rich Coleman, Evies Dad, hat ganz sicher eine Pumpgun in der Garage, mit der er mich durchsieben würde, sollte er herausfinden, welche Freiheit ich mir gegenüber seiner Tochter herausgenommen habe.

Als ich aussteige, sehe ich kurz zum Haus meiner Eltern. Jetzt zu flüchten würde mich erst verdächtig machen. Da muss ich jetzt also durch. Scheiße.

Nur drei Sekunden, nachdem ich geklingelt habe, öffnet sich schon die Eichentür, an deren Außenseite immer ein zur Jahreszeit passender Türkranz hängt. Diesmal besteht er aus Sonnenblumen und irgendwelchem Grünzeug, das ich nicht kenne, das jedoch verdammt aromatisch duftet.

„Jonah, da bist du ja. Komm herein, mein Lieber." Carry Coleman, eine immer freundliche, zierliche Dunkelhaarige, fällt mir sofort um den Hals, als hätten wir uns hundert Jahre nicht gesehen. Dabei war ich vor nicht einmal sechs Wochen hier, um Toby abzuholen, bevor wir übers Wochenende nach Rom geflogen sind.

„Danke", sage ich und streife mir die Schuhe an der Fußmatte ab.

„Wie geht es dir? Du wirkst heute etwas blass um die Nase."

Ich räuspere mich und streiche mit der flachen Hand über meine Haare. „Ich bin nur etwas müde." *In Wirklichkeit habe ich riesengroße Angst vor der Wirkung deiner Tochter, Carry. Wie zum Teufel konnte aus diesem schlaksigen Mädchen nur eine so sexy Frau werden? Was hast du ihr da heimlich ins Essen gemischt, Carry? Ich hab dich durchschaut.*

Doch Carry, die meine Gedanken zum Glück nicht erraten hat, lacht und tätschelt mütterlich meine Schulter. „Ihr habt wohl beide eine anstrengende Nacht hinter euch. Tobys Augen befinden sich ebenfalls auf Halbmast."

„Kann ich mir vorstellen. Das hier ist übrigens für dich. Danke noch einmal für die Einladung." Ich strecke Carry einen Strauß Schnitthortensien entgegen. Ihr Gesicht strahlt sofort um eine weitere Nuance mehr, und zum ersten Mal, seit ich diese Frau kenne, sehe ich ihn ihr nicht die Mutter meines Kumpels, sondern eine ältere Version meines derzeitigen Lustobjekts.

Nie ist mir die Ähnlichkeit zwischen Evie und ihr aufgefallen. Ich drehe langsam wirklich durch.

Carry wertet mein Seufzen wohl als Zeichen von Langeweile, da sie den Strauß, an dem sie schnuppert, schnell wieder senkt und mir deutet, ins Esszimmer vorzugehen. Von dort steuere ich den großen Garten an, der aussieht wie aus einer dieser Gartenzeitschriften, die meine Mum immer liest. Carry und Richard haben nicht nur einen grünen Daumen, sie leben für Blumen, Sträucher und all das blühende Zeug, das ich zwar wahrnehme, mir aber ansonsten gehörig am Arsch vorbeigeht.

Unter einer weißen Pergola, die mit hellblauen Leintüchern bedeckt ist, um Schatten zu spenden, gammelt Toby auf einem Baststuhl. Er trägt eine dicke Sonnenbrille und nickt, wann immer sein Dad, der gerade Getränke einkühlt, etwas zu ihm sagt. Von

Evie ist zum Glück weit und breit nichts zu sehen. Wahrscheinlich hilft sie ihrer Mum in der Küche. Ich hoffe, es dauert noch ewig, bis sie sich blicken lässt. Gleichzeitig sterbe ich vor Neugier zu wissen, was sie anhat. Es ist warm; die Chance, dass sie ein tief ausgeschnittenes Kleid trägt, ist also verdammt groß.

Ich kneife Toby in den Oberarm, woraufhin dieser genervt aufstöhnt. „Siehst ja richtig scheiße aus, Mann. Zu tief ins Glas geschaut?“

Toby knurrt und nippt an seiner Limo. „Ich trage mein Leid mit Stolz. Wenigstens bin ich keine so öde Spaßbremse wie du.“

Richard Coleman reicht mir die Hand und schmunzelt über unsere gegenseitigen Sticheleien. „Man könnte meinen, mittlerweile hättet ihr dazugelernt. Eure Energie möchte ich mal haben.“

„Früher sahen wir nie so jämmerlich aus – der hier ist für dich.“

Richard grinst breit, als ich ihm eine Flasche seines Lieblingscognacs überreiche. Toby hingegen schüttelt sich und klopft sich mit der Faust auf die Brust.

„Danke, mein Junge.“

„Gern geschehen.“

„Was willst du trinken? Ein Bier oder Limo, so wie dieses arme Häufchen dort drüben?“

Auf Rich ist eben immer Verlass. Zumindest solange er noch keine Ahnung hat, wie oft ich mir in den letzten Tagen einen runtergeholt und dabei an seine Tochter gedacht habe.

„Ich nehme ein Bier. Danke.“

Ich setze mich neben Toby und betrachte ihn mit etwas Schadenfreude. Wir schweigen, bis sein Dad ein Bier vor mich hingestellt hat und im Haus verschwunden ist.

„Was lief gestern noch bei dir?“, erkundige ich mich, weil ich im Grunde bloß auf ein paar schmutzige Storys aus bin.

„Es lief richtig gut. Für meinen Schwanz war diese Nacht wie Weihnachten und Geburtstag an einem Tag.“

Mein Stichwort. Mein Schwanz fühlt sich nämlich richtig mies. Oder vielleicht ist es auch das schlechte Gewissen, das mich plagt.

„Diese Janet ist unglaublich, Jonah. Sie ist klug, witzig, sexy – und das Wichtigste: verdammt gut in der Kiste“, schwärmt Toby.

„Dann hoffe ich, dass du ihre Nummer hast.“

„Klar. Wir werden uns heute Abend wieder treffen. Bedauerlicherweise hat sie ihre Geldtasche bei mir vergessen.“

„Der älteste Trick“, meine ich grinsend.

Seit der Trennung von Samantha habe ich Toby nicht mehr so zufrieden wahrgenommen. Wenn er endlich über Samantha hinweg ist, wird ihn die Tatsache, dass ich es nun mit ihr treibe, vielleicht nicht mehr so treffen. Ich hoffe es zumindest.

„Warum bist du so früh abgehauen?“

Ich zucke mit den Achseln. „Ich war gestern nicht in Partystimmung, und meine Woche ist echt anstrengend gewesen.“

„Verstehe. Evie hat etwas von einem Unfall erzählt.“

„Ja, der kam wirklich ungelegen.“

Nicht einmal Emilys zeitlich ungünstige Verletzung kann mich so aus der Ruhe bringen wie Evies Auftauchen. Sie folgt ihrer Mum auf die Terrasse. Beide sind bewaffnet mit Schüsseln und werden von einem herrlichen Bratenduft begleitet. Und wie erwartet trägt Evie ein sommerliches Kleid. Es ist weiß mit bunten Schmetterlingen, knöchellang und hat einen V-Ausschnitt. Ich hätte ihrer nackten Brust wirklich viel mehr Beachtung schenken müssen, als ich die Chance dazu hatte. Jetzt, in verpacktem Zustand, macht mir nicht das Essen den Mund wässrig, sondern einzig und allein Evies Äußeres. Ihre roten Wangen sprechen Bände, ihr Gang wirkt hölzern, als würde sie gerade überall anders lieber sein als hier im Garten ihrer Eltern, gemeinsam mit mir. Sie meidet den Blickkontakt mit mir, stellt die beiden Schalen, die sie getragen hat, ab und krallt sich den Stuhl, der sich am weitesten entfernt von meinem befindet.

Wie sehr am Arsch ich bin, wird mir klar, als sich unsere Blicke treffen und mich ihr schüchternes Lächeln völlig aus der Bahn wirft. Ich bekomme nicht einmal mit, wie Rich neben mir Platz nimmt, weshalb ich zusammenzucke, als er mich sachte antippt.

„Was möchtest du, Jonah?“, erkundigt er sich freundlich.

Deine Tochter, Rich. Nackt, schweißgebadet und keuchend.

„Wir haben Roastbeef, Kartoffeln, Salat, Bratensauce und Gemüse.“ Carrys freundlicher Blick versetzt mir einen Stich. Welch hintertriebener Arsch ich doch bin. Da lädt mich die Familie Coleman zum

Mittagessen ein, und ich sitze hier und hänge meinen Fantasien über ihre jungfräuliche Tochter nach.

Verdammt, noch nie wollte ich unbedingt der erste Mann für eine Frau sein. Sie sollte ihren ersten Orgasmus mit mir haben. Ich würde sogar ganz vorsichtig sein, sie ansehen, wie ich mich in sie schiebe. Natürlich darf ich das nicht. Ich sollte keine einzige weitere Sekunde an Evies Körper denken.

Sei ein ehrvoller Mensch, Jonah! Nur ein einziges Mal!

„Ich würde gerne alles probieren. Es sieht sehr lecker aus, Carry.“ *Und mit „alles“ meine ich auch deine Tochter. Verdammt.*

Carry strahlt und schaufelt mir eine beträchtliche Portion auf den Teller. Ich fürchte, nicht mal die Hälfte runterzubekommen.

Nachdem ich mein Essen bekommen habe, langen auch die anderen zu. Toby verzieht bei jeder Handbewegung das Gesicht, als sei er angeschossen worden. Ich grinse und lenke mich von Evie ab, indem ich mich voll auf ihn konzentriere.

„Wie ich gehört habe, wirst du expandieren?“, fragt da Rich und spießt eine Kartoffel mit der Gabel auf.

„Richtig. Ich habe vor, mein Geschäft um vorerst ein Studio zu ergänzen. Dafür haben wir ein zeitgemäßes Konzept entwickelt.“

„Absolut bewundernswert, Jonah. Du warst stets ehrgeizig und risikobereit. Diese Eigenschaften machen sich jetzt bezahlt.“ Richs Blick schweift über seinen Sohn, der sich die Schläfe reibt und heute nicht unbedingt den Inbegriff dessen, worauf Eltern stolz sein können, verkörpert.

„Der Sektor ist hart umkämpft, aber einen Versuch, auch im stationären Bereich Fuß zu fassen, möchte ich unbedingt wagen. Dazu braucht es wahrscheinlich nicht nur Mut, sondern auch Hoffnung. Sollte es nicht funktionieren, kann ich aus jetziger Sicht den Schaden zumindest gering halten."

„Es wird funktionieren. Die jungen Menschen lechzen im Augenblick doch nach jeglicher Form von Sport. Neue Modelle werden da gerne angenommen, um sich von den anderen abzuheben", tut Carry ihre Meinung kund.

Ich lächele und kaue das Roastbeef, das an Köstlichkeit wohl kaum zu übertrumpfen ist. „Diese Einschätzung trifft es gut."

„Mum beschäftigt sich auch gerne mit dem Wirtschaft- und Finanzmarkt", murmelt Toby.

„Sie hat sozusagen meinen Job übernommen, als ich den Ruhestand angetreten habe." Rich hat früher als Banker in leitender Position gearbeitet und für seine Arbeit gelebt. Ich glaube, dass es für ihn verdammt schwer war, den Spagat zwischen Beruf und Familie zu bewältigen, aber irgendwie muss es ihm gelungen sein. Denn er wird von seinen Kindern vergöttert.

„Und du meinen. Der Garten war nie so gepflegt wie seit deiner ständigen Anwesenheit." Die beiden tätscheln sich die Hände über dem Tisch, und irgendwie finde ich diese Geste rührend. Meine Eltern zeigen sich viel verhaltener als die Colemans. Ich habe zum Beispiel nie gesehen, dass sie sich einen

Kuss gaben, was bei Carry und Rich dauernd vorkam. Meine Familie ist viel reservierter, wobei ich nicht im Geringsten an der Liebe, die meine Eltern füreinander empfinden, zweifele. Aber wie konnte ich so offen und Evie so verschlossen hinsichtlich körperlicher Nähe werden?

„Aber gerade trotz des Pensums an Arbeit, das du zu bewältigen hast, gebührt dir unser herzlicher Dank, Jonah, dass du Evie dieses Praktikum ermöglichst, umso mehr.“ All meine Muskeln spannen sich an, als Carry den Namen ihrer Tochter ausspricht. Der beschützende Tonfall weckt das schlechte Gewissen in mir. Dabei handelt es sich bei Evie ja nicht um ein kleines Kind, das in meine Obhut gegeben wurde, sondern eine erwachsene Frau.

Ich komme mir verdammt mies vor, den Colemans ins Gesicht lügen zu müssen. „Keine Ursache. Ich glaube, das Wichtigste ist, dass Evie Spaß an der Arbeit hat.“

„Den hat sie. Richtig, Schatz?“

Evie sieht zuerst zu ihrer Mum, dann zu mir. Irgendwie wirkt sie wütend und sanft zugleich. Wird sie mich gleich verraten? Sie hat mich buchstäblich an den Eiern. Doch anstatt ihrer Familie zu erzählen, was für ein perverser Arsch ich bin, lächelt sie. „Mir gefällt der Job total. Die Einblicke, die ich ins Marketing erhalte, sind unbezahlbar.“

Ich versuche eine Doppeldeutigkeit in ihren Worten zu erkennen, entdecke aber nichts. „Das freut mich“, sage ich und meine es ausnahmsweise ehrlich. „Du hast dir für dein Praktikum auch die spannendste Zeit ausgesucht.“

„Wenn du dich erst einmal vergrößert hast, wirst du ja wieder neues Personal brauchen. Vielleicht ist Evie bis dahin mit dem Studium fertig und könnte eventuell mit einer Fixanstellung rechnen?!"

„Dad, bitte", raunt Evie und sieht betreten zu Rich, der sich als Vermittler versucht.

„Man baut für die Zukunft, Liebling. Jonah ist ein tüchtiger Bursche, der ein faires Unternehmen leitet. Solche Chance sollte man sich nicht entgehen lassen. Du bist da noch immer etwas zu zurückhaltend, Evie."

Sie seufzt und legt Messer und Gabel zur Seite. „*Wenn* ich wieder nach London komme, würde ich gerne meinen eigenen Weg gehen, Dad. Sofern ich mein Studium fortsetze. Wenn, wenn, wenn – da sind so viele Möglichkeiten, dass mir schlecht wird. Um meine Ziele zu erreichen, brauche ich nicht eure, Tobys oder Jonahs Unterstützung. Ich war lange genug eine Bürde für euch alle."

„Evie, was ist denn los mit dir?", erkundigt sich Carry besorgt und sieht entschuldigend zu mir.

„Ich mag es nicht, wenn man mich hinstellt, als würde ich keine einzige vernünftige Entscheidung treffen können. Für euch werde ich immer das kleine Mädchen bleiben. Dass ich aber in der Lage bin, eigene Wünsche zu äußern und meinen Weg zu gehen, ist scheinbar keinem von euch klar. Davon habe ich wirklich genug!"

Nach Evies Ausbruch, der sich vermutlich auch gegen mich richtet, herrscht ringsum betretenes Schweigen. Man erlebt Rich selten wütend, doch nun kocht er vor Wut. Er nimmt einen großen Schluck Bier und funkelt seine Tochter an. „Entschuldige, Jonah.

Offensichtlich befinden sich unsere beiden Kinder heute in keiner allzu guten Verfassung."

„Kein Problem", murmele ich und betrachte Toby, der seine Sonnenbrille abnimmt und die Stirn runzelt.

Über die Dauer des restlichen Essens werden jegliche Themen, die Evie betreffen, umschifft, während sie dasitzt und genervt in die Runde blickt. Ich kann ihre schlechte Laune nicht wirklich nachvollziehen. Ich meine, ich verstehe, dass da etwas Komisches zwischen uns steht, doch sich trotzig wie ein Kind zu benehmen macht den Kuss nicht ungeschehen. Wäre sie etwas selbstsicherer, hätte sie dieses unangenehme Mittagessen ertragen, so jedoch hat sie eine wirklich üble Sache daraus gemacht. Sobald seine Vitalwerte zurück im grünen Bereich sind, wird Toby wissen wollen, warum seine Schwester mich so angeschnauzt hat. Er wird mich mit Fragen löchern, bis er Antworten erhält. Und auch Evies Eltern schienen vom Verhalten ihrer Tochter im besten Fall überrascht zu sein.

Das ist der Grund, warum ich von Mädchen, wie Evie eines ist, die Finger lassen muss. Sie machen ein Drama aus Kleinigkeiten. Sie schmollen und heulen herum. Eine erwachsenere Frau würde diese Angelegenheit definitiv anders handhaben. Selbst Samantha würde inmitten von Tobys Familie nicht den Anschein erwecken, dass wir miteinander vögeln.

Evie wird mich noch in Schwierigkeiten bringen, und das gefällt mir gar nicht.

Als alle mit dem Essen fertig sind, nutzt Evie die Chance, und macht sich eilig daran, die leeren Teller zu stapeln. Carry will sich gerade erheben, da komme ich ihr zuvor. „Bleib bitte sitzen. Ich helfe beim Abräumen."

„Das musst du nicht, Jonah. Du bist unser Gast", erwidert Carry.

„Ich wurde hervorragend bekocht und möchte mich gerne ein bisschen revanchieren."

„Du musst wirklich nicht helfen", meint nun auch Evie und kneift ihre Augen kämpferisch zusammen.

„Ich weiß. Ich tue es aber trotzdem."

Evie rauscht ab in die Küche, wohin ich ihr kurz darauf mit einigen leeren Schalen folge. Sie steht vor der Spüle, wo sie die schmutzigen Teller abwäscht, ehe sie diese in die Spülmaschine räumt. Doch selbst als ich neben sie trete, ignoriert sie mich.

„Kannst du mir erklären, weshalb du so sauer auf mich bist?"

„Ich bin nicht sauer auf dich."

„Dann kommt es mir also nur so vor, als würdest du mich mit jedem deiner Blicke ermorden wollen?"

Sie stöhnt auf, dreht das Wasser ab und visiert mich an. „Es geht mir darum, wie du mich ansiehst. Als läge die gesamte Verantwortung für das, was passiert ist, einzig und allein bei mir. Damit machst du es dir viel zu leicht."

Nachdem ich die Tür zur Küche leise geschlossen habe, gebe ich mir Mühe, mit ruhiger Stimme zu sprechen. „Kann sein. Aber bis jetzt war das eine Sache zwischen uns – und nun ziehst du deine ganze Familie mit rein."

Dieser Aspekt schien ihr nicht bewusst gewesen zu sein, denn ihre Augen weiten sich, ehe sie in Richtung

Fenster blickt. „Ich habe gewusst, dass du so reagieren wirst.“

Früher, als ich ein Kind war, hat meine Mum nie gesagt, dass ich etwas Schlimmes getan hätte. Wenn ich Mist gebaut hatte, meinte sie immer nur, dass sie enttäuscht von mir wäre. Ihre Enttäuschung traf mich härter als jegliches Gebrüll oder Bestrafungen. Evies Aussage hat gerade dasselbe Gefühl in mir erzeugt.

Als sie an mir vorbeigehen will, packe ich sie am Handgelenk und zwinge sie, stehen zu bleiben. „Was soll das werden?“

„Na ja, ich gebe zu, dass ich zuerst auch etwas irritiert war, dass du einfach weggefahren bist. Aber ich sehe diesen ... diesen Ausrutscher als Übungseinheit. Es ist ja nichts passiert. Für dich hingegen kollidieren plötzlich zwei Welten, und dafür ziehst du nun mich zur Rechenschaft.“

Ich mustere ihr Gesicht, blicke sogar kurz auf ihr Dekolleté. Das sollte ich lassen. Doch wie kann sie bei allem, was ich zu ihr gesagt habe, denken, dass dieser Kuss keine sexuellen Hintergründe hatte? Eine Übungseinheit?

„Alles, was ich versuche, ist, den Schaden kleinzuhalten.“

„Indem du mich mit Abweisung behandelst?“, fragt sie traurig.

„Nein, sondern indem ich zu vergessen versuche, was zwischen uns passiert ist.“

Evie schluckt und betrachtet kurz die Stelle, an der meine Finger ihr Handgelenk umschließen. Als sie sich über die Lippen leckt, brennt die letzte intakte Sicherung bei mir durch. „Was da zwischen uns passiert ist, ist falsch, richtig falsch sogar. Aber ich mache dich für überhaupt nichts verantwortlich."

„Aber du kannst mir doch nicht erzählen, dass ... dass es für dich okay ist, was da zwischen uns war."

Dieses Mädchen hat keinen Schimmer, wie intensiv ihre Wirkung auf mich ist. „Okay?! Keine Ahnung, Evie. Wahrscheinlich würde mich Toby umbringen, wenn er davon erfährt. Aber ich bin auch Manns genug, um zu dem, was vorgefallen ist, zu stehen."

Die große Frage ist, ob Evie die Sache genauso locker sieht wie ich. Reue kann man schnell mal vortäuschen. Doch wie sieht es in ihr drin aus? Ich hoffe wirklich, sie tut diesen verdammten Kuss genauso als Lappalie ab wie ich.

Sie kneift die Augen zusammen und schüttelt den Kopf. „Das wird jetzt also nicht weiter zwischen uns stehen?"

„Nein", versichere ich ihr.

Auf ihrem Gesicht breitet sich ein leichtes Lächeln aus, ehe sie mich völlig überraschend umarmt. Meine Hand schwebt zuerst zögernd in der Luft, bis ich sie auf Evies Rücken lege. Durch meine Nase atme ich ihren Duft tief ein. Ich kann nur daran denken, wie weich sie sich anfühlt und wie deutlich ich ihren Körper wahrnehme. Ihre Brüste pressen sich gegen meinen Oberkörper und ich drohe völlig den Verstand zu verlieren.

Uns trennen nur wenige Zentimeter, als sie sich zurücklehnt und mich ansieht. Ich kenne die Einladung, die ihre Augen aussprechen, und bemerke ihren schnellen Atem. Aber ich darf nicht so blöd sein, denselben Fehler ein zweites Mal zu machen.

Doch bin ich tatsächlich so blöd, denn nur eine Sekunde später ziehe ich Evie am Handgelenk, an dem ich sie immer noch festhalte, näher und beuge mich zu ihr. Als sie ihre Lippen öffnet, vergesse ich, dass wir uns im Haus ihrer Eltern befinden. Ich schiebe alles beiseite, was mich aufhalten könnte, sie zu küssen, und werde stattdessen immer fordernder. Evie seufzt und klammert sich an mich, während ich mit dem Gedanken spiele, sie gegen die Wand zu drücken und kurzerhand zu vögeln.

Irgendwie muss ich die Kurve kriegen. Da draußen sitzt Evies Familie – das ist selbst für mich zu viel.

Deshalb unterbreche ich unseren Kuss – widerwillig, versteht sich –, nur um festzustellen, dass die Tür, die ich zuvor geschlossen habe, sperrangelweit offen steht.

SCHWEBEN

Evie

„Evelyn, was ist hier denn los?“ Meine Mum bricht als Erste das Schweigen.

Sie sieht fassungslos von Jonah zu mir. Während Jonah einen Schritt von mir weg macht, fühle ich mich immer noch wie gelähmt.

„Es tut mir leid, Carry, dass du das gesehen hast“, meint Jonah und hebt besänftigend beide Hände.

Meine Mum blinzelt ein paar Mal nervös. „Ich weiß gar nicht, was ich sagen soll. Evelyn?“

„Ich wollte mich euch gegenüber nicht respektlos verhalten oder eure Gastfreundlichkeit missbrauchen. Wahrscheinlich ist es besser, wenn ich jetzt fahre“, klingt Jonah recht kleinlaut.

„Das denke ich auch.“ Mum klingt jetzt richtig wütend.

Jonah hat sein Saubermann-Image mit einem Schlag vernichtet. Doch kann er zumindest abhauen, während ich mich früher oder später ihren Fragen stellen werde müssen.

„Kommst du schnell noch mit zum Auto?“, wendet sich Jonah an mich.

Ich nicke mechanisch und folge ihm zu seinem Wagen, der in der Einfahrt parkt. Jonah öffnet die Fahrertür und hält kurz inne.

„Tut mir leid, wie das eben gelaufen ist.“ Entschuldigungen scheinen bei ihm heute an der Tagesordnung zu stehen. „Kommst du klar?“

„Muss ich wohl.“

„Ich wollte dein Vertrauen nicht missbrauchen und die Situation ausnutzen. Du sollst auch nicht denken, dass ich diesen Kuss bereue, weil ich jetzt so schnell abdampfe. Denn so ist es nicht. Es liegt einfach an den Rahmenbedingungen und daran, dass uns deine Mum erwischt hat.“

„Das war mit Abstand mein schrägstes Mittagessen aller Zeiten“, erwidere ich und grinse ein wenig.

„Und ich hatte noch nie so große Angst, im nächsten Moment kastriert zu werden.“

Wir lachen beide, als Jonah plötzlich seine Hand nach mir ausstreckt. Diese Geste überrascht mich.

„Kann ich trotz allem noch auf deine Unterstützung zählen?“

Evie, du Stimmungskiller.

„Natürlich.“

„Du weißt ja, dass ich am Dienstag dieses Date habe ...“, erkläre ich.

Jonah lässt meine Hand so schnell los, als habe er sich verbrannt. „Ich erinnere mich. Klar werde ich dich unterstützen.“

„Darf ich dir später schreiben?“

„Sicher.“

Als er einsteigt, bin ich richtiggehend enttäuscht. Ich hätte mir einen weiteren Kuss oder zumindest ein ermunterndes Zuzwinkern gewünscht. Doch bin ich selbst schuld an der Zurückweisung, immerhin habe ich das Date mit Mike erwähnt.

„Halt die Ohren steif, Evie“, rät er mir, bevor er die Autotür schließt und den Motor startet.

Als ich wieder in die Küche gehe, schlottern mir die Knie. Meine Mum entdecke ich an der kleinen Frühstückstheke vor dem Fenster. Ihre Lippen sind zu einer dünnen Linie zusammengepresst, ihre Stirn liegt in Falten.

Ich nehme ihr gegenüber Platz und lege meine Hände fest um den Zuckerstreuer.

„Du kannst mir vorwerfen, überreagiert zu haben; das gebe ich sofort zu. Aber du musst auch verstehen, dass ich mir in meinen kühnsten Träumen niemals ausgemalt hätte, dich einmal auf diese Weise mit Jonah zu sehen.“

„Ich auch nicht“, gestehe ich.

„Du bist erwachsen, Evie, daher führst du dein Leben, wie du es für richtig hältst. Wie du dich Männern gegenüber benimmst, ist ebenso deine Sache. Trotzdem würde ich gerne wissen, was genau zwischen dir und Jonah abläuft.“

In vielerlei Hinsicht wäre es mir lieber gewesen, wenn sie mich einfach angeschrien hätte. Vielleicht hätte Gebrüll mein Gewissen wieder angekurbelt. Doch Geschrei ist nicht die Art meiner Mum. Sie ist ein stiller, gefasst wirkender Mensch. Das bedeutet jedoch, dass ich ihr nicht ohne Erklärung auskommen werde.

„Ich weiß selbst nicht, was das zwischen mir und Jonah werden soll. Es ist verrückt und auch irgendwie falsch."

„Weil er Tobys bester Freund ist?"

„Weil ich mit Cooper zusammen bin, Mum."

„Dann ist Jonah also bloß ein Ferienflirt?", fragt sie und überrascht mich mit einem kleinen Augenzwinkern.

Ist er das? Ein Flirt, der mich von den Problemen meines Lebens ablenken soll? Genau in der Art hat Jonah mir den Sinn von Affären erklärt. Doch fürchte ich, dass ich mich in Jonah verlieben könnte und es am Ende nur noch schwerer für mich sein wird, eine Entscheidung bezüglich meines Lebens in Amerika zu treffen.

„Es ist kompliziert. Im Grunde glaube ich, es geht ihm gegen den Strich, dass wir uns voneinander angezogen fühlen. Er ist ... Jonah – er ist sehr verschlossen und undurchsichtig."

„Und dir gefällt eure Beziehung auch nicht?"

Ich stelle den Zuckerstreuer ab und knete meinen Nacken. „Ich liebe Cooper, aber er hat mich verletzt. Irgendwie glaube ich, es steht mir zu, neue Erfahrungen zu sammeln, solange ich in London bin."

„Dann ist Cooper also der Grund, weshalb du deine Zukunftspläne auf Eis gelegt hast, und nicht das Lernpensum, wie du uns erklärt hast?"

„Ja, richtig."

Über den Tisch ergreift Mum meine Hand. Ihr Lächeln tröstet mich. Ich hätte ihr viel früher die

Wahrheit sagen sollen. „Egal, wie du dich entscheidest, Evie, versprich mir, auf dein Herz zu hören. Es täuscht dich niemals. Achte immer auf dich, und verbiege dich nicht für einen anderen Menschen."

„Aber ich möchte auch nicht egoistisch sein."

„Oh, eine gewisse Portion Egoismus rettet uns jeden Tag das Leben. Geht es dir gut, geht es auch den Leuten, die mit dir zu tun haben, gut."

„Jonah hilft mir gerade dabei, stärker zu werden", gestehe ich. „Er traut mir auch beruflich einiges zu, fordert mich heraus und hilft mir, meine innere Angst zu bekämpfen."

„Das ist gut. Er ist ein bemerkenswerter Mann, Evie. Ich denke aber auch, dass Toby nichts von eurer Liebelei erfahren sollte. Es könnte nämlich bedeuten, dass die jahrelange Freundschaft der beiden dadurch etwas Schaden erleidet. Toby könnte meinen, du drängst dich zwischen sie; gleichzeitig wird er fürchten, dass Jonah dich verletzen könnte."

Ich nicke und bin erleichtert, dass meine Mum dasselbe über eine mögliche Reaktion Tobys denkt. „Davon gehe ich auch aus."

„Wäre ich so jung wie du, Liebling, würde mich ein Abenteuer mit einem so attraktiven Mann wie Jonah sicher ebenso reizen. Tob dich aus, solange du frei bist."

Obwohl der Ratschlag meiner Mum motivierend klingt, löst er ein beklemmendes Gefühl in mir aus.

Toby und ich fahren am Nachmittag gemeinsam in die City, weil mein Bruder noch etwas vorhat. Nachdem er mich bei Chloe abgeladen hat, ziehe ich mir etwas Bequemes an und setze mich neben meine Freundin auf die Couch. Wir schauen gemeinsam einen Film an, ehe Chloe zu einem Date aufbricht.

Als sie weg ist, schnappe ich mir das Handy, weil ich dem Bedürfnis, Jonah zu schreiben, nicht länger widerstehen kann.

Ich: Hey. Gut nach Hause gekommen?

Sehr originell, Evie.

Ich strecke mich auf der Couch aus und lege den Arm über mein Gesicht. Doch schneller als gedacht erhalte ich Antwort.

Jonah: Bin ich. Wie war deine Mum drauf?

Ich: Überraschend gut. Sie hat versprochen, meinem Dad und Toby nichts zu verraten.

Jonah: Das ist positiv. Du kannst dich glücklich schätzen, eine so coole Mum zu haben. Eine andere würde jetzt bereits unsere Hochzeit planen.

Grinsend überlege ich, ob meine Mum das vielleicht sogar gern täte. Sie ist, falls das überhaupt möglich ist, noch romantischer veranlagt als ich. Und Jonah hatte für sie sowieso immer einen Sonderstatus, während Cooper für sie einen Art Teufel darstellt, der mich weg von ihnen in ein anderes Land bringt. Dabei hat sie ihn nur zweimal getroffen.

Ich: Sie ist wirklich cool. Bist du zu Hause? Hast du kurz Zeit, einige Fragen mit mir durchzugehen?

Jonah: Ich bin daheim. Leg los.

Ich: Wollen wir vielleicht lieber telefonieren? Du weißt ja, ich plappere gerne, und ich kann unmöglich so schnell tippen, wie mir die Gedanken durch den Kopf schießen =)

Seine Antwort lässt auf sich warten. Möglicherweise ist er schreiend aufgesprungen und davongerannt und hat sein Handy im erstbesten Mülleimer entsorgt. Doch dann summt mein Telefon und kündigt eine weitere Nachricht an.

Jonah: Was hältst du davon, wenn ich bei dir vorbeikomme?

Sofort werde ich ganz hibbelig. Aber nicht, weil die Wohnung nicht aufgeräumt ist, sondern wegen der Vorfreude, Jonah wiederzusehen.

Ich: Wenn das möglich ist, würde es die Sache ungemein erleichtern.

Jonah: Gut. Ich bin gleich bei dir.

Ich springe auf, schäle mich in Windeseile aus meinen Klamotten und laufe zur Dusche. Danach schlüpfe ich in Shorts und ein weißes Top. Meine Kleidung soll Lässigkeit vortäuschen, während in mir seit unserem ersten Kuss ein Tornado tobt. Bleibt zu hoffen, dass Jonah sich davon blenden lässt.

Als ich fertig bin, sehe ich schnell nach, ob noch genügend Bier eingekühlt ist, und stelle eine Schüssel mit Knabbereien bereit. Ich erinnere mich zwar, dass Jonah meist streng auf seine Ernährung achtet, aber vielleicht brauche ich ja selbst etwas Nervennahrung.

Etwa eine halbe Stunde, nachdem Jonah geantwortet hat, klingelt es an der Wohnungstür. Bevor ich öffne, atme ich tief durch.

Denk nicht an seine Lippen und auch nicht daran, dass er deine Brust gesehen hat! Das sollte ich doch hinbekommen.

Doch als Jonah in meinem Stockwerk auftaucht, sind all meine Vorsätze wie weggefegt. Alles, was ich denken kann, ist, wie gut er aussieht und wie sehr ich mir wünsche, er würde zu mir gehören.

„Hi, du riechst gut“, sage ich und verdrehe innerlich die Augen. Aber er duftet wirklich unglaublich männlich. Wenn Chloe nach Hause kommt, wird sie sofort merken, dass ich Besuch hatte.

Jonah grinst, als ich ihn reinlasse. „Danke, du auch.“

Ich führe ihn ins Wohnzimmer und hole zwei Flaschen Bier aus dem Kühlschrank. Das scheint sich irgendwie zu einem Ritual entwickelt zu haben. Cooper findet es hingegen gar nicht gut, wenn ich

Alkohol trinke, weshalb ich mich ihm zuliebe immer zurückhalte.

„Dann mal los! Bombardiere mich mit Fragen."

Ich setze mich neben ihn und ziehe meine Beine auf die Couch. Mir entgeht nicht, wie Jonahs Blick kurz über meine nackte Haut gleitet. Vielleicht wäre es besser gewesen, wenn ich mir eine lange Hose angezogen hätte. Aber irgendwie gefällt es mir auch, dass er darauf reagiert.

„Kleid oder Hose?", starte ich dann.

„Kleid – wenn es nach mir geht. Ich stehe auf Beine – aber ich denke, so geht es neunzig Prozent der Kerle."

„Okay, ist notiert."

„Aber es geht auch darum, dass du dich wohlfühlst, denn dann wirst du eine Menge Selbstbewusstsein ausstrahlen."

„Ich möchte im besten Fall beides sein – sexy und selbstsicher."

Jonah zuckt mit der Schulter. „Das bekommst du hin. Da bin ich mir sicher."

„Wir werden essen gehen. Da Mike mich hier abholt, wird er mich danach auch wieder nach Hause bringen. Soll ich ihn dann mit nach oben bitten?"

„Das hängt davon ab, wie der Abend verlaufen ist", sagt er und sieht sich im Wohnzimmer um.

Chloes Wohnung besteht aus einem wilden Sammelsurium aus Möbeln verschiedenster Herkunft. Manches hat sie vom Flohmarkt, anderes von IKEA. Man erkennt nicht wirklich einen Stil. Alles ist zweckmäßig, da Chloe nicht auf Dekorationen steht.

„Wurdest du bei einem ersten Date schon in die Wohnung der Frau eingeladen?“, frage ich.

„Ja, das kommt vor. Wenn wir einen witzigen Abend hatten und sich die Möglichkeit bietet. Lieber gehe ich zu ihr mit, dann kann ich einfach verschwinden, wenn es mir nicht gefällt.“

„Das könnte ich in Mikes Fall nicht.“

„Aber du wirst ihn vor die Tür setzen, wenn er sich mies verhält. Befolgt er deine Anweisungen nicht, ruf mich an, dann befördere ich ihn eigenhändig auf die Straße.“

Kurz glaube ich, Jonah macht einen Scherz. Doch er meint das todernst.

„Mike ist wirklich nett. Du brauchst dir keine Sorgen zu machen“, besänftige ich ihn.

„Ich zweifele auch gar nicht an seiner Freundlichkeit im Allgemeinen, sondern an seinem Benehmen, wenn er allein mit dir in der Wohnung ist. Bei manchen Typen schaltet sich das Hirn vollständig aus, wenn sie die Chance auf einen Fick sehen. Und, Evie, erzähl ihm ja nichts von dieser Jungfrauensache.“

Wie Jonah auf mich einredet, könnte man meinen, ich träfe mich mit einem verurteilten Verbrecher.

„Warum sollte ich nicht offen zu ihm sein, wenn das Gespräch in diese Richtung verläuft?“

Jonah runzelt die Stirn und scannt mich kurz. „Denkst du denn, deine Unschuld wird sich irgendwie förderlich auf euer Date auswirken?“

„Du meinst, ob ich jetzt schon vorhabe, mit ihm ins Bett zu gehen?“

„Ja“, antwortet er knapp.

„Ich ... ich glaube nicht. Sollte sich das nicht von selbst ergeben? Oder planst du vor, wie ein Date bei dir zu verlaufen hat?“

„Ist das mein Bier?“ Er deutet auf eine der Flaschen, die auf dem Couchtisch stehen. Als ich nicke, greift er danach und trinkt einen Schluck. „Natürlich sollte sich Sex spontan ergeben. Ich dachte, du legst besonders viel Wert auf die Art, wie du deine Unschuld verlieren wirst.“

„Wenn schon, dann sollte es mit Cooper sein, ja. Aber gibt es da nicht noch viele Ebenen dazwischen, die ich erkunden könnte, ohne gleich mit Mike zu schlafen?“

Er lacht. „Da gibt es verdammt viel, was du tun kannst, wenn du das möchtest.“

Um die nächsten Worte auszusprechen, brauche auch ich einen Schluck Bier. Während ich den Schaum von meinen Lippen lecke, sortiere ich meine Gedanken. „Wenn es sich mit Mike wie mit dir anfühlt, glaube ich schon, dass ich eine Berührung von ihm zulassen werde.“

„Mir hast du es nur erlaubt, weil du betrunken und wütend auf mich warst“, erwidert er mit rauer Stimme.

Ich lächele, fühle mich aber, als würde ich einen halben Meter über dem Boden schweben. „Und warst du wütend auf mich?“

„Nein, war ich nicht.“

Es macht mich wahnsinnig, wie er all die unausgesprochenen Dinge zwischen uns stehen lässt. Ich werde mir dann wieder stundenlang den Kopf darüber zerbrechen, was er eigentlich gemeint hat.

Bei Jonah weiß ich nie so genau, ob er einen Witz macht oder die Wahrheit sagt.

„Aber warum soll ich ihm nichts von meiner Unschuld verraten? Das verstehe ich nicht. Vielleicht denke ich da zu weiblich. Ich würde diese Offenheit schätzen."

Jonah legt beide Hände flach aufeinander und beugt sich vor. „In Männern stecken eine Menge Urinstinkte, was Frauen anbelangt. Wir wollen besitzen, erobern und unser Revier markieren. Der heilige Gral kommt der Tatsache gleich, eine Jungfrau zu vögeln. Es verschafft uns das Gefühl einer Übermacht. Wenn dieser Kurier-Joey mitbekommt, dass du noch Jungfrau bist, wird er alles dafür tun, um dich ins Bett zu bekommen, da er den Jackpot vor sich sieht."

Eine sehr anschauliche Erklärung, die meine Balance stört. Ich habe gedacht, Cooper würde wegen seiner Familie solch großen Wert auf meine Jungfräulichkeit legen. Dabei soll das mit seinen niederen Instinkten zusammenhängen?

„Aber wünschen Männer sich nicht eher eine Frau, die Erfahrung hat? Ich kann ja nur von mir ausgehen, aber ich würde wahrscheinlich in Ohnmacht fallen, wenn ich plötzlich einen nackten Penis vor mir habe." Ich kichere und spüre, wie ich erröte.

Jonah lächelt zwar ebenfalls, doch merke ich auch, wie er meine Lippen ansieht. „Es bereitet uns einen Kick, unerfahrene Frauen in die Materie einzuführen. Da wären wir wieder bei der Macht." Er atmet ein paar Mal tief durch, richtet seine Hose und streckt die

Beine von sich. „Hast du wirklich noch nie einen Schwanz gesehen?“

„Was tut das zur Sache?“

„Nichts. Mich interessiert es bloß.“

Soll ich lügen oder ihm die Wahrheit sagen? Aber was soll's?! „Ich habe einen angefasst, aber noch nie gesehen.“

„Heilige Scheiße. Wo bist du denn aufgewachsen? In einer Höhle?“

„Ja, genau die Reaktion hilft mir weiter.“

„Sorry“, entschuldigt er sich. „Es ist mir nur unerklärlich, wie du Sex und alles Körperliche so lange von dir fernhalten konntest. In deinem Alter habe ich kaum an etwas anderes gedacht als ans Bumsen. Mein Alltag bestand aus Schlafen, Essen, Uni und Sex. Meist in der Reihenfolge. Sex war unvermeidbar.“

„Ich bin ein anderer Typ, Jonah. Irgendwann war es für mich, als sei meine Unschuld nicht mehr natürlich, sondern befremdlich für andere. In meinem Alter noch keinen Sex gehabt zu haben, ist doch seltsam.“

„Es ist nicht seltsam“, widerspricht er mir. „Bedeutsam möglicherweise, aber nicht seltsam.“

Ich mustere ihn und frage mich nicht zum ersten Mal, wie es wäre, mit einem Mann wie Jonah zu schlafen. Wie ist er? Sanft? Hart? Stöhnt er, oder ist er leise? Wie ist es für ihn, wenn er kommt?

Mir wird schwindelig, weshalb ich tief Luft hole. „Was hast du damit gemeint, dass Männern die anatomische Komponente einer Jungfrau gefällt?

Verstehst du darunter das Durchtrennen des Hymens?“

„Du willst es heute aber genau wissen.“

„Das ist meine Chance, in den Kopf eines Mannes zu gelangen“, erkläre ich.

„Je enger eine Frau ist, desto intensiver ist der Sex für einen Mann. Und keine Vagina ist so eng wie die einer Jungfrau. Deshalb ist dieser Sex auch für einen Mann völlig anders.“

„Mit wie vielen Jungfrauen hast du schon geschlafen?“

Für die Antwort braucht er nicht lange. „Mit zwei. Das ist verdammt lange her, und ich war selbst noch kaum richtig erwachsen.“

Grinsend zupfe ich einen Faden von meiner Hose und bemerke, wie nah Jonahs Hand meinem Knie ist. Er bräuchte nur den Finger zu strecken, schon würde er mich berühren. Der Teil in mir, der von dieser Unterhaltung erregt wurde, will ihn herausfordern. Denn wenn Jonah von Männern im Allgemeinen spricht, kann ich mir nicht vorstellen, dass er nicht auch sich meint.

Begehrt er mich? Hat er genauso Lust auf so ein Abenteuer wie ich?

Aus dem Bauch heraus beschließe ich herauszufinden, ob ich Jonah knacken kann. Dafür setze ich mich seitlich auf die Couch und stütze meinen rechten Arm auf der Lehne ab. „Weißt du, die ganze Zeit dachte ich, meine Jungfräulichkeit sei so etwas wie eine Last, die ich zu tragen habe. Wie eine Krankheit, die ich loswerden muss. Doch dank deiner

Erklärung habe ich verstanden, dass ich eigentlich eine Art Macht besitze."

„Du wirst Erfahrungen sammeln, sobald du dafür bereit bist." Nun lehnt sich auch Jonah zurück, weswegen unsere Gesichter sich plötzlich ganz nahe sind.

Ich suche seinen Blickkontakt und hoffe, er fühlt sich mir in diesem Moment genauso verbunden. „Im Moment kann ich mir zum Beispiel nicht vorstellen, diese Erfahrungen mit Mike zu sammeln. Er ist nett, ein Kumpel irgendwie, aber nicht mehr."

„Da draußen gibt es zig andere Kerle, die du daten kannst."

„Ich vertraue ihnen aber nicht. Dir hingegen vertraue ich", gestehe ich ihm ganz leise.

Jonah versteift sich, und dennoch wendet er sich nicht von mir ab. „Ich bin nicht besser als die anderen Typen."

„Aber du bist geduldig, und ich habe das Gefühl, du verstehst mich. Du bringst mir Wertschätzung entgegen, und ich werde mutig bei dir."

„Das ist gut."

„Findest du es auch gut, dass ich mit dir alles machen würde, was mir bis jetzt Angst eingeflößt hat?"

Er presst seine Kiefer zusammen, und ich kann sehen, wie sehr er Ruhe zu bewahren versucht. „Lass mich nicht erneut die Kontrolle verlieren, Evie. Hier ist niemand, der uns stören könnte."

Gerade deswegen bin ich so entschlossen, die Energie, die zwischen uns herrscht, zu ergründen. Langsam hebe ich meine rechte Hand und lasse meinen Finger sanft über Jonahs Unterlippe gleiten. „Soll ich dir noch etwas verraten?“

„An dem Punkt sollte ich wohl Nein sagen, richtig?“

Ich lächele und fahre mit der Zungenspitze über meine Lippen. „Ich wurde noch nie von einem Mann ... geleckt. Berührt schon, aber mehr nicht. Seit du mich geküsst hast, muss ich dauernd daran denken, wie es sich anfühlen würde, deine Lippen dort unten zu spüren.“

„Du solltest mir solche Dinge nicht verraten“, warnt er mich.

„Warum nicht?“, fordere ich ihn heraus.

„Weil ich es dann natürlich tun möchte. Ich würde dir jetzt am liebsten zeigen, wie intensiv du in meinem Mund kommen könntest. Und wir wissen beide, dass wir an dieser Stelle nicht weitermachen sollten.“

„Würdest du es mir abschlagen, wenn ich dich darum bitte?“

„Evie.“ Wie eine Warnung spricht er meinen Namen aus. Doch für mich bedeutet seine Verzweiflung nur noch mehr Ansporn.

Er will mich, das spüre ich. Und ich will ihn.

„Du hast mich geküsst, du hast mich angefasst, und jetzt will ich mehr.“ Ich schiebe meine Hand in seinen Nacken, sodass er mir näher ist.

Ich jauchze fast auf, als Jonah den Kampf aufgibt und mich küsst. Gab er sich in der Küche meiner Eltern vorsichtig, so zeigt er sich jetzt von seiner wilden Seite. Er drängt mich auf der Couch zurück, bis ich auf dem Rücken liege und Jonah zwischen meinen

Beinen. Während seine Zunge über meine streicht, spüre ich ganz deutlich, wie hart er ist. Ich wage es, meine Schenkel weiter zu öffnen, und stöhne bei dem Druck, den sein Penis dabei ausübt, auf.

Langsam wandert Jonahs Hand von meinem Kinn zum Saum meines Tops, das er ungeduldig hochschiebt. Darunter trage ich einen schwarzen BH. Er packt ihn, befreit meine Brüste und beugt sich schnell atmend über mich.

Meine Nippel sind so empfindlich, dass ich sogar Jonas Atem spüre, als er den Kopf senkt, um einen Nippel in den Mund zu nehmen. Die Lust trifft mich mit unbändiger Gewalt. Ich kralle meine Finger in Jonahs Shirt und will unter allen Umständen verhindern, dass er aufhört.

Während er mich erneut küsst, gleitet seine Hand zu meinem Hosenbund. Ich biege mich ihm entgegen, bevor er Knopf und Reißverschluss öffnet. Ich halte die Luft an, als seine Finger über die weiche Haut oberhalb meines Kitzlers streichen.

Jonah stützt sich mit einem Arm neben mir ab und beobachtet mich, während er mit der Fingerspitze über meine Klit reibt. Mein Bauch zieht sich zusammen, ob aus Lust oder als Warnung, kann ich nicht sagen. Doch noch nie habe ich mich so gut gefühlt wie in diesem Moment.

„Du bist unglaublich weich“, haucht Jonah, als er sich hinabbeugt, um mich zu küssen.

Dabei fühlt es sich an, als wäre mein Körper aufs Äußerste angespannt. Mein Brustkorb droht zu zerspringen, und ich will meine Beine noch weiter öffnen. Jonah verschafft mir ein viel besseres Gefühl, als ich erwartet habe, und trotzdem steigt mein Wunsch, mich ihm ganz hinzugeben, noch weiter.

Wie oft habe ich bereits in Jonahs Augen gesehen? Hundertmal? Tausendmal vielleicht sogar? Bis jetzt waren die Blicke stets freundschaftlich, meist aber desinteressiert. Nun erkenne ich in seinen Augen ungefilterte Begierde, wie ich sie mir von Cooper erträumt, aber nie bekommen habe. Zum ersten Mal geht es einzig um mich. Ganz schön egoistisch. Aber die Art, wie Jonah mich vorsichtig berührt, verschafft mir Sicherheit. Ich lasse mich fallen. Mein Körper reagiert sofort, auf gewaltige Weise. Lustvoll, intensiv.

„Fühlt es sich gut an?“

„Ja“, flüstere ich.

Doch statt weiterzumachen, nimmt Jonah auf einmal seine Hand weg. Ich blinzele und sehe zu, wie er weiter hinabrutscht. Er presst seine Nase in die Kuhle zwischen meinen Brüsten, atmet tief ein und setzt seinen Weg nach unten fort. Auch meinen Bauch bedenkt er mit einem Kuss. Dann zieht er mir meine Hose aus. Mein Slip folgt.

Ich wage es nicht, mich zu bewegen, und atme ganz flach, während ich erwartungsvoll zu Jonah blicke. Der starrt weiterhin auf meinen Bauchnabel. Er scheint sich zu fragen, ob er wirklich weitermachen soll. Ginge es nach mir, stünde die Wahl fest. Doch ich bleibe still liegen. Nackt. Ich kann nur hoffen, dass Jonah nicht plötzlich aufspringt und wegrennt und ich mich völlig verloren fühle.

Ich muss etwas tun. Nur was?

Mutig strecke ich meine Finger nach Jonahs Kopf aus. Ich vergrabe sie in seinen weichen Haaren. Jonah seufzt auf, wie ich auf meiner Haut spüren kann. Dann drückt er seine Lippen langsam auf die Stelle knapp oberhalb meines Hüftknochens. Er verteilt drei Küsse, zwischendrin atmet er tief ein. Er streichelt meine Hüfte, meinen Oberschenkel, und schließlich hebt er mein Bein an, um es sich auf die Schulter zu legen.

Ich präge mir diesen Anblick fest in mein Gedächtnis ein. Ich möchte mich für immer an das Gefühl erinnern, durch und durch eine leidenschaftliche Frau zu sein.

Er teilt meine Schamlippen und befasst sich erneut mit meinem übersensiblen Kitzler. Wie von selbst fängt mein Becken an, sich im Takt seiner Berührung zu bewegen. Meine Nippel werden noch härter, und ich spüre, wie feucht ich bin. Jonah treibt mich höher und höher, doch das, was ich so sehr brauche, bekomme ich nicht. Seine Lippen liegen nun auf meinem Bauch. Knabbernd, leckend und küssend arbeitet er sich vor, während er mich mit seinen Fingern weiterhin bearbeitet.

Nun kann ich mich nicht länger zurückhalten. Ich wimmere, stöhne und flehe darum, seine Zunge dort unten spüren zu dürfen. Das ist alles so neu und schön für mich. Noch nie war mir ein Orgasmus in so greifbarer Nähe. Ich habe mich natürlich schon selbst berührt, habe dabei auch eine gewisse Erlösung empfunden. Und auch bei Cooper dachte ich einmal, einen Orgasmus gehabt zu haben. Doch das, was sich gerade in mir aufbaut, ist mir völlig neu. Dieses süße, schmerzliche Ziehen zwischen meinen Beinen verwandelt mich in ein Tier, das nur eines will – Jonahs Mund. Ich weiß, dass ich dann kommen werde. Er wird der erste Mann sein, der mich leckt, und ich weiß, dass er dafür der Richtige ist.

Als er endlich meinen Kitzler einsaugt, raune ich lustvoll seinen Namen; dabei schaue ich ihm zu. Ich bin von Jonahs Anblick zwischen meinen Beinen völlig fasziniert. Seine Zunge dort löst ein ganz anderes Gefühl aus als seine Finger vorher. Innerhalb weniger Sekunden wächst der Druck so stark an, bis er sich in einer Explosion entlädt. Ich werfe den Kopf in den Nacken, als mich mein Höhepunkt packt. Es ist wie ein Ritt auf einer zuckersüßen, weichen, rosaroten Wolke. Ich fühle mich frei und glücklich und Jonah so nahe wie nie zuvor.

Mich überkommt ein wenig Wehmut, als ich langsam wieder auf die Erde zurückkehre und der Rausch nachlässt. Ich stoße ein letztes, zufriedenes Seufzen aus, ehe ich meine Gliedmaßen von mir strecke. Und auch Jonah bricht auf mir zusammen. Er lässt sein Gesicht auf meinem Bauch liegen und streicht sanft mit dem Daumen darüber.

Die Nachwehen meines Orgasmus sind noch spürbar, als mich die Erkenntnis trifft, was soeben zwischen mir und Jonah passiert ist. Völlig irrsinnigerweise denke ich genau jetzt an die Worte meiner Mum. Ihrer Meinung nach würde mir ein kleiner Sommerflirt nicht schaden. Aber was versteht sie darunter? Ein paar heimlich ausgetauschte Küsse und verbale Zärtlichkeiten? Oder fällt es auch unter den Begriff Flirt, sich vom besten Freund des Bruders lecken zu lassen?

Was zum Teufel stimmt nicht mit mir?!

Ich spüre eine aufsteigende Panik, und nicht einmal Jonahs prüfender Blick kann mich davor bewahren.

„Mein Gott“, säusele ich und setze mich auf. Dadurch zwinge ich auch Jonah dazu, sich zu erheben. Ich ziehe BH und Shirt zurecht und suche nach meinem Slip.

Jonah setzt sich wieder auf die Couch und fährt sich mit der Hand mehrmals durch die Haare.

„Ich finde meine Unterwäsche nicht“, stelle ich fest, während mir die ersten Tränen über die Wangen laufen. Mittlerweile habe ich sämtliche Kissen zu Boden gefegt, meine Verzweiflung darüber, was gerade zwischen uns passiert ist, wächst.

Jonah beugt sich ebenfalls zu Boden und hilft mir, den Slip zu suchen. Er wird fündig und präsentiert mir das Ding mit ernstem Blick.

„Warum weinst du?“, will er wissen.

Ich schniefe und wische mir mit dem Handrücken eine weitere Träne von der Nasenspitze. „Ich weiß es nicht.“

„Scheiße, Evie, du verhältst dich, als hätte ich etwas gegen deinen Willen getan. Das fühlt sich richtig scheiße an.“

„So ist es nicht“, widerspreche ich und nähere mich ihm, als ich wieder meinen Slip trage. „Mir wird das alles gerade irgendwie zu viel, und das bricht jetzt aus mir heraus. Die Veränderungen zwischen uns, meine Schuldgefühle wegen Cooper und die völlig neuen Erfahrungen mit dir. Mein Leben ist im Augenblick so kompliziert. Verdammt kompliziert sogar."

Jonah nickt und nimmt einen Schluck Bier. „Wir haben uns und die Sachen, die da zwischen uns passieren, nicht mehr unter Kontrolle, und dir sollte klar sein, wie so was meist endet."

Nicht gut, vermute ich. Für keinen von uns.

„Ich vermittele dir völlig falsche Eindrücke. Du solltest das alles mit jemandem machen, bei dem du danach nicht weinen musst und dich keine Schuldgefühle quälen. Ich will nicht der Typ sein, auf den du mit Zorn zurückblickst, weil er dir das Herz gebrochen hat."

„Es tut mir leid", murmele ich.

Jonah dreht den Kopf und mustert mich schweigend. „Ich muss Verantwortung übernehmen. Wir werden uns jetzt nicht mehr privat treffen, Evie. Das bedeutet, dass ich dir nicht mehr helfen werde. Das verstehst du doch, oder?"

Meine Traurigkeit über die Endgültigkeit seiner Worte ist immens. Ich sacke innerlich zusammen, und selbst wenn es Jonah verhindern wollte, bricht jetzt mein Herz. „Aber ... ich brauche deine Hilfe. Ich habe noch lange nicht das alles kennengelernt, was ich für meine Rückkehr nach Michigan wissen will."

„Meine Hilfe besteht im Moment hauptsächlich darin, dir Dinge zu zeigen, die mir nicht zustehen. Und irgendwann, Evie, wird es so enden, dass wir miteinander schlafen. Das darf nicht passieren. Für dich hat das erste Mal eine so große Bedeutung, dass ich diese Verantwortung nicht tragen will. Von mir aus spare dir dieses Geschenk für ... Cooper auf. Vielleicht weiß er es mehr zu schätzen."

Jonah gibt sich Mühe, nett und verständnisvoll zu sein, trotzdem tut es weh. Mir wird klar, wie sehr ich Jonah begehre, und wie wichtig er für mich inzwischen geworden ist.

„Und mein Praktikum?", frage ich, als hätte das in diesem Moment auch nur die geringste Bedeutung.

„Willst du es fortsetzen?"

„Ich denke schon."

„Dann darfst du es natürlich zu Ende machen. Fühlst du dich den Aufgaben, die Emily dir übertragen hat, gewachsen?"

Ich schüttele den Kopf. Alles dreht sich. „Darüber will ich mir jetzt keine Gedanken machen."

„Verstehe. Aber du wirst das alles schon hinbekommen."

Noch ein weiteres Mal betrachten wir einander, ehe Jonah aufsteht. Am liebsten würde ich die Tür zumauern, um zu verhindern, dass er verschwindet. Sieht er nicht, wie fertig ich bin? Warum zur Hölle glaubt er, so verdammt vernünftig sein zu müssen?!

Ich kann ihn kaum ansehen, weil ich Angst habe, dann laut loszuheulen.

„Vielleicht habe ich mich selbst getäuscht, als ich meinte, Sex sei so eine simple Sache. Unter bestimmten Voraussetzungen mag das stimmen. In der Situation, in der wir uns befinden, kann Sex alles zerstören."

Da ich die Augen gesenkt halte, streckt Jonah die Hand nach meinem Kinn aus und hebt mein Gesicht an.

„Wenn du jetzt gehst, tust du mir mehr weh, als wenn du bleibst und noch mehr zwischen uns passiert“, sage ich.

Er runzelt die Stirn und streicht mit seinem Daumen über meine Unterlippe. „Ich weiß. Aber das wird vergehen.“

„Wird es nicht“, widerspreche ich trotzig.

„Evie … Hab Spaß bei deinem Date.“ Danach nimmt er seine Hand weg, schaut mich noch einmal an und verlässt die Wohnung.

EIFERSUCHT

Jonah

Montagabend betrinke ich mich ganz allein daheim. So etwas Jämmerliches habe ich noch nie gemacht. Doch ich habe keine Lust, Max von dem jüngsten Mist, den ich gebaut habe, zu berichten. Er sähe kein Problem darin, Evie zu entjungfern. Vermutlich würde mir der Bastard sogar dazu raten, mir diese einmalige Chance nicht entgehen zu lassen. Und da mein Wille im Bezug auf meine Enthaltsamkeit gegenüber Evie verdammt schwach ist, verbarrikadiere ich mich mitsamt einer größeren Menge Whiskey in meinem Haus.

Dementsprechend schmerzhaft fühlt sich mein Schädel am Dienstag an. Als ich ins Büro komme, lasse ich mir erst einmal Aspirin und Kaffee besorgen. Meine Assistentin versucht meine miese Laune durch übertrieben höfliches Getue wettzumachen. Sie labert irgendetwas von mitgebrachtem Kuchen, bei dem ich mich sehr gerne bedienen könnte. Doch ihr

Angebot geht mir sonst wo vorbei. An diesem Tag kann mich rein gar nichts aufrichten.

Na ja, vielleicht bis auf die Info, dass Evie ihr Date abgesagt hat.

Aber habe ich am Sonntag nicht irgendetwas von Vernunft geschwafelt? Wäre ich nur halb so gewitzt, wie ich gerne mal behaupte zu sein, sollte ich keinen einzigen Gedanken an Evie verschwenden.

Wenn du jetzt gehst, tust du mir mehr weh, als wenn du bleibst und noch mehr zwischen uns passiert.

Obwohl ich genau wusste, was Evie damit meinte, bin ich gegangen. Ich werde auch nicht zu ihr zurückgehen. Unter keinen Umständen.

„Mr Warren, kann ich Ihnen sonst noch etwas bringen?“ Meine dauerlächelnde Assistentin unterbricht meinen inneren Monolog über Enthaltsamkeit.

„Da kommt doch mehrmals die Woche eine Kurierfirma, die uns Pakete und Briefe bringt, oder?“

Sie runzelt die Stirn und hält mich nun wohl endgültig für verrückt. „Äh ... ich glaube schon.“

„Wann kommen die immer?“

„Wenn ich es richtig in Erinnerung habe, dann dienstags und donnerstags. Gibt es denn Probleme? Haben Sie ein Paket nicht bekommen?“

Heute ist Dienstag. Der Tag von Evies Date mit diesem Pisser. „Wenn der Kurier hier aufkreuzt, schicken Sie ihn bitte kurz zu mir rein. Ich muss ihm persönlich etwas übergeben.“

Nicht nur mir klingt meine Bitte äußerst skurril, auch meine Assistentin wirkt verwirrt. Doch sie nickt dienstbeflissen und verlässt mein Büro.

In aller Eile suche ich etwas zusammen, das ich verschicken kann. Ich beschließe, einen Umschlag mit nutzlosen Broschüren eines Möbelhauses zu befüllen, und adressiere ihn an meine Eltern. Dass ich nun völlig übergeschnappt bin, vergesse ich für einen Moment und wippe stattdessen während der nächsten Stunde ungeduldig auf meinem Sessel.

Wann kommt dieser Scheißkerl endlich? Und viel wichtiger: Was soll ich zu ihm sagen?

Ich reibe mir frustriert übers Gesicht und bin kurz davor, den Brief in den Müll zu werfen, als es an meiner Bürotür klopft. Zu spät für einen Rückzieher. Nachdem sich meine Assistentin vergewissert hat, dass ich gerade Zeit habe, betritt ein blonder Surferboy mit Zahnlücke mein Büro. Er trägt ausgelatschte Sneakers, sein T-Shirt hat wohl noch nie ein Bügeleisen gesehen, und sein Gesicht ziert ein Ausdruck, der mich irgendwie aggressiv macht. Mit einem Satz: An dem Kerl widerstrebt mir alles. Seine gute Statur, sein Grinsen und vor allem seine Pläne für den heutigen Abend.

Er scheint in Evies Alter zu sein, ich bin ein Opa gegen ihn. Er ist der junge Bursche, dem es bevorsteht, Sex mit einer gerade erst erwachsen gewordenen Frau zu haben.

Vor meinem Schreibtisch bleibt er stehen. „Sie haben einen Brief für mich zum Abholen?“, fragt er. Dass er dabei die ganze Zeit mit offenem Mund Kaugummi kaut, weckt in mir das Verlangen, ihm sämtliche Zähne auszuschlagen.

Ich betrachte ihn finster. Wäre ich ein Hund, würde ich jetzt die Zähne fletschen, knurren und ihm zum Kampf auffordern. „Ja, dort."

Mit dem Kinn deute ich auf den beigen Umschlag, der neben mir auf dem Tisch liegt. Er zögert, streckt dann aber die Hand aus und steckt ihn in die riesige Umhängtasche.

„Cooles Büro, Mann", meint er lässig.

Dieser Schwachkopf stopft sich den Köder eigenhändig ins Maul. Kaum zu glauben. „Wie heißen Sie?"

„Mike. Ich bin Mike."

Oh, ja, der bist du. „Wie oft kommen Sie hierher, Mike?"

„Zweimal die Woche, Sir."

Heilige Scheiße, hat mich dieser Lappen gerade „Sir" genannt? Ich hatte ja keine Ahnung, dass ich tatsächlich schon ein verfluchter Rentner geworden bin. „Sie sind ein sehr offener Kerl und plaudern wohl gleich drauflos."

„Ja, ich mache den Job gern und mag es, auch ein bisschen mit den Leuten zu quatschen. Das macht die ganze Schlepperei wett."

Wenn ich mir vorstelle, dass er den Abend mit Evie verbringen darf, muss ich mich enorm zusammenreißen, hinter meinem Schreibtisch zu verharren. Ich denke an all ihre Fragen zu diesem Date. Der Kerl hat, wenn er es nicht völlig vergeigt, die Gelegenheit, Evie heute noch zu berühren. Vielleicht wird er sie sogar nackt sehen. Ich war der Erste, der sie geleckt hat, und Mike wird möglicherweise der Zweite werden.

Ich balle meine Hände zu Fäusten und presse sie gegen die Tischplatte. „Ich habe Sie schon ab und zu in der Marketingabteilung mit Emily plaudern gesehen. Sie scheinen sich gut mit ihr zu verstehen."

„Emily ist echt cool. Wirklich schade, dass sie jetzt krank ist."

Bei dir ist wohl alles und jeder cool, du Idiot.

„Ja, wirklich bitter. Waren Sie heute schon dort?"

„War ich, ja. Emilys Praktikantin hat die Herrschaft über das Büro übernommen – die ist wirklich nicht übel." Als er mir zuzwinkert, ändere ich meine Taktik. Ich wollte ihn eigentlich überhaupt nicht auf Evie ansprechen, doch jetzt brennen bei mir die Sicherungen durch.

Ich kann mir ja immer noch einreden, dass ich Evie vor diesem Mike schützen möchte. „Ich habe schon gehört, dass Sie Gefallen an Evie gefunden haben."

Sein Gesicht verwandelt sich innerhalb einer Sekunde in eine Tomate. „Wow, Ihnen entgeht hier aber nichts."

„Ich habe meine Augen überall."

Er nestelt am Riemen seiner Tragetasche und grinst breit. „Dann wissen Sie ja auch, weshalb ich jetzt noch sehr viel lieber hierherkomme. Unter uns Männern darf ja gesagt werden, wie niedlich Ihre Praktikantin ist. Wäre ich an Ihrer Stelle, würde ich sie nicht da unten bei Emily sitzen lassen, sondern in meiner Nähe."

Du bist so was von tot, Freundchen.

Ich scheine gedanklich noch so mit meinen Mordplänen beschäftigt zu sein, dass ich spreche, ohne zu überlegen. „Ziehen Sie sich die Frauen in jedem Büro rein, das Sie betreten?“

„Wie es sich ergibt“, erwidert er gelassen.

Weil ich ungern meinen Schreibtisch zertrümmern will, stehe ich auf und nähere mich diesem kleinen Pisser. Tatsächlich überrage ich ihn um einen halben Kopf. Langsam schwant ihm Böses. „Wie es sich ergibt“, wiederhole ich bedächtig. „Weißt du, Mikey, ich kenne Kerle wie dich zur Genüge. In eurem Alter scheint euer einziges Ziel darin zu liegen, so viele Frauen wie möglich flachzulegen. Es ist mir scheißegal, wie viele du aus anderen Firmen abgeschleppt hast. Von mir aus kannst du auch hier wildern. Aber ich habe ein Problem mit deinem heutigen Date.“

Mike sieht mich an, als wäre ich ein furchterregendes Monster und er ein kleiner Junge, der sich in seinem Bett versteckt. „Was meinen Sie? Mein Date mit Evie?“

„Bingo“, fauche ich und platziere meine rechte Hand auf seiner Schulter. Ich übe etwas mehr Druck aus als notwendig und muss mir ein Lachen verkneifen, als Mike zusammenzuckt. „Sollte ich erfahren, dass du dich wie ein Arschloch verhalten hast, werde ich dich an den Eiern packen, sie dir ausreißen und in deinen Mund stopfen. Du holst sie von zu Hause ab, richtig?“

„Ja“, presst er hervor.

„Und du bringst sie wieder zurück?“

„Ja.“

„Wenn du mit ihr in die Wohnung gehst, bleibt dein winziger Schwanz in der Hose. Kapiert?“

„Was ist Ihr Problem, Mann?“

„*Du* bist mein Problem, Mikey.“

Ich drücke noch fester zu, woraufhin Mike leicht zu wimmern anfängt. „Warum kümmern Sie sich um Evie?“

Was soll ich sagen? Dass ich selbst scharf auf sie bin? Das würde mich nicht unbedingt im besten Licht dastehen lassen. Mein Gehirn arbeitet auf Hochtouren, während ich Mikes Schulter zusammenquetsche. „Evie ist meine ... Cousine.“

Scheiße. Verdammt.

Als es raus ist, kneife ich die Augen zusammen. Mike reißt seine dagegen auf.

„Ihre ... Ihre Cousine. Hätten Sie mir das nicht früher sagen können?!“

Ich lache. „Dann hätte ich niemals erfahren, was für ein notgeiler Affe du bist, Mikey. Evie ist unglaublich wichtig für mich. Und vergießt sie wegen dir auch nur eine Träne, oder bekomme ich mit, dass du dich ihr aufgedrängt hast, lernst du mich richtig kennen! Außerdem ist wohl klar, dass diese kleine Unterhaltung zwischen uns bleibt.“

„Ich verspreche, mich zu benehmen.“

Als ich ihn loslasse, grinse ich ihn triumphierend an. „Gut. Sehr vernünftig von dir. Und jetzt hau ab.“

Das muss ich ihm nicht zweimal sagen. Er stürmt wie ein Irrer aus meinem Büro. Als Mikey-Boy weg ist, überkommt mich eine ungeheure Wut auf mich selbst. Wie konnte ich nur so blöd sein? Welche Botschaft vermittele ich Evie, sollte sie von meinem Gespräch mit Mike erfahren?

Ich sollte sie gehen lassen. Aber der Typ kotzt mich an. Ich kann aber auch nicht alles haben. Zuerst schiebe ich sie weg, dann verteidige ich ein Revier, das nicht mal mir gehört. Ich verhalte mich wie ein Vollidiot. Das Recht, Evie vor bösen Männern zu beschützen, habe ich vertan, als ich gegangen bin.

Zuerst war dieses Lodern zwischen Evie und mir eine winzige Begleiterscheinung all ihrer Fragen zum Thema Flirten und Sex. Jetzt aber hat sich etwas in mir festgesetzt, das mich völlig irrational und schwachsinnig handeln lässt. Ich muss dafür sorgen, dass ich in Evie wieder bloß Tobys Schwester sehe und nicht das Objekt meiner Begierde.

Am Abend bin ich richtig down. Während Evie vermutlich auf ihrem Date mit Mike ist, schreibe ich Samantha. Nur zehn Minuten später sage ich ihr wieder ab.

Fuck.

Anstatt mich also mit Samantha abzulenken, versuche ich mich auf einen Film zu konzentrieren. Was mir natürlich nicht gelingt.

Halb acht.

Hat sie gesagt, wann er sie abholt? Ich kann mich zumindest nicht erinnern.

Während ich unaufhörlich mit den Füßen wippe, geht meine Fantasie mit mir durch. Dabei sehe ich die größte Gefahr für mich nicht mal in Mike, sondern in diesem Cooper. Dem sollte ich den Schädel einschlagen, weil er Evie offensichtlich wie eine Marionette behandelt hat. Er ist wie ein Kerl von vorgestern und wahrscheinlich dämlich obendrauf.

Gott, ich drehe durch.

Acht.

Langsam drohe ich an meiner Verzweiflung zu ersticken. Soll ich Samantha doch noch einmal schreiben? Nein. Ich habe heute keine Lust auf eine andere Frau. Ich bräuchte jemanden zum Reden. Max vielleicht? Das würde aber auch bedeuten, dass ich ihm die ganze dämliche Wahrheit über mich und Evie erzählen müsste. Allerdings würde Max ganz sicher dichthalten.

Schließlich gebe ich dem Drang nach und schreibe ihm, dass ich seinen Rat brauche.

Halb neun, es klingelt an der Tür.

Nachdem ich den Fernseher abgedreht habe, lasse ich meinen Kumpel herein.

„Du siehst aus, als hättest du Schmerzen. Geht es dir gut?", erkundigt er sich besorgt, während wir ins Wohnzimmer gehen.

Ich stöhne und setze mich ihm gegenüber auf den runden Hocker. „Ich bin am Arsch, Mann. Gewaltig sogar."

„Gibt es Schwangere oder Tote?"

„Nein. Aber versprich mir, dass diese Unterhaltung unter uns bleibt." Zum zweiten Mal an diesem Tag gebrauche ich diesen Satz. Diesmal mit weniger Nachdruck und nicht so drohend.

Max nickt und kann seine Neugier kaum noch verbergen. „Erzähl schon. Ich mag dieses Getue nicht."

„Okay." Ich atme ein letztes Mal tief durch. „Es geht um ... Evie. Tobys Schwester Evie."

„Ich wusste es." Anstatt Bestürzung zu zeigen, grinst Max breit. Er schlägt sich vor Begeisterung sogar mit der Hand aufs Knie und schüttelt fortwährend den Kopf. „Ich hätte wetten können, dass wir dieses Gespräch einmal führen werden. Von Anfang an wusste ich, dass du scharf auf sie bist. So, wie du sie beschrieben hast … Sag schon: Du hast sie flachgelegt, und jetzt will sie ein Haus, zwei Kinder und eine Märchenhochzeit?"

„Nein", sage ich bestimmt und weiß nicht, ob ich Erleichterung verspüren soll, nicht so tief in der Scheiße zu stecken, wie Max es glaubt. „Sie ist noch *Jungfrau,* Max! Der Typ, mit dem sie zusammen war, wollte bis zur Ehe mit Sex warten."

Max verarbeitet die Informationen und kraust die Stirn. „Eine Jungfrau, unglaublich. Das ist der Hauptpreis. Aber lass mich raten … Da ich hierherkommen sollte und du wie ein Schaf auf der Schlachtbank aussiehst, nehme ich an, dass du nicht vorhast, deinen Gewinn abzuholen?"

„Max, sie *liebt* diesen Kerl", verdeutliche ich ihm und wohl auch mir.

„Schon klar. Ich bin ja nicht völlig verblödet."

„Heute hat sie ein Date mit einem Kuriertypen, der regelmäßig zu mir in die Firma kommt. Ich habe ihn am Vormittag ordentlich zusammengefaltet, nachdem ich ihn zu mir ins Büro beordert hatte. Ich habe ihm gedroht, ihn zu kastrieren und seine Eier in seinen Mund zu stopfen, wenn er den Schwanz bei Evie nicht in der Hose lässt. Außerdem habe ich mich als Evies Cousin ausgegeben. Warum tue ich das? Ich meine, sie ist Tobys Schwester! Ich kenne sie, seit sie auf der Welt ist. Ein Fick kann mir unmöglich dieses Risiko wert sein!“

Max lehnt sich zurück. Hätte er eine Brille, würde er sie jetzt schulmeisterlich auf seiner Nase zurechtrücken. Offensichtlich hält er sich für eine Art Psycho-Doc. Oh, Mann. „Du tust das, weil du mit Evie dieses Date haben möchtest. Das nennt man *Eifersucht,* Kumpel.“

„Es fühlt sich absolut beschissen an.“

„Wie eine Krankheit“, wirft Max mir einen weiteren Begriff hin, um meinen Zustand zu beschreiben.

„Ja.“

„Aber was willst du tun?“

„Ich habe keine Ahnung. Mit Evie kann es nie nur Sex sein. Nicht nur, dass sie mich danach hassen würde, weil sie mit mir ihren Typen betrogen hat. Da sie Tobys Schwester ist, wird sie mich unweigerlich immer wieder sehen müssen und dabei jedes Mal an ihren größten Fehler erinnert werden. Irgendwann würde Toby davon Wind bekommen, und er würde mir nie verzeihen, dass ich seine kleine Schwester vernascht habe.“

„Hm“, lautet Max’ Reaktion. „Du hast diese Evie-Sache ja ausführlich durchdacht. Aber es scheint, dass du bereits zu einer Lösung gekommen bist.“

Stöhnend sehe ich zu meinem Kumpel. Was auch immer ich mir von ihm erwartet habe, sein Aufkreuzen hat mich keinen Schritt weitergebracht. „Ich komme nicht los von ihr. So was hatte ich noch nie mit einer Frau, Max.“

„Wie verhält sich Evie? Hast du das Gefühl, dass sie genauso mit der Situation kämpft?“

„Ich dachte immer, sie wäre total verkrampft, dabei verhält sie sich irgendwie viel cooler als ich. Immerhin ist sie heute diejenige, die ein Date hat, während ich hier herumsitze und mit dir über meine verdammten Gefühle spreche.“

„Na ja, dann besteht ja keine Gefahr. Sie liebt den Kerl, und du bist bloß eine praktische Übungsnummer für sie. Hilft dir das weiter?“

Ich lache. „Kein bisschen.“

„Du wirst entscheiden müssen, welcher Kerl du für sie sein willst, Jonah. Der, der sie zurückgewiesen hat, um sie zu schützen, oder der, der ihr hilft, Erfahrungen zu sammeln. Sie hingegen muss mit sich selbst ausmachen, wie sehr sie dich an sich ranlässt. Das kannst du ihr nicht abnehmen. Aber ich will an deiner Stelle verdammt sein, wenn ich mir diese Einladung entgehen ließe.“

UNWIDERRUFLICH

Evie

Mich verlässt selbst dann der Mut nicht, als ich zum dritten Mal klingele. Eher noch steigt mein Zorn, als wäre das in mir zuvor ein kleines Feuerchen gewesen, in das jemand Benzin gegossen hat. Nun lodert da eine wahre Feuersbrunst, während ich die Jeansjacke enger um meinen Oberkörper schlinge. Mich fröstelt, denn ich trage darunter lediglich ein dünnes Top mit Spaghettiträgern und Leggins.

Ich habe nicht damit gerechnet, dass es selbst im Sommer mitten in der Nacht arschkalt wird.

Doch endlich öffnet sich die weiße Holztür, und vor mir steht mit zerrupften Haaren Jonah, der nichts weiter als schwarze Boxershorts trägt. Stumm starre ich auf seine nackte Brust. Feste Muskeln und glatte Haut mit dunklen Härchen lassen mich meine eigentliche Mission vergessen. Ich schlucke und lasse meinen Blick tiefer zu der Beule zwischen seinen Beinen schweifen.

„Ich schlafe nackt“, erklärt Jonah mit rauer Stimme. „Höflicherweise habe ich mir untenrum etwas angezogen. Vielleicht solltest du mir besser erklären, weshalb du mitten in der Nacht vor meiner Tür stehst, anstatt meinen Schwanz zu begutachten.“

Da er so selbstgefällig klingt, fällt mir wieder ein, weswegen ich mein Bett verlassen, um halb eins in ein Taxi gestiegen und hierhergefahren bin. „Findest du nicht, dass du deiner *Cousine* mit etwas mehr Wohlwollen begegnen solltest?“ Mit beiden Händen stoße ich Jonah gegen seine verdammt herrliche Brust. Er weicht überrascht zurück, seufzt jedoch schuldbewusst.

„Er hat es dir erzählt?“

„Natürlich hat er das. Mike hat sich mir nicht einmal auf einen Meter genähert, als wäre ich ansteckend. Du hast mir den Abend versaut, obwohl du kein Recht hast, dich in mein Leben einzumischen.“

Die letzten Wörter habe ich gebrüllt, und das tat gut. Nach dem schrecklichen Date hilft es ungemein, Jonah jegliche Schuld in die Schuhe zu schieben. Einen gewissen Anteil am öden Verlauf der vergangenen Stunden hat er ja tatsächlich beigetragen.

Doch statt auf meine Vorwürfe einzugehen, kontert er. „Ich habe gesagt, dass wir uns nicht mehr privat sehen werden, Evie. Warum zum Teufel kannst du dich nicht an unsere Abmachung halten und kommst mitten in der Nacht her?“

„Weil ich nicht schlafen kann. Ich bin stinksauer auf dich, da scheiße ich auf deine Forderungen.“ Ich mache einen Schritt auf ihn zu, und während ich spreche, fuchtele ich wie irr mit meinen Händen in der Luft herum. „Es kann nicht sein, dass du die Regeln so auslegst, wie es für dich passt. Es steht dir nicht zu, dass du Mike einschüchterst und ihm drohst, während du mich immer wieder wegstößt."

Jonah knurrt und versetzt der Tür einen Hieb, sodass diese zur Gänze aufknallt. „Rein mit dir. Ich habe keine Lust, dass du die ganze Nachbarschaft zusammenbrüllst wie eine Irre."

Ich folge ihm in die Küche. Die ist hypermodern, mit hellgrauen Schränken und allerlei Hightech-Geräten, die vermutlich nie benutzt werden.

Jonah bezieht hinter der Kochinsel Stellung, ich auf der anderen Seite. Und wieder kann ich nur seinen Oberkörper angaffen, der unglaublich stark aussieht, wie er die Arme gegen die Arbeitsfläche stemmt.

„Warum hast du Mike bedrängt, wenn du mir zuletzt noch geraten hast, allein Erfahrungen zu sammeln? Erklär es mir, ich verstehe dein Handeln einfach nicht."

„Dieser Mike ist ein Idiot und ein Weiberheld. Er hätte dich bloß verarscht. Du solltest mir dankbar sein, anstatt mich anzuschreien."

Ich schnaube. „Ich soll dir dankbar sein? Das soll wohl ein Witz sein!"

„Nein, es ist mein verfickter Ernst, Evie!", schreit er zurück.

„Du hast keine Ahnung, wie mein Leben aussehen soll, oder was ich mir wünsche."

„Du doch auch nicht. Darum hast du mich ja um Rat gefragt, was, nebenbei gesagt, das Dümmste war, was du jemals getan hast."

„Ich mag unerfahren sein, aber ich habe Werte, und die sind mir ungeheuer wichtig." Als er laut auflacht, stoße ich mich von der Theke ab und gehe auf ihn zu. „Mike hat mir heute etwas gezeigt, nach dem man bei dir vergeblich sucht. Er war ehrlich zu mir. Du hingegen spielst bloß mit mir. Es macht dir Spaß, mich scheitern zu sehen. Hasst du mich oder dich so sehr?"

„Ich versuche dich zu schützen, Evie", knurrt er.

Erneut versetze ich ihm einen Stoß. „Hör auf, mich anzulügen! Hör auf, mich zu unterdrücken! Kannst du mich nicht haben, soll mich keiner haben, oder was? Merkst du, wie unfair das ist?"

Als ich zu einem erneuten Stoß ausholen will, packt Jonah meine Handgelenke und fixiert sie zwischen uns. „Reiz mich nicht, Evie. Nicht heute. Nicht so."

„Sonst was? Erzählst du Toby, dass ich dich verführt habe und du dich gegen mich nicht zur Wehr setzen konntest? Verstrickst du dich in weitere Lügen, damit du deinen Arsch retten kannst?"

Jonah atmet heftig. Ich trage keinen BH, weil ich mir die erstbesten Klamotten angezogen habe, als ich beschloss, dass diese Unterredung nicht bis morgen warten kann. Dementsprechend sensibel reagieren meine Nippel, als Jonah mit seinem Handrücken unabsichtlich darüberstreicht.

„So unerfahren ich auch sein mag, zumindest habe ich begriffen, dass sich unsere Bekanntschaft aufgrund von Toby unwiderruflich verändert hat. Doch statt das zu akzeptieren, brennst du alles in meinem Leben nieder. Obendrein nimmst mir jede Chance, von dir loszukommen, indem du einen Mann, mit dem ich Spaß hätte haben können, verscheuchst."

„Das tue ich nicht. Ich habe dir erklärt, dass wir uns nicht mehr sehen werden. Und jetzt kommst du hier angerannt", erwidert er barsch.

Doch ich lasse mich nicht einschüchtern, behaupte mich. Ich recke ihm mein Gesicht entgegen und kneife meine Augen zusammen. „Mike magst du in die Flucht geschlagen haben, aber ich werde zu Cooper zurückgehen. Ihm werde ich das geben, was du bekommen hättest, jedoch nicht wolltest."

„Tu es, verdammt noch mal, Evie. Stürz dich in dein beschissenes Verderben."

„Oh, das werde ich."

„Prima", blafft er.

„Ja, prima."

Wir sehen einander an, während die Luft um uns herum so dick ist, dass man sie schneiden könnte.

„Und jetzt lass mich los", fordere ich ihn auf.

Doch Jonah zögert. Anstatt meine Arme freizugeben, bohrt er seine Finger noch tiefer in meine Haut. „So stur kann kein Mensch sein."

„So egoistisch wie du auch nicht", halte ich dagegen.

Jonah überwindet mit seinem nächsten Schritt den Abstand zwischen uns. Ich befinde mich in einer Art Schraubstock, doch nun hält mich nicht nur die Kraft seiner Arme fest, sondern auch sein durchdringender Blick. Ich halte die Luft an, während mich Jonah knurrend gegen die Kochinsel drückt.

„Musst du immerzu das verdammte letzte Wort haben?!“, fragt er.

„Ja, muss ich.“

„Heilige Scheiße.“ Er reckt das Gesicht zuerst zur Decke, dann senkt er es wieder und presst plötzlich seinen Mund auf meinen.

Der Kuss ist so intensiv, dass ich taumele und Jonah mich auffangen muss. In diesem Moment fühle ich mich einerseits bestätigt, andererseits hasse ich Jonah dafür, dass er so leicht aufgibt.

Atemlos nimmt er den Mund von meinem und hält mein Gesicht mit beiden Händen umschlossen. „Du verführst mich also nicht?“, fragt er zwischen zusammengebissenen Zähnen. Seine Hände gleiten dabei an mir hinab und ziehen mir die Jeansjacke aus. „Du tauchst in diesem hauchdünnen Top hier auf, provozierst mich mit deinen verdammten Titten, und ich soll bloß dastehen und mir anhören, wie bekümmert du wegen deines fehlgeschlagenen Dates bist? Würdest du in dem Outfit auch deine Eltern besuchen?“

Ich komme nicht mehr zum Antworten, da ich nur noch das Reißen des Stoffes meines Tops wahrnehme. Es hängt in losen Teilen an mir hinab, während meine Brüste sich nackt zwischen Jonah und mich drängen.

Er wirft einen wütenden Blick darauf, schnaubt und packt eine. Dabei vereint er erneut unsere Münder und reibt seinen Körper an meinem.

„Irgendwann überschreitest du die Grenze, und ich werde dich nicht mehr weglaufen lassen, sondern mir nehmen, was du mir so offenherzig anbietest. Dann gibt es kein Zurück mehr.“

Während er mit seiner rechten Hand meine Brust umschlossen hält, packt er mit der anderen meinen Hintern. Er hebt mich ein Stück hoch, sodass sein Ständer durch meine Hose hindurch meinen Kitzler berührt. Mein Vorsatz, Jonah für sein Verhalten Mike gegenüber zur Schnecke zu machen, krepiert jämmerlich durch einen Faustschlag meiner Lust.

„Noch kannst du gehen“, erklärt er mir.

Ich recke das Kinn und lege meine Hände demonstrativ auf seine nackte Brust. „Will ich aber nicht.“

Er mustert mich kurz und küsst sich dann von meinem Mund bis zu meinem Ohr durch. „Spürst du, wie hart ich für dich bin?“

„Ja.“

„Fass ihn an, Evie.“

Ich schlucke und kratze mit meinen Fingernägeln über Jonahs Brustkorb. Er lehnt sich zurück und betrachtet mich. „Hast du schon einmal einen Mann mit deinen Händen zum Orgasmus gebracht?“

Ich nicke.

„Wie war das für dich?“

„Ganz gut.“

„Dann weißt du ja, wie das geht.“ Beschützend legt er seine Hand über meine und schiebt sie an seinem Oberkörper nach unten. Bei der dicken Beule in seiner Hose stoppt er.

Himmel, er ist groß und steinhart.

Ich reibe ihn zuerst durch seine Boxershorts, werde dann aber mutiger, als Jonahs Atemzüge tiefer und lauter werden. Ich sehe an ihm hinab und lasse meine Hand unterhalb des Gummibundes verschwinden. Auch dort erwarten mich kurze Härchen, die an meinen Fingerspitzen kratzen. Cooper, der einzige Mann, dessen Penis ich bereits in der Hand hatte, ist immer glatt rasiert. Nie habe ich mir darüber nähere Gedanken gemacht, aber Jonahs Haarwuchs ist verdammt männlich und macht mich an.

Ich lecke mir die Lippen, packe seine Erektion mit einer Hand und verteile den Tropfen, der sich an der Spitze gebildet hat, mit einem Finger. Mir gefällt es, endlich mal Macht über Jonah zu haben, deshalb werde ich mutiger. Mit der anderen Hand ziehe ich die Boxershorts über seine Hüften und befreie somit seinen Penis.

Mein erster Penis, den ich zu Gesicht bekomme.

„Sieh ihn nicht so an. Ich könnte schon allein durch deine Blicke kommen“, raunt Jonah und vergräbt sein Gesicht in meiner Halsbeuge.

„Er ist ... wow. Groß, schön und unglaublich hart.“

„Hör auf zu analysieren. Mach weiter.“

Offenbar habe ich meine Bewegung gestoppt. Doch anstatt ihn weiter mit der meiner Hand zu bearbeiten, gehe ich vor ihm in die Knie. Ein moschusartiger Duft steigt mir in die Nase, als ich mit der Zungenspitze über Jonahs Penis lecke. Dieser stößt ein tiefes, kehliges Stöhnen aus und packt mit einer Hand mein Haar.

„Sag mir, wie ich es machen soll“, bitte ich ihn.

„Nimm zuerst nur die Spitze ... saug daran." Ich tue, wie er es gesagt hat, und vernehme mehr dieser herrlichen Laute. „Jetzt tiefer. Noch tiefer. Ja. Gut. Sehr gut, Evie."

Er ist tief in meinem Mund. Seine Spitze berührt beinahe meinen Gaumen. Es ist ein seltsames, aber auch gutes Gefühl, ich empfinde Macht, Stolz und Lust.

„Jetzt ohne Hände. Benutz nur deinen Mund."

Während ich tue, wie Jonah es verlangt, knetet er meine Brüste und schiebt sich dabei noch ein bisschen tiefer in mich. Ich probiere es mal schneller, mal langsamer und beobachte dabei ganz genau seine Reaktion. Sein Stöhnen wird flehender, fast schon verzweifelt, als er sich ruckartig aus meinem Mund zurückzieht. Er zerrt mich hoch, küsst mich leidenschaftlich und setzt mich auf die Kochinsel. In wenigen Sekundenbruchteilen verliere ich meine Leggins samt Slip. Vom kühlen Marmor bekomme ich Gänsehaut, während Jonahs Lippen die Innenseite meiner Schenkel bearbeiten.

Immer weiter nähert er sich meiner vor Lust pochenden Vagina. Obwohl ich ihn beobachtet habe, schreie ich dennoch überrascht auf, als seine Zunge über meinen Kitzler gleitet.

Gott, es fühlt sich genauso gut an wie beim letzten Mal.

Nur sind wir diesmal beide nackt.

Er bringt mich bis an den Rand der Klippe, über die ich so gerne stürzen will. Doch lässt er mich nicht springen. Trotz meines Wimmerns erhebt er sich und zieht mich in eine aufrechte Position. Ich schmecke mich selbst, als er mich küsst.

Das ist ... Wahnsinn. Als könne ich nicht genug davon bekommen, lecke ich noch einmal über meine Lippen.

„Bist du deswegen hergekommen?“, fragt er und legt die Arme um meine Taille.

„Nein“, erwidere ich.

„Dann solltest du wahrscheinlich gehen.“

„Ich möchte nicht gehen.“

„Es gibt nun kein Zurück mehr“, sagt er.

„Ich weiß.“

„Keine Vorwürfe, keine Anschuldigungen.“

Ich nicke, weil ich kaum noch atmen, geschweige denn sprechen kann.

Jonahs Blick gleitet seufzend über meinen nackten Körper, ehe er mich hochhebt und nach oben trägt. Das scheint ihn keinerlei Anstrengung zu kosten. Sanft legt er mich auf seinem Bett ab, behält unsere Verbindung in Form eines Kusses jedoch bei. Mein Herz schlägt mir buchstäblich zum Hals. Noch hätte ich die Möglichkeit, einen Rückzieher zu machen, um nicht das, was Cooper am wichtigsten ist, einem anderen zu schenken. Ich verstehe jetzt aber auch, was Jonah damit meinte, ab einem gewissen Punkt nicht mehr aufhören zu können. Jonah jetzt so nahe zu sein, ihn auf mir zu spüren, ihn zu schmecken und diese nervöse Vorfreude zu verspüren ist einmalig. Unter keinen Umständen könnte ich jetzt abbrechen.

Er mustert mich erneut, streicht mit seiner Hand über meine Brüste, meinen Bauch und findet schließlich meinen Kitzler. Ich winde und verbiege mich unter ihm, flehe ihn mit unverständlichen Lauten an, nicht aufzuhören.

„Ich kann nicht glauben, dass das hier passiert. Es ist so gut“, wimmere ich, nachdem er seine Hand von mir genommen hat.

„Willst du das wirklich, Evie?“ Seine Zweifel scheinen ihn zu quälen. Ich kann mir nur ausmalen, welcher Kampf in ihm gerade stattfindet.

Doch ich nicke bekräftigend und öffne meine Beine noch weiter. „Ich will es. Bitte.“

Nachdem er für einige Sekunden die Augen zusammengekniffen hat, streckt er sich und öffnet die Schublade seines Nachttisches. Von dort holt er eine Packung Kondome heraus. Untermalt vom Knistern beim Aufreißen der Folie, steigt meine Nervosität.

Wird es sehr wehtun? Jonahs Penis ist riesig. Vielleicht kann ich ihn nicht einmal richtig aufnehmen und ihm keine Befriedigung schenken. Dann wäre ich eine absolute Nullnummer.

„Wir machen das ganz langsam. Zerbrich dir nicht den Kopf darüber, was du tun sollst. Ich helfe dir.“ Seine Worte bestärken mich und nehmen mir meine Unsicherheit.

Jedoch bleibt ein Rest. Und dieser lässt meine Hände feucht werden, meine Unterlippe zittern und meinen Puls rasen.

„Sieh mich an.“ Jonahs Stimme ist tief und warm. Nichts mehr ist übrig von dem Disput, den wir zuvor hatten.

Ich sehe ihm in die Augen, während er sich in Stellung bringt. Seine Penisspitze berührt meinen

Kitzler. Jonah übt Druck aus, entlockt mir dadurch ein lustvolles Raunen. Dass meine Begierde durch meine Nervosität nicht geringer wurde, beruhigt mich. Doch dann drängt er gegen meine Öffnung. Zwar nur ganz zaghaft, aber dieses Gefühl ist für mich völlig fremdartig. Er ist noch nicht mal in mir, und ich komme mir bereits vor, als würde ich jeden Augenblick in tausend Einzelteile zerspringen.

Ein Teil von mir möchte vor dem drohenden Schmerz weglaufen. Doch ich bezwinge ihn und bleibe liegen. Ich klammere mich an Jonah, dessen Stirn in tiefen Furchen liegt.

Millimeterweise schiebt er sich in mich. Der Druck wächst stetig, und irgendwann erreiche ich den Punkt, an dem mir Tränen in die Augen treten. Als ich kaum noch atmen kann, bringt Jonah es hinter uns. Mit einer ruckartigen Bewegung durchbricht er jene Barriere, die mich mein ganzes bisheriges Leben begleitet hat.

Der Schmerz ist gewaltiger, als ich ihn mir vorstellt habe. Ich sauge die Luft schwallartig ein, während Tränen über meine Wangen kullern. Obwohl Jonah reglos in mir verharrt, lässt das Ziehen nicht nach.

„Es tut weh“, wimmere ich.

„Ich weiß. Es ist gleich vorbei. Ganz ruhig.“

Während ich leide, scheint Jonah umso mehr Lust zu empfinden.

„Sch... – alles gut.“ Während er mich beschwichtigt, küsst er meine Tränen fort. Als er sich wieder bewegt, durchzuckt mich erneut ein Stich. Doch der Schmerz vergeht und kehrt erstaunlicherweise nicht wieder. „Es wird besser. Richtig?“

Ich nicke und grabe meine Fingerkuppen in seine Oberarme. Jonah fährt fort, gemächlich in mich zu stoßen. „Du bist so tief in mir drin“, flüstere ich.

„Fühlt es sich gut an?“

„Stück für Stück.“

„Du bist so verdammt eng, Baby. Ich werde dafür sorgen, dass du heftig kommst und erlebst, wie geil Sex sein kann.“

Jonah verändert den Winkel und dringt anders in mich ein. Nun wird zusätzlich auch mein Kitzler stimuliert. Als habe er einen Schalter in mir umgelegt, weicht der Schmerz großer Lust. Jonahs Penis ist nicht länger ein Fremdkörper, den ich loswerden möchte, sondern er bereitet mir Befriedigung. Mein Verstand schaltet sich aus, und ich will nur noch dem Orgasmus, der sich irgendwo am Rande dieser Szene schemenhaft abzeichnet, nachjagen.

„Oh ... Gott ... Jonah.“

„Braves Mädchen“, spornt Jonah mich an und treibt es nun schneller mit mir. „Das ist es, ja?“

Während seine Hoden gegen meinen Hintern klatschen, schlinge ich meine Beine fest um ihn. Dann zieht sich mein gesamter Körper lüstern zusammen. Meine Zehen rollen sich ein, mein Mund kribbelt, und zwischen meinen Beinen explodiert ein Feuerwerk. Ich schreie meine Lust hinaus, und diese Empfindung wird noch stärker. Jonah folgt mir.

In all den einsamen Nächten in meinem Bett habe ich mir vorgestellt, wie es Jonah ergeht, wenn er einen Höhepunkt erlebt. Doch meine Vorstellung kam nicht an die Wahrheit heran. Sein tiefes, erlösendes Stöhnen zerstört den letzten unschuldigen Rest in mir. Noch nie habe ich mich als Frau machtvoller und begehrenswerter gefühlt. Noch nie war ich einem anderen Menschen so nahe – nicht nur körperlich, sondern auch emotional.

Plötzlich verstehe ich, warum die ganze Welt ein so großes Ding aus Sex macht. Weil es verdammt großartig ist. Und es macht schon beim ersten Mal süchtig.

Warum zum Teufel habe ich so viele Jahre enthaltsam gelebt und mir dieses Hochgefühl entgehen lassen? Unglaublich.

Mit einem Kuss zieht Jonah sich vorsichtig aus mir zurück. Meine Gelenke fühlen sich steif an, aber dennoch gut.

„Alles okay?“, erkundigt er sich und streicht über meine Wange.

„Ja, alles gut.“

Jonah lächelt, und ich tue es ihm gleich. „Ich bin gleich wieder da. Warte hier.“ Nach einer knappen Minute kehrt er mit einem nassen Lappen zurück. „Ich mach das schon. Leg dich hin“, weist er mich an, als ich die Hand nach dem Tuch ausstrecke.

Mehrmals wischt er über meine Schenkel, woraufhin sich das vormals weiße Tuch rot verfärbt. Die Überreste meiner Jungfräulichkeit.

Ich schlucke und bin mit der Situation auf einmal überfordert. Es ist nicht so, dass ich einen Fehler gemacht habe. Aber ... ich habe mit Jonah geschlafen und ihm meine Unschuld geschenkt. Wie zur Hölle soll ich das Cooper erklären?!

„Keine Selbstvorwürfe, Evie. Das ist bloß etwas Blut. Zerbrich dir nicht den Kopf darüber." Jonah wirft den Waschlappen auf den Nachttisch und zieht mich an seine Brust.

Leichter gesagt als getan.

Doch Jonahs Nähe wirkt beruhigend. Fast schon fürsorglich breitet er die Decke über mich und löscht das Licht. Er haucht mir einen Kuss auf den Scheitel, und ich höre, wie er tief einatmet. „Schlaf jetzt. Morgen sieht die Welt anders aus."

AUSNAHME

Jonah

Ich werde vom Klingeln meines Handyweckers wach. Nachdem ich das Ding ausgestellt habe, zerre ich die Decke bis zu meinem Bauchnabel hinab und reibe mir mit der Hand müde übers Gesicht. Minutenlang starre ich das Bild neben der Badezimmertür an. Es zeigt die in Rauch gehüllte Silhouette einer Frau mit langen Haaren. Das Gemälde war ein Geschenk eines Geschäftspartners, der mich offensichtlich für einen anzüglichen Kunstliebhaber hielt. Dabei bin ich bloß ein Feigling, der sich nicht wagt, die reale Frau, die neben ihm im Bett liegt, anzusehen.

Am besten wäre es, wenn ich jetzt aufstehen und duschen gehen würde, um eine seltsame Begegnung, in der wir uns beide nackt gegenüberstehen, aus dem Weg zu gehen. Das ist auch der Grund, warum ich niemals eine Frau bei mir schlafen lasse. Der nächste Morgen ist einfach immer seltsam. Vor allem dann, wenn man die kleine Schwester seines besten

Freundes entjungfert hat. Evie wird die vergangene Nacht immer in Erinnerung bleiben. Für mich wohl auch, doch eher als Mahnmal, nie wieder so einen Scheiß zu machen.

Es kann nicht schaden, mir die gegenwärtige Lage noch einmal vor Augen zu führen. Während ich tief durchatme, drehe ich den Kopf. Dabei fällt mein Blick direkt auf Evies nackte Rückansicht.

Heilige Scheiße. Darauf war ich nicht vorbereitet.

Ihre Taille ist wunderbar einladend, ihr Hintern knackig, und noch bevor ich darüber nachdenken kann, was ich tue, rutsche ich näher an sie heran. Dabei steigt mir ihr Duft in die Nase. Mal abgesehen von meinem schlechten Gewissen weiß ich das Geschenk, das Evie mir gemacht hat, durchaus zu schätzen. Ihr Vertrauen bedeutet mir eine Menge. Der gestrige Abend mag nicht unbedingt ideal verlaufen sein, dennoch war das, was zwischen uns passiert ist, eines der intensivsten Erlebnisse meines Lebens.

Zögernd lege ich meine Hand auf ihre Hüfte und drücke meine Nase in ihr Haar. Das ist es wohl, was die Leute als Sucht bezeichnen. Man weiß, wie falsch man handelt, und trotzdem kommt man von dieser reizvollen Sache nicht los. Evie scheint meine Droge zu sein – sündhaft, lockend und verboten. Vielleicht verschafft mir dieser Reiz ja gerade den Kick.

Als sie sich regt und näher zu mir rutscht, verteile ich sanfte Küsse auf ihrem Schulterblatt. Sie seufzt im Schlaf, und augenblicklich wird mein Schwanz noch härter. Innerlich fluche ich, aber gleichzeitig lasse ich zu, dass sich meine Hand einen Weg zu Evies Hintern bahnt. Ich knete ihre Pobacke, dränge meinen Ständer dazwischen und spüre, wie Evie erwacht. Ihr gerade noch so entspannter Körper wird steifer, ihre Atmung tiefer und schneller. Evie weiß noch nicht, dass sich Sex in jeder Stellung anders anfühlt. Es steht mir nicht zu, ihr jedes Geheimnis näherzubringen, doch zumindest will ich sie noch einmal spüren.

Während ich ihren Kitzler reibe und sie ein überrascht-genussvolles Stöhnen von sich gibt, kann ich nur daran denken, wie sie meinen Schwanz gelutscht hat. Sie wirkte zwar etwas unsicher, war aber verdammt motiviert. Das war der vielleicht außergewöhnlichste Blowjob meines Lebens.

Ich taste hinter mich und angele ein Kondom aus der Verpackung. Während ich es mir überstreife, knabbere ich an Evies weicher Haut. Sie scheint ungeduldig, da sie ihr Becken lüstern an mir reibt. Mit dem Fuß kicke ich die Decke zur Seite, hebe Evies Bein an und schiebe mich in sie. Uns beiden entweicht gleichzeitig ein Stöhnen. Zweifelsohne kann sie mein Eindringen noch nicht ohne Schmerz genießen, doch nun weiß sie, was nach dem ersten Unwohlsein kommt.

Es ist erstaunlich, dass ich bei Evie so sehr darauf achte, dass es für sie gut ist. Ich nehme Rücksicht auf sie, auch wenn ich am liebsten wild in sie pumpen würde. Doch es geilt mich unglaublich auf, ihr dabei zusehen zu können, wie ihre Lust erwacht. Dann wird sie ganz weich und lässt sich völlig fallen. Sie gibt wundervolle Laute von sich, und als sie sich an meinen Arm klammert, den ich um ihre Taille geschlungen habe, beschleunige ich meine Stöße.

Als ich mit meinen Fingern zusätzlich ihre Klit stimuliere, wimmert sie meinen Namen. Ich mag es grundsätzlich, wenn Frauen im Bett um Erlösung betteln. Doch bei Evie reizt es mich besonders. Vielleicht liegt das daran, dass all das ihre ersten Sex-Erfahrungen sind.

Ich weiß es nicht, verdammt. Ich bin ohnehin zu keinem Gedanken fähig, als sich Evies Muschi zusammenkrampft. Sie ist laut und lässt mich ihre Nägel spüren.

Ich folge ihr in den Orgasmushimmel, als sie ein „Fuck ... Gott“, ausstößt. Ich komme so heftig, dass ich das Blut in meinen Ohren rauschen höre, als sich mein Körper wieder beruhigt.

Am liebsten würde ich für immer in Evie bleiben. Doch ich ziehe mich kurz darauf aus ihr zurück, dafür halte ich den Körperkontakt aufrecht. Während ich mit einer Hand ihre Hüfte streichle, dreht sie sich auf den Rücken. Sofort gleitet mein Blick zu ihren Brüsten. Max bezeichnet die Oberweite einer Frau immer als Geschenk Gottes. Evies Exemplare haben diese Bezeichnung ganz sicher verdient. Wenn ich könnte, würde ich dafür sorgen, dass sie immer und überall zu meiner Verfügung stehen. Andere haben einen Anti-Stress-Ball im Büro liegen, ich spiele mit Evies Titten, wenn ich angespannt bin.

„Ich habe hier geschlafen.“ Sie sieht wunderbar zerknittert aus.

„Sieht so aus“, sage ich mit einem Lächeln auf den Lippen.

„War das denn okay? Du hast ja mal gesagt, du ... würdest lieber zu den Frauen fahren, damit du gehen kannst, wann du willst."

„Es ist okay für mich", beschwichtige ich sie. „Ich stehe zu allem, was ich getan habe. Dazu zählt auch die Sache mit deinem Kurier. Da sind mir die Sicherungen durchgebrannt. Ich wollte dir nicht reinpfuschen."

„Die Entschuldigung kann ich annehmen", sagt sie. „Aber wie soll es jetzt weitergehen? Du weißt, dass ich mit so etwas keine Erfahrung habe."

Eine Frage, auf die auch ich keine Antwort habe.

Ich will Evie aber nicht nach dem ersten Mal sagen müssen, dass ich unter keinen Umständen mehr mit ihr schlafen werde. Gleichzeitig muss ich vermeiden, ihr falsche Hoffnungen zu machen. Obwohl es mir zutiefst widerstrebt, scheint mir Cooper der Schlüssel zum Erfolg zu sein. Sie soll ihn auf dem Schirm haben, nicht mich.

„Evie, ich will nicht, dass diese letzte Nacht in irgendeiner Form zwischen uns steht. Ich kann die Tatsache, dass es dazu gar nicht erst hätte kommen dürfen, auch nicht einfach verleugnen. Dein Herz hängt ohnehin an Cooper, und ihm sollte es auch gehören. Vielleicht können wir letzte Nacht als freundschaftlichen Ausrutscher sehen."

Sollte ich sie gerade verletzt haben, zeigt sie es nicht. Sie scheint zu verstehen und vernünftig. „Cooper steht zwar auf einem anderen Blatt, aber ich begreife, was du meinst."

Ich mustere ihr Gesicht und bete, dass es nicht gleich zu einem Drama kommen wird. „So gerne ich hier mit dir im Bett liege – aber ich habe in gut eineinhalb Stunden einen Termin."

„Oh ... natürlich. Ich weiß ja gar nicht, welcher Tag heute ist."

„Soll ich dich daheim absetzen, bevor ich zu dem Treffen fahre? Du kannst von mir ein T-Shirt haben, nachdem deines gestern aus unerfindlichen Gründen kaputt gegangen ist."

Ihr Kichern beruhigt mich einigermaßen. „Das Angebot nehme ich gerne an. Danke."

„Sehr gerne."

Was für einen hervorragenden Rundumservice ich doch biete. Ich sollte meinen Künsten als Dating-Ratgeber auch noch die Fachbereiche Entjungferung mit anschließendem Heimbringdienst beifügen.

Als ich aufstehe, um duschen zu gehen, verdränge ich das schlechte Gewissen, Evie etwas Wertvolles beraubt zu haben. Doch ich will Evies Geschenk nicht annehmen. Vermutlich liegt das daran, dass Evie in manchen Dingen ziemlich naiv ist. Aber wer kann mit einundzwanzig schon alles wissen?

Ich bin mit meinen einunddreißig Jahren ja auch nicht viel weiter.

Eine gute halbe Stunde später halte ich vor Evies Wohnung. Ich presse meine Finger fest gegen das lederne Lenkrad, um mich davon abzuhalten, sie noch ein einmal zu berühren. Da gurtet sich Evie ab und beugt sich über die Mittelkonsole. „Danke", sagt sie.

Ein Wort, das mich tiefer berührt als jede ausufernde Erklärung. Und es wiegt noch mehr, weil Evie mich daraufhin küsst. Zärtlich gleiten ihre Lippen über meine. Ihr weicher Herzmund weicht aber nach nur wenigen Momenten wieder zurück.

Völlig perplex sehe ich ihr zu, wie sie aussteigt und wenig später durch die Eingangstür im Gebäude verschwindet.

Ich seufze und mache mich auf den Weg zu meinem Meeting. Doch dort bin ich völlig unkonzentriert. Ständig wandern meine Gedanken zu Evie. Evie und ihr Herzmund. Evie und ihr Stöhnen. Evie und ihr schüchternes Lächeln. Ich kann mir unmöglich vorstellen, sie nie wieder berühren oder küssen zu dürfen. Ich habe noch nicht genug von ihr.

Doch all das ändert nichts an meiner Meinung. Ich will keine Beziehung mit ihr. Weiter Sex mit ihr zu haben würde unser ohnehin bereits kompliziertes Verhältnis noch problematischer gestalten. Evie ist nicht irgendeine dahergelaufene Fremde, die ich nie wieder sehen würde, sollte es mit uns nicht funktionieren. Es fällt mir aber dennoch verdammt schwer, mich selbst an meine Vorgaben zu halten.

Nach dem Meeting fahre ich nicht ins Büro. Ich schreibe meiner Assistentin, dass ich an diesem Tag von zu Hause arbeiten werde – was äußerst selten vorkommt. Doch ich brauche Abstand und Alleinzeit. Daheim meide ich mein Schlafzimmer und weise meine Reinigungskraft an, das Bett neu zu beziehen, um Evies Geruch loszuwerden.

Es ist später Nachmittag, und ich bin kurz davor, für heute Schluss zu machen, als mich eine Nachricht von Samantha erreicht.

Samantha: Irgendwelche Pläne für heute Abend?

Ein Synonym für: Lust zu vögeln?

Das würde sogar helfen, mein Leben wieder in Ordnung zu bringen, um mich meinem Kumpel gegenüber nicht wie das allerletzte Arschloch aufzuführen. Morgens trieb ich es mit seiner Schwester, und abends kommt seine Ex. Echt mies.

Aber wenn ich Samantha flachlege, besteht ja immer noch Hoffnung, dass ich vergesse, wie sexy Evie ist.

Ich muss irgendwie in mein normales Leben, in dem Sex eine bedeutungslose und befriedigende Angelegenheit ist, jedoch nichts Weltbewegendes – wie mit Evie. Darum entschließe ich mich kurzerhand, Samantha zu treffen.

Ich: Keine. Und du?

Samantha: Willst du vorbeikommen?

Ich: Klar.

Samantha: 19 Uhr?

Ich: Perfekt. Bis dann.

Samantha: Bis später.

Samantha öffnet mir die Tür in einem Hauch von Nichts. Ihre hellblaue, durchsichtige Bluse, die ihr knapp bis unter den nackten Hintern reicht, lässt keinerlei Spielraum für Spekulationen. Bis vor Kurzem hätte ich bei dem Anblick wohl längst einen Ständer gehabt. Heute allerdings wende ich peinlich berührt den Kopf ab.

Wir setzen uns ins Wohnzimmer, wo Samantha mich mit einem kalten Getränk versorgt und mir von ihrem Tag berichtet. Ich lausche zwar, bin aber nicht bei der Sache. Als mein Handy in der Hosentasche vibriert und ich es rausziehe, ist Samantha längst weit weg für mich. Mein Kiefer spannt sich an, als ich Evies Namen auf dem Display lese.

Evie: Hi, eigentlich wollte ich dich anrufen, weil ich befürchte, dass diese Nachricht unendlich lang wird. Aber ich habe nicht den Mut dazu. Mir geht es nicht besonders gut. Ich hatte vorhin ein Gespräch mit Cooper, und irgendwie scheint er zu merken, dass mit mir etwas nicht stimmt. Er hat angeboten, nach London zu kommen ... ich weiß nicht, was ich tun soll. Und irgendwie bist du der einzige Mensch, mit dem ich ganz offen über mein verworrenes Leben reden kann. Aber vielleicht willst du mir nach allem, was passiert ist, doch lieber aus dem Weg gehen ... Was ich jetzt brauche, ist nur der Rat eines Freundes. Das würde mir viel bedeuten.

„Irgendwie wirkst du heute total gestresst“, unterbricht Samantha meine wirren Gedanken.

„Was?“

Sie lächelt und schmiegt sich an mich. „Zufällig kenne ich das beste Mittel gegen Überanstrengung. Es beinhaltet meinen Mund und deinen Schwanz. Hört sich das gut für dich an?“

Sie knöpft bereits meine Hose auf, doch ich merke, dass ich Samantha heute nicht wirklich will. Nach dieser Nacht mit Evie ... unmöglich. Deshalb greife ich nach ihren Händen und halte sie davon ab, meinen Schwanz aus der Hose zu holen.

„In der Firma gibt es einen Notfall. Ich muss da jetzt hin“, lüge ich sie beinhart an und hebe das Handy wie ein Beweismittel in die Luft.

Samantha runzelt die Stirn und setzt sich im Schneidersitz auf ihre Couch. Sie wirkt enttäuscht. „Verstehe. Ist es was Ernstes?“

„Nichts Dramatisches, aber ich kann das nicht übers Telefon klären.“ Während ich aufstehe, knöpfe ich die Hose zu und überwinde mich, Samantha einen knappen Kuss auf den Mund zu geben.

Doch alles, was nun zählt, ist, so schnell wie möglich bei Evie zu sein.

Ja, ja, noch vor ein paar Stunden habe ich mir vorgenommen, von nun an Abstand zu ihr zu halten. Aber scheiße, ich komme von dem Mädchen nicht los. Ein Fingerschnips, und ich stehe auf der Matte.

Ich habe sogar ihre aktuelle Adresse im Navi gespeichert, weshalb ich ohne Umschweife zu ihr fahren kann. Bei ihrem Wohnhaus angekommen, klingele ich und haste ins Treppenhaus. Im ersten Stock öffnet sich die Tür zu einer Wohnung. Die Frau, die mich mit fragendem Blick ansieht, kenne ich nicht. Ich erinnere mich lediglich an ihren Vornamen, wodurch ich wusste, wo ich zu klingeln habe.

„Chloe?“, frage ich.

„Äh ... ja.“

Die Art, wie sie ihre Arme vor der Brust verschränkt, lässt mich vermuten, dass sie nicht lange fackeln würde, mich zu töten, sollte ich Evie etwas antun. Warum also bespricht Evie nicht mit ihr die Probleme, die sie plagen? War diese SMS bloß ein Köder von Evie, den ich, schwanzgesteuert, wie ich durch Evie bin, glatt geschluckt habe?

„Ist Evie da?“

„Ist sie. Du bist dieser Jonah, richtig?“

Hat sie ihrer Freundin von letzter Nacht erzählt? Verdammt, ich werde echt paranoid.

„Der bin ich. Ist sie da?“

„Klar“, sagt sie, und ich bilde mir ein, eine Drohung vernommen zu haben.

Trotz ihrer offensichtlichen Abneigung gegen mich lässt mich Chloe rein und zeigt mir den Weg zu Evies Schlafzimmer. Na prima, kann sie nicht woanders sein als in einem Raum mit einem Bett?!

Die Wohnung ist winzig, sodass mich Chloe leicht auf der Couch sitzend dabei beobachten kann, wie ich vor Evies Schlafzimmertür stehe und zögernd die Hand hebe. Mein Klopfen klingt verhältnismäßig laut, Evies Stimme dagegen ziemlich klein. Ich öffne und sage mir abermals vor, die Finger von Evie zu lassen. Ich darf diese Situation nicht ausnutzen. Nicht schon wieder.

Das Schlafzimmer ist etwa so groß wie meine Abstellkammer. Doch wurden ein Bett, ein Schrank und eine Art Schreibtisch reingequetscht. Auf dem Bett mit geblümter Tagesdecke sitzt Evie, neben ihr liegt ihr Handy. Auf dem weißen Nachttisch steht ein kleines Aquarium mit einem überaus hässlichen

Goldfisch. Evie wirkt überrascht, mich nun tatsächlich hier in ihrem Zimmer anzutreffen. Nachdem ich die Tür geschlossen und damit Chloes neugierigen Blick ausgesperrt habe, bleibe ich unschlüssig stehen.

Erst als ich bewusst in Evies große runde Augen sehe, merke ich, dass sie weint. „Du bist wirklich gekommen“, sagt sie leise.

„Bin ich. Ich habe deine Nachricht gelesen und gedacht, du möchtest lieber persönlich mit mir reden.“

„Das ist sehr ... lieb von dir. Danke.“

Verdammt, ihre Traurigkeit berührt mich. Ich meine, wie oft habe ich sie schon flennen gesehen? Als sie noch ein Kind war, verging kein Tag ohne eine heulende Evie. Ihre Tränen waren neben ihrer Klugheit ihre ärgste Waffe. Heute nerven mich die dicken Tränen, die über ihre Wangen kullern, aber nicht, sondern bringen mich sogar dazu, mich neben sie zu setzen.

Ich lege meine Hände ineinander, um sie daran zu hindern, über Evies Gesicht zu streichen. „Was ist das für ein grauenvoller Fisch, den du da hast?“

„Pegasos ist nicht grauenvoll, sondern was Besonderes. Er ist so etwas wie mein tierischer Buddy.“

„Was hat er da auf dem Kopf? Eine Beule? Ein drittes Auge?“

„Keine Ahnung. Es sieht für mich aus, als wäre er ein Einhorn.“

„Vielleicht hat er einen Tumor.“

„Hör auf“, jammert sie und legt ihre flache Hand zärtlich auf das gläserne Zuhause des Fisches.

Eine Weile betrachten wir den Kerl, wie er zwecklos seine Runden schwimmt.

„Warum hast du nicht mit deiner Freundin gesprochen, sondern dich hier versteckt?“, frage ich vorsichtig.

Evie nimmt die Hand vom Fischglas und zuckt mit der Schulter. „Chloe ist zwar meine beste Freundin, aber sie kennt nicht alle Details. Die kennst nur du.“

„Sie hat also keine Ahnung, dass du Jungfrau ... warst.“

Evie senkt verlegen den Kopf, und ihr vom Weinen ohnehin gerötetes Gesicht verfärbt sich noch eine Nuance dunkler. „Ich habe es ihr nie gesagt.“

„Was wäre so schlimm für dich, wenn Cooper herkäme?“, fahre ich fort.

„Ich freue mich ja, dass er diese Reise für mich machen würde. Gleichzeitig frisst mich mein schlechtes Gewissen auf. Es kommt mir vor, als würde mich sein Angebot nur noch mehr unter Druck setzen.“

„Du dachtest, dass du noch mehr Zeit hättest, eine Entscheidung zu treffen“, schlussfolgere ich.

„Ja, genau. Ich habe noch keine Ahnung, wie es mit Cooper und mir oder meinem Studium weitergehen soll. Wenn er herkommt, habe ich Angst, dass ich noch schwieriger eine Entscheidung finde. Ich schäme mich, dass ich auf seine Überraschung, die ihn Geld und Zeit kostet, so reagiere.“

„Was würde er machen, wenn du ihn um mehr Zeit bitten würdest?“

„Er wäre sauer auf mich und würde mir wohl vorwerfen, wie undankbar ich sei.“

Was für ein Scheißkerl.

Vielleicht aber ahnt er auch, dass Evie ohne ihn mehr Spaß hat. Cooper scheint ein besitzergreifender Macho zu sein.

„Es geht hier aber um dich, Evie. Was willst du?“

„Zu viel, fürchte ich. Ich ... ich habe mir ausgemalt, was passieren würde, wenn ich Cooper von uns erzähle. Damit wären wir irgendwie quitt, doch ich möchte nicht, dass unsere Beziehung darauf aufgebaut ist, dass wir beide fremdgegangen sind. Und ich habe Angst, bei Cooper niemals das zu bekommen, was ich bei dir spüre. Wenn er herkommt, werde ich dich nicht mehr sehen können, und das macht mich obendrein fertig.“

„Dein Gewissen kannst du aber nicht beruhigen, wenn wir uns immer wieder treffen. Es wird für dich nur schlimmer, solltest du vorhaben, ihm eine Chance zu geben.“

Sie dreht den schmalen goldenen Ring am kleinen Finger ihrer rechten Hand und hat ihre Stirn dabei in tiefe Furchen gelegt. „Früher war es mein Wunsch, aus England wegzugehen. Loszukommen von den Fittichen meiner Eltern, vom öden Alltag und der ewig gleichen Umgebung. Die USA waren mein ganz persönliches Abenteuer. Ich hatte das Gefühl, jede Möglichkeit stünde mir offen. Jahrelang fühlte ich mich so rastlos, und jetzt, da ich wieder daheim bin, merke ich erst, was mir wirklich gefehlt hat. Coopers Verhalten hat mir gezeigt, was wichtig für mich ist. Dadurch habe ich begonnen, mein Leben zu reflektieren. Und jetzt geht es nicht mehr darum, ob ich Cooper vergeben soll oder nicht, sondern dass wir von ganz vorne anfangen müssen."

„Das hat aber auch seine Vorteile. Du wirst herausfinden, ob er dich wirklich liebt, Evie. Wenn es ihm um dich geht, verzeiht er dir, und umgekehrt. Und es ist nun mal so, dass man manchmal nicht dort ist, wo sein Herz schlägt. Aber das sind meist nur kurze Momentaufnahmen."

Ich frage mich, ob ich der Person, die ich liebe, vergeben könnte, wenn diese mich hintergangen hat. Doch dafür reicht es nicht, sich mit der gegenwärtigen Situation auseinanderzusetzen. Man muss in die Vergangenheit blicken. Cooper hat Mist gebaut und Evie verletzt. Er hat sie praktisch in die Flucht getrieben. Und jeder weiß, dass man stets Mittel und Wege sucht, um ein gebrochenes Herz zu heilen. Die bewährtesten sind Alkohol und Sex.

„Wie ist es dir heute gegangen?", fragt sie leise und wagt es kaum, mir in die Augen zu sehen.

„Beschissen. Auch mich plagt das schlechte Gewissen."

„Wem gegenüber?"

„Dir, Toby ... keine Ahnung. Ich habe ja nichts gegen deinen Willen getan, aber ... es ist kompliziert."

„Bereust du es?"

Meine Antwort auf ihre Frage könnte ihr das Herz brechen. Das sehe ich an ihrem zweifelnden Blick. „Nein, das tue ich nicht."

„Ich auch nicht", flüstert sie.

In diesem Moment kann ich nicht anders, als sie zu küssen. Ich fasse nach ihrem Ellbogen und ziehe sie zu mir. Mein Widerstand schwindet, ebenso meine Vorsätze. Ich verliere meinen Kopf, wenn für mich auch nur die geringste Aussicht auf einen Kuss von ihr besteht. Vorhin im Auto kam ich mir wirklich blöd vor, Sex mit Samantha dafür geopfert zu haben, Evies Seelentröster zu spielen. Doch jetzt könnte ich mir nicht vorstellen, irgendwo anders zu sein als bei Evie. Wahrscheinlich sollte ich mir die Wahrheit eingestehen: Ich bin süchtig nach ihr. Nur nach ihr.

„Das ist Wahnsinn." Knurrend hebe ich sie auf meinen Schoß. Evie spreizt ihre Beine und presst ihren Schritt gegen mich.

Unser Kuss wird eindringlicher. Ich schiebe meine Zunge in ihren Mund, zerre ihr das Oberteil über den Kopf und umfasse mit beiden Händen ihre wundervollen Titten. Nun befreit auch Evie mich von meinem Shirt, und als hätte sie das schon tausende Male gemacht, ertasten ihre Finger wie automatisch meinen Hosenknopf. Nachdem sie meine Hose geöffnet und meinen Schwanz umfasst hat, verwandele ich mich in ein hungriges Tier. Evies Mut turnt mich unglaublich an. Sie ist noch so unerfahren, und trotzdem macht sie es richtig.

Ich schiebe ihren Rock über den Hintern hinauf und kneife sie in die Arschbacken. „Sag mir, dass du hier irgendwo ein Scheißkondom herumliegen hast."

Sie gibt einen Laut von sich, der einer Mischung aus Kichern und Stöhnen ähnelt. „Um einen neuen Lebensabschnitt zu beginnen, habe ich heute todesmutig eine Packung gekauft. Ich bin dabei fast gestorben."

„Ich bin stolz auf dich", erwidere ich und löse ihren BH. Ich vergrabe mein Gesicht in ihrer Brust und sauge ihren Nippel ein. „Wo hast du sie?"

„Warte."

Ich schaue nicht, wohin sie sich streckt, sondern befasse mich weiter mit ihren Brüsten. Die Kondome waren nicht weit weg, denn schon bald hält Evie ein foliiertes Päckchen zwischen uns. Nachdem ich es aufgerissen und übergezogen habe, ziehe ich Evies Slip zur Seite.

„Willst du oben sein?", frage ich.

„Ich weiß nicht, ob ich das kann."

Ich küsse sie knapp und gleite dabei langsam in sie. „Das wirst du. Ich werde dir helfen."

Während sie sich an mich klammert, drücke ich ihr Becken nach unten. Mit jedem Mal wird es besser für sie.

„Das ist so gut. Jonah."

Lächelnd lege ich meine Stirn an ihre Wange. „Beweg deine Hüften. Vor und zurück." Ich unterstütze sie, indem ich ihre Bewegungen mit meinen Händen anleite.

Zuerst ist Evie ganz zaghaft, doch sie wird schneller. Ihr Stöhnen wird lauter, meines ebenso.

Schließlich komme ich ihr mit eigenen Stößen entgegen. „Oh ... oh ... Gott ... Jonah ..."

Sie ist verdammt laut. Chloe müsste schon tot sein, um nicht mitzubekommen, was hier passiert. Sie wird mich umbringen, sobald ich diesen Raum verlassen habe. Aber mitzuerleben, wie Evie heftig kommt, war das Risiko auf alle Fälle wert. Ich folge ihr, und während nun auch ich komme, presse ich meine Stirn in das Tal zwischen ihren Brüsten.

„Bitte bleib heute hier", fleht Evie nach einer Weile, als wir wieder zu Atem gekommen sind.

„Dein Bett ist winzig, da passen wir niemals beide rein."

„Ich werde mich ganz klein machen."

„Okay. Aber das wird eine Ausnahme bleiben, Evie."

DOPPELLEBEN

Evie

Dass ich mit Jonah die Nacht verbringe, soll keine Ausnahme werden. In den folgenden beiden Wochen verbringen wir außerhalb des Büros viel Zeit miteinander. Mit jedem Mal steigt mein Selbstbewusstsein, und ich fühle mich unglaublich wohl in Jonahs Nähe. Er ist wie ein guter Freund für mich geworden. Ich begehre ihn, erlebe mit ihm die allergrößte Leidenschaft und kann auf seine Ehrlichkeit zählen.

Auch mein Praktikum verläuft gut. Ich habe Emilys Job übernommen und werde nun aktiv in die Strategieentwicklung eingebunden. Im Prinzip führe ich ein Leben, wie ich es mir immer gewünscht habe, mit einem tollen Job, und ich darf Sex mit einem Mann haben, der nicht nur einfühlsam, sondern auch heiß ist.

Mike scheint meinem *Cousin* zwar verziehen haben, doch irgendwie haben wir uns wortlos darauf geeinigt, weiterhin nett miteinander zu quatschen, alles, was über das Berufliche hinausgeht, jedoch sein zu lassen.

Cooper habe ich um mehr Zeit zum Nachdenken gebeten. Nicht zuletzt, um diese Zeit mit Jonah verbringen zu können. Ich bin einfach zu dem Entschluss gelangt, dass mir die räumliche Distanz guttut. Cooper hat auf meine Ablehnung enttäuscht reagiert, am Ende des Gesprächs dann aber sogar Verständnis gezeigt.

Doch all diese positiven Entwicklungen ändern nichts daran, dass meine Zeit der Entscheidungsfindung sich dem Ende zuneigt. Mir bleiben nur mehr knapp drei Wochen, ehe mein Flug nach Michigan geht. Das Ticket habe ich bereits bei meiner Ankunft gebucht, um mir einen Sicherheitsanker zu verschaffen. Nun erscheint mir aber genau der wie ein Stein im Getriebe. Der Rückflug schwebt bedrohlich über mir und meinem Glück. Jonah weiß nichts davon. Er kennt lediglich das Enddatum meines befristeten Praktikumvertrages. Ich habe noch nicht den Mut aufgebracht, mit ihm über seine Gefühle zu sprechen. Außerdem habe ich selbst keine Ahnung, was ich möchte.

Um dem auf die Spur zu gehen, ist an diesem Tag wohl auch eigens meine Mum in die City gekommen. Wir treffen uns in einem kleinen Restaurant unweit vom Büro. Als ich bei strahlender Mittagssonne eintreffe, ist sie schon da. Ich umarme sie lange. Ihre Nähe tut mir gut und erdet mich.

„Du siehst gut aus. Strahlend und glücklich“, sagt sie.

Ich lächele und merke, wie ich erröte. Wer bei so viel Sex nicht glücklich aussieht, macht was falsch. Aber das kann ich meiner Mum ja schlecht auf die Nase binden. Deshalb schweige ich, während wir vor einem Fenster, das in einen begrünten Hinterhof führt, Platz nehmen. Da es offen steht, weht mir der Duft von Lavendel entgegen.

„Du kannst dir gar nicht vorstellen, wie erleichtert ich bin, dass du wieder Kraft tanken konntest, Evie. Als du nach Hause gekommen bist, haben wir uns wegen deines Zustands wirklich Sorgen gemacht."

„Es ging mir ja auch nicht gut."

„Und jetzt?"

„Jetzt schon", erwidere ich.

„Liegt das an London?"

„Du meinst, ob ich schon weiß, wie es mit meinem Studium weitergehen soll?"

Meine Mum lächelt und streicht über die schwarze Speisekarte, die vor ihr liegt. „Es sind nur mehr wenige Wochen, Evie, bis das neue Semester startet. Dein Zimmer im Studentenwohnheim kostet Geld, und auch die anderen Gebühren werden bald fällig. Dein Vater und ich wollen dich keineswegs unter Druck setzen. Nur verlangt diese Situation eine Entscheidung. Und die kann nun einmal ausschließlich von dir kommen."

Ich möchte meinen Entschluss, ob ich zurück in die USA gehe, nicht von Cooper abhängig machen – zumindest zu dieser Erkenntnis bin ich inzwischen gelangt. Denn selbst wenn unsere Beziehung aufgrund der negativen Dinge, die zwischen uns stehen, keine Chance mehr hat, gilt es für mich immer noch, meine Zukunft im Auge zu behalten. Marketing ist mein Traum, da werde ich keine Kompromisse eingehen. Aber soll ich London verlassen? Jonah verlassen? Es ist lächerlich, Jonah als Entscheidungshilfe zu benutzen, da er mir seine Regeln von Anfang an klargemacht hat.

Ich kann gleichzeitig aber nicht abstreiten, dass mein Herz längst für Jonah schlägt. Er hat mir gezeigt, wie es sich anfühlt, fair behandelt zu werden. Er hat mich gestärkt, anstatt mich kleinzumachen. Und dennoch hat er mich nie allzu tief in sich hineinblicken lassen.

Wahrscheinlich nicht ohne Grund.

Unsicher, was ich sagen soll, greife ich nach meiner Cola und nehme einen Schluck. „Ich will das Studium nicht abbrechen. In der Hinsicht war es schlecht, für den Sommer zurückgekehrt zu sein und wieder vor Augen geführt bekommen zu haben, was ich hier zurückgelassen habe."

Meine Mum nickt verständnisvoll. „Doch du lässt dein Leben in England ja nicht für dein Studium zurück."

„Sondern für Cooper, ich weiß", murmele ich.

„Wie ist euer momentaner Status?"

Ich seufze. „Kompliziert."

„Aber nach allem, was du erzählt hast, bemüht er sich sehr um dich. Das solltest du ihm anrechnen."

So habe ich es noch gar nicht gesehen. Cooper hat, mal abgesehen von unseren Streitereien während der vergangenen Wochen, nichts unversucht gelassen, um zu mir durchzudringen. Er hätte mich, wäre ich ihm egal, ja auch einfach ziehen lassen können. Doch er hat mich oft angerufen, mir Nachrichten geschrieben, schließlich wollte er sogar herkommen.

„Evie, wenn du meine Meinung hören willst, dann rate ich dir, Amerika nicht aufzugeben. Beende dein Studium, wenn es dir Freude bereitet. Und wenn du das Gefühl hast, dass du Cooper wichtig bist und er einen hohen Stellenwert in deinem Leben hat, dann überlege, ob du ihm vergeben kannst."

Vielleicht habe ich einen Fehler gemacht, mein Studium untrennbar mit Cooper zu verknüpfen. Es geht ja darum, meinen eigenen Weg zu gehen, unabhängig davon, wie sich die Beziehung zwischen Cooper und mir entwickelt.

„Deine Ausbildung ist das eine, einen Mann zu finden, der dich glücklich macht, das andere. Wahrscheinlich ist Letzteres noch sehr viel schwieriger", meint meine Mum und grinst.

„Da hast du vermutlich recht."

„Eine Beziehung ist eine lebenslange Aufgabe, da gibt es viele Höhen und Tiefen. Die haben auch dein Dad und ich erlebt. Unsere größte Krise hatten wir vor fast zweiundzwanzig Jahren. Unsere Ehe stand auf der Kippe, doch dann kamst du dazwischen und hast uns vor Augen gehalten, wer wir füreinander sind."

„Wow, das habe ich nicht gewusst", gestehe ich.

„Ja, ich wollte es dir gar nie erzählen. Aber irgendwie erschien mir die Situation gerade passend."

„Ich dachte immer, ich hätte euch davon abgehalten, freier zu sein, nachdem Toby endlich aus dem Gröbsten herausgewachsen war."

„So war es nicht, Schatz. Du hast unser Leben entschleunigt. Du warst und bist ein Geschenk, und ich bin jeden Tag dankbar für dich – und für Toby natürlich."

Mum greift nach meiner Hand und drückt sie liebevoll.

„Jetzt muss aber noch geklärt werden, welche Rolle Jonah in diesem ganzen Chaos spielt." Ihre Haltung verändert sich, als sie urplötzlich das Thema wechselt.

Es ist mir immer noch unglaublich peinlich, dass meine Mum mich und Jonah bei dem Kuss erwischt hat. Direkter hätte sie von unserem Verhältnis ja gar nicht erfahren können.

Ich verziehe das Gesicht. „Er spielt definitiv eine Rolle, nur kann ich nicht sagen, welche."

„Dann habt ihr euch also weiterhin getroffen?"

„Ja, Mum. Irgendwie ist mir dieses Gespräch unangenehm."

Sie schaut mich belustigt an. „Ach, bitte, Liebes. Ich bin nicht von vorgestern. Erinnerst du dich denn nicht, dass ich dir geraten haben, dein junges, unbeschwertes Leben in vollen Zügen auszukosten, solange du die Möglichkeit dazu hast?"

„Ich erinnere mich. Trotzdem ist diese Sache mit Jonah ... intim. Das Thema eignet sich nicht für ein Mutter-Tochter-Gespräch."

„Es mag sich für dich anfühlen, als würde eure Affäre dein Leben zusätzlich verkompliziert haben.

Später aber wirst du glücklich über diese Zeit mit ihm sein. Denn er tut dir offensichtlich gut. Jonah ist ein netter Kerl. Im Moment will er wohl noch keine ernste Beziehung eingehen, zumindest entnehme ich das Tobys Erzählungen."

Ich senke den Kopf und fühle mich, als hätte mir meine Mum eine Ohrfeige verpasst. Ihre Worte mögen unbewusst gewählt sein, dennoch treffen sie einen wunden Punkt. „Ich glaube, der richtig schmerzhafte Teil kommt erst noch."

Sie legt den Kopf schräg und mustert mich. „Liebling ...", beginnt sie, schließt den Mund aber wieder. Sie scheint auf einmal kapiert zu haben, wie blöd ich war, mich offenbar in den besten Freund meines Bruders verknallt zu haben.

„So ist das Leben", murmele ich.

„Schatz, je länger ich darüber nachdenke, desto klüger erscheint es mir, wenn du dein Studium fortsetzt."

Obwohl ich nicke, kann ich das Gefühl, enttäuscht über ihren Rat zu sein, nicht unterdrücken. Meine Mum möchte mich schützen. Doch auch sie hat wohl erkannt, dass Jonah mir früher oder später wehtun wird.

Ich brauche ein konkretes Ziel vor Augen. Ein Danach. Nach Jonah. Von Anfang an hätte das mit Jonah eine einmalige Sache bleiben sollen. Doch so, wie aus einmal mehrmals wurde, kamen bei mir Gefühle ins Spiel, die sich bekanntlich nicht so leicht abstellen lassen.

Nach dem Mittagessen mit meiner Mum kehre ich niedergeschlagen ins Büro zurück. Doch als wolle mir das Schicksal noch eins draufgeben, laufe ich im Foyer ausgerechnet Samantha über den Weg.

Dass sie hier ist, kann nur eins bedeuten: Sie war bei Jonah.

Mein Herz, das heute ohnehin schon ganz geplagt ist, zieht sich abermals schmerzhaft zusammen. Komischerweise habe ich nie darüber nachgedacht, ob Jonah in den vergangenen beiden Wochen neben mir auch noch mit Samantha zusammen war. Offensichtlich hat er sich aber nicht ganz auf mich konzentriert.

Ein weiteres Zeichen dafür, wie naiv ich bin, mich dennoch in ihn verknallt zu haben.

Während ich den Griff meiner Handtasche umklammere und Samantha auf mich zukommt, stelle ich mir vor, was die beiden oben in Jonahs Büro getrieben haben mögen. Ich suche bei Samantha nach Indizien.

Sind ihre Haare zerwühlt? Ist ihr Make-up verschmiert?

Doch sie sieht gut und wie immer top gestylt aus.

„Hi, Evie."

„Hi."

„Alles klar bei dir?", fragt sie, und wie schon früher spricht sie von oben herab mit mir.

Ich schenke ihr mein bestes falsches Lächeln und fühle mich vor Eifersucht völlig benebelt. „Klar. Und bei dir? Arbeitest du hier?"

Sie blinzelt, weil sie meinen Witz nicht versteht. „Nein, ich bin privat hier. Ich war bei Jonah. Aber das weißt du ja."

„Stimmt, jetzt erinnere ich mich."

„Stört dich daran irgendetwas?“

Natürlich stört es mich, du dumme Kuh! „Ich bin bloß verwundert.“

Samantha kraust ihre Stupsnase und scheint meine Kritik nicht gut zu finden. „Ich habe Toby geliebt. Nicht nur das, wir hatten Pläne für unsere Zukunft. Du musst ja nicht jedes Detail wissen, Evie, aber dein Bruder hat es ganz schön verbockt. Das mit Jonah ist etwas völlig anderes. Er ist anders. Wir sind auf gleicher Wellenlänge.“

Ich hebe die Hand, weil ich unter allen Umständen vermeiden möchte, dass sie auch nur noch ein einziges Wort sagt. „Das geht mich wirklich nichts an.“

„Stimmt. Ich habe aber trotzdem keine Lust, dass du dir das Recht herausnimmst, über mich zu urteilen. Du kennst nur eine Version – Tobys Version. Am Anfang ging es mir bei Jonah auch tatsächlich darum, irgendwie zu Toby durchzudringen. Aber das hat sich geändert. Ich bin Toby nichts mehr schuldig – bis auf die Wahrheit vielleicht.“

Als mir klar wird, was Samanthas Entschluss zu bedeuten hat, läuft es mir kalt den Rücken hinab. „Du ... du möchtest Toby von dir und Jonah erzählen?“

Sie nickt. „Ja. Ich werde vor ihm zu uns stehen.“

Zu uns stehen? Wie ernst ist es mit den beiden?

„Das würde ihre Freundschaft zerstören“, appelliere ich nun an ihren Verstand, während ich bete, dass Jonah nicht wirklich vorhat, eine Beziehung mit dieser Frau einzugehen.

„Das ist mir egal. Toby hatte seine Chance. Außerdem trifft er sich ebenso mit einer anderen. Mir steht es zu, glücklich zu werden, Evie!“

„Dir geht es hier doch nur um Rache.“

Samantha seufzt und zieht abschätzig eine ihrer perfekt modellierten Augenbrauen hoch. „Bitte, übertreib nicht. Mir geht es einzig und allein um mich und Jonah. Toby ist Geschichte für mich. Ich will reinen Tisch machen, danach kann er mich.“

„Aber das müsst ihr gemeinsam machen, Samantha. Jonah muss es Toby ebenso sagen wie du. Du darfst da kein Risiko eingehen.“

„Lass das nur meine Sorge sein.“ Sie schnalzt mit der Zunge. „Und denk nicht einmal daran, dich in meine Angelegenheiten einzumischen, sonst schwöre ich dir, dass es für Toby nur noch schmerzhafter wird.“

Gemein zu mir zu sein scheint Samantha auch gewissermaßen als Rache an Toby zu verstehen. Sie fühlt sich gerne überlegen, und da ich für sie immer nur ein Niemand war, bekomme ich ihren Frust nun ab.

Was sieht Jonah in ihr? Was fand mein Bruder an einer Frau wie Samantha? Diese Fragen plagen mich, als mich Samantha ohne ein weiteres Wort stehen lässt und aus dem Gebäude stolziert.

Ich würde mit Samanthas Boshaftigkeit viel besser klarkommen, würde ich mich nun nicht auch von Jonah verraten fühlen. Er hat Mike verjagt, aber gleichzeitig treibt er es mit Samantha. Das passt alles nicht zusammen für mich. Und weil ich es satthabe, mir in den wenigen Tagen, die uns noch bleiben, permanent Gedanken zu machen, will ich eine Aussprache mit ihm. Im Fahrstuhl zücke ich mein Handy, um Jonah zu schreiben.

Ich: Hi, bist du noch im Büro?

Ich erreiche die Marketingabteilung und plaudere gerade mit dem stellvertretenden Abteilungsleiter, als mein Handy summt.

Jonah: Bin gerade weggefahren. Was gibt's?

Ich: Ich muss etwas mit dir besprechen. Können wir uns heute Abend treffen?

Jonah: Klar. Komm einfach vorbei. Ich bin daheim.

VERLUST

Jonah

Früher als ich mit ihr gerechnet habe, taucht Evie bei mir auf. Ich bin selbst erst zur Tür reingekommen und trage noch meinen Anzug, da ich noch keine Gelegenheit hatte, mich umzuziehen.

Ich muss zugeben, es gefällt mir, mit welcher Selbstverständlichkeit sie sich um die Getränke kümmert, während ich in etwas weniger Formelles schlüpfe. Als ich in die Küche zurückkomme, gebe ich dem Drang nach, trete von hinten an sie heran und schlinge meine Arme um ihre Taille. Zwei Tage habe ich sie nicht gesehen, und schon bin ich so kuschelbedürftig.

„Wie machst du das, dass du immer so gut riechst?“, murmele ich an ihrem Hals.

Sie kichert leise, während ihr Körper sofort auf meine Berührung reagiert. Ihr Hinterteil nähert sich meinem Schwanz, der schlagartig steinhart wird. Doch Evie scheint andere Pläne zu haben, als sich hier und jetzt von mir vögeln zu lassen. Sie dreht sich um, während sie auf ihrer Unterlippe knabbert, sieht sie mich ernst an.

„Was ist los?“

„Ich bin heute im Foyer Samantha begegnet. Sie hat dich anscheinend besucht.“

Fuck. Das erklärt eindeutig Evies Zurückhaltung.

„Sie brachte mir ein Mittagessen.“

Evies Züge verhärten sich. Wie lange wird sie meine Berührung noch zulassen, ehe sie abhaut? Doch ... ich bin ihr keine Rechenschaft schuldig. Wir wissen ja selbst nicht, was das zwischen uns ist. Aber es ist definitiv nichts Dauerhaftes. Eher würde ich sagen, dass wir viel zu weit gegangen sind.

„Es geht mich nichts an, ob du dich nach wie vor mit Samantha triffst“, meint Evie und senkt den Kopf. „Machen wir es nicht noch schwieriger, als es ohnehin schon ist. Immerhin telefoniere ich auch häufig mit Cooper.“

Ich atme durch und nehme meine Hände von ihr. So ganz kann ich Evie nicht glauben. Sie hat sich mir gegenüber in den vergangenen Tagen extrem geöffnet, während ich mir Mühe gegeben habe, die Distanz zu wahren. Irgendwann wird das mit uns vorbei sein, und ich will nicht, dass Evie verletzt aus der Sache rausgeht.

Doch irgendwann bedeutet bald. In zwei Wochen läuft ihr Vertrag bei mir ab. Ich habe es bisher vermieden, sie nach ihren weiteren Plänen zu fragen. Mein Gefühl sagt mir ohnehin längst, dass sie in die USA zurückgehen wird. Zurück in ihr altes Leben. Zurück zu diesem Lappen.

Mir soll es recht sein, solange ihre Abreise aus London nicht von einem Drama gekrönt wird.

„Weswegen wirkst du dann so niedergeschlagen?"

Gott, bin ich heute wieder ein Arschloch.

Dabei habe ich mit Samantha kein einziges Mal gevögelt, seit ich mit Evie ins Bett gehe. Doch das werde ich ihr sicher nicht auftischen, das führt doch zu nichts.

„Sie hat mir gesagt, dass sie Toby von euch beiden erzählen wird. Weißt du darüber Bescheid?"

„Nein, tue ich nicht." *Verfluchte Scheiße.*

Ich hätte gleich wissen müssen, wie schnell Samantha mitbekommt, dass zwischen Evie und mir mehr läuft. Aus dem Grund ist sie heute auch unangemeldet in mein Büro geplatzt. Um zu erkennen, dass ich es mit Evie treibe, musste sie nur eins und eins zusammenzählen.

Sie war verdammt zickig und wütend. Ich habe ihr gedroht, dass ich unsere bedeutungslose Fick-Beziehung beende, wenn sie anfängt, Besitzansprüche an mich zu stellen. Das scheint die falsche Taktik gewesen zu sein. Denn jetzt droht das Kartenhaus zusammenzubrechen.

„Ich werde mit ihr reden, okay?"

„Ist es dir mit ihr wirklich ernst?"

Sofort versteife ich mich. „Keine Ahnung. Du kennst mich inzwischen ja ein bisschen. Aber mach dir keine Sorgen wegen Toby."

Während ich mir ein beruhigendes Lächeln abringe, löst sie sich von mir und fängt an, in der Küche auf und ab zu gehen.

Mit einem Schlag weiß ich, dass wir uns bereits mitten im Drama, das ich nicht wollte, befinden.

„Ich soll dich kennen? Ich habe überhaupt keinen Schimmer, wer du eigentlich bist.“ Stöhnend fahre ich mir mit der Hand übers Gesicht. Heute scheint Tag des Chaos zu sein. „Jetzt erzählst du mir das, morgen etwas anderes. Und bei Samantha wirst du es genauso machen. Dich kümmert es nicht, wie verletzend das Zusammentreffen mit Samantha für mich war. Nach allem, was zwischen uns passiert ist, dachte ich, zumindest etwas Respekt verdient zu haben.“

Unweigerlich erinnert mich Evie an meine Mum. Dank ihr habe ich so eine Aversion gegenüber versöhnlichen Gesprächen – sie hat immer jede Kleinigkeit totgequatscht. Evie macht ebenfalls aus einer Mücke einen Elefanten. Sie tut so, als wären wir ein Paar, das sich in die Haare kriegt, weil ich einer anderen auf den Hintern gestarrt habe. Dabei ist zwischen Samantha und mir seit fast zwei Wochen nichts gelaufen. Und das bedeutet in meinem Universum sehr viel.

„Du hast meinen vollen Respekt, Evie. Ich war niemals unehrlich zu dir. Wir beide kannten die Rahmenbedingungen dieser ... Beziehung, und du wusstest auch von Samantha.“

Sie bleibt etwa zwei Meter von mir entfernt stehen und seufzt tief. „Von ihr zu wissen bedeutet automatisch, dass ich mir jetzt irgendwie ... schmutzig vorkomme.“

„Evie“, erwidere ich angespannt.

„Ich habe das Gefühl, als würde ich euch im Weg stehen. Du hast dich auf mich eingelassen, weißt aber selbst nicht, ob du das mit uns überhaupt noch willst. Ich komme mir so blöd vor. Vielleicht bin ich wirklich ein dummes kleines Mädchen."

„Das ist absoluter Blödsinn, was du da redest. Du steigerst dich jetzt zu sehr rein."

Falsche Antwort. Verdammt.

Evie kommt zwei Schritte näher. Ihre Unterlippe bebt, ihre Augen funkeln. „Meine Empfindungen sind also Blödsinn? Was würdest du denn dann gerne hören? Meine Glückwünsche für deine Zukunft mit dieser unmöglichen Frau?"

„Natürlich sind deine Empfindungen nicht blödsinnig, ich habe mich bloß misslich ausgedrückt. Erlaub mir aber zu sagen, dass ich finde, du übertreibst. Samantha hat dich offenbar auf dem falschen Fuß erwischt und irgendwelche Ängste in dir ausgelöst. Aber wie du schon sagtest, wirst du ohnehin zu Cooper zurückgehen. Im Grunde verhältst du dich genau wie ich."

Sie blickt zur Seite, als suche sie nach irgendetwas, das sie mir über den Schädel ziehen könne. Auswahl hätte sie genügend.

„Und interessiert es dich überhaupt, wann ich nach Michigan fliege? Du laberst dauernd so viel Müll, nur über die wirklich wichtigen Dinge sprichst du nie! Das, Jonah, ist wirklich typisch für dich."

„Okay, langsam wird mir das zu blöd, Evie. Wenn du stänkern willst, ruf deinen amerikanischen Trottel an, aber lass mich in Ruhe." Meine Geduld ist am Ende, und ich will nur noch, dass Evie verschwindet.

Allein dieses Gespräch ist für mich Grund genug, keine ernste Beziehung eingehen zu wollen.

Sie lacht abfällig. „Sobald mein Arbeitsvertrag ausgelaufen ist, werde ich zurückfliegen. Das heißt, ich bin noch knapp eineinhalb Wochen hier."

Obwohl ich mich gegen die Angst wegen des baldigen Verlustes wehre, trifft mich ihre Erklärung wie Muhammad Alis härtester Faustschlag. Doch vielleicht hilft mir ein Schmerz wie dieser, um einen Schlussstrich unter diese verkorkste Sache mit Evie zu setzen.

„Dann hoffe ich mal, dass es Cooper zu schätzen weiß, wenn du wieder angekrochen kommst. Plötzlich ist er also dein Retter, und ich bin der Feind. War es vor wenigen Wochen nicht noch umgekehrt?"

„Ja, das war es. Aber es ist eben genau das eingetreten, was ich mir durch meine Abreise aus den USA erhofft habe: Ich habe begriffen, wen und was ich wirklich brauche." Sie will stark sein, aber trotzdem läuft ihr eine Träne über die Wange.

Auch in mir breitet sich ein mulmiges Gefühl aus.

„Dafür habe ich etwas geopfert, das du überhaupt nicht zu schätzen weißt. Und jetzt stehe ich da und fühle mich schmutzig und benutzt von dir. Ich habe mir eingebildet, zwischen uns sei etwas Besonderes entstanden. Vertrauen. Verbundenheit. Aufrichtigkeit. Aber dein Verhalten zeigt mir, dass ich dir scheißegal bin. Du bist nur zugänglich für mich, wenn ich in deinem Bett liege; außerhalb grenzt du dich ab und bist eiskalt."

„Und so ist genau das passiert, wovor ich dich gewarnt habe. Du hast körperliche Nähe mit emotionaler Nähe verwechselt", stelle ich die Sachlage klar. „Ich glaube, ich begreife langsam, was du dir wirklich wünschst. Du möchtest, dass ich dich anbettele, nicht zu gehen. Dass wir vielleicht sogar eine Beziehung aufbauen, über die Distanz hinweg. Du hast dich bisher nicht getraut, deine Sorgen wegen dem unausweichlichen Ende unserer Vereinbarung auszusprechen, das Aufeinandertreffen mit Samantha hat nun aber schlagartig deine Fantasie auf ein Happy End zerstört. Und anstatt daraus zu lernen, wirfst du dich diesem Arsch an den Hals, der dich nicht viel besser behandelt."

Welch starke Gefühle unsere Fickbeziehung in Evie ausgelöst hat, beunruhigt mich gewaltig. Aber was habe ich von einer romantisch veranlagten Frau erwartet? Sie ist nicht mal annähernd so gechillt wie Samantha. Bestimmt hat sie bereits angefangen, unsere gemeinsame Zukunft zu planen. Kurz überschlage ich, wie monströs dieses Chaos, in das sie mich stürzen könnte, werden könnte. Evie könnte in den paar Tagen, die sie noch in London verbringt, aus Liebeskummer eine ganze Menge Scheiße anstellen. Um sich zu rächen.

Ich muss daher hier und jetzt versuchen, die Wogen zu glätten, bevor es zu spät ist.

„Das mit uns war toll. Aber ich will meine Freiheit bewahren, und ich habe dir außerdem von Anfang an gesagt, dass ich nicht auf der Suche nach einer Beziehung bin. Glaub mir, ich hätte mir gewünscht, dass es anders endet. Erwachsener. Aber dafür bist du zu emotional und wohl auch zu unerfahren."

„Und du ein zu großes, selbstsüchtiges Arschloch“, schleudert sie mir wütend entgegen.

„Wäre ich das, hätte ich dich einfach gefickt und abserviert. Glaub mir, ich führe diese Art von Gesprächen sehr selten.“

Ich tue so, als prallten ihre Tränen und ihre Verzweiflung an mir ab. In meinem Inneren aber empfinde ich Traurigkeit und Wehmut. Sie weint und sieht mich dabei an. Das ist schlimm. Am liebsten würde ich sie in den Arm nehmen. Es soll ihr nicht schlecht gehen. Doch ich verharre an Ort und Stelle. Vermutlich müssen wir da jetzt beide durch.

Schließlich atmet sie tief durch und schüttelt den Kopf. „Ich hoffe, Toby begreift irgendwann, wie sehr du ihn täuschst.“

„Geh jetzt, bitte, Evelyn.“ Meine Worte treffen Evie richtig.

Sie zuckt zusammen, schnieft und hastet aus der Küche. Langsam folge ich ihr. Ich weiß nicht, warum – um mich selbst zu quälen oder ihren Duft noch einmal einzuatmen? Ihre Schritte hallen durch den Flur, ihr Weinen durchsiebt meine Panzerung wie die Kugeln eines Maschinengewehrs.

Im denkbar unpassendsten Moment öffnet sie mit verheulten Augen die Tür – und läuft direkt in Toby rein.

Dieser streckt schützend die Arme nach seiner taumelnden Schwester aus. Sein tödlicher Blick gilt mir, als er ihr Weinen bemerkt. Da eine Flucht über den Garten unmöglich ist und ich grundsätzlich niemand bin, der wegläuft, stelle ich mich Toby.

Hier und jetzt.

Sanft schiebt er Evie von sich und geht auf mich zu. Er stößt mich unsanft gegen die Wand und baut sich vor mir auf.

„Was ist hier los?“, schreit er.

Er wird mich umbringen, so viel steht fest.

„Was zum Teufel ist hier los?“ Er wendet sich Evie zu, die neben uns steht und abzuwägen scheint, ob sie mir zur Hilfe eilen oder Toby unterstützen soll.

„Toby ... lass es gut sein!“ Das hilft nichts, heult sie doch weiter.

Doch Toby ignoriert Evie und mustert mich mit hartem Blick. „Was läuft bei dir verkehrt, Mann? Was für ein verfickter Scheißkerl bist du eigentlich?“

„Ich habe keine Ahnung, wovon du redest.“ Auf meine Aussage hat Toby nur eine Entgegnung. Er drischt meinen Hinterkopf gegen die Wand. Ein Stich durchzuckt mich, während Evie erschrocken aufschreit.

„Rate mal, wer mich vorhin besucht hat!“

Ich ahne es bereits, seufze aber nur, statt ihm eine Antwort zu geben.

„Samantha. Sie ist einfach so in mein Büro stolziert. Ich hatte sie seit Wochen nicht gesehen – du kannst dir also vorstellen, wie überrascht ich war. Doch ihr Aufkreuzen war nicht mal annähernd so schlimm wie das, was sie mir erzählt hat. Noch auf der Fahrt hierher hatte ich meine Zweifel, ob ich ihr glauben soll. Denn ganz ehrlich: Sie hätte jeden Grund, mich fertigmachen zu wollen. Dann komme ich bei dir an, und da läuft mir meine weinende Schwester in die Arme. Damit bestätigt sie für mich Samanthas Behauptungen. Ich werde dich erwürgen,

Mann, sei versichert, aber zuerst wirst du mir erklären, wieso du mich derart hintergangen hast!“

Toby packt mich bei meinem Shirt, um mich abermals gegen die Mauer zu stoßen. Ich habe keine Ahnung, was Samantha ihm erzählt hat. Es scheint aber mehr zu sein als die Information, dass wir miteinander vögeln.

„Toby, es tut mir leid.“ *Wumm.* Ein Kopfschmerz breitet sich in meinem Schädel aus. „Ich weiß nicht, wie das alles passiert ist. So etwas machen Freunde nicht, das weiß ich.“

Ich habe Toby selten so verletzt gesehen, dabei kenne ich den Burschen mein ganzes Leben lang und bin mit ihm durch dick und dünn gegangen. Fuck, was habe ich nur getan?

„Du hast etwas mit Samantha laufen. Richtig?“

„Ja“, gestehe ich und kneife die Augen zu, da ich den nächsten Hieb erwarte. Doch bleibt der aus.

Stattdessen blickt Toby zu Evie, die zitternd ihre Arme um ihre Taille geschlungen hat. „Und mit Evie? Ist zwischen euch irgendetwas ... passiert? Samantha hat gemeint, du hättest Evie dabei geholfen, selbstbewusster im Umgang mit Männern zu werden. Sie sagte, dass du nicht unbedingt gut von ihr gesprochen hast und sie manipulieren wolltest, damit sie so schnell wie möglich wieder aus deinem Leben verschwindet. Außerdem meinte sie ... tut mir leid, Evie, das ist mir zwar unangenehm, aber ich möchte nicht, dass irgendetwas ungesagt bleibt. Samantha meinte außerdem, dass sich Evie von dir Rat in Bezug auf Männer geholt hat, weil sie noch ... gänzlich ... weil sie noch Jungfrau ist.“

Während ich das Gefühl habe, kotzen zu müssen, macht Evie einen Schritt auf mich zu. Ihr Gesicht ist bleich, ihr Blick entsetzt. „Du hast Samantha all diese Dinge über mich erzählt? So hast du über mich gesprochen? Ich habe dir vertraut, Jonah. Ich habe ... habe so viel ... gegeben ... so viel riskiert."

„Evie, so war es nicht", murmele ich.

„Du lügst doch ständig! Und ich hatte recht mit meiner Vermutung, dass du mich von Anfang an manipuliert hast. Du wolltest mir wehtun, damit ich verschwinde, und hast dich hinter meinem Rücken über mich lustig gemacht. Wie konntest du mir das antun?"

Ich versuche mich aus Tobys Griff zu befreien, um besser mit Evie reden zu können. Aber was könnte ich schon sagen, was sie nicht als weitere Lüge auffasst? Ich wollte ihr nicht wehtun. Ich habe bloß mehrmals die falsche Entscheidung getroffen. Und diese Fehler rächen sich nun.

„Ich wollte dich nicht manipulieren. Du weißt selbst, wie schräg sich das alles angefühlt hat. Ich habe die Wahrheit zu verdrängen versucht."

„Indem du Samantha Dinge verrätst, die ich dir im Vertrauen erzählt habe?!"

„Es tut mir leid", murmele ich eine weitere lahme Entschuldigung. Toby kocht vor Wut, während er mich und Evie betrachtet.

„Ich werde dir das, was du mir angetan hast, niemals verzeihen."

Seltsamerweise schmerzt mich diese Drohung mehr als jeder Schlag, den mein Hinterkopf in den vergangenen Minuten erlitten hat. Aus Evie spricht pure Verzweiflung. Ich habe sie zutiefst verletzt, während sie mir ihr Vertrauen geschenkt hat. Ich habe sie dazu gebracht, mir ihre Jungfräulichkeit zu schenken, obwohl diese für einen anderen reserviert gewesen wäre. Und anstatt sie zu stärken, damit sie mit Typen wie Cooper klarkommt, habe ich sie so fallen gelassen.

Doch was könnte ich ihr als Entschuldigung sagen? Es ist zu spät für versöhnliche Worte, weil das, was ich getan habe, nicht okay war. Alles, was ich jetzt noch von mir gebe, wird Tobys Wut nähren und Evie noch mehr verletzen.

Toby scheint mein Leid zu genießen, weshalb er mir Zeit lässt, ehe er sich einmischt. „Am besten wird sein, wenn du im Auto wartest, Evie. Hier." Er reicht ihr seinen Autoschlüssel und schenkt ihr ein tröstendes Lächeln.

Mein Blick gleitet noch einmal über Evies Körper, den ich so begehre. Immer noch wirkt sie auf mich unglaublich reizvoll.

So schrecklich sich das anhören mag, aber ein winziger Teil in mir erkennt das Potenzial dieser Situation. Ich könnte Evie nie mehr bieten als Sex. Dieser Moment wäre ohnehin gekommen. Im Augenblick mag es ihr dreckig gehen, doch jetzt kann sie besser in ihre Zukunft blicken. Was mit Cooper sein wird, steht auf einem anderen Blatt. Doch vermutlich geht sie zu ihm zurück. Sie wird ihn heiraten und zur perfekten Vorzeigeehefrau ausgebildet werden, diesem Trottel ein paar Kinder schenken und das Leben einer gelangweilten Hausfrau führen. Irgendwann wird ihr Groll gegen mich versiegen. Aber niemals wird es zwischen uns wieder so sein wie früher.

Sie sieht mich noch einmal an, dann reckt sie das Kinn und verlässt das Haus. Nun tritt auch Toby einen Schritt zurück. Er stöhnt, fährt sich mit der Hand durchs Haar und schüttelt immer wieder ungläubig den Kopf.

„Es tut mir leid, dass ich Samantha flachgelegt habe", durchbreche ich das Schweigen.

Toby knurrt und funkelt mich an. „Samantha geht mir am Arsch vorbei, Mann. Von mir aus hättest du sie vögeln können, bis dir der Schwanz abfällt. Mit ihr bin ich fertig. Unsere Freundschaft hätte das verkraftet. Ohne Weiteres sogar."

„Okay."

„Sag mir die Wahrheit! Hast du mit meiner Schwester geschlafen?"

Ich nicke wie ein feiger Idiot, der den Mund nicht aufbekommt. „Ja, habe ich. Das mit Evie und mir ist gewaltig eskaliert. Ich wollte ihr helfen – dann habe ich die Kontrolle verloren."

Toby atmet schwer, während mich sein Blick durchbohrt. „Du wusstest, in welcher Verfassung sie sich dank dieses Typens befand. Anstatt wie ein vernünftiger Mensch die Reißleine zu ziehen, fickst du sie. Würdest du dich um sie scheren und sie glücklich machen, wäre das völlig okay für mich. Aber da du so skrupellos bist, zählst du zu der Sorte Männer, die sich von meiner Schwester fernhalten sollten."

„Was hätte ich tun sollen? Sie feuern?"

„Zum Beispiel", brüllt er und schlägt mit der Faust gegen das nächstbeste Möbelstück. „Einfach alles, um zu verhindern, mit ihr im Bett zu landen. Mein Gott. Heilige Scheiße."

„Du denkst also, das alles sei meine Schuld?", fauche ich. „Denkst du, ich habe Evie von Anfang an flachlegen wollen?"

„Vermutlich. Denn so einer bist du. Willst du eine Frau, gibst du nicht auf, bis du sie in deinem Bett hast."

Ich mache einen Schritt auf Toby zu. „So war es aber nicht. Ich habe Evie mehrmals gebeten, den Kontakt auf privater Ebene abzubrechen, weil ich wusste, worauf es früher oder später hinauslaufen könnte. Auf keinen Fall möchte ich die Schuld auf deine Schwester schieben, Toby, aber Evie hat immer wieder einen Schritt auf mich zugemacht. Und irgendwann ist es eben passiert."

„Am liebsten würde ich dir deine Nase brechen. Ein paar Rippen am besten gleich mit dazu." Seine Worte wären allein schon schlimm genug, doch nie zuvor hat mich mein bester Freund mit solch einem Blick bedacht.

Die Frage, ob meine Zeit mit Evie den Verlust der längsten Freundschaft meines Lebens wert ist, stellt sich mir nun. Ich gelange relativ rasch zu einem Entschluss: Ja. Doch an sie darf ich jetzt nicht denken. So soll ich nicht denken. Evie ist bloß eine Frau, mit der ich Sex hatte. Aber mich verbindet irgendwie mehr mit ihr. Ich habe zugelassen, dass sie meinen Schutzwall durchbricht.

Und jetzt wird sie gehen, Mann.

Wahrscheinlich habe ich Tobys Schläge verdient. Ich habe mich wie ein Schwein verhalten und einen Ehrenkodex gebrochen. Hätte ich eine Schwester, würde ich dem Typen, der sie abserviert hat, auch sämtliche Knochen im Leib brechen.

„Du kannst es versuchen. Aber wir wissen beide, dass du aus Prügeleien immer als Verlierer hervorgegangen bist." Herausfordernd strecke ich meine Hände zur Seite, als würde ich um einen Schlag betteln. „Denkst du, mich hat es nicht belastet, dass ich ein Verhältnis mit deiner kleinen Schwester habe? Ich bin vielleicht abgebrüht, aber unsere Freundschaft bedeutet mir alles."

„Aber du hast dich dennoch für Sex und gegen unsere Freundschaft entschieden."

„Das war ein riesiger Fehler. Willst du all die Jahre unserer Freundschaft jetzt einfach wegwerfen?", frage ich. Im Prinzip habe ich mit dieser Reaktion gerechnet. Diese schmerzt mich jetzt dennoch mehr, als ich mir vorgestellt habe.

„Du hast Evie das Herz gebrochen, Jonah. Hättest du eine Schwester, würdest du kapieren, weshalb ich dich am liebsten an den Eiern aufhängen und elendig verrecken lassen würde."

„Ich war von Anfang an offen zu ihr, Toby, und habe ihr nie falsche Hoffnungen gemacht. Außerdem sollte gerade Evie wissen, wie ich lebe."

Toby lacht hämisch. „Das interessiert sie doch nicht, sie ist jung und unerfahren. Und wenn wir schon dabei sind: Ich kann den Spieß auch umdrehen. Denn auch du hättest wissen müssen, wie romantisch veranlagt Evie ist. Sie hat dich als Teenager doch immer mit Herzchen in den Augen angeschaut, während du sie damals links liegen gelassen hast. Und plötzlich zeigst du Interesse an ihr. Was glaubst du, was das in ihr ausgelöst hat?“

„Wir können noch stundenlang darüber diskutieren, wen wie viel Schuld trifft. Das ändert aber nichts an den Tatsachen.“ Mein Stresspegel ist hoch, und ich habe Angst, meinen besten Kumpel wegen dieser verkorksten Aktion mit Evie nun tatsächlich verloren zu haben. Gleichzeitig bin ich keiner, der auf die Knie fällt, um um Gnade zu betteln.

„Das stimmt. Schuld oder Unschuld – es ändert nichts an meiner Enttäuschung. Und auch Evie hätte klüger sein sollen. War euch klar, was ihr da begonnen habt? Unsere Familien wären erschüttert, wenn sie davon erfahren würden. Ich begreife nicht, wie man so dumm sein kann.“

Ich auch nicht. Ich war nicht nur dumm, sondern blind. Ich habe mich völlig dämlich verhalten. An unsere Familien habe ich keine Sekunde lang gedacht. Unsere Eltern stehen sich nahe, für sie wäre es richtig mies, wenn sie wüssten, dass ihre Kinder Sex miteinander hatten.

Auf einmal bringt mich diese Erkenntnis zur Besinnung. Ich will nicht länger gegen Toby kämpfen, sondern sehe ein, dass ich ein Schuldgeständnis ablegen muss. „Toby, ich wäre todunglücklich, dich als Freund zu verlieren.“

Doch Toby lässt mich abblitzen. „Das hättest du dir vorher überlegen sollen. Ich kann Evie nicht in den

Rücken fallen. Zumindest einem von uns beiden bedeutet sie sehr viel."

Zögernd macht er einen Schritt auf mich zu. Dann presst er die Lippen zusammen und folgt Evie nach draußen.

Als Toby weg ist, donnere ich mit der Faust gegen die Wand. Meine Gelenke bersten dabei fast, aber der Schmerz überdeckt zum Glück den, der mein Herz getroffen hat.

ABSCHIED

Evie

Obwohl Chloe mir geraten hat, den Job an den Nagel zu hängen und nicht mehr im Büro aufzutauchen, fahre ich am nächsten Morgen zur Arbeit. Es erscheint mir unehrenhaft den anderen gegenüber, ohne ein Wort zu verschwinden. Doch meine Motivation, gute Miene zum bösen Spiel zu machen, ändert nichts an meiner inneren Niedergeschlagenheit. Ich habe die halbe Nacht geheult, mich die restliche Zeit an Chloe gekuschelt und bin irgendwann aus Erschöpfung eingeschlafen.

Ich fühle mich hintergangen und aussortiert, wie ein faules Stück Obst. Dazu kommt die Erniedrigung, dass Toby auf diese Weise etwas über mein Sexualleben erfahren hat.

Doch nichts, wirklich nichts, kommt an den Schmerz heran, der mein Herz in eisernem Griff hält. Ich habe es an Jonah verloren, und er hat es einfach zertrampelt. Er hat mich an Samantha verraten. Ich glaube ihm nicht, wenn er behauptet, sie wäre nichts weiter als eine unwichtige Affäre für ihn. Aber ist ja auch egal, was ich von ihnen denke. Vielleicht passt eine Frau wie Samantha auch besser zu Jonah.

Bis kurz vor Mittag lenke ich mich mit Arbeit ab. Ich telefoniere mit Emily und erledige einige ihrer Aufgabenstellungen. Irgendwie gelingt es ihr sogar, mich zum Lachen zu bringen. Da mich Emily bittet, einige Kopien eines Berichtes, den sie verfasst hat, anzufertigen, gehe ich in den Kopierraum. Mit dem riesigen Drucker habe ich mich noch nicht wirklich angefreundet, doch nach kurzer Verzweiflung spuckt er die Dinger in der Größe aus, die ich haben wollte. Ich sehe gerade dabei zu, wie die Ausdrucke in der Ablage landen, als Jonah den viel zu kleinen Raum betritt. Erschrocken weiche ich zurück, und mein gesamter Körper spannt sich an.

„Hier bist du“, meint er und schließt die Tür hinter sich.

Gestern noch hätte ich ihm erlaubt, dass er mir einen heimlichen Kuss stiehlt. Doch dann erfuhr ich von seinem Verrat.

„Lass mich bitte in Ruhe“, flüstere ich, bevor meine Stimme bei der letzten Silbe zu brechen scheint.

„Es tut mir leid, was gestern passiert ist, Evie. Ich wollte dein Vertrauen nicht missbrauchen, das musst du mir glauben.“

Weil ich es nicht ertrage, ihm in die Augen zu sehen, drehe ich mich zur Seite und beobachte weiter die Arbeit des Druckers. „Bitte. Hör einfach auf.“

„Dein Vertrag läuft noch für einige Tage, aber ich kann es verstehen, wenn du die Zeit lieber mit deiner Familie verbringen möchtest. Es wäre okay für mich, wenn du die Vereinbarung vorzeitig auflösen möchtest.“

Dann legt er ein Kuvert auf den Kopierer. „Was ist das?“

„Ich habe eine Beurteilung für dein Praktikum verfasst und an deine Uni weitergeleitet. Das hier ist dein Exemplar.“

Irgendetwas an seiner gönnerhaften Art stört mich immens. Dieses verdammte Empfehlungsschreiben ist das Letzte, was ich gerade brauche. Als könne er dadurch alles, was er verbockt hat, wiedergutmachen. Und wahrscheinlich erwartet Jonah sich sogar selbst Absolution davon.

„Ich will dieses Schreiben nicht.“

Er räuspert sich genervt. „Ich versuche nur, dir zu helfen, Evie.“

Als ich nach meinen Unterlagen greife, kann ich mir ein zynisches Lachen nicht verkneifen. Den Umschlag lasse ich bewusst liegen. Doch Jonah hält mich am Arm fest, bevor ich den Kopierraum verlassen kann.

„Wenn du hier irgendein Drama veranstaltest ..."

„Dann ...?", frage ich herausfordernd.

Er atmet tief durch. „... wäre ich unglaublich enttäuscht von dir."

„Oh, tatsächlich? Du schämst dich wohl für gar nichts." Mit einem Ruck entreiße ich ihm meinen Arm und stürme raus in den Flur. In Emilys Büro angekommen, muss ich zu meinem Entsetzen feststellen, dass Jonah mir gefolgt ist.

Sein zuvor sanfter Blick ist nun hart, und irgendwie erinnert er mich an unser erstes Aufeinandertreffen hier in der Firma. „Ich habe dir von Anfang an gesagt, dass unsere Vorstellung von einer unkomplizierten Fickfreundschaft scheitern wird. Wir haben beide Fehler gemacht, Evie, die wir nicht mehr rückgängig machen können. Aber wir haben es jetzt in der Hand, wie wir einander zukünftig begegnen werden."

„Da stimme ich dir zu. Ich kann im Moment aber nicht rational handeln, weil du mir zu sehr wehgetan hast, also lass mich bitte allein."

Er nickt knapp, kneift aber die Augenbrauen zusammen. „Was wirst du tun? Beendest du das Praktikum vorzeitig?"

„Nein", erwidere ich und bin enttäuscht, dass er denkt, ich würde vor ihm weglaufen wollen. „Ich ziehe es bis zum Ende durch, und danach fliege ich nach Michigan."

Ich beobachte seine Reaktion genau, als ich meine Abreise erwähne. Sie war mein letzter Trumpf.

Irgendwie empfinde ich sogar Genugtuung, dass Jonah für einen Augenblick bestürzt wirkt.

Doch dieser Ausdruck auf seinem Gesicht ist innerhalb weniger Sekunden wieder weg. Er richtet sich auf und wirkt wieder wie ein Geschäftsmann. „Emily schwärmt von dir und meint, du seist geschaffen fürs Marketing. Ich hoffe, dir hat die Arbeit geholfen, die Leidenschaft für deinen künftigen Berufswunsch wiederzuentdecken."

Ich erstarre.

Ich habe erwartet, dass er sein Verhalten erklären oder dementieren würde. Doch er verabschiedet sich einfach. Sein Angebot, mich früher gehen zu lassen, der Brief und diese Bestärkung – Jonah kappt in diesem Augenblick sämtliche Bande zwischen uns. Er spricht uns beide frei. Mich für mein Studium und ... Cooper.

Obwohl es viel zwischen uns zu klären gäbe und ich ihm zumindest für die Möglichkeit, dass ich bei ihm arbeiten durfte, danken sollte, schweige ich. Zu groß ist meine Angst, erneut in Tränen auszubrechen.

„Du wirst deinen Weg gehen, Evie, da bin ich mir zu einhundert Prozent sicher. Und irgendwann wird es leichter werden, in vielerlei Hinsicht. Auch wenn du das nicht immer bemerkst, aber du bist unglaublich stark, klug, und du weißt, was gut für dich ist. Behalte dir das bei."

Überraschend macht er einen Schritt auf mich zu, umfasst mein Gesicht mit beiden Händen, wie er es schon so oft getan hat. Doch niemals war dieser Moment so schmerzvoll. Es ist das letzte Mal. Ein letztes Mal Nähe, eine letzte Berührung.

Jonah ringt sich ein Lächeln ab. „Es tut mir so leid. Ich wünsche mir wirklich, die Sache mit uns wäre anders verlaufen; aber so bin ich nun einmal nicht. Du solltest jemanden finden, der dich glücklich macht, Evie. Doch das, was du mir gegeben hast, bedeutet mir sehr viel. Ich werde das nicht vergessen.“ Obwohl ich mir zuvor noch geschworen habe, ihn nie wieder anzufassen, erlaube ich ihm jetzt, mich zu küssen.

Wahrscheinlich werde ich mich selbst später dafür verachten, in diesem Moment so schwach gewesen zu sein. Aber seine Anziehungskraft ist einfach mächtig. Sein Geruch, sein Geschmack und seine Stimme benebeln mich und setzen meinen Verstand außer Kraft.

Ich ergreife seinen Unterarmen und würde gerade all mein Geld für die Fertigkeit, die Zeit anhalten zu können, opfern. Eine Träne kullert über mein Kinn, als Jonah den Kuss schließlich unterbricht. Mein Herzschlag droht meine Brust zu sprengen, und meine Beine tragen kaum noch mein Gewicht. Am liebsten würde ich Jonah anflehen, dieser Verbindung, die ich zwischen uns spüre, eine Chance zu geben. Wir könnten so viel mehr füreinander sein, wenn wir mehr Zeit hätten. Wenn Jonah Vertrauen in die Liebe hätte. Doch gleichzeitig wiegt der Verrat, den er begangen, und die Art, wie er mich abserviert hat, viel schwerer. Das Negative erstickt den winzigen Keim der Hoffnung, die ich jedes Mal verspüre, sobald ich in Jonahs Nähe bin.

Als er seine Stirn an meine legt, wird mir klar, dass es für uns niemals ein gemeinsames Morgen geben wird. Alles, was ich bekomme, ist ein endgültiges Ende. Ein unwiderruflicher Cut, der die Wogen glätten soll, so gut es eben geht.

„Evie", flüstert er meinen Namen. „Alles wird gut werden."

„Wie kannst du das wissen?"

„Ich weiß es einfach."

Noch einmal streicht er mir mit dem Daumen über die Lippen, dann ist auch diese Berührung vorbei, die ich so dringend gebraucht habe.

Ich weiß noch nicht, wie ich diesen Kuss bewerten, und was er mir über Jonahs Gefühle verraten soll. Ich bin zu aufgewühlt und merke erst, dass wir nicht mehr allein sind, als sich hinter Jonah jemand räuspert.

Jonah schreckt hoch, und auch Mike wirkt nicht unbedingt so, als würde er sich in dieser Situation besonders wohlfühlen.

Mit der Handfläche wische ich mir eine Träne von der Nasenspitze, während Jonah an seiner Krawatte fummelt und Mike einen warnenden Blick zuwirft.

„Zum Teufel, läufst du einfach in jedes verdammte Büro rein, ohne zu klopfen?", herrscht er ihn an.

Mike schrumpft sichtlich auf die Größe eines Gartenzwerges. Er scheint krampfhaft zu versuchen, einen Zusammenhang zwischen dem, was er soeben gesehen hat, und dem, was Jonah ihm über uns erzählt hat, herzustellen. Schließlich hielt er mich die längste Zeit für Jonahs Cousine, doch dieser Kuss war eindeutig nicht verwandtschaftlicher Natur.

„Ich ... tut mir leid ... Mr Warren."

Jonah macht einen drohenden Schritt in Richtung Mike. „Wenn davon irgendetwas dieses Büro verlässt, werde ich dafür sorgen, dass du im gesamten Land keinen einzigen Job mehr finden wirst. Kapiert?“

„Kapiert.“

„Kluge Entscheidung.“ Als er in meine Richtung nickt, wirkt sein Blick weicher. „Denk an den Brief, Evie, und entscheide, wie es für dich richtig ist.“

Ich halte den Atem an und nicke zustimmend. Doch der Knoten in meinem Hals wird dicker, als Jonah weggeht und ich mit Mike allein zurückbleibe. Jonahs Brief auf Emilys Schreibtisch wirkt bedeutsam für mich. Viel bedeutsamer scheint das zu sein, was Jonah mir zwischen den Zeilen gesagt hat. Es war eine Entschuldigung, die ich im Augenblick aber noch nicht annehmen kann.

Alles wird gut werden. Irgendwann wird der Schmerz vergehen. Vielleicht. Irgendwann. Hoffentlich.

„Dein ... dein Cousin? Sind Verhältnisse miteinander in eurer Familie üblich?“

Ich antworte Mike nicht, sondern streiche über das Kuvert, das mich immer noch in seinen Bann zieht.

„Okay, jetzt habe ich es begriffen! Er ist gar nicht dein Cousin. Richtig?“

„Was hast du denn geglaubt?!“, murmele ich.

„Na ja, ich hatte bis jetzt keinen Grund, seine Aussage infrage zu stellen. Ich fand es irgendwie süß, dass er so um das Wohl seiner Cousine besorgt ist.“

„Tut mir leid, dass ich dir nicht die Wahrheit gesagt habe. Das war so feig von mir. Aber es ist so schrecklich kompliziert, Mike."

Kompliziert – das trifft meine derzeitige Lebenslage nicht einmal ansatzweise.

„Tja, trotzdem scheint der Kerl ein verknallter armer Teufel zu sein."

„Wieso?", frage ich.

„Er ist dir völlig verfallen und scheint es nicht zu verkraften, dass du ihn abserviert hast."

„So ist es gar nicht." Ich lehne mich gegen den Schreibtisch und reibe meine feuchten Hände aneinander. „Er hat es beendet, Mike. Und deshalb werde ich in die USA zurückgehen. Ich bin der verknallte arme Teufel."

Während meine Zeit in London abläuft, bereite ich alles für meine Abreise nach Detroit vor. Da ich ohnehin nur das Nötigste mitgenommen habe, ist das Packen keine Herausforderung für mich. Viel schwieriger ist es mich emotional zu lösen. Insgeheim warte ich wohl immer noch auf ein alles veränderndes Zeichen von Jonah.

Ich konnte meinen Flug umbuchen und fliege jetzt bereits zwei Tage nach meinem letzten Arbeitstag bei Jonah zurück. Chloe wäre ohnehin die ganze Woche nicht da, und ... ach was, ich suche doch nur nach Ausreden, die meine Flucht besser erklären.

So zu tun, als blickte ich mit Freude in meine unmittelbare Zukunft, fällt mir zunehmend schwerer. Wie sehr das schlechte Gewissen an mir nagt, wird mir einmal mehr deutlich, als ich am Abend meines vorletzten Arbeitstages mit Cooper skype.

Ihn zu sehen bedeutet, dass ich direkt mit meiner Untat konfrontiert werde. Mir wird immer noch warm ums Herz, wenn ich in Coopers vertrautes Gesicht blicke, doch es fühlt sich zugleich an, als wöge unsere gegenseitige Unehrlichkeit viel schwerer als all das Positive, das uns verbindet. Immer häufiger kommt mir der Gedanke, dass ich zu jung bin, um eine Beziehung zu führen, in der ich mir eingesperrt vorkomme.

„Ich kann es kaum erwarten, dich wiederzusehen, Darling“, meint Cooper da und beugt sich näher zur Kamera.

Ich lächele und wünschte, ich würde auch nur im Geringsten so fühlen wie Cooper. „Drei Tage noch.“

„Drei Tage“, wiederholt er. „Die vergangenen Wochen ohne dich waren schwer für mich. Ich habe aber begriffen, wie sehr ich dich brauche. Jetzt wird alles besser werden.“

Da ich nicht vorhabe, Cooper während eines Videogesprächs die ganze Wahrheit zu sagen, gelingt es mir zu lächeln. Doch ich habe noch nicht entschieden, ob ich ihm von Jonah erzählen soll, sobald ich wieder bei ihm bin. Ehrlichkeit währt zwar am längsten, aber durch zu viel Ehrlichkeit könnte unsere ohnehin fragile Beziehung endgültig zerstört werden. Es mag egoistisch sein, aber Cooper jetzt zu verlieren wäre eine zu große Katastrophe für mich. Alles, was ich nach dieser Sache mit Jonah brauche, sind Sicherheit, Liebe und mein altes Leben, um die schmerzhaften Erinnerungen auslöschen zu können.

„Wir bekommen das wieder hin, Evelyn.“

„Ich hoffe es.“

„Natürlich. Davon bin ich fest überzeugt.“

Als ich lächele, rückt er abermals näher zum Bildschirm. Er legt den Kopf leicht schräg und betrachtet mich, als wäre ich die schönste Frau dieser Welt. Früher wäre mein Herz dabei explodiert. Jetzt aber fühle ich ... nichts.

Während Cooper mich mit Storys aus unserem gemeinsamen Freundeskreis versorgt, lausche ich nur mit einem Ohr und frage mich unweigerlich, ob ich mit diesem Mann glücklich werden kann. Ob ich mit ihm überhaupt glücklich sein möchte. Ich begreife einmal mehr, dass ich mein Studium nicht an Cooper knüpfen darf. Auch ohne ihn werde ich meinen Weg gehen. Doch gleichzeitig möchte ich ihm auch eine Chance geben, seinen Fehler wiedergutzumachen.

„Na, du bist ganz schön müde“, meint er etwas argwöhnisch, als ich gähne.

„Ich hatte einen langen Tag.“ Vor allem aber habe ich kurze Nächte, in denen ich kaum Schlaf finde.

„Dann lasse ich dich jetzt in Ruhe. Lass uns vor deinem Abflug noch einmal chatten, damit ich weiß, wann ich dich vom Flughafen abholen soll.“

„Machen wir.“

Cooper grinst, küsst seine Fingerspitzen und drückt sie auf die Kameralinse an seinem Handy. „Ich liebe dich, meine Schöne.“

Alles in mir wehrt sich dagegen, eine Erwiderung auszusprechen. Dennoch atme ich kurz durch und sage: „Ich liebe dich auch.“

Nachdem ich das Videogespräch beendet habe, ist mir richtig übel.

Was zum Teufel tue ich da eigentlich? Das Richtige? Das vollkommen Falsche?

Ich warte wohl immer noch auf ein Wunder, das Jonah involviert. Irgendetwas, das mir zeigt, dass ich ihm genauso viel bedeute wie er mir. Das scheint der wahre Grund zu sein, weshalb ich nicht abreisen möchte. Dann stirbt die allerletzte Hoffnung.

Doch wie sinnlos dieser Wunsch ist, wird mir erst in den folgenden Tagen richtig bewusst. An meinem letzten Arbeitstag bei *JW Sports* werde ich von meinen Kollegen herzlich verabschiedet. Ich habe Kuchen mitgebracht, und zur Feier des Tages gibt es sogar Sekt. Sogar Emily hat sich mit Gipsbein in die Firma geschleppt, um sich von mir zu verabschieden. Jonah allerdings lässt sich nicht blicken.

Es fällt mir verdammt schwer, diesen Schmerz nicht zu zeigen. Ich kann mich kaum auf ein Gespräch konzentrieren, weil mein Blick immer wieder zum Fahrstuhl gleitet, als bestünde auch nur die geringste Chance, dass Jonah doch noch auftaucht.

Den Samstag verbringe ich mit meinen Eltern und Toby. Wir essen miteinander und plaudern gemütlich bei ihnen im Garten. Die letzte Nacht in England verbringe ich in meinem alten Kinderzimmer – ganz so wie damals, als ich beschlossen habe, endlich von daheim fortzugehen. Meine Mum ist schrecklich sentimental, versucht ihre Tränen jedoch zu verstecken. Dad tätschelt unaufhörlich meinen Rücken, und Toby glänzt mit Zurückhaltung. Was ich ihm nicht einmal verübeln kann. Irgendwie ist es zwischen uns seltsam, da er jetzt die Wahrheit über mich und Jonah kennt. Ich glaube nicht, dass er böse auf mich ist. Es scheint eher so, als wäre er durch unsere Affäre völlig durch den Wind.

Sein bester Kumpel und seine kleine Schwester – für ihn geht das nicht zusammen.

Da mich Toby zum Flughafen bringt, verabschiede ich mich nach einem letzten gemeinsamen Frühstück von meinen Eltern. Ich habe zwar vor, über Weihnachten zu Besuch nach London zu kommen, doch natürlich ist das nicht dasselbe, als wenn ich ständig in der Nähe wohnen würde.

Die Stimmung in Tobys Wagen ist angespannt. Während er schweigt, fummele ich nervös am Reißverschluss meiner Handtasche. Zu gerne wollte ich wissen, was Jonah und er gesprochen haben, als Toby vor eineinhalb Wochen bei Jonah daheim aufgetaucht ist. Das Einzige, was Toby mir verraten hat, ist, wie enttäuscht er von Jonah sei, dass er nicht wisse, ob er solch einen Freund überhaupt nötig habe.

Aber hat Jonah irgendwann in den letzten Tagen nach mir gefragt? Sich nach dem Zeitpunkt meiner Abreise erkundigt?

„Bist du nervös?“, fragt mein Bruder irgendwann. Vermutlich geht ihm das Geräusch des zippenden Reißverschlusses zunehmend auf den Geist.

Ich zucke mit den Achseln. „Geht so.“

„Sobald du gelandet bist, wirst du dich wieder eingelebt haben.“

Schön wär's. Ich habe das Gefühl, nie wieder unbeschwert in meine Heimat fliegen zu können, ohne befürchten zu müssen, Jonah über den Weg zu laufen. Gleichzeitig komme ich mir wie ein Feigling vor, praktisch vor ihm zu fliehen.

Was ich auch mache, nichts scheint im Moment richtig zu sein. „Kann ich dich etwas fragen, Toby?"

Toby seufzt, und ich sehe, wie seine Finger das Lenkrad fester umfassen, als ahne er bereits, in welche Richtung sich dieses Gespräch entwickelt. „Er wird nicht heulend auf dem Flughafen auftauchen und dich anflehen zu bleiben, Evie. Falls das deine Frage war, ist sie somit beantwortet."

„Nein, das ist mir klar. Ich will wissen, wie es um eure Freundschaft steht. Immerhin hast du eine Menge zu verdauen."

„Wir haben in den vergangenen Tagen kein Wort miteinander gesprochen. Das war bis jetzt noch nie so." Mein Bruder macht gerne mal auf harten Kerl. Doch ich kenne seinen weichen Kern ebenso gut. Toby ist jemand, der sich Dinge wirklich zu Herzen nimmt und enorm viel Wert auf Ehrlichkeit legt.

„Und so soll es weitergehen?"

„Ich weiß es nicht."

„Toby, es ist wirklich schwierig für mich, und ich leide unter dieser Situation sehr. Jonah hat mich verletzt, aber ich habe auch meine Lektion gelernt. Ich möchte nicht, dass eure Freundschaft deswegen zerbricht – immerhin kennt ihr euch euer ganzes Leben lang."

„Das mit Samantha kann ich verkraften. Dass er dich verarscht hat, kann ich ihm aber kaum verzeihen."

Mich rührt zwar, dass Toby unerbittlich zu mir hält. Gleichzeitig wünsche ich mir für beide, dass sie wieder zueinander finden. „Er hat mich nicht verarscht. Unsere Gefühle waren unterschiedlich, und Jonah hat einen Schlussstrich gezogen. Außerdem stand meine Abreise sowieso als endgültiger Schlusspunkt."

„Also vergibst du ihm?", fragt Toby und klingt ehrlich erstaunt.

Ich seufze. „Was ich fühle, hat nichts mit Vergebung oder Vergeltung zu tun. Ich muss lernen, ihn gehen zu lassen. Vielleicht gelingt es mir irgendwann, einfach wieder einen guten Freund meines Bruders in ihm zu sehen. Aber euch verbindet so viel mehr, Toby. Das darfst du nicht wegen mir wegwerfen. Das darf nicht passieren."

Toby denkt kurz über meine Worte nach. „Wärst du geblieben, wenn er dich gebeten hätte?"

Nun muss ich überlegen. „Ich glaube ... nein. Wäre ich nicht. Dieses Praktikum hat mir deutlich gezeigt, was ich in meinem Leben machen möchte. Und selbst wenn Jonah eine Beziehung mit mir angestrebt hätte, hätte ich zuerst wohl mein Studium abgeschlossen."

„Du rennst also nicht vor Jonah weg, sondern willst dein Studium immer noch fertig machen?"

Ich nicke. „Ja, das will ich. Jonah hat gleich am Anfang zu mir gesagt, dass es kein Kerl der Welt wert sei, für ihn Träume zu opfern. Irgendwann werde ich über ihn hinweggekommen und froh sein, mein Leben selbst in die Hand genommen zu haben."

Zum ersten Mal, seit wir ins Auto gestiegen sind, lächelt Toby. „Als Schwester kannst du manchmal eine verdammte Nervensäge sein. Du bist aber auch was ganz Besonderes und hast meine volle Achtung, Evie. Nicht jeder würde versuchen, die Freundschaft eines Typens zu kitten, der einem das Herz gebrochen hat."

Das stimmt. Aber ich bin nicht auf Rache aus.

Das, was zwischen Jonah und mir passiert ist, soll Toby nicht schaden. Schließlich wollten wir das von Anfang an verhindern.

„Bei mir wurden eben nur die besten Eigenschaften aus dem Genpool geschöpft."

„Du meinst jene, die ich dir noch übrig gelassen habe?"

Grinsend versetze ich ihm einen leichten Schlag gegen die Schulter. Als Toby jammert und sich die Stelle reibt, breche ich in schallendes Gelächter aus. Er war schon immer wehleidig. „Permanentes Wehklagen und Zimperlichkeit hast du schon für dich beansprucht."

„Dafür habe ich dir die borstigen Locken gelassen."

„Als hättest du selbst keine."

„Siehst du welche?", fragt er schmunzelnd.

Ich schüttele den Kopf. „Blödmann."

„Überleg mal kurz, wer von uns beiden der Blödmann ist."

„Okay, der Punkt geht an dich."

Eine Weile schweigen wir, dann meint Toby: „Ich werde ihn noch ein bisschen zappeln lassen, bis er wie ein reumütiger Köter angekrochen kommen darf."

Das ist ganz schön boshaft, aber zumindest besser, als wenn er Jonah die Nase bricht – oder ihm die Freundschaft aufkündigt.

Als wir auf dem Flughafen ankommen, spüre ich einen winzigen Hoffnungsfunken, Jonah könne doch noch auftauchen, um sich von mir zu verabschieden. Meine Hände zittern, und mein Magen schlägt Purzelbäume, während Toby und ich das Parkdeck verlassen und in Richtung Abflugterminal gehen. Ich checke ein und gebe mein Gepäck auf. Als ich aus der Schlange trete, schlingt von hinten jemand die Arme um mich.

Blitzschnell drehe ich mich um. Es ist Chloe, die mich mit Tränen in den Augen festhält.

„Chloe, ich dachte, du musstest zu einem Casting!?", frage ich freudig erstaunt.

„Vielleicht wäre das mein Durchbruch gewesen, aber scheiß drauf. Ich kann dich nicht einfach abhauen lassen, ohne dir noch mal gehörig in den Arsch zu treten und dich dran zu erinnern, dass es nur eine allerbeste Freundin für dich gibt."

„Ich freue mich, dass du hier bist. Wow."

„Dabei hasse ich Flughäfen. Echt übel."

„Wenn du einmal Filmstar bist, wirst du aber viel reisen müssen."

Sie zuckt die Achseln. „Ich fahre lieber mit dem Zug." Toby schlägt vor, dass wir uns noch auf ein Getränk hinsetzen, um die verbleibende Zeit zu nutzen. Während mir Chloe über das Casting, das sie sausen ließ, erzählt, merke ich, wie meine Blicke ständig durch die Menschenmenge schweifen.

Obwohl Toby mich darauf hingewiesen hat, dass keine versöhnliche Überraschungsaktion von Jonah auf mich wartet, will ich einen solchen Gedanken nicht gänzlich beiseiteschieben. Vermutlich muss ich akzeptieren, dass er nicht kommen wird. Nach dem Abschied in seinem Büro ist die Sache für ihn erledigt.

Warum zum Teufel tut sein Fernbleiben so höllisch weh?

„Du wartest immer noch darauf, dass er auftaucht", schlussfolgert Chloe, nachdem Toby sich zur Toilette verabschiedet hat.

Ich schüttele den Kopf und täusche ein Lächeln vor. „Nein, ich erwarte gar nichts."

„Ich bin hier die gute Schauspielerin, nicht du, Evie. Du kannst mich nicht täuschen."

„Zwischen wünschen und erwarten liegen aber Welten."

„Genauso wie zwischen netten Kerlen und Arschlöchern. Wenn ein Kerl weiß, dass er gut aussieht, ist er meistens einer, der sich nicht binden möchte. Immerhin kann er jede haben. Ergo ist er ein riesiger Wichser und kümmert sich nicht um deine Gefühle."

Jonah steht ganz oben auf Chloes Abschussliste. Sie meinte zwar, dass sie ihn keinesfalls von der Bettkante stoßen, ihm am liebsten aber die Eier abschneiden würde. Und ich bin wohl verrückt, weil mich das rührt. Sie ist so, wie man sich eine Freundin wünscht – loyal, gnadenlos ehrlich und bestärkend.

Wahrscheinlich hat mich in der vergangenen Woche lediglich ihr Humor am Leben gehalten.

„Falls es dich tröstet, Evie, sollst du wissen, dass es dein gutes Recht ist, jeden Kerl flachzulegen, um Jonah zu vergessen. Dann wirst du schon bald merken, dass er nicht den heiligen Gral in der Hose hat, sondern das bloß Massenware ist."

„Ich werde an deinen Tipp denken", versichere ich grinsend.

„Das hoffe ich, Süße."

Als Toby zurückkommt, blickt er prüfend auf seine Uhr und dann auf die Anzeigetafel schräg hinter uns. „Ich glaube, du musst dich langsam auf den Weg machen. Heute ist viel los."

Alles in mir sträubt sich dagegen, jetzt aufzustehen, um in dieses Flugzeug zu steigen. Doch ich rufe mir in Erinnerung, dass Michigan mein Silberstreifen am Horizont ist. Dass meine Zukunft zum Greifen nahe ist. Und wenn ich den Sicherheitsbereich erreicht habe, werde ich absolute Gewissheit haben, dass Jonah nicht gekommen ist.

Aber da muss ich jetzt durch.

Toby und Chloe begleiten mich so weit sie dürfen. Zuerst falle ich Chloe um den Hals. Beide heulen wir, während meine beste Freundin sich Mühe gibt, mich noch aufzumuntern. Sie verspricht, mich bald besuchen zu kommen. Danach wende ich mich Toby zu. Auch er umarmt mich, küsst meinen Scheitel, ist aber sehr ruhig. Dennoch verstehe ich, was er mir mit Blicken zu sagen versucht. *Du schaffst das. Kopf hoch.*

„Hab dich lieb, großer Bruder", murmele ich in sein Ohr.

„Ich dich auch, kleiner Quälgeist. Aber vielleicht kann ich mein Versprechen dir gegenüber nicht einhalten und muss diesem Trottel jetzt doch in den Arsch treten, weil er hier nicht aufgetaucht ist."

Lächelnd verneine ich. „Lass gut sein, Toby. Ich brauche keine Stangenware, um glücklich zu sein."

„Was meinst du damit?", fragt er und runzelt die Stirn.

„Mach's gut. Chloe, ich liebe dich."

„Ich dich auch. Melde dich, wenn du gelandet bist."

Ein letztes Mal winke ich, dann verschmelze ich mit der Menschenmenge, die in Richtung Sicherheitsbereich strömt und mich unweigerlich meinem neuen/alten Leben entgegenspült. Dass ich dabei Tränen in den Augen habe, bleibt mein Geheimnis.

NEUANFANG

Vier Jahre später
Evie

„Ich hätte gedacht, dass es schmerzhafter sein würde."

„Kann ich nicht behaupten."

Lächelnd setze ich mich auf den frisch geputzten Boden meiner neuen Wohnung. Überall um mich herum herrscht Chaos, dem ich nur allmählich Herr werde. Außerdem fehlen noch einige Kartons, die erst im Laufe der nächsten Woche hergeschickt werden. Couch gibt es noch keine, da auch die erst geliefert wird.

„Man sagt, der Geburtsschmerz sei der zweitschlimmste Schmerz, den ein Mensch ertragen kann." Ein ideales Thema, um ein Sandwich zu verspeisen.

„Ich würde nicht sagen, dass ich ihn *ertragen* habe. Ich dachte, ich gehe jeden Moment drauf. Aber was ist dann der schlimmste Schmerz?"

„Auf Platz eins des Schrecklichkeitsrankings steht der Feuertod“, sage ich.

Emily brummt zustimmend und streicht ihrem Baby über das kleine Köpfchen, während sie es stillt. „Der bleibt dann den Männern vorbehalten, die uns in diese Lage gebracht haben.“

„Sagt diejenige, die gerade mal ein Jahr verheiratet ist.“

„Wäre ich eine Spinne, hätte ich Brian längst aufgefressen. Da hat er es in Wahrheit besser mit mir.“

„Total“, erwidere ich sarkastisch.

Emily grunzt und versucht herzuboxen. Doch sie erreicht mich nicht. „Wenn das Baby satt ist, zwicke ich dich.“

„Du weißt schon, dass dein Baby einen Namen hat?! Kannst du dich daran erinnern?“

„Trampel nicht dauernd auf meiner Stilldemenz herum, Rebeca. Die belastet mich ohnehin psychisch.“

Noch vor ein paar Jahren hätte ich Emily diese Lüge abgekauft. Mittlerweile aber kenne ich sie zu gut, um auf ihre Mitleidsschiene hereinzufallen. Emily ist sich für keinen Witz zu schade. Wir haben den Kontakt in all der Zeit, die ich von zu Hause weg war, nie abreißen lassen. Aus anfänglicher Sympathie wurde dicke Freundschaft. Chloe, Emily und ich sind ein witziges Dreiergespann. Emily ist seit drei Monaten Mutter, an ihrer lockeren Einstellung zum Leben hat sich zum Glück aber nichts geändert. Denn genau die kann ich in diesen Zeiten auch gut gebrauchen. Die vergangenen Jahre waren ohnehin ernst genug, ich habe es also mal wieder dringend nötig, dämlich kindisch sein zu dürfen.

Nachdem ich mir den letzten Happen in den Mund gesteckt habe, hole ich Emilys Sandwich aus der Verpackung und halte es ihr hin. „Hast du keinen Hunger, Bobby?“

„Wie, denkst du, soll ich die überschüssigen Kilos loswerden? Durch permanentes Futtern sicher nicht.“

„Da ist Salami drin und diese Gewürzmischung, auf die du so stehst.“

Sie knurrt und schnappt sich das Sandwich. „Ich hasse dich. Dein Umzug ist total scheiße.“

„Jeder Umzug ist scheiße.“ Während Emily isst, widme ich mich dem Regal, das wir aufzubauen begonnen hatten, bevor die Kleine hungrig wurde. Die Schubladen sind unser ultimativer Feind. Ich weiß ja nicht einmal, wo bei den Schienen oben und unten, vorne und hinten sein soll.

„Aber deiner besonders. Wir können kaum etwas tragen, weil wir zwei absolute Schwächlinge sind. Ich meine, ich habe vor wenigen Wochen ein Kind bekommen. Aber welche Ausrede hast du?“

„Ich bin das kalte Wetter in London nicht mehr gewohnt. Meine Gelenke sind deshalb ganz steif.“

„Erzähl keinen Scheiß. Als ich das letzte Mal bei dir in Detroit war, habe ich mir den Arsch abgefroren.“

„Das lag vielleicht daran, dass Winter war“, meine ich und stecke den Kopf in das Loch, wo irgendwann einmal eine Schublade Platz finden soll.

Emily krümmt sich vor Lachen. „Dieser Anblick wäre ein Foto wert. Du weißt schon, dass du dir keinen begehbaren Kleiderschrank gekauft hast.“

„Haha", meckere ich, kann mir ein Lachen aber nicht verkneifen. „Ich glaube, ich muss Toby um Hilfe bitten. Dieses Teil macht mich wahnsinnig."

„Dann kann er gleich die schweren Möbel von unten mit raufnehmen. Sag ihm aber bitte, er soll die Arbeiten oben ohne verrichten. Alles andere akzeptiere ich nicht."

Eigentlich wollte ich den Umzug allein stemmen, doch das schaffe ich nur bis zu einem gewissen Punkt. Ich schreibe Toby eine Nachricht, in der ich um seine Hilfe flehe, und setze mich seufzend neben Emily.

Sie tätschelt meine Wange, während ich den Kopf auf ihre Schulter bette. „Versprich mir, dich heute so richtig zu besaufen, um den Beginn deines Single-Lebens einzuläuten. Tu es für mich, Gretchen."

„Mal schauen. Irgendwie bin ich total müde."

„Nichts da mit ‚mal schauen'. Tu es einfach."

Grinsend schließe ich die Augen und hoffe, dass der Spannungskopfschmerz nicht noch schlimmer wird. „Ich bin verdammt glücklich darüber, dich an meiner Seite zu haben."

„Logo. Du kannst auf mich zählen. Auch wenn Brian bestimmt froh sein wird, dass sein Badezimmer in Kürze nur noch von einer Frau in Beschlag genommen wird."

„Hätten du und Chloe mich nicht bestärkt, würde ich jetzt immer noch in Detroit sitzen. Ohne eure Unterstützung hätte ich diesen Schritt wohl nicht gewagt."

Emily greift nach meiner Hand und verschränkt sie mit ihrer. „Ich habe schon bei unserem letzten Besuch gemerkt, dass du todunglücklich bist mit ihm.

Zuerst wollte ich mich nicht einmischen, dann aber habe ich beschlossen es doch zu tun, weil das Leben einfach zu kurz ist, um es mit einem Mann zu verbringen, der einen wie Scheiße behandelt."

Vor ein paar Wochen konnte ich noch nicht so rational denken. Ich war gefangen in einer Ehe, in der ich unterdrückt, manipuliert und schlechtgemacht wurde. Am Ende hatte Cooper sogar zweimal die Hand gegen mich erhoben. Die erste Ohrfeige bekam ich, als er spätabends von einem angeblichen Geschäftsessen nach Hause kam und ich ihm verriet, seinen Geschäftspartner nur wenige Stunden zuvor an der Tankstelle getroffen zu haben. Dieser hatte nichts von einem gemeinsamen Termin gewusst. Cooper wurde wütend, schrie mich an, und als ich nicht lockerließ, holte er aus, um mich zu schlagen. So gelang es ihm, mich sprachlos zu machen. Mit dieser Tat hatte er jedoch das ohnehin nur sehr dünne Band, das uns zu dieser Zeit noch verband, endgültig entzweit.

Cooper ist ein Mensch mit zwei Gesichtern. Er kann unglaublich sanft und liebevoll sein, dann aber ist er wieder eiskalt und hintertrieben. Ich glaube, er hat mich in unserer Ehe, die ganze zwei Jahre gedauert hat, unzählige Male betrogen. Anfangs war ich wütend auf ihn, irgendwann aber hatte ich resigniert. Da fehlte mir die Kraft, mich von ihm zu trennen, noch.

Der ausschlaggebende Punkt war ein Streit, bei dem es um meine berufliche Zukunft ging. Ich hatte ein tolles Jobangebot von einer interessanten Agentur auf dem Tisch, das ich unbedingt annehmen wollte. Zuerst aber wollte ich meine Entscheidung mit Cooper besprechen. Dieser wehrte das aber sofort ab. Ich sollte mich seiner Meinung nach auf unsere Ehe konzentrieren und mich um den Haushalt kümmern. Eine steile Karriere stand für mich nicht auf seinem Plan. Mit seiner Meinung hat er alles, wofür ich je gekämpft hatte, zerstört. Irgendwann bin ich dann explodiert. Ich warf ihm vor, dass er mein Leben versaut hatte und ich es bereute, meine Familie wegen ihm zurückgelassen zu haben. Cooper schlug mir darauf mit der Faust so fest ins Gesicht, dass ich taumelte und hinfiel. Er zeigte nicht einmal Reue, sondern behauptete sogar noch, dass ich um diese Strafe gebettelt hätte. Ich hatte Angst vor ihm und rief seine Eltern an, weil ich hoffte, die würden ihm ins Gewissen reden. Doch anstatt ihren gewalttätigen Sohn zur Rechenschaft zu ziehen, bestärkten sie ihn noch. Coopers Vater sagte mir beinhart ins Gesicht, dass eine Frau manchmal noch erzogen werden müsste. Er verstünde, warum Cooper mir meine Sturheit austreiben wollte.

Coopers Mutter schwieg. Sie wich meinen flehenden Blicken aus. Vermutlich kannte sie diese Situation aus eigener Erfahrung.

Als Cooper einige Tage später zu einer Dienstreise aufbrach, hatte ich meinen Entschluss gefasst: Ich würde diese schlimme Ehe, in der ich nicht glücklich war, beenden. Ich rief Emily an und erzählte ihr von meinem Plan. Sie unterstützte mich sofort. Sie holte mich von Heathrow ab und bot mir sogar an, bei ihr zu wohnen, bis ich eine eigene Wohnung gefunden hätte.

Lediglich sie und Chloe kennen die ganze Wahrheit über meine Ehe. Meinen Eltern und Toby habe ich erzählt, Cooper und ich hätten uns auseinandergelebt. Ich glaube, Toby würde Cooper umbringen, sollte er jemals erfahren, was wirklich geschehen ist.

Ich bin jetzt so weit, Detroit, Cooper und das Leben, das ich in den vergangenen vier Jahren geführt habe, hinter mir zu lassen. Ich habe mir einen Job und eine Wohnung in London gesucht. Ich habe mich gedanklich von Cooper gelöst, und erstaunlicherweise habe ich kaum geweint. Nicht einmal als ich mit dem Wissen, nie wieder zurückzukommen, unser Haus verlassen habe. Es war eher so, als wäre eine unglaubliche Last von meinen Schultern genommen worden. Endlich konnte ich wieder frei atmen und ich selbst sein.

Ich habe in den letzten vier Jahren viele schlechte Entscheidungen getroffen. Cooper zu heiraten war die mit Abstand schlechteste. Schon damals hätte ich auf mein Bauchgefühl hören sollen, doch wahrscheinlich war ich zu jung und gutgläubig gewesen. Ich musste es auf die harte Tour lernen. Daran bin ich aber keinesfalls zugrunde gegangen, sondern gewachsen. Kaum noch etwas verbindet mich mit dem Mädchen, das ich war, als ich aufbrach, um mein Studium fortzusetzen. Heute weiß ich, was ich möchte, und dafür bin ich bereit zu kämpfen.

„Du hast deinen Ehering abgenommen" stellt Emily mit Blick auf meinen Ringfinger fest.

„Den habe ich Cooper in meinem Brief auf dem Esstisch hinterlassen."

„Du hättest diesen Kerl richtig fertigmachen sollen, Evie. Du warst viel zu gut zu ihm."

„Ich bin über den Punkt hinaus, bei dem es mir um Klarstellung oder Rache geht. Wenn ich Cooper nie mehr wieder sehe, bin ich mehr als zufrieden." Dass ich ihn noch einmal treffen muss, lässt sich angesichts der Klärung der Scheidungs- und Besitzverhältnisse nicht vermeiden. Doch das schiebe ich momentan ganz weit weg von mir.

„Ich hoffe wirklich, diesem Kerl fällt mal ein Klavier auf dem Kopf."

„Ein Klavier?", frage ich.

„Hast du noch nie *Bugs Bunny* gesehen? Da landen dauernd Klaviere auf irgendjemandem."

„Du siehst zu viel fern, Emily."

„Und du kostest deine wiedererlangte Freiheit zu wenig aus. Bitte, Mädchen, wirf dich in Schale, geh raus, und beweise dir, dass dir ohne Cooper nichts fehlt – indem du einen wildfremden Typen flachlegst."

„Das weiß ich auch so", erwidere ich grinsend.

„Sex kann aber auch nie verkehrt sein."

„Im Moment will ich meine Selbstbestimmtheit genießen. Irgendwie gab es für mich nie ein Ich, sondern immer nur ein Wir. Und plötzlich brauche ich auf niemanden mehr Rücksicht zu nehmen. Das ist der Wahnsinn."

Wir schweigen und hängen unseren Gedanken nach. Ich habe einen Teil meiner Jugend an einen Mann verloren, der meine Liebe nicht verdient hat. Dabei dachte ich damals, in Cooper meinen Seelenverwandten gefunden zu haben. Meine bessere Hälfte, wie man so schön sagt. In Wirklichkeit hat er mir nie Platz zur Verwirklichung meiner Träume gelassen und war absolut egoistisch.

Nun bin ich fünfundzwanzig, bald geschieden und fange ein völlig neues Leben in meiner Heimat an. Jetzt bin ich wieder näher bei meiner Familie und meinen Freunden. Aber vor allem bin ich nicht mehr länger Mrs Cooper Vandekamp, Vorzeigeehefrau, die dazu verdammt ist, den Mund zu halten und ja keine eigene Meinung zu haben. In London stehen mir hingegen alle Türen offen – beruflich und privat.

„Sei ehrlich: Denkst du wieder häufiger an den Bossman, seit du hier bist?“, bricht Emily das Schweigen. Sie hebt Lily auf und bringt sie in eine Position, in der sie ein Bäuerchen machen kann. Die kenne selbst ich kinderlose Single-Lady mittlerweile.

Während ich Lily betrachte, tue ich so, als habe ich Emilys Frage nicht gehört. Denn die Antwort liegt ohnehin auf der Hand. Ich denke, Emily versucht nur, das Thema so feinfühlig wie möglich in eine ganz bestimmte Richtung zu lenken. Sie steht auf Happy Ends. Ich zwar auch, nur weiß ich, dass es dieses in dem Fall nicht geben wird.

„Benutz mein Baby nicht als Ablenkungsmittel. Sag schon!“

Ich strecke die Arme vor meinem Körper aus und seufze. „Was soll ich sagen, Emily? Natürlich denke ich an ihn. Es war jedes Mal nervenaufreibend für mich, wenn ich nach England gekommen bin.“

„Dieses Mal wirst du aber hier bleiben.“

„Ich habe ihn seit vier Jahren nicht gesehen. Ich werde den Kontakt zu ihm sicher nicht suchen. Jonah gehört ebenso zu der Vergangenheit, mit der ich gerade abschließe. Weißt du, Emily, wenn ich wieder dazu bereit bin, brauche ich irgendwann einen Mann, der mich nicht nur wegen meines Körpers begehrt, sondern der den Menschen liebt, der ich bin. Sex ist wichtig für eine Beziehung, keine Frage – aber viel bedeutsamer für ein schönes gemeinsames Leben sind doch Achtung füreinander, Ehrlichkeit und Wertschätzung. Mit Jonah hatte ich bloß Sex, und Coopers Hintergründe sind uns nun auch bekannt. Jonah ist mit Samantha zusammen und scheint glücklich zu sein. Ich kann jetzt nicht einfach bei ihm auftauchen und sein Leben auf den Kopf stellen."

„So glücklich man mit einer Frau wie Samantha sein kann", meint Emily verächtlich.

„Für ihn wird es passen."

Es wäre eine Lüge, wenn ich behaupte, den Stich in meinem Herzen nicht zu spüren, wann immer die Rede auf Jonah und Samantha fällt. In den vergangenen Jahren habe ich die Entwicklung in Jonahs Leben am Rande mitbekommen, wenn Emily oder mein Bruder mir etwas erzählt hat. Er hat sich tatsächlich für eine Beziehung mit Samantha entschieden, und beruflich ist es für ihn steil bergauf gegangen. Sein Konzept für das Fitnessstudio, das er gerade eröffnet hatte, als ich Praktikantin bei ihm war, war ein voller Erfolg. Mittlerweile hat er sogar expandiert und ein kleines Vermögen angehäuft.

Obwohl ich mich für ihn freuen kann, empfinde ich etwas Neid und Ungerechtigkeit. Während bei ihm alles glatt gelaufen ist, habe ich eine echt schwere Zeit hinter mir.

„Du kennst meine Theorie, und der bleibe ich treu“, versichert Emily.

Ich verdrehe die Augen, grinse dann aber, als sie Lily an mich übergibt. Sofort werde ich ganz rührselig und kuschele das schlafende Baby an meine Brust. „Deine Theorie könnte ich mit nur wenigen Worten widerlegen.“

Emily behauptet nach wie vor, dass Jonah mich damals nur gehen ließ, um im Ausland Erfahrungen zu sammeln, weil er genau wusste, dass ich irgendwann wieder zurückkäme. Und jetzt bin ich ja wieder hier. Dabei scheint sie aber nicht zu bedenken, wie egal Jonah es war, dass er mir das Herz brach. All die Jahre hat er sich kein einziges Mal erkundigt, wie es mir geht. Im Grunde hat er mich vollständig aus seinem Leben gestrichen, um eine Beziehung mit der Frau zu führen, wegen der er mich verraten hatte.

„Du wirst ihn bei Tobys und Janets Hochzeit sehen“, ruft Emily mir in Erinnerung.

Mein Bruder wird in wenigen Tagen heiraten. Ich brauche nicht zu erwähnen, welch riesiges Chaos ich mit meiner Trennung verursacht habe. Meine Eltern waren ohnehin schon mit den Nerven am Ende, und dann trennte ich mich auch noch von meinem Ehemann.

Doch so sehr ich mich auf Tobys Hochzeit freue, ist mir bewusst, dass ich dort auf Jonah treffen werde. Ich habe keinen blassen Schimmer, wie ich auf ihn reagieren werde. Ich könnte mich zum Beispiel betrinken und peinliche Moves auf der Tanzfläche hinlegen. Vielleicht breche ich in Geheule aus und stänkere Samantha an.

„Können wir das für heute mal verdrängen?“ Ich atme Lilys Duft tief ein. „Sie riecht so gut.“

„Total. Wir sind beide völlig verrückte Baby-Schnupperer.“

Ich lache. „Das stimmt.“

„Genauso wie meine Theorie. Ich wette, er plant bereits, wie er es anstellen kann, mit dir in einem Fahrstuhl eingeschlossen zu werden.“

„Dort gibt es nicht einmal einen Fahrstuhl.“

„Das ist schlecht.“

„Genauso schlecht wie deine Theorie.“

„Unterhalten wir uns in einem halben Jahr noch einmal darüber.“

ERINNERUNG

Jonah

Nachdem ich geduscht habe, ziehe ich mir bequeme Shorts und eines meiner Lieblingsshirts an. Selbst jetzt am Abend ist es noch brütend warm. An Tagen wie diesen hasse ich meine zugeknöpfte Arbeitskluft und würde am liebsten in sommerlicher Kleidung zur Arbeit gehen.

Auf der Suche nach meinem Handy finde ich Samantha im Wohnzimmer vor, die gerade eine ihrer verdrehten Yoga-Posen vollführt. Ich lasse meinen Blick über ihren Hintern, der steil nach oben ragt, schweifen.

Als sie mich dabei erwischt, grinst sie breit und setzt sich im Schneidersitz auf ihre lilafarbene Yogamatte. „Ich bin gleich fertig. Magst du mit mir duschen gehen?“

Verlockend. „War ich gerade. Ich bin mit den Jungs verabredet.“

„Und siehst du deren Ärsche auch so sehnsüchtig an?“

Lächelnd gehe ich in die Hocke und streiche Samantha über die Wange. „Kommt darauf an, welche Hose Max trägt. Ich werde nicht allzu lange bleiben, dann kann ich mich später noch ausgiebig mit deinem Hintern beschäftigen.“

Ich küsse sie, ehe ich zu dem Pub fahre, wo wir uns am häufigsten treffen, da der Laden sehr praktisch zwischen unseren Wohnungen gelegen ist. Während Max nach wie vor glücklich als Junggeselle ist und sein Schwanz längst die muschitechnische Tausendermarke geknackt haben dürfte, hat sich Toby nun endgültig häuslich niedergelassen. Kaum zu glauben, dass der Kerl, mit dem ich schon so viel durchgemacht habe, in wenigen Tagen heiraten wird. Jeder kann sich ausrechnen, was in Tobys Leben als Nächstes passieren wird – er wird sich ein Haus auf dem Land kaufen und eine Schar Kinder in die Welt setzen. Toby scheint sich darauf zu freuen, für mich wäre so ein Leben aber undenkbar. Das zwischen Samantha und mir ist zwar fix und durchaus ernst gemeint, aber ich bin meilenweit davon entfernt, eine Familie gründen zu wollen. Für mich steht im Augenblick mein Job an allererster Stelle. Mein Business läuft so gut, dass ich doch verrückt wäre, würde ich dessen Erfolg jetzt gefährden.

Als ich bei unserem Lieblingsplatz ankomme, sind meine beiden Kumpels schon da. Max lamentiert gerade über eine für ihn nicht nachvollziehbare Entscheidung des Schiedsrichters, während sich Toby köstlich über seinen Gefühlsausbruch amüsiert.

„Man sollte den Kerl ersetzen. Wenn der nicht befangen ist, fresse ich einen Besen. Du siehst das doch auch so, Jonah, richtig?“

Ich setze mich und deute dem Barkeeper mit einem Fingerzeig, mir ein Bier zu zapfen. Normalerweise wird hier niemand am Tisch bedient. Bei uns aber macht Joey eine Ausnahme. „Mir ist der Typ auch suspekt, aber ich drehe nicht gleich so durch wie du.“

„Danke für nichts.“

„Gerne“, erwidere ich grinsend.

Joey kommt mit meinem Bier und klopft mir zur Begrüßung auf die Schulter. „Hi, Leute. Freut mich, euch zu sehen. Schon aufgeregt wegen deines großen Tages, Toby?“

„Geht so. Aber Janet solltest du diese Frage nicht stellen. Du würdest es schnell bereuen.“

„Ich bin mir sicher, dein Trauzeuge steht dir zur Seite“, meint Joey und drückt erneut meine Schulter.

„Zur Not zerre ich ihn vor den Altar. Nach der ganzen Planung und all dem Scheiß wird das Ding jetzt durchgezogen.“

„Im schlimmsten Fall heiraten Jonah und ich.“ Max zieht mich oft damit auf, weil er meine Abneigung gegen die Ehe kennt. Ihm geht es allerdings nicht viel anders.

„Wie oft du damit kommst, könnte man meinen, du stehst auf mich“, sage ich schmunzelnd.

„Es ist an der Zeit zuzugeben, dass ich mir jeden Morgen in der Dusche einen runterhole und dabei an deine hässliche Visage denke.“

„Ihr seid verrückt, Jungs." Joey legt die Rechnung auf den Tisch und geht zurück zum Tresen.

Eine Weile sehen wir zum Fernseher, der an der Wand gegenüber hängt. Irgendwann verzieht sich Toby zur Toilette. „Was hast du da eigentlich für Sachen an?", fragt Max, als Toby zurück ist.

Daraufhin werfe auch ich einen Blick auf Toby, während ich einen Schluck Bier nehme. Bei Toby glaubt man normalerweise, er würde in gebügeltem Hemd und Hose schlafen. Heute aber trägt er ein für seine Verhältnisse schäbiges weißes Shirt und kurze Jeans. Ich wusste nicht mal, dass er so etwas besitzt.

„Das sind Arbeitssachen", meint er beiläufig.

Max grunzt amüsiert, während ich die Stirn runzele. „Arbeitest du neuerdings nebenberuflich noch woanders?", witzele ich.

„Die Hochzeit wird wohl doch teurer als gedacht. Und um dich zu prostituieren, damit Geld in die Kasse kommt, ist dein Schwanz wohl einfach zu klein", setzt Max eins obendrauf.

Toby aber verzieht keine Miene. „Ich habe jemandem beim Umzug geholfen und Möbel geschleppt."

„Jemandem? Jetzt wird es spannend." Max lehnt sich vor und lässt Toby nicht mehr aus den Augen.

„Wird es nicht." Toby lässt sich nicht aus der Ruhe bringen.

„Doch. Erzähl mal."

„Hast du eine neue Nachbarin?", frage ich lachend.

Toby schüttelt genervt den Kopf. „Warum zum Teufel ist das jetzt so wichtig?"

„Ich frage ja nur. Da du ein so großes Geheimnis daraus machst, wirkt es eben verdächtig.“

„Das ist echt nicht normal“, unterstützt mich Max. „Da möchte ich auch anbieten, deiner neuen heißen Nachbarin beim Umzug zu helfen, und du reagierst gleich so eifersüchtig. Du wirst heiraten, ich bin Single – merkst du was?“

Toby schnippt mit dem Finger einen Krümel vom Tisch und mustert Max und mich abweisend. „Es ist Evie, der ich geholfen habe. Zufrieden?“

Das Lachen, das ich gerade noch auf den Lippen hatte, gefriert augenblicklich. Ich spüre die Blicke meiner Freunde, bevor ich selbst weiß, wie ich reagieren soll. Seit über vier Jahren ist Evies Name kein einziges Mal zwischen uns gefallen. Wir hatten beschlossen, dieses negative Kapitel unserer Freundschaft abzuschließen und es nie wieder zu erwähnen.

Genauso habe ich es mit meinen Erinnerungen an Evie getan. Sie war nicht nur geografisch weit weg, sondern auch gedanklich. Ich wusste zwar, dass sie diesen Typen geheiratet hat, doch Genaueres wollte ich nie erfragen. Ich weiß, dass ich sie schlecht behandelt habe, und über die Jahre habe ich mir eingeredet, dies zu ihrem Besten getan zu haben. Damit sie ihren Weg gehen kann.

„Evie ist wieder nach London gezogen.“

Anstatt Toby oder Max anzusehen, starre ich auf mein Bierglas. Ich drehe es sachte im Kreis und konzentriere mich auf das Zerplatzen der Luftblasen, um zu verhindern, dass meine Emotionen, die ich so lange unterdrückt habe, plötzlich hochkommen.

„Ist sie allein hier?“, bohrt Max weiter.

„Ja. Sie wird sich scheiden lassen.“

Das ist für mich nicht verwunderlich. Wenn man sich vor Augen führt, dass sie diesen Wichser wirklich geheiratet hat, könnte man an ihrer Zurechnungsfähigkeit zweifeln.

Aber welches Recht habe ich, über Evies Ehe zu urteilen, wenn ich sie selbst doch nicht viel besser behandelt habe?!

„Fuck, das ist scheiße. Tut mir leid für sie.“

„Sie wird das packen“, erwidert Toby. „Sie hat schon einen Job gefunden und jetzt auch eine Wohnung. Ich glaube, sie weint Cooper keine Träne hinterher.“

„Echt krass. Aber sie war ja auch noch so jung, als sie geheiratet hat.“

Ich erinnere mich noch genau, wie mies ich mich fühlte, als ich von Evies Hochzeit erfuhr. Bis heute kann ich mir nicht erklären, was da mit mir los war. Immerhin war ich es gewesen, der sie gehen ließ. Tatsächlich habe ich sie knallhart abserviert und Toby geschworen, nie wieder ein Wort über sie zu verlieren. Ich war dann fix mit Samantha zusammen und wusste, dass die Chancen, auf Evie zu treffen, faktisch bei null lagen. Auf einmal aber scheint alles anders. Nun ist sie wieder hier in London, und ein Teil in mir sehnt sich danach, sie zu sehen.

Aber warum? Was will ich von ihr? Woher kommt dieses Bedürfnis?

Weil ich befürchte, jeden Moment durchzudrehen, stehe ich auf und gehe zur Toilette.

Während ich mich erleichtere, geht die Tür auf, und Toby steht neben mir.

„Was gibt's? Willst du gern gemeinsam pissen?", frage ich über meine Schulter.

„Du wüsstest Evie, die nach wie vor ein Problem für dich darstellt, lieber ganz weit weg. Richtig?"

Ich verdrehe die Augen, schließe die Hose und drehe mich zum Waschbecken. „So ein Bullshit, Mann. Sie kann tun und lassen, was sie möchte."

„Ihr werdet euch bei unserer Hochzeit sehen, das lässt sich nicht vermeiden. Aber ich schwöre dir, dass ich dich umbringe, wenn du ihr irgendwie blöd kommst."

Ich habe keine Ahnung, wie ich diese Hochzeit überstehen soll, wenn Evie auch dort ist – was ja völlig logisch ist, immerhin ist sie Tobys Schwester. „Ich hatte nicht vor, ihr allzu große Beachtung zu schenken. Ich glaube, das beruht aber auf Gegenseitigkeit."

Vermutlich ist es besser, wenn wir einander aus dem Weg gehen. Bei der Menge an Gästen, die Toby und Janet eingeladen haben, dürfte das nicht besonders schwer werden.

„Nach allem, was Evie wegen ihrer Ehe und Trennung durchgemacht hat, sind Probleme mit dir das Letzte, was sie gebrauchen kann. Außerdem hat Janet sich ins Zeug gelegt, um eine schöne Feier zu gestalten. Ich möchte nicht, dass die durch irgendwelche Dramen zerstört wird."

Ich nicke, weil ich an meinem Leben hänge und Toby hinsichtlich seiner Schwester und seiner Verlobten kompromisslos sein kann. Da stehe ich im

Vergleich sehr viel weiter unten in seinem Beliebtsheitsranking. „Es wird kein Theater geben. Nicht von meiner Seite."

„Ich hoffe es, Jonah. Evie braucht diesen Neuanfang. Für sie wird es schwer genug sein, dich überhaupt wiederzusehen."

„Klar. Verstehe ich. Du kannst dich auf mich verlassen."

Toby wirft mir noch einen bedeutungsvollen Blick zu, ehe er die Toilette verlässt.

Dramen sind das Letzte, was ich möchte. Ich kann nur hoffen, dass Evie sich zusammenreißt und nicht die Fassung verliert. Es bringt meiner Meinung nach ohnehin nicht viel, alte Probleme aufzuwärmen. Besser wäre es zu versuchen, einander zu respektieren und die Vergangenheit hinter uns zu lassen.

WIEDERSEHEN

Evie

In der Woche vor der Hochzeit meines Bruders starte ich richtig durch.

Und was soll ich sagen? Ich liebe, liebe, liebe mein neues Leben. Mein neuer Job ist ein Traum, die Kollegen sind inspirierend und freundlich, und bereits meinen ersten Auftrag schließe ich mit Bravour ab.

Ich fühle mich in meiner neuen, hellen Wohnung sauwohl. Es mag seltsam klingen, aber ich stehe darauf, abends nach Hause zu kommen und mit niemandem sprechen zu müssen.

Ich kicke dann meistens einfach die Schuhe von den Füßen, hole mir ein Getränk aus dem Kühlschrank und setze mich in meine heißgeliebte Fensternische, um die Stille in mich einzusaugen. Da ist endlich keiner mehr, der nörgelt, dass ich zu spät bin, oder sich über das Essen, das ich gekocht habe, beschwert. Ich bin keiner Menschenseele Rechenschaft schuldig.

Und das ist ... wahnsinnig gut.

Endlich komme ich dazu, Luft zu holen. Seit Jahren kann ich nun zum ersten Mal wieder frei atmen. Ich kann mich mit Freundinnen treffen und am Wochenende bis Mittag schlafen, wenn ich das möchte. Niemand stört sich daran. Ich kann Überstunden machen oder nach einem langen Arbeitstag mit ein paar Kollegen auf einen Drink gehen – das muss ich niemandem erklären.

In den vergangenen Jahren musste ich mich so oft rechtfertigen. Streit stand an der Tagesordnung, und ich hatte das Gefühl, von Cooper nicht ernst genommen zu werden. Ich gebe zu, dass es schwer war, den einen Schritt zu setzen und meine Zelte in Detroit abzubrechen. Denn auch dort hatte ich Freunde. Doch ich habe gelernt, dass nichts wichtiger ist, als glücklich zu sein. Und ich war eine sehr lange Zeit weit davon entfernt, glücklich zu sein. Stattdessen war ich gefrustet, lethargisch und traurig. Doch ich steckte gleichzeitig in diesem Gewohnheitstrott fest, und wahrscheinlich glaubte ich fest daran, dass Cooper sich ändern würde. Irgendwann. Irgendwie.

Dazu kam es aber nicht und wäre es wohl auch nie gekommen.

Ich musste also erkennen, dass ich erst durchs Kappen sämtlicher Verbindungen mein Leben genießen kann. Und allein diese erste Woche in meiner neuen Wohnung ist Lohn genug für die schmerzvollen Entbehrungen der vergangenen Zeit.

Am Freitag holen mich meine Eltern ab, um gemeinsam nach Bath zur Hochzeit meines Bruders zu fahren, die in einer ehemaligen Mühle stattfinden wird. Die Bilder, die mir meine Mum geschickt hat, haben mir wirklich gut gefallen. Die Location ist mitten im Grünen, der Garten steht zur freien Nutzung, und die Trauung erfolgt in einem hohen Raum mit spektakulärem Gewölbe. Für die Übernachtung wurde praktisch ein ganzes Hotel gemietet.

Nachdem wir eine gute halbe Stunde gefahren sind, stelle ich ein Selfie in unsere Mädelsgruppe.

Emily: Ich hoffe, du hast auch an die Kondome gedacht =)

Chloe: Wozu? Hochzeiten sind ein schlechter Nährboden für One-Night-Stands.

Ich: Keine Kondome und keine ONS, Leute.

Emily: Unverständlich für mich.

Chloe: Das wird nachgeholt, wenn du wieder daheim bist.

Ich schicke ihnen einen Daumen-hoch-Emoji und verstaue mein Handy in der Tasche. Meine Eltern quatschen mich die eineinhalbstündige Fahrt zu, doch das Thema Cooper umschiffen sie gekonnt. Vermutlich fürchten sie, ich würde in Tränen ausbrechen und dann nicht mehr aufhören zu weinen. Doch da kennen sie mich schlecht.

Bath ist ein ruhiges Seniorenstädtchen. Irgendwie sind hier alle glücklich und gut drauf, und so passe ich mit meiner Stimmung perfekt dazu. Ich komme mir wie im Gummibärenland vor und kriege mich kaum noch ein, als uns ein überhöflicher Page die Koffer abnimmt.

Was auch immer die alle geraucht haben – ich will davon etwas abhaben.

Bevor wir uns mit Janet und ihren Eltern im Restaurant treffen, beziehen wir unsere Zimmer. Im Fahrstuhl summe ich die Titelmelodie der Gummibärenbande, während ich die Lichter an der Anzeigetafel betrachte. Erst da wird mir klar, dass ich in einem Aufzug stehe. Erneut knipse ich ein Foto und schicke es den Mädels.

Emily: Also, gibt es doch einen Lift. Kommt er dir irgendwie manipuliert vor?

Ich: Nope. Wirkt alles ganz gewöhnlich. Vielleicht benutze ich sicherheitshalber künftig aber die Treppe.

Emily: Was habe ich dir schon einmal gesagt? In Treppenhäusern wird am meisten gevögelt.

Chloe: Soll das ein Insider sein? Habe ich was verpasst?

Ich: Nichts weiter, Chloe. Emily sollte nur mal wieder ihren Therapeuten anrufen.

Mein Zimmer ist ein Traum, mit frei stehender Badewanne, Blick in den weitläufigen Garten und mehr Kopfkissen, als ich zählen kann. Stöhnend lasse ich mich aufs Bett fallen, streife meine Schuhe ab und schließe die Augen.

Ich glaube, ich werde diesen Raum nie wieder verlassen.

Möglicherweise entwickele ich mich langsam zu einer langweiligen Spießerbraut, aber dieser Golfplatz, den ich von meinem Bett aus sehen kann, übt einen ungeheuren Reiz auf mich aus.

Kurz stelle ich mir vor, wie es bis jetzt gelaufen wäre, wenn Cooper mit mir gekommen wäre. Er hätte wohl schon bei der Herfahrt genörgelt, sich über das Zimmer beschwert, weil er immer irgendeinen Kritikpunkt findet, und dann wegen des Dinners heute Abend gemault. Vielleicht wäre er sogar Golf spielen gegangen, wodurch diese Aktivität sofort an Attraktivität für mich verliert.

Nach einer erfrischenden Dusche ziehe ich mir ein bequemes Sommerkleid an, binde meine Haare zu einem Pferdeschwanz zusammen und fahre nach unten in die Lobby. Meine Eltern warten dort bereits auf mich. Auch sie haben sich umgezogen und strahlen trotz der drückenden Hitze über beide Ohren. Auf der Terrasse des Restaurants treffen wir Janet, ihre Eltern und Toby. Janet wirkt so glücklich darüber, dass der Tag, auf den sie sich so lange gefreut hat, nun endlich bald da sein wird. Sie umarmt mich überschwänglich, ehe ich auch ihre Eltern begrüße und Toby einen Kuss auf beide Wangen hauche. Während die letzten Details bezüglich der Hochzeit besprochen werden, esse ich einen Salat und trinke erfrischende Limonade.

Wir sitzen lange zusammen. Als sich unsere kleine Gesellschaft auflöst, ist es bereits Zeit, sich für den abendlichen Empfang fertig zu machen.

„Bist du okay?", fragt Toby, während ich ihn umarme.

Ich schenke ihm ein ehrliches Lächeln. „Ja, bin ich. Mir ging es nie besser."

„Das macht mich unglaublich glücklich. Denn dass es dir gutgeht, ist die Hauptsache; alles andere wird sich ergeben."

Obwohl es wirklich warm ist, will ich den Luxus dieser riesigen Badewanne genießen. Ich lasse mir daher ein Schaumbad ein, trinke zwei Gläser Wein und döse ein wenig vor mich hin.

Als ich mich später in den ersten Stock begebe, flattern meine Nerven jedoch. Ich weiß, dass ich gleich unmittelbar mit meiner Vergangenheit konfrontiert werde. In Form des Mannes, der mir das Herz gebrochen hat. Zum Glück ist mein Selbstbewusstsein gerade riesig, ansonsten hätte ich wohl niemals den Mut aufbringen und allein das Restaurant betreten können.

Ein Kellner führt mich zu einem abgetrennten Bereich. Der Teppich dämpft das Klackern meiner marineblauen High Heels, als ich ihm folge. Abgesondert vom Restaurant entdecke ich eine u-förmige Tafel sowie die ersten vertrauten Gesichter. Nicht alle Hochzeitsgäste sind zu diesem Abend eingeladen. Lediglich die Familie des Brautpaares und einige enge Freunde. Janet hat drei Schwestern und einen Bruder, die auch jeweils bereits eigene Familien gegründet haben.

Als ich an einem Glas Champagner nippe, nähert sich mir meine Großmutter. Sie ist winzig, und ich muss fast in die Hocke gehen, um sie umarmen zu können. Ihr Duft erinnert mich unweigerlich an meine Kindheit. An stundenlanges Vorlesen meiner Lieblingsmärchen, ihr Feixen, wann immer sie bei einem Brettspiel gewonnen hatte, und wie weich ihre Stimme klang, wenn sie mir vorsang, bis ich einschlief. Als Kind war ich ein Angsthase. Ich wollte nie bei einer Freundin schlafen, nur bei meinen Großeltern.

„Evelyn-Schätzchen, wenn ich es nicht besser wüsste, würde ich sagen, seit wir uns das letzte Mal gesehen haben, bist du wieder ein Stück gewachsen."

Ich lache und lege den Arm um ihre Schulter. „Ach, Granny! Das sind die Schuhe, die machen mich so viel größer."

„Um Himmels willen", kommentiert sie diese, nachdem sie einen Blick darauf geworfen hat. „Brichst du dir damit denn nicht die Beine?"

Wenn ich nüchtern bleibe, bestimmt nicht. „Keine Sorge. Wo ist Zacky?"

„Hm, der steht draußen und qualmt. Du kennst ihn ja."

Zacky, also mein Großvater, ist unverbesserlicher Kettenraucher. Es gibt sogar eine Anekdote über ihn, dass er die Geburt meiner Mutter nicht miterlebt habe, weil er rauchen war. Das würde ich ihm glatt zutrauen.

„Wie geht es dir denn, mein Liebling? Irgendwie wirst du immer dünner. Du brauchst jemanden, der dich ordentlich füttert."

„Lieber nicht. Ich fühle mich wohl, wie ich bin."

„Verstehe", sagt sie, mustert meine Figur aber weiterhin skeptisch.

Meine Oma war schon immer der Meinung, dass eine Frau Speckreserven für schlechte Zeiten braucht. Wenn man Kinder bekommt zum Beispiel. Doch bei mir ist es so, dass ich nicht zunehme, egal, wie viel ich esse.

„Deine Mutter hat erzählt, dass du bereits eine Wohnung gefunden hast."

„Seit zwei Wochen schon. Ihr müsst mich mal besuchen kommen."

„Das ist lieb. Wir werden ..."

Die Stimme meiner Großmutter verwandelt sich zu einem unverständlichen verbalen Brei, als ich den Kopf gehoben und direkt in Jonahs Augen geblickt habe. Ich spüre sogar, wie meine Knie kurz einknicken, als hätte mir jemand von hinten in die Kniekehlen geschlagen. Sein Blick ruht auf mir, doch ich weiß beim besten Willen nicht, wie ich mich verhalten soll.

Ihn wiederzusehen ist viel schlimmer, als ich mir ausgemalt habe. Die Erinnerungen treffen mich knallhart und katapultieren mich gefühlstechnisch vier Jahre zurück. Zu einem Zeitpunkt, als mein Herz gebrochen war und ich in Coopers Arme gelaufen bin, als böte dieser Rettung.

Mit aller Kraft versuche ich den Schmerz, der sich wie ein Mantel über mich legt, zu vertreiben. Als wir hergefahren sind, hatte ich mir geschworen, Jonah keine Macht über mich zu geben. Die Zeit in meinem

Leben, in der ich mich von Männern, die mir schaden, schlecht behandeln lasse, ist vorbei. Endgültig.

„Ich sehe mal nach, wo Mum ist", vertröste ich meine Großmutter und nehme meinen Blick von Jonah.

„Mach das, Liebling." Sie tätschelt mir die Hand, während ich den Rücken durchstrecke und meinen Champagner exe.

Vielleicht ist Emilys Ratschlag, mich zu betrinken, gar nicht mal so übel. Man sagt ja, im Leben gibt es für jedes Problem eine Freundin, die einem mit ihrer Erfahrung weiterhelfen kann. Emily ist definitiv Expertin in Sachen Alkohol.

Mum finde ich in der Nähe der Terrasse. Die breiten Schiebetüren wurden geöffnet, sodass kühlere Luft hereinströmt. Auch im Außenbereich haben sich Gäste eingefunden. Ich könnte Toby suchen, aber Baby, wie ich nun mal bin, eile ich zu meiner Mami, sobald irgendwo eine böse Gefahr lauert.

„Tante Nelly hat Kuchen mitgebracht, weil sie dachte, das stand auf der Einladung", erzählt sie lachend, als ich neben ihr stehe.

„Oh, Gott."

Sie kichert kopfschüttelnd. „Frierst du? Du hast Gänsehaut."

Das muss vom Schock sein. „Nein. Alles gut."

Nachdem sie auf ihre Armbanduhr gesehen hat, verkündet sie: „Wir müssen langsam unsere Plätze einnehmen. Kannst du bitte Toby und Janet Bescheid geben? Ich gehe deinen Vater suchen."

Noch ehe ich protestieren kann, ist sie verschwunden. Na toll. Eigentlich sollte ich mich in den nächsten Stunden von Toby fernhalten, immerhin wird sich Jonah als sein Trauzeuge ständig in seiner unmittelbaren Nähe befinden. Doch ich will nicht, dass mein schlechtes Gefühl sich auf die Hochzeitsgesellschaft auswirkt. Deshalb tue ich, als würde Jonah gar nicht existieren – ganz so, wie ich es in den vergangenen Jahren gemacht habe.

„Hi", sage ich daher cool in die Runde, bestehend aus Toby, Max, Jonah und Janets Bruder. Als habe ich Scheuklappen auf, nehme ich gar nicht wahr, wer mich ansieht. „Toby, Mum meinte, es wäre an der Zeit, die Gäste zum Tisch zu bitten."

„Okay, mache ich. Hast du Janet irgendwo gesehen?"

„Nein, noch nicht."

Er schnippt mit den Fingern und sieht sich suchend im Raum um. „Ich glaube, sie wollte eine Jacke holen."

Eine Jacke? Es ist glühend heiß.

„Mach dir keine Sorgen, ich sehe mal nach ihr", schlage ich vor, weil es mir vorkommt, als wäre Toby total überfordert mit der Situation.

Er nickt, und ich bin froh, von Jonah wegzukommen. Auf dem Weg zu den Fahrstühlen versuche ich Janet telefonisch zu erreichen, doch sie hebt nicht ab. Und weil ich keine große Sache aus ihrem Verschwinden machen möchte, schlage ich weder bei meinen noch bei ihren Eltern Alarm. Stattdessen klopfe ich an die Zimmertür des

Brautpaares. Einmal. Zweimal. Ich warte kurz, ehe ich ein drittes Mal klopfe.

Nichts.

Abermals wähle ich ihre Nummer, doch auch diesmal geht sie nicht ran. Ich bleibe im Flur stehen und überlege, wo ich als Nächstes suchen kann. Vielleicht haben wir uns auch einfach verpasst, und sie ist schon längst wieder unten. Deshalb probiere ich es dann doch bei ihrer Schwester Luna, die Janets Trauzeugin sein wird. Doch auch die geht nicht an ihr Telefon.

Was zur Hölle soll ich jetzt machen?

In meiner Handtasche krame ich nach dem Zettel mit den wichtigsten Telefonnummern. Angefangen vom Caterer, Priester und einigen Gästen. Toby hat die Liste auch vorsorglich mir gegeben, sollte einer der Trauzeugen verloren gehen. Oder die Braut wie im jetzigen Fall. Ich fahre nach unten in die Lobby, und automatisch fällt mein Blick auf Jonahs Nummer. Ich vergleiche sie mit jener, die ich noch in meinem Handy eingespeichert habe – unverändert.

Im Grunde weiß ich, was zu tun ist, doch ich zögere, Feigling, wie ich nun einmal bin. Anstatt Jonah, der immerhin Tobys Trauzeuge ist, anzurufen, tippe ich eine Nachricht an ihn, um nicht mit ihm sprechen zu müssen.

Ich: Hi, ist Janet schon bei euch? Ich kann sie nirgendwo finden. Evie

Ich gehe nicht sofort zurück ins Restaurant, sondern biege durch die Tür neben der Rezeption, die in den Garten führt, den ich von meinem Zimmer aus sehen kann. Unterhalb einer breiten Treppe befindet sich ein Springbrunnen, dahinter ein buntes Blumenbeet und eine akkurat geschnittene Rasenfläche.

Jonah: Sie ist noch nicht da. Warst du schon oben bei ihnen im Zimmer?

Ich: Ja, da ist sie nicht. Sie geht auch nicht an ihr Handy. Bin jetzt im Garten und drehe eine Runde ums Gebäude, vielleicht unterhält sie sich ja irgendwo mit jemandem.

Jonah: Okay. Gib mir Bescheid. Sie sollte aber möglichst bald auftauchen.

Wie sich herausstellt, führt tatsächlich ein gepflasterter Weg rund um das Hotel. Und zu meiner großen Erleichterung entdecke ich Janet auf einer Bank unter einer riesigen Eiche sitzen. Quer über den Rasen laufe ich zu ihr. Erst als ich näher gekommen bin, erkenne ich, dass ihre Schultern zucken, als würde sie weinen. Noch überraschender ist aber die Zigarette, die sie in der Hand hält. Ich wusste nicht, dass sie raucht.

Als sie mich hört, dreht sie sich wie ertappt um und wischt sich eilig mit der Handfläche über die Wangen. „Evie, du hast mich erschreckt."

„Tut mir leid", murmele ich und setze mich unsicher neben sie. „Was ist los?"

Erneut kullern einige Tränen über ihr Gesicht. Den ganzen Tag wirkte sie so glücklich, doch jetzt sieht sie aus, als würde ihre Hinrichtung auf sie warten. „Ich verhalten mich furchtbar. Ich sollte dort bei Toby stehen und feiern, aber all die Leute, der Lärm, die Ratschläge und Glückwünsche ... ich habe keine Luft mehr bekommen."

Während ich versuche zu verstehen, was sie meint, nimmt sie einen tiefen Zug ihrer Zigarette. „Ich finde nicht, dass du dich seltsam verhältst, sondern dass das völlig normal ist. Auch Toby ist nervös."

Sie schnieft lautstark. „Ich habe mich auf das alles so gefreut und so viel Planung in die Hochzeit gesteckt. Jetzt ist der Moment endlich gekommen, und ich fühle mich, als würde mir die Situation entgleiten."

„Hast du Zweifel wegen dieses großen Schrittes, den du und Toby machen werden?"

„Nein, nicht deswegen. Keine Ahnung. Ich habe Angst, dass sich unsere Beziehung verändert oder dass Toby sich bloß gezwungen sah, mir einen Antrag zu machen."

„Janet, er liebt dich. Er vergöttert dich."

Sie lächelt traurig. „Das tue ich auch. Das ist nur ... ein so großer Schritt, der mir Lampenfieber bereitet."

Janet sieht wunderschön aus in ihrem hellbeigen Spitzenkleid mit den gelockten blonden Haaren. Sie ist aber nicht nur äußerlich schön, sondern auch ein herzensguter Mensch. Verglichen mit ihrer Vorgängerin ist sie ein Engel. Eine bessere Partnerin könnte sich mein Bruder nicht wünschen. Ich bin mir sicher, dass Janet ihn über alles liebt und ihre Zweifel und Ängste lediglich ihrer Anspannung zuzuschreiben sind.

„Als ich Cooper geheiratet habe, ging es mir richtig schlecht. Ich fühlte mich schuldig, weil ich am Abend zuvor ernsthaft mit dem Gedanken gespielt hatte wegzulaufen. Ich sah mein Hochzeitskleid an, weinte, und plötzlich wurde mir der Ernst der Lage, in die ich mich freiwillig gebracht hatte, bewusst. Es war, als würde ich mit der Hochzeit einen Teil meiner Identität verlieren und in Coopers Leben annehmen. Und du weißt, wie unsere Ehe endete. Was ich damit sagen will: Auch wenn Toby mein Bruder ist – solltest du ehrliche Zweifel an dieser Ehe haben, dann hör auf dein Bauchgefühl, Janet. Die Party, die Gäste und die Vorbereitungen sind es nicht wert, in Zukunft unglücklich zu sein."

Wir sehen einander eine Weile stumm an, ehe Janet knapp nickt. „Danke für dein Verständnis."

„Natürlich. Rede mit Toby am Abend darüber, wenn es dir hilft. Vielleicht fühlt er ähnlich, oder möglicherweise bestärkt es dich, wenn du seine Unterstützung hast. Meine ist dir auf jeden Fall sicher."

„Weißt du, Evie, er ist der Mann meiner Träume. Ich habe ihn gesehen und mich auf Anhieb in ihn verliebt. Eine Zukunft ohne ihn wäre für mich undenkbar. Aber auf einmal bekomme ich kalte Füße, obwohl ich ihn endlich zu meinem Ehemann machen darf."

Ich nehme ihre Hand und drücke sie. „Ihr beide entscheidet, wie ihr euren Weg gestalten wollt. Mein

Dad hat in zwei Wochen Geburtstag ... dann wird das morgen eben seine Feier."

Wir kichern und umarmen uns spontan. „Ich muss da jetzt wirklich reingehen, aber ich sehe völlig verheult aus."

„Und wenn schon, ist doch scheißegal."

„Kommst du als moralische Unterstützung kurz mit nach oben? Ich möchte mich zumindest noch schnell etwas zurechtmachen."

„Selbstverständlich." Wir erheben uns, und sicherheitshalber halte ich Janet am Arm fest, damit sie mir nicht wieder abhandenkommt. Sie schnippt die Zigarette weg, während ich mein Handy zur Hand nehme. „Ich schreibe Jonah nur schnell, dass ich dich gefunden habe, bevor die ganze Hochzeitsgesellschaft nach dir sucht."

Janet seufzt. „Was für ein Theater."

„Ganz egal."

„Findest du?"

„Ja, finde ich."

Als wir den Rasen zur Hälfte überquert haben, biegt Jonah um die Ecke. Er seufzt, als er uns sieht, und eilt auf uns zu. Nun ist nicht mehr ganz klar, wer wen stützt – ich Janet oder sie mich.

„Da seid ihr ja", sagt er und wirkt angespannt.

Ich erinnere mich noch haargenau an seine allerletzten Worte damals: *Entscheide, wie es für dich richtig ist, Evie.* Vielleicht habe ich genau diesen Satz als Mantra für mein Leben auserkoren und beschlossen, mich von allen Menschen, die mir wehgetan haben, fernzuhalten. Inklusive Jonah.

„Hey, alles okay bei dir?“, fragt er und legt seine Hand liebevoll auf Janets Schulter.

Keine Ahnung, wieso, aber diese Geste weckt in mir blanke Eifersucht.

Janet nickt. „Ich habe mich wieder gefangen. So einigermaßen zumindest.“

„Wir gehen schnell ins Zimmer und kommen dann gleich zur Party“, erkläre ich.

Jonahs Blick gleitet über mich, während ich Janet auf meiner Flucht vor ihm einfach mitschleife. „Toby hat mir die Schlüsselkarte gegeben. Er meinte, du hättest deine vergessen. Ich begleite euch.“

Für Janet scheint Jonahs Angebot hilfreich zu sein, für mich ist es ein Problem. Ich will keine Sekunde länger mit Jonah verbringen als unbedingt notwendig. Aber wahrscheinlich hat Toby ihm aufgetragen, Janet nicht mehr aus den Augen zu lassen. Schweigend betreten wir die Lobby und steigen in den Fahrstuhl. Innerlich schmunzele ich über Emilys Prophezeiung, da ich nun doch mit Jonah in einem Lift stehe. Janet schnieft mehrmals, während ich verstohlen auf Jonahs Hände linse, die er um den metallenen Haltegriff gelegt hat. Ich erinnere mich noch zu gut daran, wie es sich angefühlt hat, von ihm berührt zu werden. Wie sanft er sein konnte. Wie leidenschaftlich.

Ein Blick in den Spiegel verrät mir, dass Jonah mich beobachtet hat. Verlegen senke ich den Kopf und atme auf, als wir endlich den fünften Stock erreichen und sich die Türen öffnen. Jonah entsperrt die Tür der Suite, woraufhin sich Janet sofort ins Bad verabschiedet. Meine Hilfe schlägt sie aus, sodass ich mich unweigerlich allein mit Jonah im Wohnzimmer der Suite wiederfinde.

Ich will weder mit ihm sprechen, noch will ich ihn anschauen. Deshalb drehe ich mich zum Fenster und sehe hinaus auf den mir mittlerweile vertrauten Garten.

Wie lange wird Janet wohl brauchen? Eine Minute? Zehn?

Hoffentlich nicht lange.

„Wie geht es dir?“ Seine Frage zerstört all meine Hoffnungen.

Mein Atem stockt, und meine Knie knicken wie zuvor unten im Restaurant fast ein. „Gut“, presse ich hervor.

„Tut mir leid, was du da in letzter Zeit durchgemacht hast – ich weiß von deiner Scheidung und dem Umzug.“

Du hast keine verdammte Ahnung, was ich durchgemacht habe. „Können ... können wir bitte nicht darüber sprechen.“

Nun drehe ich mich doch zu ihm um und schicke meinen Worten einen flehenden Blick hinterher. Small Talk ist einfach nur fehl am Platz, vor allem, wenn zwei Menschen nichts weiter verbindet außer Erinnerungen und Schmerz.

Jonah lehnt sich gegen die Kommode, auf der ein Fernseher steht. Es tut höllisch weh, ihn anzusehen, denn er sieht so verdammt gut aus. Die vergangenen vier Jahre sind aber auch an ihm nicht spurlos vorbeigegangen. Ein paar Fältchen zieren seine Augenwinkel, und in seinen Haaren sind die ersten grauen Strähnen zu erkennen. Er wirkt reifer und noch viel einschüchternder als früher.

„Und du meinst, dieses Verhalten ist angebracht?"

„Angebracht?", wiederhole ich ungläubig und durchquere den Raum, um an die Badezimmertür zu klopfen. Janet teilt mir mit, dass sie gleich fertig sei. „Es ist mir egal, ob mein Verhalten angebracht ist. Unter normalen Umständen würde ich gerade weder mit dir allein in einem Zimmer sein, noch überhaupt irgendetwas mit dir zu tun haben wollen. Das ist jetzt nur alles blöd gelaufen. Nur damit du es weißt."

Er nickt, wobei sich seine Nasenflügel aufblähen. „Ist mir klar. Trotzdem ..."

„Einen Scheiß weißt du", unterbreche ich ihn und richte den Spaghettiträger meines dunkelblauen Kleides. „Dass du so tust, als wäre zwischen uns alles in Ordnung, zeigt mir, wie gewissenlos du bist."

„Du hast noch immer nicht verstanden, aus welchem Grund ich damals so gehandelt habe." Seine unerbittliche Ruhe steigert meine Wut nur noch mehr.

Ich mache einen Schritt auf ihn zu und kneife die Augen wütend zusammen. „Doch, das habe ich."

„Nicht im Geringsten hast du das." Auch Jonah kommt einen Schritt näher. Sein ganzer Körper ist angespannt.

„Vielleicht redest du dir ein, besonders vernünftig und ehrenvoll gehandelt zu haben. Aber so war es nicht. Es ging dir bloß um deine Ideale, deine Wünsche, und dabei hast du dich einen Dreck darum geschert, wie es mir ergangen ist. Ich habe nie allzu viel von dir erwartet, denke aber, dass ich etwas Respekt verdient habe."

„Besonders respektvoll von dir ist es aber auch nicht, mich für das Scheitern deiner Ehe verantwortlich zu machen", faucht er.

Wir sind uns nun so nahe, wie ich Jonah eigentlich nie wieder kommen wollte. Mir steigt sein unverwechselbarer Geruch in die Nase, und ich spüre die Energie, die von seinem Körper auf meinen übergeht.

Ich wünschte, ich könnte ihm an den Kopf werfen, dass er meine Ehe mit Cooper kein bisschen beeinflusst hat. Doch das wäre eine glatte Lüge. Denn natürlich hat mich die Zeit, die wir miteinander verbracht haben, geprägt. Ich habe Cooper nie von Jonah erzählt, dementsprechend groß war meine Angst vor der Hochzeitsnacht. Ich musste mein gesamtes schauspielerisches Talent einsetzen, um den Sex mit Cooper glaubhaft als mein erstes Mal erscheinen zu lassen. Bis heute weiß ich nicht, ob er Zweifel an meiner Unschuld hatte oder nicht.

„Du würdest mich gerne auf dem Boden liegen sehen, immerhin hast du mir damals ja prophezeit, dass Cooper nicht der Richtige für mich sei. In dem Punkt hattest du wohl auch recht. Aber ich habe verschiedenste Erfahrungen mit Männern und den damit verbundenen Problemen gesammelt sodass ich verdammt gestärkt aus dieser Ehe rausgegangen bin. Ich bin keine Verliererin, sondern die Siegerin. Du spielst in meinem Leben keine Rolle mehr für mich, auch wenn du dir das einbildest. Denn nie zuvor habe ich mein Leben so genossen wie gerade jetzt. Ich kann mir für dich nur wünschen, dass du mit Samantha glücklich bist, alles andere mit dir ist mir egal." Ich habe versucht, am Ende meine Stimme weicher klingen zu lassen. Aber am liebsten hätte ich ihn angeschrien.

Jonah scannt mein Gesicht, ehe er verächtlich grinst. „Wenn du mit dem, was zwischen uns war, wirklich abgeschlossen hast, erscheint mir dein Verhalten recht seltsam. Immerhin wusstest du ja, dass dieser Augenblick irgendwann kommen würde. So stark, wie du tust, scheinst du doch nicht zu sein."

Ich schnaube. „Weißt du was, Jonah? Fick dich ins Knie."

„Ich ... ich bin fertig." Janet steht unsicher lächelnd im Türrahmen und unterbricht damit unsere Auseinandersetzung, die völlig überflüssig war.

Ich drehe mich zu ihr um und setze mein bestes, freundlichstes Lächeln auf. „Du siehst wunderschön aus."

„Findest du? Sieht man nicht, dass ich geheult habe?"

„Überhaupt nicht", versichere ich, gehe zu ihr und greife nach ihren Händen.

„Die Leute werden sich das Maul zerreißen, wenn ich so spät auftauche."

„Janet, das da unten ist *deine* Party, zu der du verdammt noch einmal kommen kannst, wann du möchtest."

Sie lächelt und scheint beruhigt.

„Das Beste kommt immer erst zum Schluss", meint nun auch Jonah. Obwohl ich ihn gerade aus dem tiefsten Inneren meines Herzens verachte, weiß ich seinen Zuspruch für Janet zu schätzen.

SEHNSUCHT

Jonah

Während meines Morgenlaufes am Hochzeitstag quer übers Hotelgelände versuche ich den Kopf frei zu bekommen. Ich darf zu Recht behaupten, dass der gestrige Abend die reinste Katastrophe war. Nicht nur, dass die Braut für kurze Zeit unauffindbar war, Evie gegenüber habe ich mich auf eine Art verhalten, wie ich es keineswegs hatte tun wollen.

Im Grunde hatte die Misere bereits begonnen, als ich Evie ins Restaurant kommen sah. Ihre Erscheinung hat mich völlig aus der Bahn geworfen. In den vergangenen Jahren hatte ich alles, was mich an sie erinnerte, erfolgreich verdrängen können. Doch als sie mich während des Empfanges das erste Mal wieder ansah, brannte bei mir eine Sicherung durch. Ich hätte in diesem Moment alles getan, um mit ihr sprechen zu dürfen.

Die Tatsache, wie sehr ich immer noch auf sie stehe, macht mich völlig fertig.

Nach vier Jahren sollte man meinen, ich wäre über sie hinweg, aber nur ein Blick von ihr reicht, um mich völlig verrückt zu machen.

Ich merke, wie ich in ein altes Muster verfalle. Denn anstatt mich den Gefühlen, die ich habe und die jenen von vor vier Jahren ähneln, zu stellen, tue ich alles, um sie zu unterdrücken. Mein probatestes Mittel ist Sex. Nach allem, was zwischen Evie und mir war, hätte ich mittlerweile dazulernen müssen – Fehlanzeige. So überfalle ich, als ich vom Laufen zurückkomme, Samantha praktisch im Bett, im verzweifelten Versuch, meine Gedanken loszuwerden. Noch erbärmlicher ist es, dass ich unentwegt an Evie denke, als ich meine Freundin vögele.

Ich erinnere mich genau daran, wie Evie geschmeckt und geklungen hat. Wie weich ihr Körper war. Ich glaube, noch nie hat mich etwas so scharf gemacht wie die Mischung aus Evies Schüchternheit und ihrer Neugier. War Evie schon vor vier Jahren wirklich attraktiv, so präsentiert sie sich jetzt als sexy und selbstbewusste Frau, die mitten im Leben steht.

Toby, Max und ich haben vereinbart, dass wir uns im Restaurant zum Frühstück treffen, bevor wir uns in Schale werfen und zur Hochzeitslocation fahren. Ich fand Janets kurzzeitiges Verschwinden zwar etwas bedenklich, doch Toby erklärt uns, dass sie am Abend dann noch eine lange, gute Unterhaltung geführt haben. Nun sei alles wieder in Ordnung.

Ich hoffe es, denn das Letzte, was ich mir für meinen Kumpel wünsche, ist ein Chaos am Tag seiner Hochzeit. Für mich bestätigte Janets Verhalten lediglich meine Einstellung zur Ehe. Ich kann mir daher keineswegs vorstellen, jemals Samantha zu heiraten.

Während Samantha und Max gemeinsam zur *Priston Mill* fahren, begleite ich Toby in dem Oldtimer, den er extra für die Hochzeit gemietet hat. Er wirkt sichtlich nervös, als wir bei der alten Mühle ankommen und er die bereits wartenden Gäste sieht. Ich stehe ihm zur Seite und bemitleide ihn aufgrund der Umarmungen und Küsse, die er über sich ergehen lassen muss.

„Was für eine Hitze“, meckert Samantha, als ich mich zu Max und ihr in den Schatten stelle. „Willst du etwas zu trinken, Baby?“

„Danke, jetzt nicht. Sucht schon mal eure Plätze, Janet müsste jeden Augenblick eintreffen.“

Während ich mir einen kurzen Überblick über die Gäste verschaffe, erregt eine bestimme Person meine volle Aufmerksamkeit – Evie. Sie sieht so unglaublich schön in ihrem lavendelfarbenen, wadenlangen Kleid aus, dass mir fast die Kinnlade nach unten klappt. Ihre Locken hat sie hochgesteckt, einige widerspenstige Strähnen haben sich aber gelöst und verraten, welche Wildheit sich hinter ihrer oft bieder wirkenden Fassade verbirgt. Ich bin völlig fasziniert von dem Schwung ihrer Schlüsselbeine und erinnere mich daran, wie sie zusammenzuckte, als ich sie dort einmal geküsst hatte.

Fuck, und das Schlimme ist, dass ich es wieder tun möchte. Am liebsten gleich jetzt.

Den Blick, den Evie mir kurz darauf zuwirft, lässt jedoch meine Chancen gegen null sinken. Was zum

Teufel ist da gestern eigentlich in mich gefahren? Sie zu bedrängen war der völlig falsche Weg, die Wogen zwischen uns zu glätten. Doch wie damals schon sind bei uns die Emotionen hochgekocht.

Ich atme tief durch und zupfe an den Ärmeln meines schwarzen Jacketts. „Ich kümmere mich mal um Toby, bevor er kollabiert", erkläre ich.

Max lacht. „Jetzt scheint ihm klar geworden zu sein, dass wir alle zu seiner Hinrichtung erschienen sind."

„Selber schuld, sage ich da nur." Aus einer Laune heraus beuge ich mich zu Samantha hinab, um sie zu küssen. Doch wie schon zuvor im Bett ist da plötzlich eine Blockade in mir. Berührungen, die zuvor nichts Besonderes für mich waren, widern mir plötzlich an.

„Ihr beide seid schrecklich", meint Samantha leicht tadelnd.

Auf dem Weg ins Innere der alten Mühle, in der uns ein feierlich geschmückter Saal mit unzähligen weißen Stühlen und an der Spitze ein hölzerner, mit Blumen verzierter Bogen erwarten, wird mir bewusst, dass es für mich nicht mal annähernd so schräg ist, mit der Ex meines besten Freundes auf dessen Hochzeit aufzukreuzen, wie Evie in meiner Nähe zu wissen.

Automatisch scanne ich den Raum nach ihr ab und entdecke sie prompt, als würde sie als einzige Person hell aufleuchten. Gemeinsam mit ihren Eltern steht sie vor Toby, der nicht aufhören kann, an seiner Fliege zu zupfen. Als er mich entdeckt, lächelt er und tupft sich mit einem Tuch die Stirn trocken.

Rich zieht mich eine überschwängliche Umarmung, die ich von ihm so nicht gewohnt bin und die es nicht gäbe, wenn er wüsste, was zwischen mir und seiner Tochter vor vier Jahren geschehen ist. Nun stehe ich aber unter Zugzwang, daher hauche ich seiner Ehefrau einen Kuss auf jede Wange. Aus den Augenwinkeln nehme ich wahr, wie Evie sich versteift und einen Schritt nach hinten macht. Doch als ich mich von ihrer Mum löse, ist mein Drang, Evie zu berühren, zu groß, um ihr Zurückweichen zu respektieren. Ich ergreife ihre Hand, beuge mich vor und hauche einen Kuss auf ihre linke Wange. Dabei atme ich tief ein und lege meine Finger auf ihren nackten Rücken.

„Du siehst wunderschön aus“, flüstere ich ihr ins Ohr, als ich ihre andere Wange küsse.

Sie errötet nicht wie früher, sondern nickt bloß. „Danke“, murmelt sie.

Während ich mich zu Toby umdrehe, lecke ich, auf der Suche nach Evies Geschmack, über meine Lippen. Einzig Tobys Nervosität verdanke ich es, dass ich am Leben bleibe, obwohl ich soeben seine Schwester vor seinen Augen berührt habe.

„Wie viel Zeit hat sie noch?“, fragt er. Wahrscheinlich fürchtet er, dass sie heute endgültig kalte Füße bekommen könnte.

Ich sehe schnell auf die Uhr. „Zwanzig Minuten.“

„Puh ... langsam wird es ernst.“

„Die Trauung wird wundervoll werden“, beruhigt Carry ihren Sohn.

Carry sollte recht behalten. Janet erscheint pünktlich und strahlt, während sie den Mittelgang entlangschreitet. Ich beobachte Toby grinsend, der sogar ein paar Tränen verdrückt. Für ihn ist dieser Tag die Krönung seines Glückes, und darüber freue ich mich wirklich. Ich bin dankbar, dass unsere Freundschaft sogar die Krise aufgrund von Evie und mir überstanden hat.

Am Nachmittag ist der rührselige Teil erst einmal vorbei, weswegen auch ich beginne, mich wieder wohler zu fühlen. Gegen Abend wird das Essen serviert, kurz danach schneiden Toby und Janet die Hochzeitstorte an. Alles läuft ganz nach Janets Plan, mit dem sie mir in den vergangenen Wochen gehörig auf den Geist gegangen ist. Ich feiere das Ende meiner Aufgabe als Trauzeuge, indem ich mich den Wonnen des Alkoholes widme. Max unterstützt mich tatkräftig, und auch Toby können wir nach dem Hochzeitstanz überreden, mit uns zwei Gläser Whiskey zu kippen.

Als ich gerade mein leeres Glas an der Bar, die im Garten errichtet wurde, abstelle, zerrt Samantha mich zu einer schnulzigen Nummer auf die Tanzfläche. Ich hasse tanzen, doch weil ich keinen Stress will, lasse ich mich darauf ein. Sie schmiegt sich an mich und lächelt glückselig.

„Es war eine schöne Hochzeit“, stellt sie fest, während wir uns im Takt der Musik bewegen.

„Ja, finde ich auch.“

„Kannst du es dir vorstellen?“

„Was?“, will ich mit gerunzelter Stirn wissen.

Samantha lächelnd sanft. „Zu heiraten.“

Sofort versteife ich mich, und meine Schritte geraten aus dem Takt. „Ehrlich gesagt nicht, nein."

„Ich schon", gesteht Samantha.

Um diese Unterhaltung bereits im Keim zu ersticken, ziehe ich Samantha näher an mich und schweige. Am liebsten würde ich jetzt wegrennen, zu deutlich spüre ich die Fesseln, die Samantha mir umlegen will. Unsere Beziehung ist wirklich alles andere als harmonisch. Wir führen im Prinzip eine permanente On-off-Beziehung. Wir können nicht miteinander, aber irgendwie auch nicht ohneeinander. Daher erscheint es mir absolut hirnrissig, dass Samantha sich ernsthaft Gedanken über eine Hochzeit macht.

Als wir uns abermals im Kreis drehen, sehe ich Evie, wie sie an der Bar steht und mit ein paar Typen schäkert, die ich nicht kenne. Sie ist die heiße Single-Schwester des Bräutigams, die alle Kerle vögeln wollen. Dazu zähle auch ich, verdammt.

Doch ich will mehr, als sie bloß flachzulegen. Ich möchte, dass sie mir verzeiht, dass sie mich genauso anlächelt wie diese Scheißwichser, mit denen sie Gin trinkt. Als Samantha sich, als der Song endlich vorbei ist, auf die Toilette verabschiedet, habe ich eine Kurzschlussreaktion, die vermutlich nicht nur dem Alkohol, den ich intus habe, sondern auch meinem Verlangen nach Evie geschuldet ist. Ich bestelle zwei Gläser Gin Tonic und nähere mich Evie.

Wenn ich sie schon aus Respekt gegenüber Toby nicht mehr berühren darf, so will ich wenigstens, dass wir uns mal gründlich aussprechen. Ich wäre ja schon zufrieden, wenn sie mich nicht mehr hassen würde.

Denn genau dieses Gefühl schlägt mir entgegen, als ich mich ihr nähere. Sie scannt mich, warnt mich mit ihrem Blick, und dennoch schlägt sie mich nicht in die Flucht. Das Schicksal scheint es gut mit mir zu meinen, denn ihr Glas ist fast leer, weshalb es hoffentlich nur halb so dämlich rüberkommt, als ich ihr das Getränk hinhalte. Wie ein Butler.

„Evie, hättest du ein paar Minuten Zeit für mich?" Bevor mir einer der Typen in die Quere kommen kann, presche ich lieber mit meinem Anliegen vor.

Evie stutzt. „Wofür?"

„Für ein Gespräch. Nur wir beide."

Ich kann mich nicht dagegen wehren, hart zu werden, als sie die Lippen spitzt und an ihrem Gin nippt. „Haben wir ein solches nicht bereits gestern geführt? Und wir wissen beide, wie unsere Gespräche meist verlaufen."

Ich spitze die Ohren, weil ich mir nicht sicher bin, ob sie tatsächlich gerade eine sexuelle Andeutung gemacht hat. Denn Fakt ist: Damals endeten all unsere Unterhaltungen mit Sex. Vor allem dann, wenn wir uns uneinig waren.

„Ich würde sagen, das Gespräch gestern ist nicht ganz so verlaufen, wie ich es mir gewünscht hatte. Gib mir also bitte die Chance, mich zu entschuldigen."

Sie lässt mich zappeln, mustert mich, deutet aber schließlich mit dem Kinn zum Gebäude. „Okay. Zehn Minuten, und das nur, weil ich eine Ausrede brauche, um beim Brautstraußwerfen nicht anwesend sein zu müssen."

Ihr Lächeln ist die größte Motivation für mich, mich ihr auf beste Weise zu präsentieren. In der

Auswahl des richtigen Ortes dafür verlasse ich mich auf Evie, die zielstrebig davonmarschiert. Wir umrunden das vierstöckige Gebäude mit seinen türkisfarbenen Fensterläden und gehen dann einen schmalen Steinpfad entlang, der zu einem Bach hinunterführt. Logisch, sonst wäre das ja früher keine Mühle gewesen.

„Warst du schon mal hier unten?“, frage ich und beschränke meinen Fokus auf Evies nackten Rücken, anstatt ihren Hintern zu begaffen.

„Nach dem Essen bin ich auf der Suche nach einem idealen Rauchversteck auf den Platz gestoßen.“

„Du rauchst?“

„Manchmal. Das ist eine meiner schlechten Angewohnheiten.“

Direkt am Bachufer befindet sich ein kleiner Garten, der vom Wasser durch eine Steinmauer getrennt wird. Laternen, die rund um das Gebäude verteilt stehen, spenden genügend Licht, damit wir nicht ausrutschen, als wir uns auf die kühlen Steine setzen. Evie zieht sogar ihre Schuhe aus und steckt die Füße ins Wasser.

„Und welche sind die anderen?“, frage ich, weil es mich nervös macht, dass ich mir wünsche, sie würde auch ihr Kleid ausziehen und vor meinen Augen ins Wasser springen.

„Was meinst du?“

„Du hast gesagt, rauchen wäre bloß *eine* deiner schlechten Angewohnheiten. Welche hast du noch?“

Immer wieder lässt sie ihre Zehen durchs Wasser gleiten, während sie überlegt. „Ich bin zu nachgiebig.

Vor allem Männern gegenüber. Das ist der Grund, warum wir jetzt hier sitzen."

„Ich werde nichts von dir fordern, sondern möchte mich für das, was ich gestern zu dir gesagt habe, entschuldigen."

Ihre Augen funkeln im Licht der Laternen, als sie mich skeptisch mustert. „Warum solltest du das tun? Die vergangenen vier Jahre war es dir doch auch egal, wie es mir ergangen ist."

„Es war mir nicht egal. Genauso wie es nicht wahr ist, als ich sagte, dass du nicht so stark seist, wie du tust. Es steht mir nicht zu, über deine Ehe zu urteilen, Evie, aber ich kann mir vorstellen, dass sie nicht einfach war für dich. Doch du bist heute unglaublich stark, das bewundere ich. Vor vier Jahren hast du viel unsicherer gewirkt und hattest nur wenig Selbstbewusstsein – daran hat sich viel geändert."

Sie traut mir nicht, aber das kann ich ihr nicht einmal verübeln. „Es freut mich, dass du das so siehst. Ich glaube aber nicht, dass du eine Ahnung hast von der Person, zu der ich geworden bin."

Langsam erkenne ich ein System hinter Evies Verhalten. Kaum spricht sie ein Wort mit mir, baut sie im nächsten Augenblick sofort die Mauer zwischen uns höher. Sie möchte mich auf keinen Fall näher an sich heranlassen als unbedingt erforderlich.

„Dann erzähl mir etwas von dir."

„Warum sollte dich das interessieren?"

Ich zucke mit den Schultern. „Warum sollte es das nicht?"

Evie seufzt und stellt ihr Glas kopfschüttelnd neben sich ab. „Ich bin seit fünf Wochen zurück in

London, habe zuvor einige Zeit bei Emily gewohnt und bin jetzt in eine eigene Wohnung gezogen. Meine erste, die nur mir allein gehört."

„Wie fühlt sich das an?", will ich wissen. Ich würde ihr gern dieselbe Frage stellen, während ich sie ficke.

„Grandios. Ich liebe meine Freiheit."

„Machen zu können, was man will, ist toll."

„Ja. Es fühlt sich für mich an, als wäre endlich jene Zeit gekommen, in der ich das Leben in vollen Zügen genießen kann und keinem anderen Menschen Rechenschaft schuldig bin. Nicht alles an meiner Ehe mit Cooper war schlecht, wir hatten auch schöne Momente und Ziele, die wir gemeinsam erreicht haben. Aber am Ende war es vielleicht wirklich so, wie du sagst, dass ich mich zu einer völlig neuen Person entwickelt habe."

„Du wolltest nicht die brave Hausfrau sein", schlussfolgere ich, zumal ich mich noch gut an ihre Beschreibung von Cooper erinnern kann.

Sie senkt den Kopf und lächelt gequält. „Ich wollte so vieles nicht mehr."

Es liegt mir zwar auf der Zunge zu fragen, ob dieser Wichser sie gut behandelt hat. Doch spricht ihr Gesichtsausdruck Bände, und mir steht es auch nicht zu, derartige Fragen zu ihrer Ehe zu stellen.

„Aber sieh mal, Jonah, auch du hast dich verändert", sagt sie mit leiser Stimme. „Früher warst du immer der Meinung, keine Beziehung führen zu wollen, und jetzt bist du schon ziemlich lange mit Samantha zusammen. Man könnte fast sagen, wir haben die Rollen getauscht."

Ich lächele. „Ja, die Dinge nehmen ihren Lauf."

„Du klingst ... bitter, irgendwie."

„Bitter?" Ich zucke die Schultern. „Resigniert vielleicht."

Wir mustern einander. „Ernsthaft?", hakt Evie nach.

„Ich habe mich damit abgefunden, dass mein Leben mit Samantha nicht einfach ist. Wir versuchen mit aller Macht, eine Beziehung zu führen, doch es gelingt uns einfach nicht."

„Und was ist so schwierig?"

„Streitereien, Uneinigkeiten, meine Unentschlossenheit, wie ernst es mir wirklich ist. Ich habe mich an Samantha gewöhnt und würde auch sagen, dass sie einen gewissen Stellenwert in meinem Leben einnimmt, aber ich könnte kotzen, wenn sie von der Zukunft und von Plänen wie Heirat und so anfängt."

„Fühlt sich deine Beziehung für dich erzwungen an?"

„Ja, das trifft es verdammt gut."

Während ich an meinem Drink nippe, spüre ich Evies Blick auf mir. „So ging es mir auch mit Cooper. Ich dachte, dass ich verpflichtet sei, unsere Beziehung unter allen Umständen aufrechtzuerhalten, vor allem nach der Hochzeit. Aber in mir schrie alles nach Flucht."

„Was du dann ja auch getan hast."

„Warum flüchtest du nicht?"

In die Enge getrieben, verziehe ich das Gesicht. „Keine Ahnung. Ich weiß es nicht."

„Liebst du sie?"

Während ich über ihre Frage nachdenke, hadere ich mit meinen Emotionen. Ich kann mich nicht erinnern, Samantha jemals meine Liebe gestanden zu haben. Wir haben einfach irgendwann angefangen, außerhalb des Schlafzimmers Zeit miteinander zu verbringen, und plötzlich erschienen wir vor aller Welt als Paar. Gewehrt habe ich mich nie dagegen, ihr meine Zuneigung eingestanden jedoch auch nicht. „Ich glaube nicht. Es ist kompliziert."

Wortlos sehen wir auf den Bach, dessen Plätschern eine überaus beruhigende Wirkung auf mich hat. Vermutlich werde ich Evie nie wieder so nahe sein wie in diesem Moment, und diese Erkenntnis bringt mich dazu, ihr ein Geständnis zu machen. „Heute würde ich mich dir gegenüber nicht mehr so verhalten wie damals. Manchmal verstehe ich selbst nicht, wieso ich nie vernünftig mit dir geredet habe, Evie. Vermutlich habe ich Angst bekommen, weil so viel auf dem Spiel für uns beide stand. Erst als ich dich gestern zum ersten Mal seit vier Jahren wiedergesehen habe, wurde mir klar, wie intensiv das zwischen uns gewesen war."

„Die letzten Tage vor meiner Abreise waren die Hölle", gibt auch sie zu und seufzt. „Ich versuchte realistisch zu sein und wusste, dass du an nichts Fixem interessiert warst, aber trotzdem hatte ich die Hoffnung, dass du zumindest ... keine Ahnung."

„Zumindest was?"

Traurig sieht sie mich an, und es kostet mich viel Kraft, meine Hand nicht nach ihrer Wange auszustrecken. „Was damals war ... für mich war es etwas Besonderes. Ich rede jetzt nur von mir und erwarte nicht, dass du mich verstehst oder mir sagst, ebenso empfunden zu haben. Aber ich habe mich dir verbunden gefühlt, weit über das Körperliche hinaus. Und wie du merkst, selbst jetzt kann ich noch Gespräche mit dir führen, die mit Cooper in vier Jahren Ehe nicht möglich waren. Ich habe wirklich bis zuletzt die Hoffnung gehegt, dass du mir irgendetwas anbietest, um meinen Schmerz zu lindern. Ich habe mich so hintergangen gefühlt. Ich war wie eine Witzfigur, und noch viel schlimmer war es, dass du Samantha alles erzählt hast, was ich dir anvertraut hatte."

„Ich habe nie beabsichtigt, dich zu verletzen. Das tut mir leid. Ehrlich", sage ich.

„Es war ein Schlag ins Gesicht für mich, als ich von deiner Beziehung mit Samantha erfuhr. Ich konnte es nicht verstehen, dachte, du hättest dich mir gegenüber verstellt. Vielleicht hast du mich auch ausgenutzt, um ein letztes Mal deine Freiheit auszukosten." Sie zuckt die Achseln und leckt sich über ihren Herzmund. „Egal. Als ich Cooper geheiratet habe, fühlte sich das für mich wie ein Abschluss von dir an. Oder wie Rache. Vielleicht war es auch ein Hilfeschrei, weil ich gerettet werden wollte. Doch da war niemand. Ich musste mich aus eigener Kraft befreien."

Nachdem Evie damals ihren letzten Arbeitstag in meiner Firma absolviert hatte, versuchte ich, sie aus meinen Gedanken zu streichen. Das gelang mir mal mehr, mal weniger gut. Besonders mies ging es mir, als ich von ihrer Hochzeit erfuhr. Und wenn ich jetzt über ihre Worte nachdenke, muss ich mir eingestehen, dass ich tatsächlich das Gefühl hatte, ich müsste sie vor diesem Schritt bewahren. Als wäre das meine Aufgabe gewesen.

„Irgendwann muss man mit der Vergangenheit abschließen“, meint sie, klingt aber nicht besonders überzeugt.

Ich atme durch. „Ich habe Toby versprochen, nicht zum Flughafen zu kommen, als du damals nach Detroit geflogen bist. Ich habe ihm die Entscheidungsgewalt überlassen und machte mir deswegen keine Vorwürfe, das Richtige oder das Falsche getan zu haben. Oder zumindest dachte ich das bis jetzt.“

Sie wirkt überrascht und zupft an einer ihrer dunklen gelockten Haarsträhnen. „Wenn du trotzdem gekommen wärst, hätte mir das unendlich viel bedeutet.“

Fuck. „Evie, was hätte das aber gebracht? Ich hätte dich ein weiteres Mal verletzt und dich gehen lassen, wir hätten noch einmal diese Diskussion geführt oder möglicherweise sogar gestritten. Glaub mir, es war besser so.“

„Woran lag es dann, dass du mich von dir gewiesen, Samantha aber eine Chance gegeben hast? Hast du das wegen deiner Freundschaft mit Toby getan? Wegen unserer Eltern? Wegen meines Alters? Schämst du dich für mich?“

Wie kann sie so etwas sagen? Ich werde nervös und hebe den Kopf Richtung Himmel. „Ich weiß es nicht. Es war wohl nicht der richtige Moment. Aber ich versichere dir, dass nicht du schuld bist.“

„Bereust du das, was zwischen uns war?“

„Nein und ja."

Sie runzelt die Stirn und wirkt ärgerlich. „Was soll das bedeuten?"

„Es bedeutet, dass ich finde, dass du eine unglaublich attraktive und hübsche Frau bist und ich tot sein müsste, um mich nicht von dir angezogen zu fühlen. Das, was wir hatten, war gut. Gleichzeitig liegt mir diese Sache immer noch im Magen, weil sich unser Verhältnis zueinander deswegen rapide geändert hat. Ich habe dieses Gespräch mit dir auch aus dem Grund gesucht, weil ich mir wünsche, dass wir einen Weg finden, um wieder normal miteinander umgehen zu können."

„Theoretisch klingt das gut, praktisch wird das schwer möglich sein", erwidert sie und lässt die Eiswürfel in ihrem Glas kreisen.

„Warum, Evie?"

„Weil ich mir vorgenommen habe, Menschen aus meinem Leben auszuschließen, die mir meine Energie rauben – zumindest möchte ich das so versuchen. Cooper zählt zu diesen Personen, und auch du. Wir mögen gute Gespräche führen können, aber mich verletzt deine Nähe immer noch, Jonah. Wir werden nie wieder dort anknüpfen können, wo wir vor vier Jahren standen, und das ... bedauere ich, ja. Aber inzwischen habe ich gelernt, zuerst an mich zu denken und darauf zu achten, was gut für mich ist. Und du ... bist nicht gut für mich."

Wow. Das ist eine Aussage, die ich erst verdauen muss.

Ich bin etwas perplex, sogar etwas verletzt. „Okay ... das ist ... hart", stammele ich.

Evie verzieht mitleidig das Gesicht, als sei ich ein armes, jämmerliches Würstchen. „Dich zu sehen weckt so viele alte Erinnerungen, die ich bei meinem Neustart nicht gebrauchen kann. Ich glaube, es wäre besser, wenn wir zurück auf die Ebene gingen, auf der wir uns vor meinem Praktikum befanden. Ganz früher waren wir einander im Grunde doch auch egal. Wir hatten nichts miteinander zu tun, jeder hat sein Leben gelebt, und aus."

Das ist nicht nur die erste Abfuhr meines Lebens, die ich erhalte, ich spüre auch ein verdammt schmerzhaftes Ziehen in der Brust. Während ich durch unser Wiedersehen völlig überfordert war, widerstrebt es Evie, Zeit mit mir verbringen zu müssen. Doch was meldet sich da zu Wort? Mein Ego, das mit Zurückweisungen offenbar nicht umgehen kann, oder mein Verlangen nach Evie?

Ich seufze und ringe um Fassung. „Du bist richtig knallhart geworden."

„Diese Eigenschaft ist hart erkämpft."

Als wir einander ansehen, bilde ich mir ein, ein Flehen in ihrem Blick zu erkennen. Damit sendet sie völlig widersprüchliche Signale. Ich lese daraus ein *‚Küss mich'*, ein *‚Berühre mich'*. Dieser Ausdruck hält mich gefangen, wie eine Flasche Schnaps einen Alkoholiker. Ich will sie dazu bringen, das eben Gesagte zurückzunehmen.

Verdammt, ich will diese Frau. Ich will alles nehmen, was sie bereit ist, mir zu geben. Eine Nacht oder auch einen Kuss. Ich wäre mit allem zufrieden.

Während ich die Luft anhalte, hebe ich meine Hand und greife mutig nach einer ihrer Strähnen, die ich mir um den Finger drehe. Evie schwankt merkbar zwischen Flucht und Angriff.

Sie fixiert mit ihren Augen meine Finger, ehe sie ihre Hand um meine legt. „So möchte ich nicht sein, Jonah. Da drüben sitzt deine Freundin, und du ... du solltest sie mit mehr Respekt behandeln und herausfinden, wohin euch euer Weg führt.“

„Ich weiß. Ich kann das mit uns beiden aber nicht so einfach abschütteln wie du“, erkläre ich.

Sie lächelt, schiebt aber meine Hand von sich. „Dann lern es, oder fang an, dich mir und Samantha gegenüber fair zu verhalten.“ Sie erhebt sich, zupft an ihrem Kleid, doch anstatt wortlos zu gehen, bleibt sie hinter mir stehen. „Ich will nicht wieder bloß eine unbedeutende Nummer für dich sein. Das war ich lange genug. Trotzdem ... danke, dass du mit mir reden wolltest.“

Als sie mich dann tatsächlich dort sitzen lässt, sind meine gute Laune, meine Hoffnung und die positive Energie, die ich in ihrer Nähe empfand, verschwunden. Zurück bleiben Niedergeschlagenheit und auch Wut. Ich habe gar keine Lust mehr auf die Party, die gerade nur wenige Meter von mir entfernt steigt. Doch noch weniger Lust habe ich auf Samantha, die ich gleich entdecke, als ich mich irgendwann doch aufraffen konnte zurückzugehen. Ihr Blick sagt alles. Vermutlich ist sie Evie begegnet.

Ich atme durch und gehe auf Samantha zu, während sie die Arme vor der Brust verschränkt.

„Was soll das? Du triffst dich hier im Garten mit der kleinen Schlampe, während ich wie der letzte

Trottel bei diesen Leuten sitzen muss. Willst du mich verarschen, zum Teufel?!“

Ich funkele sie böse an. „Du weißt, dass wir etwas zu besprechen hatten.“

„Ach ja? Was denn?“

„Ich wollte die Wogen glätten und … ach, hör mit diesem Scheißgetue auf, Samantha!“ Ich will an ihr vorbeigehen, werde aber grob am Ärmel gepackt. Mit zusammengepresstem Kiefer bleibe ich stehe und neige den Kopf warnend in ihre Richtung.

„Ich glaube dir kein Wort, Jonah. Wenn du könntest, würdest du mit ihr zusammen sein, das weiß ich. Die Zeiten haben sich also geändert. Früher war ich diejenige, die du vorgezogen hast.“

„Das ist Blödsinn. Lass uns jetzt zurückgehen“, wimmele ich sie ab, weil ich bei Tobys Hochzeit kein Beziehungsdrama präsentieren will.

Samantha schluchzt auf und lässt ihre Hand sinken. „Ich glaube es nicht. Wie kannst du nur so sein?! All die Jahre versuchen wir etwas Gutes zu erschaffen. Ich habe so viel in diese Beziehung investiert, so viel Leid ertragen und mit der Angst gelebt, dich jederzeit verlieren zu können. Ich habe alles für dich getan, Jonah! Und dann kommt diese blöde Hure zurück, und schlagartig verwandele ich mich in Luft für dich. Das ist nicht fair.“ Mit Tränen in den Augen nähert sie sich mir. „Was hat sie für dich getan? Sie hat dich verlassen und beleidigt. Während ich um dich gekämpft habe, waren ihr dieser andere Kerl und ihre Ausbildung wichtiger. Vier Jahre lang hat sie dich ignoriert, dann taucht sie auf, und du distanzierst dich von mir.“

Das mag stimmen. Aber ich kann in meinem aufgewühlten Zustand keine nachhaltige Entscheidung treffen. Und ich will Samantha nicht auf der Hochzeit ihres Exfreundes verlassen. Vielleicht werde ich das auch niemals, weil das, was wir haben, zwar nicht einfach, aber doch auch gut ist. Es ist bequem. Samantha an meiner Seite zu haben rettet mich vor den Gedanken an Evie, die mich mehr denn je quälen.

Stehe ich das ein Leben lang durch? Könnte ich mir das vorstellen?

Wird schwer werden.

„Samantha, du steigerst dich da jetzt wirklich rein. Sie ist ..."

„Halt den Mund", unterbricht sie mich. „Halt einfach den Mund. Denkst du, ich bin blöd? Denkst du, ich habe nicht mitbekommen, wie du sie angesehen hast? Hör auf, mich anzulügen!"

Ich fahre mir durch die Haare und bete für ein Wunder. Oder zumindest um ihr Schweigen. Ich hasse Konflikte mit Samantha, weil mir schlicht die Lust fehlt, mir ihr Jammern anzuhören. „Was willst du von mir?"

„Die Wahrheit!"

„Die Wahrheit? Du plapperst vorhin etwas von wegen Hochzeit, dabei ist unsere Beziehung nie so ernsthaft auf der Kippe gestanden wie jetzt gerade, und daran ist ganz sicher nicht Evie schuld. Irgendwie scheinst du selbst noch nicht verstanden zu haben, was du von mir willst. Du willst eine verdammte Ehe eingehen, aber gleichzeitig völlig unabhängig von mir leben – das passt nicht zusammen."

Erschüttert senkt sie den Kopf. Samantha mag es nicht, wenn man den Finger in ihre Wunde legt, sie will nur nach ihren Regeln spielen. Sie ist sich selbst am nächsten, ignoriert jegliche Probleme und trifft sich lieber mit ihren Mädels, als Zeit mit mir zu verbringen. Ihre Krallen fährt sie aus, sobald sie merkt, dass eine andere Frau Interesse an mir zeigt. Wann immer wir zu einer Party eingeladen waren und ich mich mit einer anderen Frau unterhielt, mutierte Samantha zur Furie. Zu Hause sind wir einander fast gleichgültig. Zwei Fremde, die sich Bett, Tisch und Bad teilen.

„Für mich steht unsere Beziehung ganz und gar nicht auf der Kippe“, erwidert sie.

„Das ist dann umso trauriger.“

NACHRICHTEN

Evie

Ein lauwarmer Sommerabend, prickelnd-kühle alkoholische Getränke und exquisites Essen – so sieht mein Leben an diesem Freitag aus.

Könnte schlechter sein.

Gemeinsam mit ein paar Kollegen wurde ich zu einer Party eines unserer Geschäftspartner eingeladen. Als jüngsten Mitglied in der Firma ist es aufregend für mich, Leute aus anderen Branchen kennenzulernen. Mein Boss wird geschätzt und ist beliebt. Er verlangt von uns Perfektion; hat man seinen Respekt aber einmal gewonnen, überlässt er uns aber auch die Entscheidungsgewalt. Er überträgt seinen Mitarbeitern Verantwortung, jedoch steht seine Tür jederzeit offen, um sich von ihm einen Ratschlag zu holen. Mr Walton ist seit über dreißig Jahren im Geschäft. Sein Wissen ist immens, sein Gespür für Trends bewundernswert, und trotzdem hat er niemals den Respekt gegenüber seinen Mitarbeitern verloren.

Auf der Dachterrasse des Hotels, wo die Party stattfindet, herrscht eine angenehme Atmosphäre, die hauptsächlich auf die Jazzband zurückzuführen ist. Ich lasse mich von den Klängen treiben, führe amüsante, informative und interessante Gespräche und nippe an meinem Wein.

Es ist Mitte September, doch der Sommer hat noch einmal aufbegehrt und uns mit warmen Temperaturen verwöhnt. Die letzten Abende habe ich gemeinsam mit Emily und Chloe hauptsächlich in Parks verbracht. Ich habe mir sogar eine hübsche Bräune geholt, worauf ich sehr stolz bin.

Generell boten die vergangenen Wochen eine herrliche Kur für meine geschundene Seele. Ich habe mir meinen Neuanfang in London in vielen Variationen ausgemalt. Dass ich jedoch gleich so happy sein würde, hätte ich nicht gedacht. Alles scheint perfekt – mein Job, meine Wohnung, meine Freundinnen, und es ist wunderbar, wieder so viel Zeit mit meiner Familie verbringen zu können.

Zugegeben, nach Tobys Hochzeit ging es mir einige Tage nicht sonderlich gut. Das Gespräch mit Jonah hat meinen positiven Blick in die Zukunft etwas getrübt. Alte Wunden wurden aufgerissen, und ich war etwas verunsichert. Er war einer der Geister meiner Vergangenheit. Er hat mir mein Herzen gebrochen. Gleichzeitig bereue ich es inzwischen, ihn abgewiesen und nicht zumindest versucht zu haben, eine Freundschaft mit ihm aufzubauen. Genau das würde ja meine Stärke beweisen.

Ihn als Kumpel wieder in mein Leben zu lassen würde meinem Herz vielleicht auch helfen, besser zu heilen.

Oder auch nicht. Vielleicht wären weitere Dramen dann erst recht vorprogrammiert.

Jedenfalls habe ich keinen Kontakt zu Jonah. Ich habe ihn seit der Hochzeit, die nun immerhin bereits knapp zwei Monate zurückliegt, nicht mehr gesehen. Ich habe auch nie nach ihm gefragt, sondern nur nach vorne geschaut.

In meine Zukunft.

Ich hatte einige Flirts und habe todesmutig sogar einen Mann mit zu mir in die Wohnung genommen. Zum ersten Mal in meinem Leben hatte ich belanglosen einmaligen Sex. Es gab kein Wiedersehen, keine Tränen, kein gebrochenes Herz.

Dieser One-Night-Stand liegt knapp drei Wochen zurück, ich versuche aber immer noch herauszufinden, was ich davon halten soll. Denn ich bin nicht sicher, ob ich für eine schnelle Nummer geschaffen bin.

Während meine Kollegen gerade über irgendeinen Kerl lästern, mit dem sie scheinbar schon einmal zusammengearbeitet haben, trifft mein Blick auf die Kehrseite einer Person, die mir mehr als vertraut erscheint. Ich kenne diese Schultern und weiß, wie es sich anfühlt, sich an ihnen festzuhalten. Unmittelbar darauf beschleunigt sich mein Herzschlag.

In der nächsten halben Stunde wandert mein Blick wie von selbst immer wieder zu Jonah. Er hat mich wohl noch nicht entdeckt. Ich hadere mit mir.

Soll ich hingehen und ihn begrüßen oder nicht?

Die Zeit läuft gegen mich, immerhin könnte er jeden Moment verschwinden, und dann würde ich mir in den Hintern beißen, so verdammt feige gewesen zu sein.

Während ich durchatme, einen Schluck Wein nehme und beschließe, meine Unschlüssigkeit zu überwinden, dreht sich Jonah in meine Richtung, um einen älteren Mann, der gerade zu seiner Gruppe stößt, zu begrüßen. Dabei trifft sein Blick meinen. In Jonahs Gesicht geht ein Gewitter nieder – Verwunderung, Überraschung, Freude, Unentschlossenheit und Zurückhaltung spiegeln sich darin. Er lächelt mich kurz an, widmet sich dann aber wieder seinen Gesprächspartnern.

Ich stoße einen Schwall Luft aus und versuche mich verzweifelt an den Gesprächen meiner Kollegen zu beteiligen. Doch linse ich weiterhin ständig rüber zu Jonah. Mehrmals treffen meine Augen sogar auf seine. Auch er scheint von meiner Anwesenheit irritiert zu sein.

Irgendwann lächele ich ihn an, hebe mein Glas und forme mit meinen Lippen ein „Hi“. Er erwidert den Gruß, präsentiert mir aber ein leeres Bierglas. Dabei zieht er seine Augenbrauen auf diese unglaublich attraktive Weise hoch.

Soll das eine Einladung sein?

Was willst du, Jonah?

Als ich jedoch ein weiteres Mal hinblicke, ist er verschwunden. Große Enttäuschung erfasst mich. Schnell scanne ich die Terrasse nach ihm ab, entdecke ihn aber nicht mehr. Wenige Augenblicke später summt mein Handy in der Handtasche. Ich ziehe es heraus und halte unweigerlich die Luft an.

Eine Nachricht von Jonah.

Mit zitternden Fingern öffne ich das Menü.

Jonah: Hi ...

Dieses eine Wort bringt mich zum Grinsen. *Oh Mann.*

Ich: Hi zurück.

Jonah: Arbeitest du für Walton?

Ich: Yep.

Jonah: Wie gefällt es dir dort?

Ich: Es ist toll. Ich liebe den Job.

Jonah: Schade. Ich suche nämlich jemanden, der Emilys Posten übernimmt. Fällt dir dafür jemand Passendes ein?

Ich: Ich fürchte nicht. Außerdem nehme ich Jobangebote per SMS von Leuten, die sich mit mir auf derselben Party befinden, ohnehin nicht an.

Jonah: Selbst wenn sie dir sagen, wie gut du heute aussiehst?

Ich: Dann erst recht nicht.

Jonah: Knallhart, Evie. Eine Frau mit Prinzipien, die offensichtlich bald auf dem Trockenen sitzt. Kann ich dir dabei irgendwie weiterhelfen?

Abermals drehe ich den Kopf von links nach rechts, kann aber nicht sehen, wo sich Jonah befindet. Er scheint mich hingegen im Blick zu haben. Lächelnd spreche ich den erstbesten Kellner an und bestelle mir ein weiteres Glas Wein.

Jonah: Ich scheine dazu verdammt zu sein, zusehen zu müssen, wie du dein Leben ohne mich meisterst.

Ich: Zumindest hier und jetzt könntest du das ändern.

Jonah: Ich wünschte, das wäre so einfach. Ich glaube nämlich, der Begriff, alten Säcken die Füße küssen zu müssen, um deren Gunst zu erlangen, wurde extra für Partys wie diese erfunden. Anstatt bei dir sein zu dürfen, muss ich mit Kerlen Zigarre rauchen und über Polospiele schwadronieren.

Ich: Das ist der Preis des Ruhmes. Oder vielleicht auch bloß deine gerechte Strafe. Im Gegensatz zu dir amüsiere ich mich nämlich prächtig.

Jonahs nächste Nachricht lässt auf sich warten. In der Zwischenzeit beteilige ich mich wieder aktiv an den Gesprächen, die zunehmend lockerer werden.

Mein Handy, das ich auf den Stehtisch gelegt habe, fängt schließlich irgendwann wieder zu blinken an.

Jonah: Der Ruhm schmeckt in dem Fall aber zuerst einmal nach Asche.

Ich: Am Ende der Bemühungen steht jedoch, dass die sich in eine wertvollere Form von Asche verwandelt, oder?

Als ich den Kopf hebe, entdecke ich Jonah knapp vier Meter von mir entfernt an einem anderen Tisch stehend. Er grinst und hält selbstsicher das Handy in der Hand. Er sieht in seinem schwarzen Anzug auf verwegene Art sexy aus. Als habe man einen Bad Boy in den Aufzug eines seriösen Geschäftsmannes gesteckt. Doch so sehr er sich auch bemüht, seine wilde Seite ist unverkennbar. Grinsend senkt er den Kopf und greift nach seinem Bierglas.

Ich: Warum lachst du?

Jonah: Warum sollte ich nicht?

Erneut sehen wir uns an. Ich recke das Kinn, während Jonah die Augen zusammenkneift.

Das hier hat nichts mehr mit freundschaftlichem Geplänkel zu tun, wir flirten beinhart. Mein Magen zieht sich zusammen, während ich fieberhaft überlege, was ich zurückschreiben soll.

Ich: Ich weiß nicht.

Schmunzelnd schüttelt er den Kopf, nachdem er meine nichtssagende Nachricht gelesen hat. Doch er tippt dennoch etwas in sein Handy.

Jonah: Ich auch nicht. Möglicherweise bin ich einfach froh, dich zu sehen. Möglicherweise hast du mir gefehlt.

Ich: Möglicherweise bin auch ich froh, dich zu sehen.

Jonah schluckt, kratzt sich am Kinn und betrachtet mich nachdenklich.

Jonah: Was nicht bedeutet, dass auch ich dir gefehlt habe ...

Ich: In den vergangenen Wochen hat es mir an gar nichts gefehlt. Aber ich habe an dich gedacht. Öfter als ich sollte.

Jonah: Das freut mich – einerseits. Andererseits bedeutet es, dass du dein Single-Leben wohl in vollen Zügen genossen hast.

Ich: Gut möglich. Was aber wiederrum nicht bedeutet, dass ich ständig irgendwelche Typen abgeschleppt habe.

Diesmal sehe ich zuerst hoch und ertappe ihn dabei, wie er eine ganze Weile auf sein Display starrt. Seine Stirn liegt in Falten, und sein Kiefer scheint starr. Als Jonah zu mir blickt, zwinkere ich und bin erleichtert – seine Züge entspannen sich.

Mittlerweile ist von ihm wieder eine Nachricht eingegangen.

Jonah: Hätte ich dir damals weisgemacht, Männer würden auf Mundgeruch, Glatze und Rülpsen stehen, wäre die Sache nun einfacher für mich. So kommt es mir vor, als habe ich etwas erschaffen, wovon ich nie etwas haben werde.

Ich: Oh, sag niemals nie ;-)

Ich schließe die Augen, bereue meine letzte SMS, möchte sie aber auch nicht rückgängig machen.

Ich sollte nicht so mit Jonah flirten, wenn ich mir geschworen habe, mich von ihm fernzuhalten. Das hat selbst er nicht verdient. Aber irgendwie lasse ich mich von dieser aufgeladenen Stimmung völlig mitreißen. Ich möchte ihn aus der Reserve locken, um zu erfahren, wie weit wir beieinander gehen können. Doch dieser Weg ist gefährlich. Wie schnell mir solch eine Situation entgleiten kann, sollte mich eigentlich meine Vergangenheit gelehrt haben.

Sein Blick weckt alte Sehnsüchte in mir. Gepaart mit Jonahs Attraktivität wirkt sich das fatal auf meinen Willen, ihm zu widerstehen, aus. Ich brauche Abstand. Ich muss mich rasch einkriegen, bevor ich noch etwas Fataleres schreiben kann, womit ich ihm Hoffnung mache.

Während ich zur Toilette gehe, sage ich mir innerlich all die negativen Dinge vor, die passiert sind. Ich konzentriere mich auf das grässliche Ende, das damals aus dieser scheinbar belanglosen Affäre resultierte. Unter keinen Umständen möchte ich, dass jetzt wieder alles von vorne anfängt.

Und dann ist da auch noch Samantha. Obwohl ich sie nicht unbedingt zu den Menschen zählen würde, die ich nett finde, will ich nicht diejenige sein, mit der ihr Freund sie betrügt. Ich möchte nicht die männerfressende Schlampe sein, weil ich aus eigener Erfahrung weiß, wie scheiße man sich fühlt, wenn man betrogen wurde.

Als ich mir die Hände wasche, habe ich mich wieder halbwegs eingekriegt. Die Stille in der Toilette tut mir gut, ebenso das kühle Wasser, das ich über meine Handgelenke rinnen lasse.

Ich habe mich zwar beruhigt, doch war ich nicht darauf vorbereitet, Jonah im Flur vor den Toiletten anzutreffen. Er fixiert mich und lockt mich damit, sodass ich einen Schritt auf ihn zumache.

Mein Herz schlägt mir bis zum Hals, als Jonah die Hände nach mir ausstreckt, mein Gesicht umfasst und mich neben einer riesigen Topfpflanze, die uns etwas Schutz bietet, gegen die Wand drückt. Mit seiner Nase streift er meine. Ich atme hastig ein und lege meine Arme auf seine Oberarme.

„Ich kann mich nicht von dir fernhalten“, gesteht er und wirkt gequält.

„Ich weiß“, murmele ich.

Ein einziges Mal streifen seine Lippen meinen Mundwinkel, dann beugt er sich zurück. „Ich kann die ganze Zeit nur daran denken, dich anzufassen, Evie. Du machst mich verrückt."

Auch auf mich übt Jonah eine irrsinnige Macht aus, und so schiebe ich innerhalb eines Wimpernschlages all meine Vorsätze beiseite. Ich verdränge, was war, und dass hier irgendwo mein neuer Boss herumläuft. Stattdessen kralle ich meine Finger in sein Haar und ziehe seinen Mund auf meinen.

Dieser Kuss ist gewaltiger, als ich ihn mir ausgemalt habe. Und zu meiner Schande muss ich gestehen, dass ich oft an Jonahs Küsse und Berührungen gedacht habe. Doch ihn nun wieder zu fühlen, zu schmecken und seine Begierde zu erleben berauscht mich. Ich spüre, wie sehr er versucht, sich zurückzuhalten. Unser Kuss ist daher vorsichtig, schmeckt verboten, ist aber süß wie die Sünde.

Sein Körper bietet mir Sicherheit und Schutz. Ich erinnere mich wieder daran, wie begehrt und wohl ich mich in Jonahs Nähe gefühlt habe. All die Jahre habe ich nach etwas gesucht, das nur annähernd so gewaltig ist wie das Gefühl, das ich mit Jonah verbunden habe. Doch war meine Suche nicht erfolgreich.

Und dafür verabscheue und begehre ich Jonah zugleich. Ich will ihn von mir stoßen, aber auch an mich reißen. Ich möchte von ihm geliebt und gehasst werden. Da sind so viele widersprüchliche Gefühle, aber so war es wohl schon damals.

Knurrend drückt er mich fester gegen die Wand und tastet mit seiner Zunge zu meinem Mund. Ich stöhne und kralle mich an seine Krawatte.

Vier Jahre liegen hinter uns – und irgendwie hat sich alles und doch gar nichts zwischen uns geändert. Vier Jahre lang habe ich mich insgeheim nach dieser Berührung gesehnt. Vier Jahre lang habe ich mir selbst weiszumachen versucht, wie falsch meine Gefühle für diesen Mann sind. Vier Jahre lang habe ich verdrängt, gelitten und mir eingeredet, von Jonah losgekommen zu sein. Doch nur ein Kuss bringt dieses Kartenhaus zum Einsturz. Der Zerfall bringt mir aber auch Erleichterung.

Wir atmen beide schwer, als wir uns voneinander lösen, Jonah seine Stirn jedoch gegen meine presst.

„Wir sollten das nicht tun“, flüstere ich und schließe die Augen.

Jonah erwidert nichts. Keine Bestätigung, aber auch keine Widerrede. Während ich mir Jonahs Geschmack von den Lippen lecke, blicke ich ihn blinzelnd an. Er wirkt irgendwie ... enttäuscht.

Ich verspüre Mitleid mit ihm. „Es tut mir leid, aber ... so kann das nicht funktionieren“, sage ich.

„Ich weiß“, meint er und klingt hart.

„So ... so war das nicht gemeint. Du erinnerst dich doch noch, was ich dir auf Tobys Hochzeit gesagt habe, Jonah. Ich brauche einen Neuanfang“, rufe ich ihm ins Gedächtnis.

Schnaubend nimmt er die Hände von mir und fährt sich durch die Haare. „Ja, schon klar. Was für mich bedeutet, dass du dich durch alle möglichen Betten vögeln willst. Du willst Freiheit erleben.“

„Beleidige mich bitte nicht“, warne ich ihn.

„Ich sag bloß, wie es ist, Evie“, schnauzt er mich an. „Du willst mich nicht, ich habe es verstanden. Dann hör auf, mit mir zu spielen.“

Seine Worte klingen brutal, ich bin sprachlos. Dann aber überlege ich kurz. Jonah ist mit Samantha zusammen, und ich will nicht wieder von ihm verletzt werden. Ich möchte nicht, dass alles von vorn anfängt. Was bestimmt geschehen wird, wenn ich mich abermals auf eine Affäre mit diesem Mann einlasse. Gefühle hin oder her – langsam sollte ich aus meinen Fehlern gelernt haben, damit der Herzschmerz nicht völlig umsonst gewesen ist.

„Du bist mit einer anderen Frau zusammen, Jonah! Wer spielt hier mit wem?“, rufe ich ihm herausfordernd zu.

Jonah öffnet den Mund, als wolle er etwas entgegnen, schließt ihn jedoch wieder und runzelt die Stirn. „Das Traurige ist ja, dass du dich nur selbst verarschst. Aber das kapierst du nicht.“

„Jonah, ich weiß ja nicht, was du von mir willst“, meine ich. Als ich die Hand nach ihm ausstrecke, weicht er einen Schritt zurück und mustert mich abwertend.

Dann lacht er auf, dreht sich um und lässt mich stehen.

FREIHEIT

Evie

Nachdem ich die Wohnungstür geöffnet habe, werde ich zuerst von einem monströsen Kissen begraben, ehe mir etwas verdammt Schweres über meine rechte Schulter gehängt wird. Röchelnd lehne ich mich gegen den Türrahmen.

„Bin gleich wieder da“, höre ich Emily rufen, als ihre Schritte auf der Treppe zu vernehmen sind.

„Hier steht übrigens auch noch ein Baby. Ich wette, sie kommt nicht wieder zurück.“ Chloe schiebt sich an mir vorbei in die Wohnung, während ich mich von dem überdimensionalen Stoffhaufen befreie.

Tatsächlich steht vor meiner Wohnungstür eine Babyschale mit der schlafenden Lily darin. Ich schleppe Emilys Stillkissen, ihre Wickeltasche und zuletzt ihr Kind hinein. Chloe hat währenddessen bereits das mitgebrachte Gebäck auf den Tisch gelegt und nimmt nun stöhnend Platz.

„Die Fahrt war die Hölle. Nächstes Mal komme ich mit der Tube.“

Ich lächele, während ich Lily aus der Babyschale nehme. „Was war so schlimm an der Fahrt?"

„Wo fange ich an? Das Baby hat die ganze Zeit geheult, Emily fährt außerdem, seit sie Mutter ist, wie eine Rentnerin. Am Ende war auch ich kurz davor zu flennen. Ich meine, es ist doch krank, was sie da alles mitschleppt."

Mit dem Baby auf dem Arm setze ich mich an den Esstisch. Ich könnte der Kleinen ewig beim Schlafen zusehen. Der Anblick ist so beruhigend.

„Was soll das überhaupt für ein fetter Schlauch sein?"

„Das ist ein Stillkissen", erkläre ich geduldig.

„Ah, und ohne das Ding kann sie den Schreihals nicht füttern?"

Ich werfe Chloe einen bösen Blick zu. Im Grunde aber weiß ich, dass sie Lily ebenso vergöttert wie ich. „Wahrscheinlich nicht."

„Hast du schon mal auf deine Couch geschaut? Da liegen vier Milliarden Kissen herum. Zur Not bastle ich ihr daraus eine Stillwurst."

„Das ist nicht dasselbe."

Chloe schenkt sich Kaffee ein und seufzt. „Wie haben dann die Menschen in der Steinzeit ihre Kinder ohne Stillkissen gestillt? Denkst du, die sind alle verhungert? Nein. Also."

Ich grinse und streiche mit meiner Hand über das weiche Köpfchen des Babys. Emily erscheint in meinem Esszimmer, beladen mit weiteren Gegenständen. Während Chloe dafür kein Verständnis zu haben scheint, habe ich mich an das Ausmaß der mitgebrachten Sachen bereits gewöhnt.

„Ich fürchte, Evie, sie wird dir ihr Kind hierlassen. So wird man auch unverhofft Mutter“, scherzt Chloe, erntet aber dafür einen grimmigen Blick von Emily.

„Kann ich den wegstellen, damit die Wippe Platz hat?“, fragt Emily, während sie meine mannshohe Topfpalme bereits zur Seite räumt.

„Klar“, murmele ich schmunzelnd.

Chloe schüttelt ungläubig den Kopf. „Jetzt dekoriert sie schon deine Wohnung um – merkst du gar nichts?“

„Ich komme damit klar.“

„Unfassbar. Was machst du erst einmal, wenn das Kind läuft?“

Emily geht nicht darauf ein, sondern lässt sich theatralisch auf einen Stuhl plumpsen. „Es war ein Fehler, diese Wohnung zu nehmen.“

„Wieso?“ Immerhin hat Emily mich in dieser Entscheidung sogar noch bestärkt.

„Ohne Fahrstuhl im dritten Stock. Aber sonst ist sie ja schön.“

„Danke“, erwidere ich grinsend.

„Sie disst dich im Mum-Style“, stichelt Chloe.

„Bedient euch.“ Ich lache und deute auf den reich gedeckten Frühstückstisch, der von gekochten Eiern bis hin zu frischem Obst jeden Geschmack treffen soll. Wir versuchen einmal im Monat gemeinsam zu frühstücken. Meist sitzen wir dann bis zum späten Nachmittag beisammen. Das ein oder andere Treffen wurde letztlich auch schon mal von einer beträchtlichen Menge Alkohol gekrönt.

„Nächsten Monat um die Zeit wirst du offiziell geschieden sein. Freust du dich?“, erkundigt Emily sich und spießt eine halbierte Erdbeere mit der Gabel auf.

Wenn ich an die bevorstehende Scheidungsverhandlung denke, fühle ich zugleich Anspannung, Erleichterung und Sorge, dass Cooper sich irgendetwas Böses einfallen lässt. Wir haben uns zwar bereits auf eine Lösung, damit keiner von uns schlechter aussteigt, geeinigt. Doch Cooper lässt sich von seinem Dad immer sehr beeinflussen, und sollte der entschieden haben, mich aus Rache vernichten zu wollen, wird Cooper mitziehen. Dann wird es nichts mit einem sauberen Cut.

„Wenn alles gut geht, werde ich ausgiebig feiern."

„Er möchte bestimmt keinen Scheidungskrieg, da der seinem Image schaden würde", meint Chloe.

„Sehe ich auch so." Emily schluckt und deutet mit ihrem Kinn in Richtung der Babywippe. „Leg die Kleine rein, damit du essen kannst."

Ich schüttele den Kopf. „Schon okay. Ich glaube, mein Magen verträgt noch nicht allzu viel."

Chloe zieht beide Augenbrauen hoch. „Oh, hat da jemand eine feuchtfröhliche Nacht hinter sich?"

„Wo warst du denn gestern?", will Emily wissen.

„Bei einer Geschäftsparty."

„Gab es ein paar heiße Geschäftsmänner?" Chloe zwinkert und verspeist genüsslich ihr Müsli.

Ich dachte zwar, dass ich mir im Laufe der vergangenen Jahre abgewöhnt habe, bei jeder Kleinigkeit rot anzulaufen. Doch nun verfalle ich wieder in alte Gewohnheiten. Vielleicht werde ich aber auch vor Wut rot. Weil ich mich plötzlich daran erinnere, wie schlecht ich mich gefühlt habe, als Jonah mich einfach stehen ließ.

„Jonah war dort“, verkünde ich, worauf sich bedeutsames Schweigen ausbreitet.

„Vielleicht solltest du Emilys Kind wirklich zur Seite legen, weil deine weiteren Erzählungen darüber entscheiden werden, ob ich dir eine reinhauen oder dir gratulieren werde“, sagt Chloe und faltet ihre Hände vor ihrem Gesicht wie zum Gebet.

Doch anstatt Lily wegzulegen, klammere ich mich an dem Baby fest, als könne es mich beschützen. Zumindest Lilys Niedlichkeit muntert mich auf.

„Hast du dich mit ihm unterhalten?“, hakt Emily nach und scheint gefasster, da sie im Pro-Jonah-Team spielt. Chloe hingegen verachtet ihn.

Ich zögere. „Mehr als das. Wir haben uns geküsst.“

„Heilige Scheiße“, brüllt Chloe und schlägt mit der flachen Hand auf den Tisch, sodass ich zusammenzucke. „Sorry. Aber mal ehrlich: Hast du den Verstand verloren, Mädchen?!“

„Ich weiß“, jammere ich.

„Hätte ich wetten müssen, niemals hätte ich getippt, dass du gleich wieder mit ihm herummachst“, meint nun auch Emily. Wenigstens klingt sie nicht so entsetzt wie Chloe.

„Ich auch nicht. Das ändert aber nichts daran, dass ich dich am liebsten schlagen würde. Geht es dir jetzt gut oder schlecht?“

„Schlecht.“ Mehr als das. Ich habe die ganze Nacht kein Auge zugetan und konnte nur an diesen Kuss denken. Er erschien mir so bedeutsam nach all der Zeit, die hinter mir liegt. Er fühlte sich wie ein

Neuanfang an, dabei hat er mich in die Vergangenheit zurückgeschleudert.

Ich erzähle den Mädels von den Nachrichten, die wir einander auf der Party geschrieben haben. Dann schildere ich ihnen die Situation, wie Jonah mich, nachdem er mir zu den Toiletten gefolgt war, gegen die Wand drückte und küsste. Ich erzähle, wie er reagierte, als ich meine Zweifel äußerte. Am Ende bin ich völlig fertig. Ich bete, dass die beiden mir weiterhelfen können, mit meinem Gewissen muss ich ohnehin allein klarkommen.

„Er will dich immer noch genauso wie früher." Emily ist die Erste, die antwortet. „Ich würde sogar so weit gehen und behaupten, dass er dich liebt. Ich glaube aber, dass er das selbst noch nicht begriffen hat."

Chloe sieht fassungslos zu ihr. „Niemals. Der Typ sucht bloß eine schnelle Nummer, weil er mit dieser unerträglichen Frau zusammen ist."

Okay – zwei völlig unterschiedliche Ansichten. Genau wie ich zu keiner eindeutigen Antwort komme.

„Ganz egal, wie seine Absichten sind, ich will nicht die sein, die eine Beziehung in Gefahr bringt. Auch wenn die noch so seltsam ist und er mit Samantha wahrscheinlich nie glücklich werden wird. Ich wurde selbst betrogen ... das will ich keiner anderen zumuten."

„Aber vielleicht braucht er dich, um von Samantha loszukommen", wirft Emily in den Raum.

„Dann soll er es verdammt noch einmal ehrenhaft angehen." Chloe ist nun richtig aufgebracht, ihr Müsli rührt sie nicht mehr an. „Dir geht es wegen deiner Gefühle für ihn schlecht, Evie. Richtig?“

„Keine Ahnung.“ Ich seufze und senke den Kopf, um Lilys friedlichen Schlaf zu betrachten.

„Er hatte immer einen hohen Stellenwert für dich, und du hast nie richtig mit ihm abgeschlossen. Dass er jetzt Interesse an dir zeigt, weckt Hoffnungen in dir.“

„Vergiss Samantha“, bestätigt Emily.

„Das ist seine Angelegenheit.“ Chloe lächelt, und ich tue es ihr gleich.

„Was ist, wenn er sich kein bisschen geändert hat und erneut auf eine Affäre aus ist? Dann bin ich in kürzester Zeit wieder dort, wo ich vor vier Jahren war.“ Damals war ich am Boden und habe ohne weiteres Nachdenken einen Mann geheiratet, der nicht zu mir gepasst hat. Nicht auszudenken, welche Dummheit ich begehen könnte, wenn Jonah mich erneut abserviert.

„Ich finde auch, dass du mit dem Kapitel Jonah endgültig abschließen solltest“, rät Chloe achselzuckend. „An deiner Stelle würde ich ihm klipp und klar sagen, dass er dich in Ruhe lassen soll.“

Ich überdenke diese Möglichkeit, spüre aber einen Stich in der Magengegend.

Vor dem Kuss gestern Abend wäre ich möglicherweise dazu imstande gewesen, einen Schlussstrich zu ziehen. Plötzlich sehne ich mich wieder so intensiv nach Jonah, dass es wehtut.

„Ich bin da anderer Meinung“, unterbricht Emily meine Gedankengänge. „Nicht jeder hat eine zweite Chance verdient. Aber ihr habt euch in den vergangenen Jahren verändert, und Jonah ist reifer geworden. Seine Beziehung zu Samantha zeigt mir, dass er auf der Suche nach etwas Ernstem ist. Was ihm früher unwichtig war, lockt ihn jetzt. Nur hat er noch nicht die richtige Frau dafür gefunden. Außerdem glaube ich, dass er in Gedanken immer bei dir war. Er hat bestimmt versucht, an Samantha etwas von dir zu finden, was da natürlich nicht ist."

Selbst als die Mädels bereits lange weg sind, überlege ich noch immer, ob ich auf einen der beiden völlig unterschiedlichen Ratschläge hören soll.

Was ist Freiheit schon wert, wenn man sie nicht genießen kann? Was bedeutet sie eigentlich? Kann man nicht auch mit einer anderen Person gemeinsam frei sein?

Jonahs Vorwurf, dass ich lediglich mit ihm spiele, setzt mir ordentlich zu. Die ganze Zeit habe ich geglaubt, mich fair verhalten zu haben, aber möglicherweise habe ich mich getäuscht. Ich dachte, ich sei immer offen und ehrlich zu Jonah gewesen, doch dem war wohl nicht so. Während ich ihn sowohl auf der Hochzeit als auch bei der Party durch eindeutige Zeichen gelockt habe, habe ich ihn verbal zurückgewiesen. Dabei wollte ich mich eigentlich nur selbst bremsen, indem ich versuchte, mir einzureden, dass ich ohne Jonah glücklicher, freier und sorgloser leben könnte.

Während ich in meiner Lesenische am Fenster sitze, öffne ich den gestrigen Nachrichtenverlauf, um zu beurteilen, wie das, was ich Jonah geschrieben habe, auf ihn wirken musste. Sofort bemerke ich die große Sehnsucht, die aus den Zeilen spricht.

Um meine Gefühle zu ordnen, fange ich an, sie in mein Handy zu tippen. Ich habe nicht vor, die SMS abzuschicken, sondern möchte bloß wissen, wie es sich anfühlen würde, ehrlich zu Jonah zu sein. Was löst es in mir aus, meine stärksten Emotionen schwarz auf weiß zu lesen?

Ich vermisse dich. Seit vier Jahren vermisse ich dich. Ich habe dich vermisst, als ich nach Michigan geflogen bin. Ich habe dich vermisst, als ich einen anderen geheiratet habe. Am Tag vor der Hochzeit habe ich nur an dich denken können. Ich habe gehofft, dass du mich retten würdest. Wie in einem dieser Filme, wenn jemand in die Kirche stürmt und im letzten Moment Einspruch erhebt. Ich habe dich jeden Tag in den vergangenen vier Jahren vermisst. Ich vermisse dich auch jetzt. So sehr, dass es wehtut. Aber ich weiß nicht, was schlimmer für mich ist – mich von dir fernzuhalten, damit du mit Samantha glücklich werden kannst, oder um dich zu kämpfen. Was, wenn du mich gar nicht mehr willst? Was, wenn es wieder schiefgeht? Was ist dann? Ich habe Angst vor dem, was ich fühle, vor dem, was ich tief in mir will, Jonah, aber ich spiele nicht mit dir.

Immer wieder lese ich den Text und merke, wie befreit ich mich auf einmal fühle. Ich hätte nicht gedacht, dass das Niederschreiben so viel helfen würde. Vielleicht würde Jonah mich endlich verstehen, wenn er den Text lesen könnte. Ich könnte ihn zwar auch endgültig verlieren, aber davor wäre ich zumindest aufrichtig ihm gegenüber gewesen. Doch ich zögere. Ich fahre mir nachdenklich mit den Fingerknöcheln über die Lippen und blicke minutenlang nach draußen.

Ich weiß, dass ich niemals den Mut aufbringen würde, Jonah von Angesicht zu Angesicht so ehrlich zu sein. Vermutlich würde mir nicht einmal ein sinnvoller Satz über die Lippen kommen. Doch möchte ich ihm die Möglichkeit geben, in das Chaos in mir zu blicken, und das kann ich nur, wenn ich ihm meine Gedanken schicke. Ich überlege, was er gerade machen könnte. Ob er allein ist. Vielleicht ist Samantha bei ihm und liest die SMS ebenfalls. Ich könnte damit Jonahs Leben zerstören. Auch wenn er nicht glücklich mit ihr ist, wie er es mir bei der Hochzeit zu verstehen gab.

Seufzend presse ich das Handy an meine Brust, atme tief durch und überlasse meinem Bauch die gesamte Entscheidungsgewalt. Ja oder nein?

Mein Finger schwebt über dem grünen Pfeil. Dann ist es entschieden – und die Nachricht abgeschickt.

KEINE REUE

Jonah

Andere würden an einem späten Samstagnachmittag höchstwahrscheinlich Tee oder Kaffee wählen. Unter den gegebenen Umständen scheiße ich auf solche Gepflogenheiten und öffne drei Flaschen Bier. Je eins für Max, Toby und meine Wenigkeit.

Eine gewisse Anspannung liegt in der Luft, während wir in meinem chaotischen Wohnzimmer sitzen. Halb leere Regale, Deckel von Kartons und die Überreste eines Bilderrahmens liegen um uns verstreut. Bei mir wurde nicht eingebrochen, auch wenn es auf den ersten Blick so wirken mag. Nachdem ich die Bierflaschen auf dem Couchtisch abgestellt habe, bücke ich mich, um den zerbrochenen Bilderrahmen aufzuheben.

Das Foto darin stilisiert die Beziehung, die hinter mir liegt, zu etwas Vollkommenem. Ich habe immer gewusst, dass diese Aufnahme eine Lüge erzählt, während Samantha sie als ihr Lieblingsbild bezeichnet hat. Es zeigt uns in einem Restaurant sitzend. Ich erinnere mich noch gut daran, dass ein Fotograf an unseren Tisch kam und uns fragte, ob wir ein Bild wollten. Samantha war sofort Feuer und Flamme. So willigten wir ein, sie schmiegte sich an mich und setze ihr strahlendstes Lächeln auf. Ich hingegen wirke angespannt und sitze steif da. Keinerlei Freude oder Zuneigung ist von meiner Seite zu erkennen. Ich habe nicht einmal den Arm um sie gelegt, ich habe nur ihre Liebesbekundung über mich ergehen lassen.

Ich weiß nicht, was ich mir von Samantha erhofft habe. Am Anfang unserer Beziehung wollte ich bloß alles Vergangene verdrängen und vergessen. Ich wollte Evie aus meinem Leben streichen. Aber anstatt glücklich zu werden, hatte ich mich in eine unglückliche Beziehung gestürzt.

Nun bin ich endlich aufgewacht und habe mich von Samantha getrennt. Seit drei Wochen sind wir nicht mehr zusammen. Es hat aber gedauert, bis Samantha verstanden hat, dass es mir ernst ist. Ihr Unglauben ist nicht einmal verwunderlich, immerhin haben wir uns in der Vergangenheit ein paar Mal für einige Woche getrennt, doch jedes Mal wieder versöhnt.

Diesmal ist es anders. Diesmal bin ich mir sicher und werde nicht zu Samantha zurückkehren.

Erst vor einigen Tagen hat sie ihre Sachen abgeholt, deshalb das Chaos in meinem Haus.

Meine beiden Kumpels zeigen unterschiedliche Reaktionen. Max hat mich beglückwünscht, da er ohnehin nie ein großer Fan von Samantha war. Toby hingegen meint, er habe fix damit gerechnet, dass wir die Nächsten gewesen wären, die den Gang vor den Traualtar gewagt hätten.

Mann, du kennst mich echt schlecht.

Gerade er sollte es besser wissen, da er doch selbst mit Samantha zusammen war.

Aber ich möchte nicht alle Schuld auf Samantha abwälzen. Darum geht es auch nicht.

„Auf deine Freiheit", verkündet Max, als wir anstoßen.

Ich atme durch, weil es sich verdammt geil anfühlt, endlich wieder frei zu sein. Ich fühle mich wie ein Luftballon, der mit Helium gefüllt ist. Doch obwohl ich versuche, hoch in die Lüfte zu steigen, merke ich, dass mich irgendetwas zurückhält. Ich stecke irgendwie fest und kann relativ schnell ausmachen, was der Grund ist: Evie.

Sie gestern Abend zu sehen, einen Tag, nachdem Samantha ihre Kartons geholt hatte, hat mich überwältigt. Ich hatte mir erwartet, dass wir vielleicht von vorn anfangen könnten. Irgendwie. Keine Ahnung. Doch ihr reumütiger Blick, nachdem ich sie geküsst hatte, hat diese Hoffnung zunichtegemacht.

Ich habe das Gefühl, dass ich Evies Samantha bin. Ich tue ihr nicht gut, ziehe sie runter, aber trotzdem kommt sie nicht los von mir. Ich bin wie ein Stein in ihrem Getriebe. Das ist richtig mies.

Als Max mir gerade vorbetet, welche Vorzüge des Singlelebens ich nun wieder genießen kann, höre ich die Haustür laut zufallen. Augenblicklich versteife ich mich, und auch meine Freunde werfen einander fragende Blicke zu. Samantha rauscht wie eine Naturgewalt ins Wohnzimmer. Sie nimmt ihre

Sonnenbrille ab, und darunter zeigen sich Augen, die von verheulten, schlaflosen Nächten zeugen.

„Ist ja klar, dass die Arschlöcher hier sind“, faucht sie.

Ich erhebe mich und nähere mich ihr mit gerunzelter Stirn. „Hast du was vergessen, oder was tust du hier? Wir haben uns doch geeinigt, dass du mich anrufst und nicht einfach so hier hereinspazierst.“

„Irgendwo muss noch das Ladekabel für meinen Laptop sein.“

„Keine Ahnung. Such es eben“, biete ich ihr an und zucke die Schultern. Ich werde ihr dabei nicht helfen.

Ohne ein weiteres Wort lasse ich sie stehen, setze mich und ignoriere sie. Aber ich spüre ihren Blick und ihre Verzweiflung. Bis jetzt hat sie mich stets mit ihren Tricks fangen können, diesmal aber bleibe ich hart.

Während sie das Haus nach ihrem beschissenen Ladekabel durchsucht, sitzen wir drei schweigend im Wohnzimmer. Vielleicht ist es eine schlechte Idee, eine wütende Samantha mit meiner Zahnbürste allein zu lassen. Sie könnte damit meine Toilette schrubben oder so einen Scheiß. Aber ich werde ihr die Aufmerksamkeit, die sie braucht, nicht mehr schenken. Mehrmals haben wir über die Trennung geredet. Ich zeigte mich von meiner sanften Seite, gab ihr Zeit, meine Entscheidung zu akzeptieren. Doch sie reagierte nur aufbrausend und lautstark. Entweder heulte oder schrie sie, eine richtige Unterhaltung war nie möglich. Für mich ist es bis jetzt unverständlich, wie sie selbst nicht bemerken konnte oder wollte, wie kaputt unsere Beziehung schon war. Das verstehe ich so gar nicht.

„Es ist still geworden“, stellt Toby irgendwann fest.

Max grinst. „Bestimmt schneidet sie gerade Löcher in deine Unterhosen. Ich würde an deiner Stelle lieber nachsehen gehen.“

Vermutlich hat er recht. Aber zur Hölle, ich habe keine Lust auf diesen Scheiß. Widerwillig erhebe ich mich und gehe nach oben. Ich finde Samantha in meinem Schlafzimmer, wo sie auf dem Bett sitzt und weint. Natürlich berührt mich ihre Traurigkeit. Ich bin ja nicht aus Stein.

Stumm setze ich mich neben sie und warte, bis sie sich beruhigt hat. Als sie nach einigen Minuten immer noch schluchzt, lege ich ihr eine Hand auf die Schulter. „Samantha“, spreche ich ihren Namen sanft aus.

Niedergeschlagen blickt sie zu mir. „Es ist also vorbei“, sagt sie. „Es ist vorbei. Das ist es für immer, oder?“

„Ich fürchte ... ja.“

„Weißt du, dass ich dich immer geliebt habe? Immer. Ich konnte dir das nur nie zeigen, weil ich mir so allein damit vorkam.“

Sie nimmt meine Hand. Es ist ewig her, seit wir aufrichtig Händchen gehalten haben. Am Ende tun wir es also doch wieder.

Sie schnieft und lächelt traurig. „So sehr ich mich auch bemüht habe, ich hatte keine Chance. Das wird bei allen, die nach mir in dein Leben kommen werden, genauso sein.“

„Die letzten Jahre haben uns beide sehr viel Kraft gekostet, Samantha. Natürlich ist es frustrierend, wenn am Ende alle Mühen umsonst waren, aber ... das klingt jetzt völlig abgedroschen ... aber es lag nicht an dir. Es lag an uns. Wir passen nicht zusammen. So sehr wir es auch versucht haben.“

Zu meiner Überraschung nickt sie, anstatt loszubrüllen. Eine Premiere nach vier Jahren Beziehung. „Es gibt deiner Meinung nach wohl nur eine, die zu dir passt. Aber ausgerechnet die will dich nicht.“

„So ist es nicht“, erwidere ich leise.

„Natürlich ist es so. Aber ich habe genug davon, die ungeliebte Zweite zu sein. Ich will einen Mann, der mich schätzt. So weh es jetzt auch tut, dich gehen zu lassen, irgendwann werde ich über dich hinwegkommen. Du hingegen wirst ihr ewig hinterherlaufen. Das ist dein Schicksal, weil du niemals das schätzen konntest, was du hattest.“

Mit einem Ruck entreißt sie mir ihre Hand. Während ich den Kopf senke, betrachtet sie mich triumphierend.

Sie wollte mir eine verbale Keule verpassen, und das ist ihr gelungen. Als sie aufsteht, fühle ich mich ziemlich mies. Wie ein Verlierer. Ich habe zwar mit Samantha Schluss gemacht, aber sie wird nach dem Beziehungsende frei sein, während ich an einer anderen Frau hänge.

„Mach’s gut, Jonah“, säuselt sie, als sie aufgestanden ist. Bevor sie geht, wirft sie mir den Haustürschlüssel in den Schoß.

Ich fahre mit den Fingerspitzen über seinen zackigen Rand und lasse Samanthas Worte nachwirken. Ich will ihr nicht recht geben. Sie liegt falsch. Aus ihr sprechen bloß Wut und Enttäuschung. Und trotzdem ist da ein Funken in mir, der sich angesprochen und verstanden fühlt.

Augenblicklich greife ich nach meinem Handy, das in meiner Hosentasche steckt und gerade vibriert hat. Ich könnte nicht mehr überrascht sein, als Evies Namen auf dem Display zu lesen ist.

Aufgewühlt atme ich durch, ehe ich die Nachricht öffne.

Ich vermisse dich. Seit vier Jahren vermisse ich dich. Ich habe dich vermisst, als ich nach Michigan geflogen bin. Ich habe dich vermisst, als ich einen anderen geheiratet habe. Am Tag vor der Hochzeit habe ich nur an dich denken können. Ich habe gehofft, dass du mich retten würdest. Wie in einem dieser Filme, wenn jemand in die Kirche stürmt und im letzten Moment Einspruch erhebt. Ich habe dich jeden Tag in den vergangenen vier Jahren vermisst. Ich vermisse dich auch jetzt. So sehr, dass es wehtut. Aber ich weiß nicht, was schlimmer für mich ist – mich von dir fernzuhalten, damit du mit Samantha glücklich werden kannst, oder um dich zu kämpfen. Was, wenn du mich gar nicht mehr willst? Was, wenn es wieder schiefgeht? Was ist dann? Ich habe Angst vor dem, was ich fühle, vor dem, was ich tief in mir will, Jonah, aber ich spiele nicht mit dir.

Innerhalb von Sekundenbruchteilen ändert sich alles. Erstens: Ich springe auf und eile nach unten, wo ich den Jungs zurufe: „Ich muss dringend weg. Im Kühlschrank ist genügend zu trinken. Bedient euch!“ Zweitens: Ich höre auf mein Herz. Das ist wahrscheinlich das Unmännlichste, was ich jemals getan habe.

Kein Typ würde sein Herz extra betonen. Ich aber mache das jetzt einfach. Zu lange habe ich versucht, eine Gefühlssache durch rationales Denken zu lösen. Das hat nicht funktioniert, deshalb sind nun andere Wege nötig.

Scheiße, was geschieht da mit mir?! Als ich in meinem Auto sitze, könnte ich schreien vor Glück, auch wenn die Sache immer noch in einem Fiasko enden könnte.

Denk positiv, Mann! Denk an sie.

Da fällt mir ein, dass ich keine Ahnung habe, wo Evie wohnt. Ein Punkt, den ich vor lauter Spontaneität nicht beachtet habe. Okay, um das Problem zu lösen, muss ich wohl kurz meinen Verstand einschalten.

Wen könnte ich fragen? Toby? Niemals. Er würde mich eigenhändig töten.

Ihre Eltern? Auch keine gute Idee.

Emily. Scheiße, ja. Emily und Evie sind Freundinnen. Emily wird mir weiterhelfen.

Über mein Freisprechsystem rufe ich sie an. Als sie rangeht, begrüßt mich erst einmal das ohrenbetäubende Weinen eines Babys.

Ich kneife die Augen zusammen und versuche mich trotz Lärm auf den Verkehr zu konzentrieren, was schlichtweg unmöglich erscheint.

„Jonah ... also ... äh, Mr Warren?“, brüllt Emily über das Geschrei hinweg.

„Ja. Was zum Teufel tun Sie da mit Ihrem Kind?!“, frage ich, auch wenn ich nicht glaube, dass sie mich hören kann.

„Einen Moment, ich muss kurz meinen Busen auspacken.“

„Heilige Scheiße“, bemitleide ich mich selbst und versuche alles, um diese Bilder zu verdrängen.

Da wird es schlagartig leise. Meine Ohren werden es Emily auf ewig danken, auch wenn das Gebrüll darin noch eine Weile nachklingt.

„So, jetzt ist es besser. Wenn sie hungrig ist, ist sie nicht zu bändigen.“

„Von wem sie das bloß hat?“

Emily lacht. „Da Sie nicht mehr länger mein Boss sind, kann ich das sagen: Halten Sie den Mund, Warren! Was wollen Sie eigentlich von mir? Mich anflehen, dass ich zurückkomme?“

„Nein, denn tatsächlich konnten Sie die Firma mit Ihrer Schwangerschaft vor dem Konkurs retten, da jetzt nicht mehr so viel Kaffee verbraucht wird.“

„Freut mich zu hören, dass Sie immer noch ein Arsch sind“, erwidert sie, doch ich kann an ihrer Stimmlage erkennen, dass sie lächelt.

„Ich brauche Ihre Hilfe, Emily“, sage ich ohne Umschweife, als ich an einer Ampel halte und mich wieder an meine Mission erinnere.

„Jetzt wird es spannend. Vor allem, da Sie keine Möglichkeit ausgelassen haben, mir im Büro auf meinen nicht existierenden Sack zu gehen.“

„Ich brauche Evies Adresse“, rücke ich mit der Wahrheit heraus.

Am anderen Ende ist es still. Ich vergewissere mich, ob das Gespräch noch aktiv ist. Ja, die Verbindung steht.

„Emily?“

„Ich ... ich bin da.“

„Es war so ruhig. Ich sitze nämlich schon im Wagen, deswegen eilt es.“

„Ich bin bloß im Zwiespalt, immerhin ist Evie meine Freundin, und Sie sind der Mistkerl, der sie in den Wind geschossen hat. Gleichzeitig wünsche ich mir für diese Romanze ein Happy End.“

Ich lache angespannt. „Ich weiß Ihre Solidarität Evie gegenüber zu schätzen, aber ich muss dringend mit ihr reden.“

„Wegen gestern?“

„Wegen ... Sie wissen also, was gestern passiert ist?“ Frauen reden ja wirklich über alles. Meine Güte. Ich habe nicht mal Max davon erzählt, weil ich nicht wie der größte Jammerlappen rüberkommen wollte. Allerdings wäre es vielleicht besser gewesen, ich hätte meinen Stolz überwunden und es ihm erzählt. Das Reden hätte mich vielleicht vor einer schlaflosen Nacht bewahren können.

Frauen sind einfach doch manchmal klüger – da haben wir wieder den Beweis.

„Natürlich weiß ich das. Ich war heute bei Evie. Sie ist völlig fertig, die Ärmste.“

Da ich nun langsam wissen müsste, in welche Richtung ich fahren soll, parke ich den Wagen kurzerhand am Straßenrand. „Sie hat mir eine SMS geschrieben, die alles, was sie zu mir gesagt hat, revidiert hat. Es muss sie viel Mut gekostet haben, mir ihre tiefsten Gefühle zu offenbaren. Deshalb möchte ich das mit ihr persönlich klären." Außerdem will ich sie sehen. Ich vermisse sie genauso sehr wie sie mich. Doch das erwähne ich Emily gegenüber nicht.

„Sie hat Ihnen geschrieben? Wann?"

„Gerade eben."

„Krass. Das überrascht mich echt."

„Wieso?"

Da sie schweigt, bin ich fest davon überzeugt, dass sie die Macht, die sie gerade über mich hat, genießt. Ich weiß, ich war im Büro manchmal wirklich ein Arschloch.

„Egal. Ich bin stolz auf sie."

„Okay", murmele ich und kneife die Augen zusammen. „Helfen Sie mir jetzt weiter?"

Emily gibt mir Evies Adresse durch, die ich sofort ins Navi tippe. „Viel Glück, Jonah", sagt sie dann.

Werde ich Glück brauchen?

Wenngleich Evies SMS so sehnsuchtsvoll klang, gibt es immer noch die Möglichkeit, dass sie diese bereits wieder bereut. Nichts ist sicher, so viel steht fest. Emily mag sich ein Happy End wünschen, aber von einem solchen ist noch nichts zu erkennen.

Nach einer gefühlten Ewigkeit erreiche ich das Haus, in dem Evie lebt. Es ist ein Altbau aus der vorletzten Jahrhundertwende. Schön ist es hier, ruhig und friedlich. Doch davon lässt sich mein Herz, das hart in meiner Brust hämmert, gerade nicht beruhigen. Als ich vor der Gegensprechanlage stehe, fürchte ich den Verstand verloren zu haben. Ich suche einige Sekunden lang nach der Taste mit dem Namen Coleman, bis mir einfällt, dass sie nach ihrer Hochzeit wohl nicht mehr so heißt.

Und was tue ich? Ich könnte irgendwo klingeln und Einlass begehren, doch erneut greife ich zu meinem Handy. Diesmal jedoch tippe ich eine Nachricht an Emily.

Ich: Sie heißt nicht mehr Coleman, richtig?

Emily: Oh, Mann. Sie sind ja ziemlich am Arsch, Warren. Probieren Sie es mal bei Vandekamp.

Vandekamp – was für ein Scheißname. Aber irgendwie passt er zu diesem amerikanischen Wichser.

Nachdem ich das entsprechende Klingelschild endlich gefunden und draufgedrückt habe, ertönt Evies Stimme durch den Lautsprecher. „Hallo?“

Mir stockt der Atem. Was tue ich eigentlich hier? Kann ich das überhaupt, oder werde ich sie wieder verletzen?

„Evie“, sage ich ihren Namen, als wäre das eine Erklärung. „Ich bin’s.“

Tatsächlich ertönt das erlösende Summen. Ich drücke die Tür auf, haste die Treppe nach oben, und da steht sie vor mir. Sie hält sich am Türknauf fest, und ich bemerke, dass ihre Finger zittern. Ich kann gar nicht glauben, wie schön sie ist. Gestern trug sie ein schwarzes Cocktailkleid und war damit sexy und verführerisch. Heute hat sie karierte Jogginghosen und ein blaues T-Shirt an und sieht mindestens genauso unglaublich aus.

„Du bist hier“, sagt sie. Höre ich da Hoffnung?

„Ja, bin ich.“

„Was ...?“

Ich mache einen Schritt auf sie zu und breche damit mein Versprechen, das ich mir noch im Wagen gegeben habe. Ich halte mich nicht gentlemanlike zurück, sondern schlinge einfach meine Arme um sie. Evie seufzt und schmiegt sich sofort an mich.

Während ich sie rücklings in ihre Wohnung schiebe, presse ich meine Lippen auf ihre. Im Flur drücke ich sie gegen die Wand und kicke ihre Wohnungstür mit dem Fuß zu. Wie gestern verliere ich mich völlig in ihr. Sie zu berühren ist so unfassbar schön, und gleichzeitig kommt es mir vor, als wären all die Jahre nie vergangen. Damals war ich vielleicht wirklich noch nicht bereit, eine ernsthafte Beziehung zu führen, deswegen habe ich es vermasselt. Doch ich habe mich verändert, habe mich weiterentwickelt. Mittlerweile kann ich kaum mehr Reizvolles daran finden, mich durch die Gegend zu vögeln. Sollte mir Evie eine Chance geben, werde ich ihr versprechen, diese auch zu nützen.

Denn ich will sie. Nur sie.

Meine Hände gleiten an ihrem Körper entlang, von ihrem Po über ihre Taille zu ihren Brüsten. Durch den Stoff ihres Shirts reize ich ihren Nippel. Sie seufzt, atmet schwer und krallt ihre Nägel in meinen Rücken.

Wir unterbrechen unseren Kuss nur kurz, als ich ihr das Oberteil ausziehe und es zur Seite werfe.

Ungläubig blicke ich an Evie hinab, ehe ich sie wieder küsse. Während ich ihr den BH ausziehe, schiebt sie mein T-Shirt hoch. Daraufhin beuge ich mich hinab, halte ihre nackten Brüste in meinen Händen und sauge abwechselnd an ihren Nippeln. Sie legt den Hinterkopf gegen die Wand und schließt die Augen, hält mich aber an der Schulter fest.

„Wo ist dein Schlafzimmer?“, frage ich und sehe zu ihr.

Sie deutet mit dem Kinn den Flur entlang. „Wir sollten das nicht tun.“

Ich richte mich auf und runzele die Stirn. Jetzt bin ich völlig verwirrt. Evie distanziert sich von mir, und ich weiß nicht, was ich machen soll. „Ich bin nicht mehr mit ihr zusammen.“

„Wirklich?“

Lächelnd nicke ich und streiche ihr mit dem Daumen über ihre Unterlippe. „Wirklich. Wir haben uns vor drei Wochen getrennt.“

Evie blinzelt mehrmals und scannt mein Gesicht. „Warum ... warum hast du mir gestern nichts davon erzählt?“

„Ich wollte es tun, dann ... habe ich den Moment verpasst. Es dir zu sagen, nachdem du mich erneut von dir gewiesen hast, wäre mir wie ein billiger Trick vorgekommen. Ich wollte es dir in einem passenden Augenblick erzählen.“

Evie weiß offenbar nicht, ob sie weinen oder lachen soll. Zuerst löst sich ein Röcheln aus ihrer

Kehle, dann kichert sie. „Zum Beispiel, wenn ich oben ohne vor dir stehe?“

Ich grinse. „Ja, zum Beispiel.“

„Du bist verrückt“, meint sie, packt mich am Nacken und zieht meinen Mund auf ihren. „Wir müssen darüber reden. Ausgiebig.“

„Das werden wir“, erwidere ich zwischen einzelnen Küssen.

Anstatt mich in ihr Schlafzimmer zu führen, zieht sie sich abermals zurück. Ihr Blick ist aber nicht traurig, sondern glücklich. „Ich kann nicht glauben, dass du hier bist. Noch bis vor wenigen Minuten dachte ich, diese SMS zu schicken wäre das Dümmste, was ich jemals getan habe.“

„Ganz im Gegenteil, das war das Beste, was du tun konntest.“

„Ich habe dich vermisst, Jonah“, gesteht sie mir nun endlich.

Ich lehne meine Stirn gegen ihre. „Ich dich auch.“

„Das ist alles so seltsam.“

„Seltsam ist unser Spezialgebiet.“

Wir sehen einander an, als würden wir uns das Gesicht des anderen einprägen wollen.

„Wolltest du nicht wissen, wo mein Schlafzimmer ist?“

Ich lache und umfasse ihr Kinn. „Das möchte ich. Lassen wir uns Zeit, wir haben ja alle Zeit der Welt.“

„Oh, ich will es diesmal schnell. Schnell und hart. Und dann langsam und gefühlvoll.“

Ich fürchte, meinen Verstand zu verlieren. Bevor ich vorhin bei ihr ankam, hatte ich noch eine Scheißangst, sie könne mich zurückweisen.

Während ich sie küsse, schiebe ich sie rückwärts ins Schlafzimmer. Sie hat den Raum gemütlich eingerichtet. Ein großes, weißes Bett steht in der Mitte, auf dem Boden liegt ein weißes Lammfell. Vor dem Fenster steht ein alter Schaukelstuhl.

Ich lege Evie aufs Bett und lasse meine Lippen von ihrem Mund über ihren Hals bis zu ihren Brüsten wandern. Von dort arbeite ich mich weiter. Ich ziehe ihr die Hose samt Höschen aus und spreize ihre Beine. Als ich sie mit meiner Zunge berühre, stöhnt sie auf.

Ich genieße es, wie weich sie ist, wie sie schmeckt, und ich liebe die Geräusche, die sie von sich gibt. Einen Menschen zu vermissen bedeutet viel mehr, als sich bloß nach seiner Anwesenheit zu sehnen. Evie war all die Zeit, in der sie nicht hier war, irgendwie dennoch immer präsent für mich. Sie war mein Geheimnis, mein schmerzhaftester, aber auch mein wichtigster Punkt. Meist habe ich versucht, die Erinnerungen an sie zu verdrängen. Doch viel öfter habe ich bereut, sie widerstandslos gehen gelassen zu haben. Wie sehr mir aber auch ihre Leidenschaft gefehlt hat, wird mir bewusst, als sie ihre Finger um meine Haare schlingt und meinen Namen flüstert.

Erst als ich meine Hose öffne, fällt mir ein, dass ich etwas Essenzielles vergessen habe. Nachdem ich noch einmal an ihrem Kitzler gesaugt habe, beuge ich mich über sie. „Hast du Kondome? Eigentlich will ich ja nicht, dass du eins davon schon mal in Gebrauch hattest. Nur wären sie jetzt verdammt hilfreich."

Lächelnd leckt sie sich über die Lippen. „Ich habe welche da."

Es ist verrückt, aber allein die Tatsache, dass sie Gummis gekauft hat, macht mich eifersüchtig. Dabei hat sie mir nicht einmal verraten, ob die bisher je zum Einsatz kamen.

„Ich ... ich nehme aber die Pille. Also ... falls ... falls du das willst.“

Mit dieser Frage eröffnen sich uns neue Möglichkeiten. Ich habe gar nicht daran gedacht, Evie ohne Barriere zu vögeln. Nicht mal mit Samantha hatte ich Sex ohne Gummi.

Intimer geht es nicht mehr, Kumpel.

„Möchtest du das?“

Sie zögert kurz, lächelt dann aber. „Ja, das will ich.“

„Ich auch“, erwidere ich.

Ich erinnere mich noch haargenau, wie es war, zum ersten Mal mit Evie zu schlafen. Damals hat mich die Tatsache, dass ich der erste Mann für sie war, umgehauen. Dass sie nun für mich die erste Frau ist, mit der ich Sex ohne Kondom habe, gibt mir das Gefühl, als würde sich ein Kreis schließen.

Genauso vorsichtig wie damals schiebe ich mich in sie. Ich sehe ihr in die Augen, küsse sie mit einem Grinsen auf den Lippen und bewege mich dann langsam in ihr. Sie quittiert meine Stöße mit einem Stöhnen und umschlingt mich mit ihren Armen.

„Mehr ... Jonah ... schneller“, haucht sie.

Das muss sie mir nicht zweimal sagen.

Vielleicht sehe ich in Evie immer noch das unerfahrene Mädchen. Doch Evie war inzwischen verheiratet und hat Erfahrungen in Sachen Sex gesammelt. Ich kann nicht sagen, was mich mehr anmacht – ihre unbeholfene Seite damals oder ihre fordernde Seite jetzt.

Ich erfülle ihren Wunsch und ficke sie schneller. Ein Schweißfilm hat sich zwischen unseren Körpern gebildet. Ich stemme mich mit den Armen auf die Matratze, und beide sehen wir berauscht zwischen uns hinab.

Zum ersten Mal in meinem Leben fühlt es sich an, als würde ich nicht vögeln, sondern jemanden lieben. Zum ersten Mal bin ich nicht nur über meinen Schwanz mit einer Frau verbunden, sondern auch durch unsere Küsse. Ich streiche über ihr Haar, während ich das Tempo drossele und mich ganz auf das Küssen konzentriere. Ich sehe Evie an und kann es nicht fassen, bei ihr zu sein. Ich flüstere ihren Namen und hoffe, dass sie an meinem Blick erkennt, wie ich fühle.

„Ich habe Angst", gesteht sie schließlich leise. Sie klingt zerbrechlich, weshalb sie in mir sofort den Wunsch weckt, sie zu beschützen. Für immer und ewig.

„Es wird gut werden. Versprochen."

„Das hast du damals in deinem Büro auch gesagt."

Als ich sie aus meinem Leben gehen ließ. Als ich ihr Freiheit gewähren wollte.

„Und es ist immer noch wahr. Ich bin hier bei dir, besser kann es nicht werden."

Zärtlich streicht sie mir über die Haare. „Wir gehen es langsam an."

„Das werden wir." Ich habe meine Bewegungen gestoppt und sehe Evie an.

„Ich erinnere mich an etwas anderes, das du zu mir gesagt hast: keine Reue. Das wünsche ich mir auch jetzt.“

„Das meine ich auch heute noch todernst, Baby.“

Ihr Gesicht hellt sich auf, als sie ihren Kopf hebt, ihre Lippen auf meine presst und mir mit ihren Hüften entgegenkommt. Einige Augenblicke lasse ich sie mich ficken. Sie verrenkt sich dafür fast, doch es fühlt sich unglaublich gut an.

Schließlich übernehme ich wieder die Führung. Als habe sich kurzerhand eine Blockade in ihr gelöst, bringe ich sie innerhalb weniger Minuten an den Rand des Höhepunktes. Ihr Gesicht verzieht sich zu einer lüsternen Miene. Ihr Mund formt ein stummes O. Ich will mit ihr gemeinsam kommen. Als Evie fällt, stürze ich mit ihr mit.

Völlig kraftlos breche ich halb auf ihr, halb auf der Matratze zusammen und drücke mein Gesicht an ihren Busen. Einen herrlicheren Platz könnte ich mir nicht vorstellen.

Evie streichelt meinen Rücken, während ich ihrem schnellen Herzschlag lausche. Das Geräusch hüllt mich ein, verdeutlicht mir Evies Echtheit. Nun ist das hier nicht mehr bloß eine Fantasie, sondern Realität.

„Woher wusstest du, wo ich wohne?“, fragt sie nach einer Weile.

Ich räuspere mich und drehe den Kopf so, dass ich sie ansehen und weiterhin an ihren Brüsten liegen kann. „Emily hat mir die Adresse verraten.“

„Hm“, macht sie.

„Was ‚hm‘?“

„Ich weiß noch nicht, ob ich ihr danken oder sie schimpfen soll."

„Soll ich dich daran erinnern, wie gut es sich anfühlt, mich bei dir zu haben?", schlage ich augenzwinkernd vor.

Sie kichert, gibt sich dann aber Mühe, ernst und vernünftig zu wirken. „Willst du das wirklich probieren ... mit uns?"

Weil ich finde, dass wir dieses Gespräch auf Augenhöhe führen sollten, erhebe ich mich und rutsche neben ihr hoch. „Ja, das will ich."

„Nach deiner gescheiterten Beziehung möchtest du dich gleich in die nächste stürzen?"

„Das mit Samantha war nie eine richtige, ernsthafte Beziehung. Ich will nicht schlecht über sie reden. Wir haben uns geeinigt, und ich glaube, wir konnten einen Schlussstrich ziehen. Das mit dir ist etwas völlig anderes, Evie. Du bedeutest mir alles. Ich wünsche mir, dass sich zwischen uns etwas Ernstes entwickeln kann. Aber ich will mir dabei auch Zeit lassen, damit es diesmal für immer hält."

Sie denkt über meine Worte nach, mustert dabei mein Gesicht. „Ich bin noch nicht einmal offiziell geschieden, Jonah."

„Das habe ich mir gedacht, da dieser abartige Name unten auf dem Klingenschild steht. Sag mir bitte, dass du den nicht behalten wirst."

„Niemals! Ich will meinen Geburtsnamen zurück, damit ich mich endgültig von Cooper löse."

Während ich über ihr Schlüsselbein streiche, formuliere ich meine nächste Frage gedanklich vor, damit sie nicht anmaßend oder bestimmend klingt. „Wirst du dich von ihm scheiden lassen?"

„Ja, und zwar nächsten Monat."

Perfekt. „Das ist wunderbar! Also ist die Scheidung nur noch eine formelle Geschichte."

„Ich hoffe, dass er kein Drama draus macht. Sich zu weigern, die Scheidungspapiere zu unterzeichnen, damit ich weiter an ihn gekettet bin, wäre Cooper zuzutrauen", meint sie bedrückt. „Ich dachte ständig, dass mir meine Freiheit viel wert sei. Ich habe wirklich gegen dich in meinem Herzen gekämpft. Ich habe gegen die Bedeutung, die du für mich hast, angekämpft. Ich habe zu verdrängen versucht, wie sehr ich dich vermisse. Ich habe alles dafür getan, um dich aus meinen Gedanken zu streichen. Es hat nicht funktioniert, und das hat mich wütend gemacht, auf dich, auf mich. Aber was ist Freiheit wert, wenn sie eher zur Qual wird als zur Befreiung? Ich habe nach etwas gesucht, das ich in der Form gar nicht haben wollte. Ich bin vor dir weggelaufen und am Ende doch immer wieder bei dir gelandet – zumindest mit meinen Gedanken. Was ist das, Jonah? Schicksal? Sucht? Zwang?"

Ich mag es, wie emotional sie wird, wenn sie so redet. Das war damals schon so bei ihr. Wenn Evie für eine Meinung oder Sache brennt, dann mit Leib und Seele. Wenn sie mich nur ansatzweise so liebt, werde ich der glücklichste Mann der Welt sein.

„Ich weiß es nicht. Aber wir beginnen alles ganz langsam. Ich werde keinen Druck machen. Versprochen."

„Ich auch nicht“, erwidert sie lächelnd. „Ich möchte, dass die Zeiten, in denen ich wegen meiner Gefühle zu mir und zu anderen unehrlich sein muss, vorbei sind. Ich dachte kurzzeitig wirklich, dass ich meine Würde verlieren könnte, wenn ich dir schreibe.“

„Nein, Evie“, widerspreche ich und streiche ihr eine Strähne aus dem Gesicht. „Das, was du getan hast, war verdammt würdevoll, mutig und großartig. Gleichzeitig bringt mich die SMS, wegen der ich überhastet das Haus verlassen habe, gegenüber Max und Toby in Erklärungsnot. Die beiden sitzen nämlich immer noch in meinem Wohnzimmer.“

Ihre Augen weiten sich, sie läuft rot an. „Oh ... Gott.“

„Ich habe ihnen nicht gesagt, was ich mache.“

Sie schluckt. „Willst du es Toby und Max erzählen?“

Ich höre auf die Stimme, die die letzten Jahre nach Evie gerufen hat, und sage: „Eigentlich schon, ja. Vielleicht würde ich in meiner Version die Sache mit dem Vögeln weglassen. Aber sonst wäre ich gerne ehrlich zu ihnen.“

Mit meiner Aussage bringe ich sie zum Lachen. Ich weiß nicht, ob sie vor Erleichterung oder Belustigung lacht, jedenfalls sieht sie dabei wunderschön aus.

„Also tun wir es?“, fragt sie.

Ich nicke. „Wir tun es.“

ZUSAMMEN

Evie

Als Jonah ankündigte, wir würden es langsam angehen, eine Beziehung aufzubauen, hat er nicht die Unwahrheit gesagt. Er verhält sich nämlich äußerst bedacht und agiert sehr wohlüberlegt. Mehrmals lädt er mich zu einem Abendessen ein, was mir das Gefühl gibt, wir lernten einander völlig neu kennen. Wir verbringen schöne lange Abende in Restaurants und reden über so viele Dinge, die wir in der Vergangenheit nie besprechen durften. Doch wir schwelgen auch in gemeinsamen Erinnerungen. Ich lache Tränen, wenn mir Jonah von den seinen und Tobys Schikanen mir gegenüber berichtet, als wir noch Kinder waren.

Der fulminante Begrüßungs-/Versöhnungssex soll aber eine Ausnahme sein. In der Hinsicht will es besonders Jonah langsam angehen. Er bringt mich spätnachts nach Hause und lehnt meine Einladung, mit in meine Wohnung zu kommen, stets höflich ab. Alles, was ich bekomme, sind Küsse. Viele heiße feuchte und sehnsuchtsvolle Küsse. Meinen Nachbarn wird fast täglich eine exzellente Show geboten.

Außerdem hat Jonah das Gespräch mit meinem Bruder gesucht. Obwohl er behauptet hat, er würde sich gegebenenfalls über Tobys Meinung hinwegsetzen, weiß ich, wie wichtig ihm die Akzeptanz seines langjährigen Freundes ist. Jonah war es wichtig, mich bei dieser Unterredung nicht dabei zu haben, damit Toby ganz ehrlich zu ihm sein kann und keine Rücksicht auf mich und meine Gefühle nehmen muss. Aber Toby hat – freilich nach Androhung einer üblichen Gewalttat an Jonah, sollte er es wieder versemmeln – unsere neu entstehende Beziehung gutgeheißen. Von diesem Moment hat sich in Jonahs Verhalten mir gegenüber etwas verändert. Er wurde im Umgang mit mir noch gelöster, und ich erkannte seine Absichten noch ernster, ohne mich damit einzuengen.

Zu Tobys Geburtstag treten wir zum ersten Mal gemeinsam im Kreis unserer gemeinsamen Freunde und meiner Familie auf. Offiziell wissen meine Eltern noch nichts. Inoffiziell hat mich meine Mum in den vergangenen zwei Wochen, nachdem ich Jonah diese SMS geschrieben hatte, ständig über unseren Status ausgequetscht. Sie ahnt wohl bereits, dass sich zwischen uns nun etwas Ernstes angebahnt hat. Wie aber alle anderen wirklich auf uns reagieren werden, werde ich an diesem Tag erleben.

Entsprechend nervös bin ich, als Jonah mich von zu Hause abholt. Nachdem ich auf dem Beifahrersitz Platz genommen habe, beugt er sich zu mir, legt seine

Hand auf meinen Oberschenkel und küsst mich. Ich lasse ihn gar nicht mehr los und halte ihn sehnsüchtig am Hinterkopf an mich gedrückt.

„Ich teile dich auch nicht gerne mit deiner Familie, aber wir müssen los, Baby“, murmelt er, nicht jedoch ohne vorher noch einmal aufreizend mit seiner Zunge über meine Lippen zu fahren.

„Diese Feier heute wird unsere Premiere, weißt du das?“

„Nachdem wir in den letzten Tagen über nichts anderes gesprochen haben, sollte das bei mir angekommen sein“, zieht er mich liebevoll auf, während er sich gerade hinsetzt und losfährt. „Willst du einen Rückzieher machen? Wir können auch bei dir bleiben und uns einen Film ansehen.“

Doch da ich weiß, dass es Jonah ohnehin nicht dazu kommen ließe, dass wir miteinander schlafen, tue ich seinen Vorschlag mit einem Kopfschütteln ab. „Nein, natürlich fahren wir. Ich schaffe das.“

„Klar. Das ist deine Familie.“

„Ich weiß.“

„Außerdem werden wir uns zur Abwechslung einmal zivilisiert verhalten und es nicht zwischen dem Hauptgang und der Nachspeise auf dem Tisch vor allen treiben.“

„Du bist so blöd“, rufe ich lachend und lehne mich tief ausatmend zurück.

„Darum verbringst du ja auch so gerne Zeit mit mir.“

„Vor allem deshalb, genau.“

Janet und Toby sind Anfang des Jahres in ein Haus in Notting Hill umgezogen. Zuvor hatten sie in Tobys

Wohnung gelebt, die ihnen aber zu klein geworden war. Als wir ankommen, parkt Jonah den Wagen und holt sein Geschenk für Toby aus dem Kofferraum. Damit das Treffen nicht so förmlich wirkt, habe ich nur eine Flasche von Tobys Lieblingswhiskey und einen kleinen bunten Blumenstrauß für Janet gekauft. Jonah grinst verschmitzt, als er die Mitbringsel sieht, sagt aber nichts, wofür ich ihm unglaublich dankbar bin.

Als ich die Klingel betätigen möchte, greift er jedoch nach meiner Hand und hält mich vom Anläuten ab. Anstatt einer Erklärung erhalte ich einen langen, intensiven Kuss. „Ich darf dich da drinnen nicht berühren, da musst du mir zuvor schon etwas geben, damit ich diese Party unbeschadet überstehe."

Kichernd lege ich eine Hand auf seine Brust. „Wir werden nicht panisch."

„Absolut nicht."

„Okay", murmele ich, atme aus und klingele endlich.

Wenige Augenblicke später öffnet das Geburtstagskind höchstpersönlich die Tür. Toby grinst zwar, doch mir fällt sofort auf, wie sein Blick unsicher zwischen Jonah und mir hin und her gleitet. Auch ich bin nun so nervös, dass ich Jonahs Hand auf meinem Rücken voller Dankbarkeit spüre, um nicht wegzulaufen. Dann schiebt er mich ein Stück vor. Als ich die Stille nicht mehr aushalte, umarme ich Toby kurzerhand.

„Happy Birthday“, singe ich ihm ins Ohr und drücke ihm einen Schmatzer auf jede Wange. Ich weiß, wie sehr er das hasst.

Und auch Jonah umarmt ihn, was ich unglaublich niedlich finde. Früher war die Vertrautheit zwischen den beiden für mich völlig normal, doch seit ich versuche, mit Jonah eine Beziehung aufzubauen, fällt mir jede Geste der Verbundenheit zwischen den beiden Männern besonders auf.

Als uns Toby ins Esszimmer führt, würde ich am liebsten nach Jonahs Hand greifen. Obwohl da drinnen lediglich meine Familie und Tobys engste Freunde warten, schlägt mir das Herz bis zum Hals. Jonah zwinkert mir zu, was mich beruhigen soll, doch ich glaube, dass er mindestens genauso nervös ist wie ich. Dennoch wirkt er wie mein Fels, meine Stütze, und das zeigt er mal wieder überdeutlich. Als wir das Esszimmer erreichen, stelle ich meine Geschenk auf einen eigens dafür vorbereiteten Tisch in der Ecke. Wir sind augenscheinlich die letzten Ankömmlinge, und um die Spannung noch mehr zu steigern, wird es plötzlich mucksmäuschenstill im Zimmer. Alle Augen sind auf mich und Jonah gerichtet. Es scheint, als würden alle gerade die Luft anhalten. Ich lächele verlegen und winke in die Runde.

Im nächsten Moment tritt mein Dad vor. Er steuert uns an, umarmt zuerst mich und dann Jonah. Seine Hand liegt einige Sekunden länger auf Jonahs Schulter. Meine Knie zittern, und ich fürchte, jeden Augenblick in Ohnmacht zu fallen. Dann aber nickt mein Dad und murmelt ein in dieser Situation bedeutsames „Willkommen“.

Dieses eine Wort hat enormes Gewicht. Dad hat uns somit seinen Segen gegeben und Jonah als Schwiegersohn in der Familie begrüßt.

Jonah weiß gar nicht, was er sagen soll. Doch ich glaube, dass er gar keine Erwiderung von meinem Dad erwartet. Dad wollte lediglich seine Freude kundtun.

Den Sekt, den Janet mir im nächsten Moment reicht, kann ich gebrauchen, um meine angespannten Nerven zu beruhigen. „Ihr seht einfach wundervoll miteinander aus", verkündet meine Schwägerin aufgeregt.

Jonah und ich wechseln einen vielsagenden Blick. Aus unserem Vorhaben, dass Jonah und ich diese Beziehungssache langsam angehen wollten, scheint sich meine Familie nichts zu machen. In mir steigt leichte Panik auf, dass sie Jonah damit in die Flucht schlagen könnten. Deshalb beobachte ich ihn während des Essens ganz genau.

Wirkt er verkrampft? Scheint es, als fühle er sich unwohl?

Ich bekomme kaum einen Bissen hinunter, auch wenn Janets Lasagne köstlich schmeckt. Doch die Sorge, dass das, was Jonah und ich haben, wieder verloren gehen könnte, sitzt tief in mir. Irgendwann greift Jonah unter dem Tisch nach meiner Hand und streicht mit seinem Daumen sanft über meinen Handrücken.

„Alles gut bei dir?", fragt er leise.

„Ich glaube schon. Bei dir auch? Überfordert dich das ganze hier denn auch nicht?"

Er runzelt kurz die Stirn, lächelt dann aber. „Mir geht es gut. Ich bin stolz, hier mit dir sein zu dürfen. Ich habe mir bereits auszumalen versucht, wie dieses Mittagessen verlaufen wäre, wenn wir nicht ehrlich zueinander gewesen wären."

Ich blicke mich um, und auch ich stelle mir vor, wie traurig Tobys Feier für mich gewesen wäre.

„Ich hätte dich bloß aus der Ferne ansehen dürfen", fährt Jonah fort. „So ist es aber viel besser." Er hebt unsere miteinander verschlungenen Hände und presst zu meinem Erstaunen einen Kuss auf meine Finger.

Als ich über den Tisch schaue, begegne ich Tobys Blick. Er hat uns beobachtet, schüttelt daraufhin ungläubig den Kopf, grinst dann aber. Obwohl er sich an das Bild von mir und Jonah als Paar erst gewöhnen muss, zeigt er sich sehr wohlwollend, und das rechne ich ihm hoch an.

Da meine Mum ein äußerst traditionsliebender Mensch ist, lässt sie es sich auch diesmal nicht nehmen, Toby dazu zu nötigen, die Geburtstagskerzen auszupusten. Es sind zwar nur fünf, aber Toby sträubt sich zuerst dennoch. Alle Anwesenden feuern ihn an, bis wir ihn schließlich überredet haben, er Luft holt und die Kerzen ausbläst.

„Ich hoffe, du hast deinen Wunsch umsichtig gewählt, Toby." Das ist Mums Lieblingssatz.

Und während Toby deswegen normalerweise eine sarkastische Bemerkung fallen lässt, streckt er heute nur den Arm nach Janet aus. Diese erhebt sich und schmiegt sich eng an Tobys Brust.

„Dieses Jahr fiel es mir besonders leicht, einen Wunsch zu formulieren“, meint er.

„Das ist ja prima“, erwidert Mum und setzt sich wieder auf ihren Stuhl neben Dad.

Irgendwas liegt in der Luft. Ich erinnere mich noch, dass Toby und Janet vor zwei Jahren an Weihnachten genauso vor uns standen, um uns freudestrahlend zu verkünden, dass sie heiraten würden. Und deshalb schwant mir schon, welche Bombe sie gleich platzen lassen werden.

Instinktiv greife ich nach Jonahs Hand, während Janet strahlend in die Runde blickt. „Wir ... wir erwarten ein Baby, Leute“, bricht Toby das Schweigen.

Janet japst, Mum fängt augenblicklich zu weinen an, und auch ich spüre ein warmes Ziehen in meinem Bauch. Mein Dad hat feuchte Augen, als er sich erhebt, um Toby und Janet zu gratulieren. Max und Jonah stoßen mit ihren Gläsern an und brechen zeitgleich in befreites schallendes Gelächter aus.

Das ist wohl die männliche Art, Freude über eine baldige Vaterschaft zu bekunden. Doch ich finde es unglaublich süß, als Max und Jonah drei Gläser Whiskey einschenken und mit Toby anstoßen. Max zieht meinen Bruder bei jeder sich ihm bietenden Gelegenheit auf, und auch Jonah befeuert die Sticheleien. Dennoch spüre ich eine so tiefe Freundschaft zwischen den dreien, dass mir das Herz aufgeht und ich mich nur noch mehr in Jonah verliebe.

Auf der Fahrt nach Hause kann ich den Gedanken, wie meine Zukunft wohl aussehen wird, nicht beiseiteschieben. Es mag noch viel zu früh sein, dass ich mich mit Themen wie Heirat und Elternschaft befasse. Ich kann diesbezüglich nur einen Vergleich zu meiner Beziehung mit Cooper ziehen. Mit ihm war ich zwar verheiratet, aber ich konnte mich mit der Idee, ein Kind mit ihm zu haben, nie anfreunden. Wäre es nach ihm gegangen, wäre ich wohl gleich nach der Hochzeit schwanger geworden – ganz so, wie es die Tradition seiner Familie erfordert.

Schon allein wenn ich daran zurückdenke, bekomme ich akute Kurzatmigkeit.

Mit Jonah aber könnte ich mir auf einmal das volle Programm vorstellen. Ich glaube, er wäre ein cooler Dad und ein einfühlsamer Ehemann. Vielleicht sollte ich mich aber auch nicht zu sehr in so eine Idee verrennen, damit ich nicht wieder am Boden zerstört wäre, wenn aus unserer Beziehung nichts wird.

Jonah hält vor meiner Wohnung. Wie üblich stellt er den Motor ab, damit wir noch ausgiebig rumknutschen können. Heute brauche ich seine Nähe besonders, um mich zu vergewissern, dass er real ist. Dass alles gut ist zwischen uns.

„Kommst du noch mit zu mir?“, schlage ich vor und hoffe, er bemerkt den flehenden Unterton in meiner Stimme.

Jonah verzieht das Gesicht. Ich weiß, wie intensiv er gegen sein Begehren ankämpft. „Lieber nicht, Baby.“

„Wir trinken bloß einen Kaffee, und dann kette ich dich an meinem Bett fest, damit ich die ganze Nacht mit dir kuscheln kann. Bitte, bitte, bitte!“

„Genau darin sehe ich das Problem. Denn ich hätte es verdammt gern, dass du mich festkettest und all die schmutzigen Dinge mit mir machst, die in deinem Kopf herumgeistern.“ Tröstend fährt er mir mit seinem Daumen über die Unterlippe.

Ich will ihn so sehr, und das zeige ich ihm auch mit meinem Kuss. Ich sauge an seiner Unterlippe, beiße ihn sanft und kralle meine Fingernägel in den Stoff seines Hemdes. Doch Jonah verteidigt eisern seine moralischen Grundsätze. Er möchte, dass wir erst Sex haben, wenn ich von Cooper geschieden bin. Bis dahin hätten wir Zeit, unsere Beziehung langsam zu festigen. Der Plan klang im ersten Moment überzeugend, doch in Zeiten wie diesen, wenn ich ihn so sehr brauche, finde ich seine Idee einfach nur kacke.

Das habe ich ihm schon oft gesagt. Er lächelt dann aber bloß und meint, dass ich ihm irgendwann dankbar wäre für seine Hartnäckigkeit.

„Evie“, raunt er tadelnd, als ich auf seinen Schoß steige.

Doch ich ignoriere seine Einwände. Natürlich respektiere auch ich seinen Wunsch und werde ihm Zeit geben. Sex ist nur eine Komponente in einer Beziehung. Was wir brauchen, sind Vertrauen und eine solide Basis. Doch immer, wenn ich ihn berühre, vergesse ich für kurze Zeit, dass ich ein vernünftig denkender Mensch bin.

„Nur ganz kurz“, wispere ich und schlinge meiner Arme um seine Schultern. „Ich ... muss ... dich ... spüren.“

Und ich spüre ihn. Er ist hart. Würde er nur einen Millimeter von seinem selbst auferlegten Gebot abweichen, dürfte er alles mit mir machen.

„Du fühlst dich so gut an“, sage ich, während ich meine Hüften kaum merklich bewege.

„Du auch ... verdammt. Evie.“

Ich bringe ihn zum Schweigen, indem ich ihn küsse. Meine Zunge gleitet in seinen Mund und wird dort von seiner empfangen. Ich bin überrascht, als seine Hände von meinem Rücken zu meinem Hintern gleiten und er meinen Seidenrock hochschiebt. Wild knetet er meine Pobacken und drückt meine Mitte fest gegen seinen Schritt. Mir entweicht ein kehliges Stöhnen, während ich erregt an seinen Haaren ziehe.

Als er meine Pussy durch meinen Slip hindurch streichelt, kann ich kaum atmen. Es scheint ewig her zu sein, seit ich das letzte Mal auf diese Art von ihm berührt wurde. Und noch nie habe ich es mir sehnlicher gewünscht. Ich stöhne in seinen Mund und biege mich seinen Fingern entgegen. Während er meinen Hals küsst, baut sich in mir ein intensiver Orgasmus auf. Zuerst spüre ich ihn nur ganz leicht, dann wird er stärker. Ich kann nur froh sein, dass die Scheiben an Jonahs Wagen verspiegelt sind und der Innenraum deshalb von außen nicht einsehbar ist.

Als Jonah mit seinen Fingern mehr Druck ausübt, explodiert in mir ein wahres Feuerwerk an aufgestauter Begierde. Ich klammere mich an ihm fest, beiße ihn in die Schulter und zerfließe in meine Einzelteile.

„Da will ich mich einmal wie ein Gentleman verhalten, und du kehrst meine unanständige Seite heraus“, raunt Jonah und umfasst mein Gesicht mit beiden Händen.

Ich grinse noch etwas benebelt und lege meine Stirn auf seine. „Ich mag beide Seiten verdammt gerne.“

„Du bringst mich um. Sieh zu, dass du diese Scheidung über die Bühne bringst.“

„Von meiner Seite steht der Sache nichts im Weg“, sage ich und gebe mich sorglos. Doch tief in mir sitzt die schreckliche Angst, dass Cooper das Verfahren abschmettert. Da er mir das Leben immer gerne schwergemacht hat, wäre ich nicht einmal überrascht. „Ich habe wirklich Schiss vor diesem Termin in Detroit kommende Woche.“

„Ich weiß, Baby.“

Bestimmt taucht auch Coopers Dad zu dem Treffen mit den Anwälten auf. Cooper allein könnte ich stemmen; wenn ihm jedoch sein Vater im Nacken sitzt, kann ich unmöglich zu ihm durchdringen.

„Ich will Cooper nicht sehen. Ich will nicht freundlich zu ihm sein müssen, damit ich endlich frei sein kann. Diese Ehe ist ein nicht enden wollender Horror.“

Jonah betrachtet mich und fährt sich über die Lippen. „Versprich mir, dass du dir von ihm nichts gefallen lässt. Du bist verdammt stark, Evie, du musst ihm nicht in den Arsch kriechen, bloß damit er die Scheidungspapiere unterzeichnet. Wenn er sich weigert, gibt es immer noch andere Wege.“

„Dann wäre ich weiterhin mit ihm verheiratet.“

Er stutzt kurz, zuckt dann aber die Schultern. „Scheißegal. Dann kann ich noch mehr Genugtuung empfinden, wenn ich es mit seiner Ehefrau treibe. Aber irgendwann wird er unterschreiben. Vielleicht nicht beim ersten Termin, aber er wird es einsehen, dass da zwischen euch nichts mehr ist, was es zu retten gibt."

Jonas Zuspruch tröstet mich. Trotzdem war diese Ehe der größte Fehler meines Lebens. Ich habe die Ehe immer für das wertvollste Gut gehalten, das zwei Menschen miteinander teilen können. Jetzt bin ich Mitte zwanzig und bald zum ersten Mal geschieden. Ich habe damit nicht nur die Illusion der Existenz der perfekten Beziehung verloren, sondern muss nun um alles, was ich mir aufgebaut habe, kämpfen.

„Da hat es nie etwas zu retten gegeben. Wieso war ich damals nur so dumm?"

Jonah kneift ein Auge zusammen und schüttelt den Kopf. „Geh nicht so hart mit dir ins Gericht, Evie. Das ist nicht der richtige Weg, mit der Vergangenheit umzugehen."

Er hat recht. Jonah kann verdammt stur, aber auch so einfühlsam sein. Nach außen hin und vor allem Toby und Max gegenüber spielt er meist den coolen Typen, der sorglos und lässig durchs Leben spaziert. Wenn er mit mir zusammen ist, gibt er sich ganz anders. Er scheut sich nicht, über ernste Themen oder über Gefühle zu reden. Gleichzeitig steckt in ihm ein unverbesserlicher Kindskopf.

Ich wünsche mir wirklich, er könne mich nach Detroit begleiten. Auch wenn ich zu dem Termin mit Cooper allein erscheinen werde, würde es mir schon reichen zu wissen, dass Jonah nicht weit weg ist von mir. Doch ich habe keine Ahnung, ob wir schon so weit sind, dass wir so einen Schritt miteinander setzen. Da ich Jonah nicht unter Druck setzen will, habe ich ihn noch nicht gefragt, ob er mitkommen würde.

Das Leben kann manchmal so verdammt kompliziert sein. Oder vielleicht mache ich es mir auch selbst unnötig schwer.

„Ich bin froh, wenn dieses Kapitel in meinem Leben abgeschlossen ist“, sage ich.

„Ich auch. Evelyn Coleman klingt tausendmal besser als Evelyn Vandekamp.“

Noch viel schöner klingt jedoch Evelyn Warren. Evelyn Warren. Mrs Warren.

Meine Güte, jetzt bin ich endgültig nicht mehr zu retten.

FÜR IMMER

Evie

Wenige Tage später stehe ich auf dem Flughafenterminal und komme mir unweigerlich vier Jahre in der Zeit zurückversetzt vor. Es fühlt sich an, als müsse ich in eine Schlacht ziehen – vielleicht liege ich mit diesem Empfinden nicht einmal falsch. Denn was mich in Detroit erwartet, ist keineswegs ein chilliger Städteurlaub, sondern eine Schlacht. Ein Kampf zwischen meiner Vergangenheit und meiner Zukunft.

Während ich mir eines der winzigen Kügelchen des homöopathischen Mittels, das Emily mir gestern Abend gegen meine Nervosität überreicht hat, in den Mund stecke, fasse ich einen Entschluss: Ich werde Cooper so richtig die Meinung geigen. Rückblickend ärgert es mich nämlich, dass ich damals einfach so abgerissen bin. Ich hätte warten sollen, bis er von seiner beschissenen Geschäftsfickreise zurück ist. Dass ich einfach abgereist bin, erscheint mir nun wie eine Flucht. Als wäre ich nicht stark genug gewesen, mich gegen den Scheißkerl von Ehemann zu behaupten. Im Grunde habe ich damit sein Bild Frauen gegenüber lediglich bestärkt.

Doch jetzt bin ich eine andere. Jetzt traue ich mich, den Mund aufzumachen und für meine Rechte zu kämpfen. Nicht Cooper hat die Macht, sondern ich. Wenn ich ein hartherziges, nachtragendes, nach Rache sinnendes Arschloch wäre, würde ich ihn wegen häuslicher Gewalt anzeigen. Verdient hätte er es allemal. Seine politische Karriere wäre damit gelaufen, und bei seiner Scheißfamilie wäre dann endgültig der Lack ab. Doch ich will mir gleichzeitig gar nicht vorstellen, welche Mittel und Wege er und sein Dad wählen würden, um sich an mir zu rächen.

Am Ende muss ich mir eingestehen, dass Rache nur so lange süß ist, bis sie gegen einen selbst verwendet wird. Viel befreiender ist dann doch der Gedanke, wenn Cooper und ich endgültig getrennte Wege gehen und ich mit dem Mann, den ich liebe, glücklich werden kann.

Doch wenn ich an Jonah denke, befällt mich sofort wieder dieses bittersüße Gefühl. Sein Verhalten und die ganze Situation erscheinen mir genau wie damals vor vier Jahren. Jonah war gestern Abend bei mir, um sich zu verabschieden. Bis zuletzt hatte ich gehofft, er würde mir anbieten, mich zu begleiten. Doch von seiner Seite kam nichts dergleichen. Und obwohl ich gegen diese Gedanken ankämpfe, fühle ich mich dennoch im Stich gelassen von ihm. Denn ich würde ihn sofort begleiten, sollte er so einen schweren Weg gehen müssen. Ich würde als seine Freundin und Partnerin an seiner Seite stehen, ihn trösten, wenn es nötig ist, und ihm den Rücken stärken.

Aber vielleicht kann er nicht so einfach von der Arbeit weg – keine Ahnung.

Deshalb sind alles, was ich gerade vorzuweisen habe, mein Mut und Emilys Unterstützung in Form dieser Globuli. Ich glaube zwar nicht an deren Wirkung, aber immerhin ist es besser, die in Überdosen zu schlucken, als mich zu betrinken.

Nachdem ich eingecheckt habe, gehe ich schnurstracks zum Gate und nehme dort Platz. Ich stecke mir die drahtlosen Kopfhörer ins Ohr und lausche beruhigender Musik, doch ständig gleitet mein Blick zu meinem Telefon. Obwohl es jetzt fast Mittag ist, hat sich Jonah heute noch kein einziges Mal gemeldet.

Bekommt er jetzt womöglich, da ich Nägel mit Köpfen mache, kalte Füße? Aber wovor sollte er Angst haben? Ist ja nicht so, dass wir gleich nächste Woche heiraten werden. Wir wollen es ja langsam angehen.

Ich überlege außerdem, ob ich ihn mit meiner forschen Aktion nach Tobys Geburtstagsfeier verschreckt haben könnte. Vielleicht fühlt er sich nicht ernst genommen und denkt, ich würde seine Wünsche nicht respektieren.

Gott ... ich drehe durch.

Noch ein Kügelchen wandert in meinen Mund, während ich die Augen schließe und es mit meiner Zunge von links nach rechts schiebe.

Nach weiteren zehn Minuten gebe ich dem Drang nach und schreibe ihm eine SMS.

Ich: Mein Flug geht dann gleich. Ich melde mich, wenn ich gelandet bin. Ist das okay für dich? Vermisse dich jetzt schon.

Emilys Zaubermittel hilft auch nichts. Weitere drei Kügelchen und zehn Minuten später bin ich nur noch aufgeregter. Und auch Jonah hat nicht geschrieben. Er hat die Nachricht noch nicht einmal gelesen.

Als das Boarding beginnt, zittern meine Hände. Ich leide wirklich nicht unter Flugangst, doch alles in mir sträubt sich dagegen, in dieses Flugzeug zu steigen. Mechanisch trotte ich zu meinem Platz, verstaue meine Tasche in der Gepäckablage und setze mich ans Fenster. Dort sitze ich beim Fliegen am liebsten. Heute aber kann mich auch mein Lieblingssitzplatz nicht beruhigen. Mir ist übel, ich schwitze und sterbe Tausende Tode. Das Gewusel um mich herum trägt nicht sonderlich zu meiner Beruhigung bei.

Um dem chaotischen Treiben zu entfliehen, stecke ich mir erneut die Kopfhörer rein, schließe die Augen und lehne den Kopf gegen die unbequeme Plastikverkleidung. Und während Ed Sheeran unpassend zu dieser Reise darüber singt, wie perfekt seine Zukünftige in ihrem Hochzeitskleid aussieht, besitzt jemand die Frechheit, meine zur Faust geballten Hand zu ergreifen. Ich reiße die Augen auf, setze mich auf und kann nicht glauben, wen ich da im Sitz neben mir vorfinde.

„Jonah“, flüstere ich und ziehe mir die Kopfhörer aus den Ohren. „Du ... bist hier?“

Erst als ich einen salzigen Geschmack wahrnehme, bemerke ich, dass ich weine.

Jonah wischt eine Träne mit seinem Daumen fort und lächelt zögerlich. „Ich wollte nicht, dass du das allein durchstehen musst. Hoffentlich bist du mir nicht böse, dass ich mich in dein Leben einmische. Natürlich würdest du das auch ohne mich schaffen, aber ... vielleicht schadet dir etwas mentaler Beistand nicht."

Er ist unglaublich.

Denkt er wirklich, ich wäre beleidigt, weil er mich nach Detroit begleitet?!

„Ich habe mir so sehr gewünscht, dass du mitkommst, mich aber nicht getraut, dich zu fragen. Gott, Jonah, ich dachte schon, du würdest dich von mir zurückziehen", gestehe ich.

„Wie kommst du darauf?"

„Weil du dich heute nicht gemeldet hast und ... vergiss es. Du bist der Beste." Überschwänglich umarme ich ihn und überhäufe ihn mit Küssen. Er lässt diesen Überfall über sich ergehen.

„Ich wollte dich nicht extra quälen, Baby, sondern dich überraschen", erklärt er.

„Das ist dir gelungen. Meine Güte, ich bin hier fast gestorben."

„Wegen der Scheidung?", fragt er und klingt unsicher.

„Nein, nicht deswegen. Da gibt es kein Zurück mehr für mich. Vielmehr deshalb, weil ich mich an den Tag zurückerinnert habe, als ich London vor vier Jahren verlassen habe, und wie weh mir das damals getan hat. Wie sehr ich dich vermisst habe.

Wahrscheinlich kann ich nie wieder in ein Flugzeug einsteigen, ohne das Gefühl zu haben, dich zu verlieren."

„Um diesen Teufelskreis zu durchbrechen, bin ich jetzt ja hier. Und vielleicht auch, um diesem Arschloch ein paar aufs Maul zu hauen. Im Namen von mir und deinem Bruder."

„Jonah", tadele ich ihn, lache aber, was meinem strengen Ton erheblich an Glaubwürdigkeit nimmt.

„Er hätte es verdient."

Vor ein paar Tagen habe ich Jonah von Coopers beiden Übergriffen erzählt. Das hat ihn völlig aufgebracht, denn daraufhin wanderte er rastlos durch meine Wohnung und wollte mich dazu überreden, an ihm Rache zu üben. Doch auch Jonah gegenüber habe ich dieselben Argumente vorgebracht, die ich vorm Einsteigen noch einmal gedanklich durchgegangen bin. Er hat mir versprochen, meinen Wunsch, nicht noch länger mit Cooper streiten zu wollen, zu respektieren, aber auch gemeint, dass er Cooper etwas antut, sollte er ihn in die Finger bekommen.

„Ich glaube nicht, dass er es wert ist, dass du dein restliches Leben in einem amerikanischen Gefängnis verbringst", werfe ich ein.

„Du wärst mir das aber wert."

„Davon hättest du aber auch nichts, wenn ich nicht bei dir sein kann", erwidere ich. „Also einigen wir uns darauf, dass du Cooper nicht mit deinen Fäusten bearbeitest. Von verbalen Schlägen kann ich dir natürlich nicht abraten."

„Wirst du ihm einen verpassen – einen verbalen Schlag?“, fragt er und hält weiterhin meine Hand fest umschlungen.

Ich nicke. „Ja. Das habe ich mir fix vorgenommen. Ich habe mir seine Launen zu lange gefallen lassen. Zu oft hat er mich bevormundet und unterdrückt. Ich kann diese Ehe nicht aus meinem Leben streichen, aber ich will, dass er mich nicht mehr länger als willenloses Opfer sieht.“

„Das ist verdammt stark, Evie. Ich bin stolz auf dich.“

Gerührt über seine Worte lächele ich ihn an. „Diese Reise war für mich die ganze Zeit negativ behaftet, aber jetzt, da du mich begleiten wirst, kann ich ihr optimistischer entgegenblicken. Ich werde dir schließlich auch mein amerikanisches Leben zeigen können. Darauf freue ich mich.“

Am Abend unserer Ankunft in Detroit treffen wir uns mit einigen meiner Freunde. Leyla, Hannah und mich verbindet die gemeinsame Zeit auf der Uni. Doch auch als wir bereits unsere Abschlüsse in der Tasche hatten, hielten wir den Kontakt aufrecht, immerhin wohnten wir alle in der Nähe voneinander. Doch mit meinem Umzug nach London war es damit endgültig vorbei, und das wird mir schmerzlich bewusst, als wir uns nach dem Abendessen vor dem Restaurant umarmen. Einige Tränen fließen, wir knuddeln uns ein letztes Mal, und irgendwie findet keine von uns die passenden Worte in dieser schmerzlichen Situation.

Den nächsten Vormittag nutze ich, um Jonah zu zeigen, wo ich studiert habe. Wir fahren bei dem Wohnhaus vorbei, in dem ich zu der Zeit gelebt habe. Außerdem zeige ich ihm das idyllische Häuschen, das Cooper und ich uns gekauft haben, nachdem wir geheiratet hatten. Mir dreht sich der Magen um, als Jonah den Mietwagen davor parkt. Im Vorgarten wachsen immer noch diese Scheißgräser, die Cooper unbedingt haben wollte. Der Rasen wird wohl immer noch einmal in der Woche von unserem Gärtner gemäht, den Cooper viel zu schlecht bezahlt und behandelt hat.

Ich dachte, dass ich vielleicht Heimweh empfinden würde, wenn ich wieder hierherkomme. Doch stattdessen bin ich nur noch wütend. Ich verbinde dieses Haus mit nichts Positivem. Rein gar nichts lockt mich an.

Jonah betrachtet mich und seufzt. „Was geht dir durch den Kopf?"

„Ehrlich? Am liebsten würde ich Böller in den Briefkasten stecken. Dieser scheißspießige Briefkasten."

Jonah grinst und beäugt das Objekt, das ich gerne in die Luft sprengen möchte. „Dabei dachte ich immer, wir wären in einer Heile-Welt-Nachbarschaft groß geworden. Dagegen erscheint das hier wie das Epizentrum der Langweiligkeit und Kleinkariertheit."

„Das ist es auch. Ein Wunder, dass man, nachdem man den Kaufvertrag unterschrieben hat, nicht gleich eine Dauerwelle und ein ödes Karohemd dazubekommt."

„Selbst darin würdest du verdammt scharf aussehen“, murmelt er und tätschelt mein Bein.

Eine Weile betrachte ich das in mintgrün gestrichene Haus mit den weißen Fenstern, der weißen Eingangstür und dem grauen Dach. „Hier sollte man als Rentner wohnen, wenn man sich nach Ruhe und Eintönigkeit sehnt. Aber ich war zweiundzwanzig, Jonah. Zweiundzwanzig Jahre. Heilige Scheiße. Andere machen da eine Weltreise, lassen sich ein Tattoo stechen oder betrinken sich regelmäßig. Ich habe stattdessen für das Straßenfest Kuchen gebacken – etwas, das ich im Übrigen überhaupt nicht kann. Ich bin mehrmals die Woche zu ultralangweiligen Abendessen mitgegangen, um dort die brave Ehefrau zu spielen. Ich habe gearbeitet, Coopers Zeug weggeräumt, und so wundert es dich wohl nicht, dass ich mich nicht erinnern kann, in diesen vier Jahren Ehe jemals Spaß gehabt zu haben. Das hier war nie ein Zuhause, sondern ein Ort, an dem meine Träume zerstört wurden und mein Wille unterdrückt wurde. Ich will nie wieder in die Situation kommen, in der ich noch vor einem halben Jahr war.“

„Das wirst du nicht, Evie“, bekräftigt Jonah, ohne lange nachzudenken. „Wir machen all die verrückten, lustigen und spannenden Dinge, die wir wollen. Wir machen eine verdammte Weltreise. Gleich nächsten Monat, wenn du willst.“

Lachend drücke ich seine Hand. „Du kannst dein Business nicht ein Jahr lang allein lassen.“

„Dann stelle ich jemanden ein, der mich in der Zeit vertritt. Aber zuvor lässt du dich tätowieren. Mach jeden Scheiß, den du willst. Besauf dich – ich bin dabei."

„Du würdest mich auch noch nehmen, wenn ich ein Peace-Zeichen auf der Stirn trage?"

„Darauf kannst du wetten."

„Du scheinst äußerst schmerzbefreit zu sein."

„Zumindest was dich anbelangt", meint er grinsend.

Ich beuge mich zu ihm und schmiege mich an seine Schulter. Dabei atme ich seinen Duft ein und empfinde Trost, ihn in dieser Nachbarschaft hier bei mir zu wissen. So oft bin ich dort hinter dem breiten Doppelfenster im Wohnzimmer gesessen und habe an Jonah, London und alle lieben Menschen gedacht, die ich für das trostlose Leben hier zurückgelassen habe.

In dem Augenblick, als ich Jonah einen Kuss auf den Oberarm hauche, öffnet sich die Tür, und Cooper tritt auf den gepflasterten Gehweg. Sofort richte ich mich auf und habe das Gefühl, unendlich tief zu fallen.

„Ist er das?", erkundigt sich Jonah neben mir, und ich höre seine Stimme nur noch ganz dumpf.

„Ja", flüstere ich.

Doch Cooper bringt nicht bloß den Müll raus, sondern steuert direkt auf unseren Wagen zu. Unsere Blicke treffen sich. In dem Moment passiert genau das, was in meinem früheren Leben normal war – ich werde ganz klein, versteife mich und traue mich kaum noch zu atmen. Doch als ich in Coopers vor Selbstgefälligkeit grinsendes Gesicht sehe, gelingt es mir, mein neues Ich zu erwecken. Die neue Evie lässt sich von diesem Mistkerl nichts mehr sagen.

Noch bevor Cooper unser Autor erreicht, öffne ich die Tür, steige aus und gehe aufrecht auf ihn zu. Ein Blick über die Schulter verrät mir, dass auch Jonah ausgestiegen ist. Er bleibt aber beim Wagen und gibt mir Rückendeckung.

„Evelyn ... warum lungerst du im Auto vor dem Haus herum? Konntest wohl den Mut nicht aufbringen reinzugehen?“ Ich hasse es, wie er mich sofort wieder kleinzumachen versucht.

„Es gibt rein gar nichts mehr, das mich reizt, dieses Haus zu betreten“, blaffe ich ihn an und bleibe etwa einen Meter vor ihm stehen.

Ihn zu sehen verstärkt meine Abneigung gegen alles, was ich früher einmal hatte. Ich habe seinen akkuraten, langweiligen Haarschnitt, seine eintönigen Poloshirts und seinen herablassenden Gesichtsausdruck so satt. Der Begriff eindimensional wurde wohl einzig und allein für diesen Mann erfunden.

„Wollen wir mal nicht so zickig sein, meine Liebe“, wagt er es auch noch, mich zu tadeln. „Hast du dir einen Bodyguard als Begleitung mitgebracht, oder ist das dein Trostpreis?“

Ich stelle mich breitbeinig hin und recke das Kinn. „Er ist nicht mein Trostpreis, Cooper, sondern der Mann, den ich liebe. Mit ihm führe ich eine richtige Beziehung. Auf Augenhöhe. Er behandelt mich so gut, wie du es dein ganzes Leben nicht schaffen wirst, einen anderen Menschen zu behandeln. Und das

Beste ist: Ich habe mit ihm den besten Sex, den ich mir jemals vorstellen konnte."

Coopers glatte Fassade erhält die ersten Risse. Vielleicht ist es nicht klug, ihn vor dem Termin mit unseren Anwälten zu provozieren, aber in diesem Augenblick bin ich nicht in der Lage, rational zu handeln. Ich will ihm endlich eins auswischen. Er soll ein für alle Mal kapieren, dass ich ihn nicht brauche und es mir ohne ihn viel besser geht.

„Findest du es nicht traurig, dass in deinem Leben nur diese animalischen Bedürfnisse zählen?"

Sagt derjenige, der mich zig Male betrogen hat. „Mal ganz ehrlich, Cooper: Lassen wir den Scheiß. Okay? Seien wir zum Abschluss doch einfach einmal respektvoll zueinander."

Es wird schwer werden, mit ihm ein aufrichtiges Gespräch zu führen. Doch ich habe genug davon, mich mit ihm zu streiten. Vielleicht bekomme ich seine Unterschrift auf diesem Dokument, das mich endgültig befreien wird, nur, wenn er einsieht, dass auch er so sein Leben erfolgreich weiterführen kann.

„Ich kann mich nicht erinnern, dich jemals respektlos behandelt zu haben, Evelyn", erdreistet er sich zu behaupten.

Ich atme durch und inhaliere den Duft der Rosen, die neben der Eingangstür wachsen. „Weißt du, was für mich Ehe bedeutet? Liebe, Aufrichtigkeit, Freude, Spaß und Gemeinsamkeiten. Man sollte Achtung voreinander haben. Eine Ehe ist die niemals endende Aufgabe, ständig an der Beziehung zu feilen. Wenn ich jetzt auf unsere Ehe und unsere Beziehung zurückblicke, erkenne ich, dass wir niemals zueinander gepasst haben. Und ich finde, dass man bei etwas so Wichtigem wie der Liebe keine Kompromisse eingehen darf. Liebe sollte sich gut und leicht anfühlen. Liebe sollte in einem das Bedürfnis wecken, jegliche Gefühle in die Welt hinausschreien zu wollen. Liebe bedeutet nicht, den Partner zu unterdrücken, ihn mundtot zu machen oder ihn mit Zwang in eine bestimmte Rolle zu pressen. Liebe bedeutet, einander treu zu sein. In einer Ehe sollten auch mal unbequeme Dinge angesprochen werden, bevor man den Partner betrügt oder körperlich verletzt. Das mit uns ist gründlich in die Hose gegangen, und ja, Cooper, ich bin verdammt wütend auf dich, dass du mich mit anderen Frauen betrogen hast. Und ich verachte dich dafür, dass du mich zweimal geschlagen hast. Doch ich will dir vergeben. Ich will neu anfangen. Ich möchte weiterleben. Und das solltest du auch. Sich sein eigenes Scheitern einzugestehen hat nichts mit Schwäche zu tun, sondern erfordert viel Mut. Und ich weiß, dass du den hast."

Zum ersten Mal erlebe ich Cooper sprachlos. Er sieht aus, als würde er jeden Moment losweinen. Irgendwie wirkt er aber auch viel zugänglicher als je zuvor.

„Wir sollten beide aus unseren Fehlern lernen und versuchen, es in Zukunft besser zu machen. Findest du nicht?"

Er schluckt, und erneut gleitet sein Blick zu Jonah. „Ich habe gespürt, dass du dir immer ein anderes Leben gewünscht hast. Das habe ich in deinen Augen gesehen. Das hat mich unglaublich wütend gemacht.

Wütend deshalb, weil ich wollte, dass du mit dem, was ich dir geboten habe, zufrieden bist. Als ich meinen Vater einmal um Rat fragte, meinte dieser, dass ich dich einfach härter in deine vorgesehene Rolle als meine Ehefrau drängen sollte. Das habe ich dann versucht."

„Man kann keine Frau unterdrücken, um ihre Liebe zu gewinnen, Cooper", erkläre ich und hoffe, er sieht das jetzt endlich ein.

Tatsächlich nickt er. „Ich weiß das jetzt auch. Aber ich glaube, ich brauche eine Frau, die gerne Hausfrau ist. Ich wollte dir nie etwas Böses tun, sondern dir ermöglichen, dass du zu Hause bleiben kannst und nicht arbeiten musst."

„Das will ich aber nicht. Ich möchte nicht von dir und auch von keinem anderen Menschen abhängig sein."

„Außerdem ... tut es mir leid, dass ich dich geschlagen habe. So etwas hätte niemals passieren dürfen. Das hattest du nicht verdient." Obwohl seine Körperhaltung steif ist und einschüchternd wirkt, klingen seine Worte aufrichtig und reumütig.

„Keiner hat es verdient, dass man die Hand gegen ihn erhebt. Mach nie wieder so einen Scheiß, Cooper. Okay?!"

„Ich verspreche es. Glaub mir, mein schlechtes Gewissen nagt deswegen gewaltig an mir."

Das hoffe ich sehr. Er soll sich für immer daran erinnern, wie mies es sich anfühlt, nachdem man jemanden geschlagen hat.

„Wirst du den Antrag heute Nachmittag unterschreiben?", frage ich vorsichtig.

Jetzt könnte alles kippen, wenn Cooper sich weigert. Doch er verzieht das Gesicht und nickt. „Das werde ich. Ich respektiere deine Entscheidung, auch wenn eine Scheidung meiner Karriere schaden könnte."

Gott im Himmel. Ich kann es nicht glauben. Er wird wirklich unterzeichnen.

„Das stimmt, aber noch viel rufschädigender wäre ein monatelanger Scheidungskrieg für dich." Ich habe auf so gut wie alles verzichtet. Ich möchte lediglich meinen Anteil am Haus, den Rest kann Cooper behalten. Mein Auto steht wohl noch in der Garage und soll auch hier bleiben. Doch mir geht es nicht darum, ihn finanziell und gesellschaftlich zu ruinieren, sondern einen Schlussstrich zu setzen.

„So ist es, ja", meint er und steckt seine Hände in seine Hosentaschen.

Ich werfe einen letzten Blick auf das Haus. Vielleicht kann ich es doch mit einem versöhnlichen Gefühl hinter mir lassen.

Ich wünsche mir, dass Cooper eine Frau findet, die zu ihm passt. Mit ihr kann er die Familie gründen, die er sich erträumt hat. Hoffentlich werden die Räume, die für mich ein Gefängnis darstellten, irgendwann von glücklichem Kinderlachen erfüllt sein. Irgendwann werden sie bei jemand anderem ein wohliges Gefühl auslösen.

„Dann sehen wir uns später?", meine ich zur Verabschiedung.

Cooper stimmt mit einem Nicken zu. „Bis dann."

Ich habe mich bereits umgedreht und bin ein paar Schritt auf Jonah zugegangen, als Cooper meinen

Namen ruft. Noch einmal mache ich kehrt und verspüre plötzlich Angst, dass er es sich doch noch anders überlegt hat.

„Ist das Jonah?“, fragt er.

Ich schlucke verwirrt. „Ähm ... ja. Wieso weißt du das?“

„Du hast während unserer Ehe oft über ihn gesprochen, wann immer du mit deinen Freunden in London telefoniert hast. Er ist derjenige, in den du dich verliebt hast, als du den einen Sommer in England verbracht hast, richtig?“

Niemals hätte ich Cooper so viel Feingefühl zugetraut. Dass er mitbekommen hat, wie ich mich damals fühlte, hätte ich mir nicht gedacht. Nun bin ich diejenige, die nicht weiß, was sie sagen soll.

„Also ja. Ich wusste es, Evelyn. Ich habe immer gespürt, dass du irgendwann zu ihm zurückgehen wirst. Und wenn du ihn nur halb so liebst, wie du ihn vorhin im Wagen angeschaut hast, dann ist er ein echter Glückspilz. Ich hoffe, du erlebst mit ihm all das, was Liebe für dich bedeutet.“

Das hoffe ich auch.

Während Cooper an seine Stirn tippt und sich umdreht, um ins Haus zu gehen, laufen mir Tränen über die Wangen. Die ersten, die ich auf diesem Grundstück vergieße, die nicht Schmerz, sondern Zuversicht und Liebe geschuldet sind.

„Alles okay, Baby?“, erkundigt sich Jonah, als ich beim Wagen angekommen bin. Er legt einen Arm um mich, küsst mich auf den Scheitel, lässt aber das Haus keine Sekunde aus den Augen.

„Er wird unterschreiben. Er hat eingesehen, dass unsere Ehe keine Zukunft hat."

Jonah wirkt erleichtert und stolz. „Bist du glücklich?"

„Ja", antworte ich.

„Ich auch." Er haucht mir einen Kuss auf die Lippen, und falls das möglich ist, schmecke ich, wie erleichtert er ist. „Ich liebe dich, Evie. Ich hasse diesen Ort hier. Ich hasse es, dass wir so lange aufeinander warten mussten. Aber jetzt wird alles gut."

„Ich liebe dich auch. Mehr als alles andere."

Jonah öffnet die Beifahrertür und deutet mit dem Kinn ins Innere des Wagens. „Lass uns ins Hotel fahren. Ich will, dass du zu diesem Treffen in einem frisch gevögelten Look aufkreuzt."

Ich runzele die Stirn. „Ich dachte, du willst warten, bis die Scheidung über die Bühne gegangen ist."

„Das ist sie längst. Du hast zu mir gehört, noch bevor du diesen Kerl geheiratet hast."

„Ich weiß", erwidere ich und küsse ihn stürmisch.

„Na, dann los. Steig ein! Wer von uns beiden ist denn jetzt ein Lahmarsch?", zieht er mich auf, als er um den Wagen herum zur Fahrertür läuft und sich in den Sitz schwingt.

Bevor ich einsteige, atme ich ein letztes Mal den Duft der Rosen ein und schließe endgültig mit meinem alten Leben ab.

ENDE

Printed in Germany
by Amazon Distribution
GmbH, Leipzig

20510096R00251